灵魂的旋律

陈平 著

中国文联出版社

图书在版编目（CIP）数据

灵魂的旋律／陈平著. -- 北京：中国文联出版社，2024.12. --ISBN 978-7-5190-5572-1

Ⅰ. I267

中国国家版本馆 CIP 数据核字第 2024YF3193 号

著　　者　陈平
责任编辑　曹艺凡
责任校对　秀点校对
装帧设计　手掌文化

出版发行　中国文联出版社有限公司
社　　址　北京市朝阳区农展馆南里 10 号　　邮编：100125
电　　话　010-85923025（发行部）　010-85923091（总编室）
经　　销　全国新华书店等
印　　刷　北京力信诚印刷有限公司

开　　本　787 毫米 ×1092 毫米　1/16
印　　张　22.25
字　　数　414 千字
版　　次　2024 年 12 月第 1 版第 1 次印刷
定　　价　89.00 元

作者简介

陈平，江苏南通人，全日制普通高校中文系毕业。

江苏省作家协会会员，散文家，《青年文学家》杂志社理事会理事，曾被多家报刊聘为特约记者。

走过田野，进过军营，上过院校，下过工厂。长期在党政机关担任领导工作，先后任市人大常委会财经委主任，乡镇党委书记，市交通运输局局长、港口局局长，市政协秘书长、办公室主任。

酷爱阅读，广泛涉猎古今中外哲学、政治、文学、历史、社会、艺术等社会科学知识，注重于精读细研，具有较高的学术素养和独特的思辨思维、逻辑思维。

热爱文字，潜心写作，善于将阅读转化为研究，将兴趣嬗变为专业，将思考的心得形成为研究性成果。先后撰写了许多评析性、鉴赏性文章在全国、省级报刊杂志发表，学术性散文集《星空下的仰望》在新华出版社出版，具有较高的阅读、学术和收藏价值。

中国职工摄影家协会会员，江苏省管乐学会萨克斯管专业委员会会员。

让灵魂在文字中舞动

如果说序言是一本书的灵魂，那么自序就是把自己的灵魂向读者和盘托出。

在创作出版第一本散文集《星空下的仰望》时，我也曾想邀请熟悉的名人作序，但最后还是选择自己为自己作序。因为我觉得，一本书的诞生就像母亲十月怀胎一朝分娩，对来到这个世界的新生命充满着舐犊深情。母亲总是如数家珍般地向别人喜说自己的“新生儿”，因为她是最了解“孩子”的那个人。因此，在本书出版之际，我还是选择了自己作序。我想，这也许是对这一部倾注了心血的书稿的一种自恋，也是对有缘阅读本书的读者朋友的一份尊重。

本书是一本关于人生哲理的书籍。几乎所有的文字，都在力图表达如何做一位有思想、有灵魂、有修养、有内涵的智者，从而分享灵魂的旋律所带来的欢愉。灵魂的旋律是无声的乐曲，激荡在人类意识的最深处，触动着人类的心灵和情感世界，给人以醍醐灌顶的灵性感悟和痛快淋漓的精神沐浴。

灵魂无形无相，但我们一定相信，它一定植根于人的内心和精神世界，支撑并左右着一个人的内在修为和生活哲学。即便每个平凡的我们，也都有着一个独一无二的灵魂。

追求灵魂的丰盈与高贵，是人生亘古不变的生命魅力和自始至终的修炼课题。但凡一个具有有趣灵魂的人，也一定是与众不同的人，他总有独特的生命姿态，也总有标新立异的思想视野。从不以“看客”心态走进围观的人群，跟着起哄，或者随波逐流。

灵魂有趣者，善于用哲学的眼光探究宇宙，辨析世界，洞悉社会。哲学是现世的智慧，是文化之魂，是人文科学的源头和基石。当你徜徉在哲学的殿堂，总有一种妙不可言的乐趣油然而生，使人聪颖灵动，灵魂丰腴。虽然哲学有时也会打扮着一副玄奥晦涩、抽象难懂的学究派头，但也并非高不可攀，它更多的还有实用和接地气的一面。哲学从来没有走远，它一直在我们生活的周遭，一直在我们的人间烟火里。

生命像一颗流星，穿梭在无垠的星际；生命是一种智慧，闪耀着人性的光辉。人生就是一部充满激情、高亢而富有旋律的交响曲，是一场脉动灵魂旋律的精神盛宴。在荡气回肠的灵魂旋律中，我们所从事的一切活动，都应该成为美妙的音符。人生短暂，犹如白驹过隙，我们唯有珍惜才不负光阴之短暂；生命可贵，着实让人留恋，我们唯有绽放才不负投胎之偶然。

岁月是一场不期而遇的深情邂逅，人生是一场演绎梦想的生命奔赴。人最终会老去，无人能回避和逃脱。死亡是生命的最终顿悟，也是生命的最终释然。只有站在俯视生命的高维度，才能诠释温暖有爱的生命意义，才能彰显人生的价值。

处在五味杂陈的尘世社会，无不被复杂的人性纷扰。面对各种利益的诱惑，人性的弱点暴露无遗。当人们追索人心的深度，却窥见了人心的薄凉。人心，经不起诱惑；人性，经不起测试；人性，也经不起任何凝视和端详。您会发现，有些貌似温暖的背后，却隐藏着冰冷的目光、阴险的算计。人性诸多的丑恶，常令我们感到头皮发麻、后背发凉。但即便如此，我们依然有着生命的坚毅，在这个薄凉的世界里，我们唯有温暖而深情地活着，才不算枉废此生。

现代文明的时代，修行已经成为人生的必修课，涵养无须提醒的道德自觉，来自一个人高度的自律；高度的自律来自高尚的“精神洁癖”。

灵魂的光芒还来自道德的自觉、情感的纯粹。善良无疑是人性中最璀璨的美德，善良是灵魂的桂冠，善行是高尚的慷慨。面对万花筒般的世态炎凉，我们应该高度自律，内心有光，坚守善良，让精神保持纯净，为世界捧出一份温暖，点燃一缕微光。

我知道，我们无法让每一个人都喜欢自己、爱自己。但实际上，我们都有充分的理由、足够的能力喜欢自己、爱自己，这取决于自我认知。认知的深度决定着人生的高度。认识自己是所有人生智慧的基础。提高认知，必须先知己，后知人。只有知晓自己、知全自己、知透自己，自知之明，才算拥有人生大智慧。有了智慧，您将无往而不胜，您会尽享智慧所馈赠于您的精神盛宴。

人与人之间根本性的差距就是认知上的差距，进而导致行为上的差异。只有升级认知，才能跃上思想的高度，迈向人生的龙行虎步。一个没有思想和灵魂的人，只能是一具只会呼吸的行尸走肉。读万卷书，才能重塑不一样的自己；行万里路，才能饱览不一样的风景。

人是通过学习而提高成长的，所谓的天才，其实是不存在的。所有的逆袭都是有备而来，所有的幸运都是努力所埋下的伏笔，所有的成功都是用心血逼出来的。

世界每一天都在变，唯一不变的就是这个世界随时都在变。唯有学习，才能适应这个变化着的世界。一学习，世界就在眼前；不学习，眼前就是世界。当自己手不释卷时，灵魂便不再荒芜，生命就开始出彩。

历史总是让人看不透，它有着我们不甚了解的真相、有着难以想象的事实，有些真相会让您惊讶。但历史从未走远，拂去时光厚积的尘埃，从褪色的画面中、从睥睨众生的视角中、从常识和推理中、从被误读的真相中，我们追寻和感受扑朔迷离的历史真相，把握历史律动的脉博，鉴古通今，不至于重蹈历史的覆辙。读懂历史，也许您不再会执着于曾经的那些坚守，您会用更加思辨的目光、质疑的思维，看透这个亦真亦假的世界。

序言并非我的获奖感言，但肯定有着感慨万千的意味。

我曾无数次地叩问自己，我该用什么与灵魂对话、与读者倾诉。唯有触碰文字，才能丰盈灵魂；唯有敬畏文字，才能淬炼思想。

在这个纷扰的尘世里，始终将一颗心安放于文字之中，这是我真正的满心欢喜，也是此生的最大喜好。遇见美好的文字，就像邂逅高贵的灵魂。

写作本书的初始意愿，就是想发掘深藏在文字背后的高贵灵魂，用心体悟文字背后的灵魂，让灵魂在文字中自由、欢愉，让文字成为灵魂的栖息地。

文字是作者的灵魂独白，是作者的心灵回声。每一个文字，无不浸透着我对写作的敬畏，无不深藏着我对读者的一份深情。我力图通过这些文字，让读者朋友能感受到作者更加立体、具象的内心世界。

本书仅仅是自己对灵魂的解读和内心感慨而形成的文字。尽管有几十万字，但还不成体系，仅仅是本人有感而发的一些随笔。灵魂的修炼是人生永恒的探索。灵魂是人类生命伟大和不朽的部分，灵魂又是人类社会无法回避却又无法回答圆满的话题。本书对灵魂的探究还是粗浅的尝试，仅仅是一个抛砖引玉的作用。在未来可期的如歌岁月里，我将放下红尘，卸下俗衣，继续探究灵魂深处的旋律。

本书的写作和出版，我为之倾注了心血。对于文章中的用词用语，甚至每一个字，我都尽力推敲细品，力求准确、鲜活和富有张力。但尽管如此，肯定还有在所难免的不足。虽然每篇文章侧重不同，但也难免有重复和赘言，可能还会出现相互矛盾之处。文字的表达、资料的引用、事件的列举，也许存在不确切和不精准。

书中的观点和理念，也只是作者一家之言，可能也存在一些表述有失偏颇之处。我自知文字功力不逮，天资愚钝，开悟又迟，又苦于才情不够和笔头笨拙，故一直以卑微之心保持着对文字的敬畏，唯恐作品出现硬伤。但我相信，热心的读者一定会赐予包容的心态。为了作品的完美，恳请读者朋友一针见血地提出批评和意见，无须为我留有情面。

当您阅读本书的时候，如果能给您带来一些思想的启迪、精神的享受和灵魂的欢愉，这是我最惬意不过的事情，这也是本书创作的初衷。如果这样，我为本书所付出的心血也是值得的。

是为序。

陈 平

2024 年 4 月 2 日于上海

目录
CONTENTS

第壹章
哲学：透析大千世界的神器

第贰章
灵魂：激荡心灵深处的旋律

第叁章

人性：映照善恶美丑的明镜

第肆章

生命：超越随遇而安的奔赴

第伍章

修养：涵养无须提醒的自觉

第陆章

道德：闪耀人性光芒的标尺

第柒章
文学：烛照人类心灵的火炬

第捌章
智慧：驾驭生命之舟的指南

第玖章

历史：尘封扑朔迷离的秘境

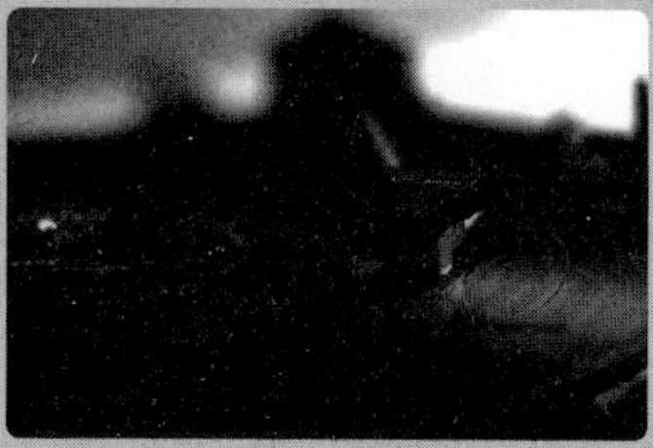

第壹章

哲学
透析大千世界的神器

欢愉的哲学引人入胜

哲学是科学的最高概括。哲学是一切文化和科学，尤其是人文社会科学的精神基石，是人类文明和智慧的精髓。

如果问思想的起点是什么？答案或许是哲学；如果问智慧的终点是什么：答案或许也是哲学；如果问阅读的核心是什么？答案或许还是哲学。

马克思主义认为，哲学是现世的智慧，文化的活的灵魂。德国哲学家黑格尔说："哲学就是引导人们尊敬他自己并自视能配得上最高尚的东西。"人们也普遍认为，哲学是一门让人聪慧开窍的欢愉的学科，哲学能改变你自己的精神状态和心理素质。

无论是千年思想家的观点，还是凡夫俗子的认识，都说出了哲学作为提供根本的方向性指导的极端重要性。可以这么说，哲学处于人的精神世界的顶层，任何学科都无法代替和超越。哲学使人聪慧灵动、哲学使人善于思考、哲学使人崇高伟大。

哲学玄奥高深，以至许多人称哲学为"迷宫"，往往让人望而却步。一般人不敢入门，但一旦入了门，都不愿意离开，又成了不一般的人。

哲学的世界里有着妙不可言的欢愉和乐趣，即使连形而上学虚无缥缈的幻影也是那么令人心旷神怡。当然，这种欢愉和乐趣，只有深入哲学的海洋世界里，潜心研究，才能真正领略，才能引人入胜。

古希腊哲学家柏拉图的那句"哲学是一种高尚的欢愉"的名言，更是把喜欢哲学的人带到那种令人神往的仙境。

哲学是追寻智慧的学科，哲学是美好人生的向导，哲学使人聪慧睿智，哲学使人愉悦自由。

法国哲学家笛卡儿说："知识好比是大树，哲学是树根，科学则是树枝。"不可否认，科学给予我们巨大的知识，但唯有哲学赋予人类伟大的智慧。笛卡儿又说：

“一个国家最值得庆幸的事情就是拥有自己伟大的哲学家。”要想对一个国家和民族有所了解，就去了解他们的哲学；要想了解一个人的思想，首先了解他的哲学思想。可见，学习哲学、拥有哲学思想，是何等的重要！

难怪世界上许多思想家和哲学家都发出了“哲学是科学的伟大母亲”的感慨。

学习哲学能丰盈灵魂，提升格调；学习哲学能为沸腾飞扬的人们带来持续强劲的动能；学习哲学也能为大千世界里一个充满悲凉的生命带来那种由深入理解和领悟而产生的持久的静谧；学习哲学，能改变和提高我们的精神状态和心理素质，使我们在精神上保持一种高屋建瓴的远见卓识。

哲学是一门玄虚高妙的学问，抽象难懂，晦涩艰深得近乎愚昧，不然，为什么人们把哲学称作玄学呢？为什么人们对魅力四射的哲学家肃然起敬呢？

古罗马哲学家西塞罗说：“再也没有比在哲学家的著作中看到的东西更为荒诞的了。”现实社会中，也难怪许多人认为哲学家有点神经兮兮，孤傲狂野不合群。

我们只有对晦涩难懂、深奥难测的哲学，保持敬畏，谦卑好学，才能学懂和弄懂哲学、掌握和运用哲学。

一个人可以不爱哲学，但他必须学会以哲学思维去观察世界、思考问题，否则他的思想永远是狭隘的。

哲学是对人生的感悟、对生活的洞察、对幸福的诠释、对思想的挖掘、对真理的追求、对人性的追问、对自由的追寻、对是非的拷问、对一切的怀疑。哲学无疑是文化的灵魂，没有哲学的文化，好比群龙无首。

有位哲人曾经就如何理解科学和哲学，说过这样一段形象生动的语言：学科学，我不说，你糊涂。我一说，你明白。而学哲学，我不说，你明白。我一说，你糊涂。这正是哲学和科学的玄妙之处。

爱因斯坦既是一位伟大的科学家，同时又是一位伟大的思想家和哲学家。在谈到哲学的重要性时，爱因斯坦感慨地说：“如果把哲学理解为在最普遍和最广泛的形式中对知识的追求，那么，哲学显然就可以被认为是全部科学研究之母。”可见哲学的地位及重要性。

美国苹果公司联合创始人乔布斯曾经说过：“我愿意用我所有的科技去换取和苏格拉底相处的一个下午。”一位世界巨富在拥有卓越的科技成果和巨大的物质财富的同时，极其深刻地感悟到学习哲学和掌握哲学的重要性，哪怕和哲学老人相处一个下午，也是一种荣幸和幸福。

许多哲学家的语言美得让人心醉，难于忘怀；有些语言哲理深刻，让人醍醐灌顶。我们虽然有时不知道这句哲学名言是谁说的，但充满深刻思想的言语早已深入人心。2000 多年前，当古希腊哲学家泰勒斯被问起“什么事最难？”时，他答道：“认识你自己。”这也成为千百年来人类从未停止思索的终极问题。

这个世界的问题在于聪明人对许多事物充满疑惑，而傻子们坚信不疑。知道自己知道什么，也知道自己不知道什么，这就是真正的知识。

有没有哲学思维大不一样，凡夫俗子和有哲学情怀的人，对待人生的价值意义的认识有着天壤之别，有着不同的价值追求和思想认识。古希腊科学家和哲学家、被称为“科学和哲学之祖”的泰勒斯，无疑是哲学界公认的“哲学史第一人”。泰勒斯在回答人的价值意义时说：“别人为食而生存，我为生存而食。”为食而生存，是一种简单的活命法；而为生存而食，是一种理想追求，有着目标方向，而不仅仅是简单的为活而食。

中美建交前美国总统尼克松来华访问，那是一场破冰之旅，美方的神经绷得很紧，以至看到围墙上“打倒美帝国主义”的标语时胆战心惊。但毛泽东虚怀若谷，游刃有余，他和尼克松约定只谈哲学，具体事务由周恩来和基辛格来谈。尼克松在说到这场大而空的哲学话题的谈论时，评价毛泽东气场大。毛泽东以哲学话题开场，为中美建交定调，可见哲学的威力有多大。

哲学是所有科学的概括和综合，哲学以整个世界的普遍规律为研究对象，又对具体学科进行理论指导。哲学的特点就在于研究一般人平时自以为很熟悉，但又不完全懂得来龙去脉的东西。

学习好哲学、运用好哲学，能使我们从根本上认识自己、成就自己，使我们“作为人而成为人”。学习哲学，就会宁愿选择独处冥思苦想，也不会随波逐流，不会走进围观的人群，找不到自己。

学习哲学，能帮助我们调理、改善和提高自己看待世界的眼光和分析事物的学问；能使我们懂得去改变自身，而不是去改变环境；能使我们保持一种高屋建瓴的姿态，登高望远；能使我们有着心旷神怡的精神愉悦，怀着乡愁的冲动去寻找自己的精神家园。

哲学具有巨大的魅力，可以说几乎所有的学科背后都有一定的哲学思想来支撑和指导。哲学虽然不能“当饭吃”，但学好和运用好哲学是我们“吃好饭”、做好事、做好人的根本前提和基础。

学习哲学，培养阅读思考的能力。哲学是思考的学问，提出问题和思考问题是哲学最重要的事。人生最终的价值在于觉醒、在于思考，而不只在于生存。

人是通过学习垫高的，只有学习，才能不断增长哲学知识。既然哲学是一切科学的基础，既然哲学深奥难懂，我们就更要老老实实地学习、系统而全面地学习。无论是唯物史观的哲学，还是唯心史观的哲学；无论是马克思主义哲学，还是人本主义哲学；无论是科学主义哲学，还是后现代主义哲学，都有着深刻的哲学思想，都要对此全面系统地学习。通过学习，厚积知识，打牢认识世界和改造世界的基础，提高思考解决问题的能力。

学习哲学，增强反思拷问的思维。哲学是“思辨哲学”，哲学是反思性的思维活动，哲学有两个特质，即相信与怀疑。我们很多的思考都是从怀疑开始的，从对那些常识的怀疑，对已经相信的某些东西产生怀疑，对未知的东西产生怀疑，从而给思考提供一种最持久的动力。

哲学是一门源于人们对自身和世界追问的学科，哲学发端于人类对事物本质永不停歇的探索和追问。追问就是反思和怀疑，一个有哲学头脑的人始终对事物有着反思和怀疑。

对事物的异议，也是一个人有思想的体现，哲学能教会我们如何在人生的道路上对事物反思和怀疑。学习哲学，就要善于懂得反思和怀疑，养成刨根问底的习惯，对事物的底细、根源、缘由、内情等情况要问个水落石出。有些人误认为哲学是一堆咬文嚼字的人在一起无聊地争辩，其实，哲学是一群刨根问底的人在一起反思和怀疑。

没有反思过的人生毫无意义。我们对事物怀疑越彻底，终极的思考越接近正确。不要惧怕人家怀疑你的怀疑，你也不要怀疑自己的怀疑，大胆怀疑，怀疑一切。

学习哲学，放大登高望远的格局。格局就是一种胸怀、一种内涵、一种能力。哲学内涵丰富了，胸怀就宽广了；胸怀宽广了，格局就放大了。学过哲学和没有学过哲学，过的是不一样的人生。没有哲学思想的人，目光短浅，心胸狭窄。而经过哲学熏陶的人，能以全面的、发展的、联系的观点看待问题，起点高、格局大，思路清晰、逻辑严谨。

学习哲学，增强哲学思维的能力。学习哲学就是客观、理性、全面地看待事物，找到事物的根本原因和本质。

哲学的终极问题，这是初次接触哲学的人，都会问的令无数哲学家犯难的问题，但也是衡量哲学思维能力的一个重要方面。虽然唯物主义和唯心主义有着不同的回答标准，但终究都是围绕着“世界的本质是什么？如何认识世界？我们应该做什么？”这三个哲学的根本问题。哲学是系统化理论化的世界观，因此，我们在哲学终极问题上，也必须始终以辩证唯物主义的观点看待事物，不断提高认识世界和改造世界的能力。

学习哲学，追求真理与价值。真理与价值是哲学上最重要的两个核心概念。

对于真理的追求，是先哲们一个永恒的梦想。古往今来，哲学家们为真理而献身的例子举不胜举。德国哲学家尼采就是一位敢于坚持真理、敢于傲视一切、敢于批判一切的人，在周围人都指责他的哲学观点的时候，尼采发出了“我的书都是写给二百年后的人看的”吼声。实践证明，尼采死后方生，其思想影响力前所未有，激荡着人类思想的潮流，惊世骇俗。

价值追求是价值取向的表现形式，哲学讲究实用性，价值是哲学最后的立身之地。热爱哲学就要追求真理，就是追求自由。

可以说，离开人生，哲学是空洞的；离开哲学，人生是盲目的。一个未经哲学熏陶的人，一个未触碰过哲学书本的人，他的思想一直会被限制在各种偏见中。哲学可以帮助我们在人生的道路上更好地完善自我，显现真我，洞察生活，塑造价值，解读世界。

人类文明以来，无数的先哲们前赴后继地矢志追求，不断探索世界的发展规律，追求人类的文明与自由，寻找人生的意义和存在的价值。

人的高贵在于灵魂，而一个人拥有灵魂，就必须要有哲学头脑。我们重视哲学、学习哲学、运用哲学，其实质就是使哲学能为我们在通往生命的道路上，指明方向，塑造更高贵的自己。

欢愉的哲学引人入胜，让我们展开智慧的双臂，热爱和拥抱哲学。

多一点对思考的再思考

哲学方法有许多种，但重要的有三种：一是辩证法，二是批判性思维，三是现象学。

学哲学的人，更多的是喜欢和采用辩证法来提出问题、分析问题和解决问题。不可否认，辩证法是被人运用最多的哲学方法，也是科学认识世界的强大思想武器。

哲学的第一性是批判性，批判性思维也是很重要的一种哲学方法，批判性思维是一种特定的思维方式，是思维的思维，是一种再思维。人们不仅要思考问题，而且还要对问题进行分析和评估。批判性思维就是用第三只眼看世界，就是对思考的再思考。

批判性思维通过一定的标准评价思维，进而改善思维，是合理的、反思性、怀疑性的思维。它要求我们质疑和挑战现有的观点和假设，以推动思维的发展和进步。

批判性思维是一种怀疑精神，也是反省性的思维活动。批判性思维按照否定之否定的哲学基本规律，帮助人们正确认识事物的曲折性和前进性。通过批判性思维，我们可以更好地理解和评估论证的有效性，避免盲从和错误的推理，以达到正确的答案。

伟大的哲学始于怀疑，这个观点毋庸置疑。怀疑是思考的起点，这不仅是一个哲学的概念，而且也是人生必须思考的终极问题。

法国哲学家、“近代哲学之父”笛卡儿说：“怀疑是理性的始祖”，提出了“普遍怀疑”的主张。笛卡儿的“我思故我在”，通过怀疑一切，将存在与意识紧密联系在一起，并指出：在你怀疑一切时，千万不要怀疑那个正在怀疑着的自己的存在。古今哲学史表明，许多哲学家都认为哲学就是从疑问和惊奇开始。正如古希腊哲学家苏格拉底说的：“未经审视的人生不值得过的”，这就是一句反思和反省的哲理名言。

马克思就是一个提倡怀疑的人。马克思的女儿燕妮问马克思："你的座右铭是什么？"马克思回答："怀疑一切。"这也是马克思众多经典名言中最短小精练的一句名言。

怀疑精神是科学精神的重要组成部分，教育的最大目的就是培养人的批判性思维，提倡怀疑精神。

人类伟大的科学家和思想家爱因斯坦说："提出问题比解决问题更重要。"具有批判性思维就是敢于提出问题，敢于质疑。

我们通过学习批判性思维的哲学思想，就是要进一步懂得用自己的能力去理解一些事物，也要用自己的能力去批评一些事物。

批判性思维能够激发创造性思维，通过理性、反思性的再思考，从而产生新思想、新观点、新理论。你以为真的是你以为的吗？批判性思维有助于帮你认清这个世界。

分析问题是批判性思维的核心作用之一，它能够帮助人们从多角度、多层面、多渠道，寻找问题的本质和根源。批判性思维，也能避免片面和和主观偏见，培养深层的思考辨别能力。

考察一个观点是否正确，考察一个人的判断力，主要考察其信息来源是否多样性、准确性。印度诺贝尔经济学奖得主阿马蒂亚·森说："有无数可怜人，长期生活在单一信息里，而且是一种完全被扭曲颠倒的信息。这是导致人们愚昧且自信的最大原因。"

思想是自由的，批判性思维就是一种自由的思维。批判性思维能形成发散和汇聚的思维能力，避免收敛和分散的思维模式。

明代哲学家方以智就说过："善疑者，不疑人之所疑，而疑人之所不疑。"因此，我们在认识和实践中，要善于怀疑、敢于怀疑、怀疑一切。

批判性思维就是基于事实、善于辨析、敢于发问、勇于思考的创新思维，也是在认识和实践中"大胆假设，小心认证"。

南宋哲学家陆九渊说："读书贵在有疑，为学患无疑，疑则有进。"师以质疑，友以析疑。批判性思维也应该在一种良好的气氛中进行，用声音传递温暖，这样才便于被人接受和采纳。有一句话说得好：如果吼叫可以解决问题，那驴将统治世界。瞪着眼睛说话，高高在上，无视一切，一个再好的反思和反问，一个再好的结论，都不会被人们接受，失去了再思考的作用和意义。

在专制的年代，批判的代价也是巨大的，有时甚至会付出生命。"戊戌六君子"猛烈抨击君主专制制度和清王朝的反动统治，并对封建纲常伦理进行了犀利的批判，但惨遭反动势力杀害。意大利思想家布鲁诺因反对罗马教会的腐朽制度而宣扬新思想，被囚禁8年，但他没有屈服于反动势力。他说：“在真理面前，我半步也不退让！”最后以“异端分子和异端分子的老师”的罪名，被烧死在罗马鲜花广场。中外历史上，许多能人志士追求真理，批判现实的事例数不胜数。这些批判的思想、不屈的精神、倔强的灵魂，推动了人类社会的文明与进步。

在怀疑和批判的过程中，人们都是一种从众心理，缺少批判性思维的一个原因就是受中庸思想的影响，把批判性思维误认为抬杠、找茬和争吵。人们不愿意提反面意见，不愿意得罪人。许多人怕“批判”不好，有望文生义式的误解。“批判”并不代表恶意，也并非全盘否定。批判性思维因怀疑而起，但不能因为怀疑就认为别人都是错的。

人都喜欢听好话，听不得反面意见，都不太喜欢批判性思维的人，这是人性的弱点。你之所以感觉他与你灵魂相通，是因为他说了你想要听的话。

许多人总是对个体的言行穷追猛打，而对群体性的错误避而不见，甚至还会出现在围观的人群中起哄，这也是人性的弱点。

批判性思维的核心在于质疑和分析信息的能力，必须加强信息的收集、鉴别、筛选和整理，确保信息的客观性、权威性和正确性。

提高批判性思维能力，就要培养逻辑思维能力。既要锤炼语言的逻辑思维能力，又要提升分析问题的逻辑思维能力，注重推理和演绎，避免悖论和偏见。

坚持批判性思维就是强调理性思考，避免感情和情绪影响思考。这个世界最不缺的是观点，最缺的是理性。懂得理性思考，首先要懂得自身的局限性，认识自己的思维偏见。只有认识和了解自己的思维偏见，才能更好地客观地认识和分析问题，提高分析、综合、推理、整合、判断等思维能力。

阅读是思考的基础，人是通过书本垫高的。一学习，世界就在眼前；不学习，眼前就是世界。学到的东西多了，我们就会有判别是非和黑白的能力，就能提高自己的批判性思维。

你学习越多，懂的就越多，但懂你的人就越少。德国哲学家尼采说：“扎堆，堕落的开始；孤独，优秀的开端。”孤独的你会选择独处，此时，只有孤独才会懂你。

英国科学家和思想家培根说：“伟大的哲学始于怀疑，终于信仰。”信仰与怀疑相辅相成，没有怀疑就没有真正的信仰。

哲学是深入的怀疑，怀疑越彻底，得到的终极思考越接近正确。伟大的灵魂总是向往怀疑的，我们要善于怀疑、善于思考，怀疑一切、思考一切，不要怀疑自己的怀疑，更不要怀疑自己对思考的再思考。

我不是一个有思考能力的人，但我愿意为你思考一切。

认知的深度决定着人生的高度

认知是人的一种意识活动，是个体认识客观世界的信息加工过程的结果。对事物认识的清晰程度和掌握事物本质的深浅程度，就是一个人的认知能力。

认知能力主要包括：一是判断是非的能力（对事物精准地判断是认知的前提）；二是对事物的创新和应变能力（接受新事物和应对复杂问题）；三是对事物的总结、提炼和提高能力。

一个人的认知能力就是他对世界万物判断的能力，代表着对事物认知的高低，决定着他的人生走向和人生结果。

人的能力包括许多方面，但认知能力是一个人最重要的能力。这个定论，不容置疑。

人类每一次文明的跃升都伴随着认知能力的提升。牛顿力学理论带来了世界是可预测、可控制、有规律的新认知；哥白尼的日心说以科学的方式解释了天体运行的规则；达尔文的进化论、爱因斯坦的相对论，都是对科学的新认知、新提升。这些，都给人类带来了前所未有的文明与进步。

人的认知圈其实就是三层：知道一些知识；知道了一些表面和概念性知识，但不知道其实质和内在；不知道许多知识，几乎对这些知识是空白。

人与人之间认知的高低差距甚大。有的人在山峰俯瞰，一览众山小；有的人是井底之蛙，见识短浅。不同的人对万千世界事物现象判断各不相同。

有的人"不知道自己不知道"。身处这种认知层次的人，狂傲不羁，自以为是，对自己的无知不感到羞愧，错误地认为自己什么都知道。那是认知上的误区。

有的人"知道自己不知道"。身处这种认知层次的人，对未知充满敬畏，有着自知之明的谦卑，知道自己的几斤几两。那是认知上的谦虚。

有的人"知道自己知道"。身处这种认知层次的人，既不妄自菲薄，也不狂妄自大；既不会人云亦云，也不会墨守成规，能客观地对待自己。那是认知上的知足。

有的人“不知道自己知道”。身处这种认知层次的人，保持着空杯的心态、求知的渴望，对事物的发展规律有着敏锐的眼光和独到的见识。那是认知上的高度。

处在不同的认知状态，即使面对来自同样的信息，人们也会作出截然不同的选择。

人的认知无不受到出生环境、性格特征、生活阅历、文化修养等因素的影响，因此，认知水平是人与人之间最大的鸿沟，认知水平也是人与人之间最大和根本性的差异。

对社会上谈论很多的对什么是“三观”这个问题的不同回答（有的人敬畏天理，有的人崇拜权威；有的人站在良知这一边，有的人站在赢者这一边；有的人努力工作，是为了理想的生活，有的人努力工作是为了做人上人），这不但是世界观、人生观和价值观的不同回答，也是一个人的认知。现实社会中面对邪恶，有的人敢于挺身而出，有的人保持沉默，有的人甚至与邪恶同流合污，这是认知决定思维，思维决定行动。

英国科学家和思想家培根在《习惯论》中这样叙述道：“认知决定思维，思维决定行为，行为决定结果。”

认知的本质就是作出决定，认知能力越高，就越容易作出正确的决定。

如果对事物的本质判断正确，就越容易成功；如果对事物的本质判断错误，那就是巅覆性的错误，就一定会失败。就像一个人前进的方向选择错误了，越勇敢向前，只能越走越远、越走越错。

德国哲学家叔本华说：“世界上最大的监狱，是人的思维意识。”人的认知就像是一所监狱，思维常常被禁锢其中。因此，视野狭隘，固执己见，自以为是，形成认知局限。

很多人之所以输在看不见、看不清、看不懂、看不透、看不深上，其根本原因就是认知能力差。

因此，一个人的认知深度决定了他的人生高度；一个人的成长，也就是一个人的认知升级。

获得高水平的认知能力，不但使人可以选择好人生的方向和目标，而且可以使人更好地适应复杂的工作、生活和学习环境，对于提升思想、提高能力、成就事业、辉煌人生，意义非凡。可以说，人的一生一直在不断地提高自己的认知水平。

一个有思想高度的人必定有着认知的深度，他们恪守良知，以良善之心行事，无愧于人生，无愧于良心；他们顺应天道，在奔腾不息的人生岁月里，进行着一场生命的奔赴；他们自我修炼，有着独立的思想和灵魂，不会被外在的东西裹挟，走进人云亦云的怪圈。

善于向书本学习，提升自己的认知深度。知识果然重要，但更重要的是认知。认知水平高的人都知道自己的无知，古希腊哲学家苏格拉底曾说过：“知道的越多，才知知道的越少。”

认识到自己的无知程度，需要有相当程度的知识。只有勤于学习，才能丰盈自己。读书和不读书的人，他们的认知是不一样的。不读书，眼前就是世界；一读书，世界就在眼前。

努力学习，不是为了超越别人，而是为了超越原来的自己，给自己一个交代。当然，读书也未必让你什么都知道，但至少能知道不知道的是什么。

现实中，一个知识越贫乏的人就越是有一种莫名其妙的勇气，那是一种肤浅的认知驱动。从终极目的来说，读书是用时间和生命阅读和拥抱世界上一流的书，塑造不一样的自己。当自己手不释书时，灵魂便不再荒芜。

善于总结提炼，从自己人生遭遇的挫折和失败中悟出缘由，懂得内省与复盘，吸取教训，少走弯路，让自己的苦难经历变成独一无二的财富，提升自己的认知水平。

德国诗人海涅说：“反省是一面镜子，它能将我们的错误清清楚楚地照出来，使我们有改正的机会。”人的一生中都会出现一些挫折和失败，许多人对于失败，可能失望，但如果不去尝试，那结果一定是失败。

失败和成功具有同样的价值，许多次的失败总会造就一次成功。不要为反复的挫折、一两次的失败，而怀疑人生、怀疑自己的能力。人生成功的秘诀，只有那些经历过无数次失败的人才会了如指掌。

善于向智者学习，多和认知度高的人在一起，这也是一个人的生存智慧。向智者学习，你一定有“山重水复疑无路，柳暗花明又一村”的豁然之感，也一定有醍醐灌顶、茅塞顿开的顿悟。

善于思考分析，提高明辨是非能力。大千世界，五味杂陈，不是你一下子能够看得清、看得透的，千万不要高估人性的善，也不要低估人性的恶，学会善于在纷繁复杂的环境中提高分辨善恶、是非、黑白和真假的能力。

善于总结反思，提高纠错能力。人生最困难的事情是认识自己、认清自己，因为我们没有自己想象的那么聪明。

一般人都认为自己不一般。一个人只有在彻底认清自己的错误后，才会认识到自己很一般，才会从骨子里谦和起来。

骄傲基于无知；谦虚出于认知。一个人的骄傲也多半是基于他的无知，所谓无知者无畏，说的就是这个意思。自知之明是最难得的知识，敢于纠错，反求诸己，知错就改，永远是不嫌迟的。

愚者之所以是愚者，不是因为他的无知，而是因为他不自知；智者之所以是智者，不是因为他全知，而是因为他在不断地求知。

提升认知水平，还要求同存异，和而不同，向外兼容。千万不能一听到与自己相悖的观点，便习惯性地立马反驳、叫板和抬杠。当然，也不要和认知水平低的人较劲，不然会让人分不清究竟谁是认知的低能儿。

“横看成岭侧成峰，远近高低各不同。”由于每一个人所处的角度和层次不同，形成的观点也不尽一致，这很正常。遇到观点相同、灵魂相通的人，往往会令人欣喜；但遇到观点不一致的人，也值得借鉴和学习，同样令人欣喜，没有必要脸色不好看。

与人相处总会有矛盾，人就是在错综复杂的矛盾中成熟和成长的。在这个世界上，我们改变不了别人，但可以改变自己，这也是融入群体和谐相处的好方法。

世界上唯一不会变的就是这个世界随时都在变。我们必须适应不断变化的世界，善于探索实践，提高新生事物的适应性。时刻保持对事物的好奇心和探索欲，不断寻找答案。带着怀疑精神，带着对真实真相负责任的态度，敢于刨根问底。

底层逻辑是一种对事物本质和规律的洞察和把握，我们必须遵循和懂得。面对复杂多变的社会，必须要有开放性、多元化的思维，提升认知深度。

认知不是你知道了什么，而是你确信了什么。认知不单是获得新知识、新观念、新感悟，而且是一直坚守、执着和确认的东西。

知而不行，非真知，行而不知，是盲行，两者都不是真正的认知。知行合一才是认知的觉醒，而认知的觉醒是生命又一次的开始，是生命的觉醒。

真正能限制一个人的，从来不是身份上的卑微，也从来不是经济上的贫穷，而是自己认知上的困顿。阻碍我们实现目标的，恰恰也是被实践证明是错误的认知。

美国实业家洛克菲勒曾说：“财富是对认知的补偿，而不是对勤奋的奖赏。”所以，你所赚的每一分钱，都是你对这个世界认知的变现；你所亏的每一分钱，都是因为你对这个世界认知有缺陷。

想要知道这个世界究竟是什么模样，那就要走出无知的怪圈，提升认知的深度。

发现自己的无知，需要相当程度的认知。但愿我们从无知中走出来，拥抱无知，认清自己、提升自己，不再为无知买单。

哲学也并非高深莫测

哲学的定义是模糊的，对哲学的解释和理解，哲学家们各抒己见。每一位哲学家、甚至每一位喜欢和爱好哲学的人，也都能按照心目中的美好形象来装扮哲学，可谓“淡妆浓抹总相宜”。可是，无论给予哲学何种定义，他们对哲学作为一门学科的重要性，认识上是一致的。

哲学是科学的科学，学哲学是对人类本质和人生意义的探究，哲学本质上是人理解人、认识人和世界的思想性活动，哲学探究生活意义、寻求人生目标和价值观。

德国古典哲学家黑格尔说：“一个有文化的民族，如果没有哲学，就像一座庙里其他方面都装饰得富丽堂皇，却没有至圣的神那样。”文化的核心是哲学，哲学对国家、民族的重要性可见一斑。

中国古代把哲学称为“玄学”，认为哲学玄奥高深。在现在许多人的眼里，人人都知道哲学的好处，但都认为哲学是一门抽象难懂的科学，高深晦涩。人们也常常被各种晦涩难懂的哲学术语、纷繁复杂的哲学派别困扰，以致对哲学这门学科感到头痛。

学习哲学真的很难吗？哲学真的高深莫测吗？

其实，哲学并非那么神秘，也并非那么深奥难懂。生活处处有哲学，哲学无时无刻不在我们身边，许多人都自觉或不自觉地用哲学的方法处理事情，生活中许多事情也都可以用哲学来解释。

有人说过这样一段话：学科学，我不说，你糊涂。我一说，你明白。而学哲学，我不说，你明白。我一说，你糊涂。

为什么科学不解释，人们不明白，一解释，人们感觉不糊涂；而哲学不解释，人们反而明白，一解释就让人感觉糊里糊涂呢？

科学是一种逻辑思维，有影踪和痕迹可循，而且深入浅出。而哲学是个体对大自然、对生命的理解和探究，每一个人的思维方式、人生阅历、所站立的层面不同，理解的也不尽一致。也就出现了你不明白他所说的，他也不明白你所说的。

哲学不解释，人们反而明白，说明哲学道理是大道理，大道至简，一般人也能明白。

哲学的确很高深，但并非高深莫测。如果我们用一以贯之的、有原则的思维去理解哲学，就能化繁为简，迎刃而得其解。而如果我们用庞杂繁缛的、想入非非的思维去理解哲学，就会堕入五里雾中，百思不得其解。

生活离不开哲学，但哲学更离不开生活。哲学就是从人们日常生活中总结提炼出一种被人们共同认可的道理。我们每一个人在现实生活中的每一天，都在实践和丰富着哲学的定义，展示和发展着哲学的思想。

人们在现实生活和工作中无论是成就的取得，还是失败的教训，都可以上升为哲学高度，都可以用哲学去理解。人们也可以将哲学思想融入生活和工作，用以指导生活和工作，指导选择更能实现自身价值的生活和工作。

所以说每一个人都是哲学家，虽然我们并不是每天都研究着哲学的学者，但我们每一个人都有着对世界、对事物、对他人独特的看法，有着自己的世界观、人生观和价值观。在实践中，也会带着哲学的思想去思考和处理问题。

你和一位年长者交谈,你就会感觉他说话很有哲理,好像在和一位哲学家交谈。

美国作家斯托夫人说："母亲是天生的哲学家。"母亲是孩子第一位伟大的老师，为了孩子的健康成长，为了孩子长大成人，母亲总是用深入浅出的道理，从利害、得失等方面入手，教育、引导和帮助孩子确立正确的世界观、人生观和价值观，引导教育孩子如何做人，如何面对人生的曲折。

孩子也是天生的哲学家。他们会向父母、老师、大人，甚至会向同伴，时常提出一些天真、朴素和稀奇古怪的哲学问题："这是真的还是假的？""第一人从哪里来的？""到底是先有鸡还是先有蛋？""天外面还有什么呀？"哲学始于好奇，孩子们能提出这样的问题，就说明了哲学也不是仅大人们触碰的问题，孩子都可以靠近。

一个小男孩随妈妈到店里买东西，店老板看到可爱的小孩，就打开一罐糖果，要小男孩自己拿一把。但这个男孩却没拿。几次邀请之后，老板亲自抓了一大把糖果放进他的口袋中。回到家中，母亲好奇地问孩子为什么自己不抓糖果，而要老板抓呢？小男孩回答道："我的手比较小，老板的手比较大，所以他拿的一定比我拿的多。"这是一个聪明的孩子，他知道自己能力有限，也知道别人比自己强。这个哲学小故事告诉我们：凡事不能只靠自己的力量，学会借力发挥，这是一种谦卑，更是一种智慧。

相对论是一个哲学问题，一般人也很难正确回答这一哲学问题。科学家和思想家爱因斯坦关于相对论的一段话，轻松地回答了这一问题，也同时回答了哲学到底是易懂还是难懂的问题。

爱因斯坦说："把你的手放在滚热的炉子上一分钟，感觉起来像一个小时。坐在一个漂亮姑娘身边整整一个小时，感觉起来像一分钟。这就是相对论。"快乐的时间总是短暂的，碰到难受的事情总是会觉得度日如年。

对于学习哲学而言，如果带着喜欢的心情去学习和触碰哲学，就很容易理解哲学上的一些问题。但如果不喜欢哲学，甚至有点讨厌哲学，那么对哲学上的一些问题就感觉抽象难懂，甚至认为学哲学是认识上的一种痛苦。

人类哲学的星空群星璀璨，而马克思主义哲学无疑是其中最璀璨耀眼的。马克思主义对中国大地的影响，犹如母亲对孩子的影响，深远而细致入微。马克思主义哲学也是最容易学明白的哲学。

马克思主义哲学是世界上最伟大的哲学。马克思主义认为，哲学是理论化、系统化的世界观，是自然知识、社会知识、思维知识的概括和总结，是科学世界观和方法论的统一。

马克思主义哲学包括辩证唯物主义和历史唯物主义，系统地总结了自然和人类社会发展的一般规律。

马克思主义归纳出世界运动发展的三大规律：对立统一规律、量变质变规律、否定之否定规律。一切事物的运动、变化、发展都内在地体现着这三大规律。人们对于世界的三大规律都很容易理解和掌握。

马克思主义哲学告诉我们，要用辩证的观点、一分为二的观点、历史的观点，去分析和解决问题。

马克思主义哲学要求我们要以全面的观点、发展的观点和联系的观点看待事物的发展。

马克思主义的这些哲学观点，都是人们在生活和工作中常用的方法。这些哲学观点通俗易懂，容易为人们所掌握，也容易为人们所运用。也正因如此，马克思主义哲学才能浸润人们的心田，成为大众化的哲学、老百姓的哲学。

学习哲学的根本目的就是为了认识世界和改造世界，而根本在于改造世界。

马克思的一生致力于改造世界的理论和实践活动，其名言："哲学家们只是用不同的方式解释世界，而问题在于改变世界（被作为马克思的墓志铭）。"一般人对于马克思的这一名言都是理解的，人们在实践活动中，都在为改造世界、改善生活、实现美好而奋斗着。

英国哲学家维特根斯坦对哲学的理解十分简单："哲学不是一套学说，而是一种活动，哲学的主要工作是解释。"关于哲学，他通俗地说："哲学就是一个让你学会用相对准确的语言站在一个不同的视角来解释眼下你看不透的事物的一个工具而已。"他认为：哲学的困惑源自语言的误用。

正如维特根斯坦所说的，其实哲学很好理解，哲学就是一种活动，就是指明我们生活的真理、意义和目的。

明代思想家王阳明对哲学的理解就是知行合一。知行合一就是将学到的知识和理论付诸行动，这应该是一个不难理解的哲学道理，世界上许许多多的人都是践行着知行合一的哲学思想。

许多人都误认为一般民众缺乏智慧，其实民众中有许多的大智慧。即使是伟大的哲学家，有时也无法回答一般民众的质疑。伟大的哲学思想都产生在一般的民众之中，民间谚语就蕴藏着深刻的哲学思想。

"千里之行，始于足下"的哲学道理告诉我们：任何伟大的事业都是由小事做起，逐步积累而成的。细节决定成败，抓住细节才有可能取得成功。

"种瓜得瓜，种豆得豆"的哲学道理告诉我们：因果报应是一个客观存在的规律，种下什么因就收获什么果，一切因果循环都是自己的选择。

"打蛇打七寸"的哲学道理告诉我们：解决问题要抓住关键点，抓住问题的要害。

物极必反、揠苗助长、防微杜渐、乐极生悲、巧妇难为无米之炊，这些都是具有深刻哲学思想的成语，也被人们理解和运用。

伟大的哲学始于怀疑，怀疑是敲开哲学之门的第一步，怀疑越彻底，终极的思考越接近正确。我们每一个有思维能力的人在人生的历程中，都会对周边的人和事产生怀疑。一般人都是怀疑者，怀疑者就是一个智者，就是一个哲人。

哲学是关于推理的知识，推理就是从已知的前提推出某种结论，我们一般人在考虑问题时都会进行推理。

怀疑、批判、质疑、反思、分析、推理、逻辑等思维，都是哲学思维。学哲学的根本目的就是站在生命的更高的维度上，运用这些哲学思维，认识自己、认识世界，提高自己的认知，用以改造主观世界和客观世界。

哲学需要在实践中顿悟，哲学也是需要认真学习的，要带着求知的欲望、要带着谦卑和开放的态度去学习哲学。当你意识到自己的存在的时候，就是开始学习哲学的时候。

哲学是一门启迪人的思想，让人变得聪明的学问。千万不要误认为哲学高深莫测而敬而远之，我们应当学点哲学、学深哲学、学好哲学。

在不确定的世界追求人生的确定性

我们认识的世界是一个未知的世界，不是恒定不变的，而是充满着许多不确定性。这是一个哲学的问题，也是一个科技的问题，更是一个现实的问题。

英国思想家柏克说："不确切是一切伟大事物的本质。"事物具有运动的属性，运动就意味着变化。世界是随机开放不确定的，这是一条世界法则，也是我们应该确立的世界观。

世界风云变幻，人类社会从来没有安定过。就生存而言，人类社会面临着灾害、瘟疫和战争等肆虐和威胁，以致人们发出了世界末日即将到来的绝望声。

世界很不安宁，局部战争和热点问题此起彼伏，弥漫着战争的硝烟。人类有史以来战火不断，在有记载的5560年的人类历史上，共发生过大小战争14531次，平均每年2.6次。我国历史上大约发生战争4500次之多，约占世界历史上战争总数的三分之一。强者侵略弱者，血腥的战争一场接着一场，残酷至极，令人生畏。

地震、洪水、飓风等自然灾害给人类带来了无数的痛苦。车子行驶在山区高速公路上，也许突然会被山体滑波埋葬。

人类也遭到了无数次瘟疫的肆虐，饱尝苦难。一场新冠肺炎夺走了许多好端端的生命，无情、无奈的场面历历在目。

世界恐怖分子、极端个人主义也时常残暴地侵袭着无辜者的生命。

人类在与同类的较量中，也是适者生存，不适者潦倒，其间充满着血腥和残酷。法国思想家罗曼·罗兰说："历史是为活着的人们而写的，活着的人们搜了死者腰包之后，踏着死者尸体前进。"

这些不确定的因素让你明白：你永远不知道明天太阳和灾难哪一个会先来。

这个时代科技文明的进步，促使你无法预知和推测未来世界的变化。40年前拥有一部电话机，那是身份和地位的象征，谁能想象现在的电话已被彻底冷落。如果你只能用电话作为通讯工具，那你一定是落伍的弱势群体。

世界充满了严峻的挑战和不可知的未来，世界的不确定性，也决定了人类必须适应这个世界，才能够更好地生存和发展。

有句话说得好：我什么都不怕，就怕不确定性。一个不确定的环境，也是一个人生活和生存的困难。这个时代，最大的特征早已不是你想象的那种稳定，而是不确定；这个社会最关键的能力，也不再是预测，而是适应。

适应是一种智慧、一种能力。物竞天择，适者生存。人类进化论的奠基人达尔文说："在自然演化过程中，能够活下来的，不是那些最强壮的物种，也不是那些最聪明的物种，而是那些最能适应变化的物种。"适应能力是我们应对世界日益变化的能力，也是我们在不断变化的环境中求得生存和发展的能力。

世界的不确定性击败了世界预言家们的预测。1987 年，英国皇家历史学会会长保罗·肯尼迪在《大国兴衰》中预言：苏联即将赶超美国，但几年后，强大的苏联坍塌解体。有人曾预测道：2021 年人类将走向毁灭？但预测成为谎言，人类依然生活在地球上。一些知名人士的一些预测甚至成为人类历史上的超级笑话，现实世界似乎与我们所知的常识背道而驰。

人类的智慧尽管无穷无尽，但与浩瀚的宇宙相比，也不过是沧海一粟。自然界依然有无数让我们无法解决、无法战胜、无法回答的问题。

唯一确定的就是不确定，这也已经成为人们的共识。不确定性也并不总是负面的。人生唯一确定的就是不确定的人生，不确定是人生的一部分。如何在不确定的世界里追求人生的确定性，这才是正确的人生选择。

这个世界是一个不确定的世界，但追求确定性是人的本能，也是一个人理性、客观和必然的选择，都希望有确定性。世界的不确定性并不是无序、无奈和无望，我们应该在不确定性中抓住确定的东西，这是至关重要的一点。比如说，追求美好就是确定的。

我们许多人喜欢打乒乓球，乒乓球运动就是一个不确定的游戏和比赛，但我们能确定的就是把自己的接发球动作做得规范些，这样才能应对来自对方不确定的球路。

人生的确定性是什么？生老病死、求学工作、结婚成家、养儿育女等，但这些都是确定的基础性的东西。获得感、荣誉感是人生确定的高一层次的东西。

个人价值和社会价值的实现，做一个有理想、有信仰、有道德、有修养、有格局、有文化、有智慧的人，这些才是高层次的确定性的东西，而实现这些确定性东西，需要我们对生命的意义、人生的价值、人的思想和灵魂有一个高维度的认知。

生命就是在注定中寻找不注定性。人生的确定性告诉我们，人都会面对死亡，死亡才是生命的最终释然。人生必须要走两条道路：一条是通往理想的道路，另一条是通往死亡的道路。人只有在奔赴伟大理想的道路上勇敢地面对终将会到来的死亡，在终究会走向死亡的道路上实现伟大的理想，才会体现人生的价值，才不是苟且的人生。

“未知生，焉知死？”我们无须纠结于世界的不确定性，在确定的环境中，应该轻松自在地生活；在不确定的环境中坦然面对，把活着的这一天当作生命中的最后一天，这是对生活的态度，也是对生死的态度，更是人生的智慧。

人生是短暂的，也许我们来不及思考，就走向了生命的尽头。面对短暂而宝贵的生命，我们必须站在生命的高维度上去思考、去定位人生的目标。

不断地学习才能垫高自己，这是确定的。学习是对自己的投资，面对不确定的世界，变化着的世界，我们只有不断学习，才会有出路。

读书不是唯一的出路，但读书一定是最容易和最好的出路。读书的人在选择人生，规划自己；而没读书的人只能被迫谋生，被人利用。必须明白一点，人是被书本垫高的，一读书，世界就在眼前；不读书，眼前就是世界。

人活一世，其实就两件事：第一是让身体健康；第二是让灵魂自在。灵魂自在就是要有思想，人生的道路上要学会独立思考。有思想，才会提高自己的认知，确立自己的世界观、人生观和价值观，不会走进围观的人群起哄跟团，人云亦云。

人生的道路是曲折坎坷的，但必须走下去，这是确定的。不好走的道路上从来不拥挤，苦，才是人生，累，才是工作。只有在崎岖的道路上风雨兼程、勇往直前地走下去，才会到达理想的彼岸，才会彰显人生的价值和意义。

在不确定的世界，我们就要懂得珍惜，珍惜时间、珍惜机会、珍惜友谊、珍惜一切美好的东西，这是确定的。

珍惜时间，就是要懂得人生不售来回票，一旦动身，绝不能复返。生命是一场不可辜负的奔赴，是与时间的赛跑，与死亡的较量，要珍惜和利用好一分一秒的宝贵时间。

珍惜友爱，珍惜血浓于水的感情，珍惜来之不易的友谊。分别的时候别忘记一个深情的拥抱，人生苦短，不要斤斤计较，心存烦恼、心存仇恨。时间宝贵，爱人都来不及，哪有时间记仇恨人。

珍惜生命，生命对于每一个人来说只有一次，死亡是生命最精准的教育，理想是生命最有价值的体现。不能枉费这个虽然不确定，但令人美好的世界，我们只有热爱生命、珍惜生命，在生命的每一天彰显自己人生的价值，才不苟且一生。

未曾痛哭长夜，不会醒悟人生，人总会有悲伤的时候，要在悲观中找到乐观。

人生都有不如意的时候，只有看淡一切、看轻一切、看开一切，才能看好一切，看到未来。

在探索中寻找前进的方向，激励前进的动力。正因为世界的不确定性，所以我们应该以确定灵活的态度应对不断的变化，在探索中前进。

要学会逆向思维。懂得不能做什么，懂得自律。成年人最大的自律就是在不确定的世界做自律的自己。社会再变，灵魂不能浮躁；诱惑再多，脚步不能乱套；工作再忙，读书不能忘掉。

要学会底层思维能力。世界的未来无法知道，但我们应该懂得事物的本质、规律和因果关系。在不确定的世界提高自己系统思维的能力、管理情绪的能力、管理时间的能力、反思复盘的能力、认知思维的能力。

世界纷繁复杂，瞬息万变；人生艰难困苦，潮起潮落。前一秒还是风平浪静，后一秒也许会狂风骤雨，但生活的不确定性正是我们希望的来源。人生是精彩纷呈的，人生是一场灵魂的盛宴、一场生命的奔赴、一场梦想的表演，让我们在不确定的世界追求人生的确定性，做确定的自己。

宁俗不伪，坚守本真

人的本真，是指一个人的真相，不加任何修饰的内心世界及外在表现，是一个人的本来面目。

人的本真就是纯洁、无暇、单纯、不虚伪。荀子说："伪，人为也。先天为真，后天为伪。"孔子也说："人之初，性本善。"人的本真是美好的。

人人都希望生活在本真的社会中，人人都渴望相处在本真的人群里，但在五彩缤纷的社会环境中，在这个纷繁复杂的世界里，人人都无不受到外在环境因素的影响和制约。一些人迷失在各种喧嚣中，迷恋于形形色色的诱惑里，渐渐失去了原始的本质，丧失了最初的自我。原本的纯洁，也变得世俗了，"原生态"变成了"老世故"，简单变成了复杂，真诚变成了虚伪。环境的影响，使得自己远离本真的自我，处在了虚伪的人群中。

许多人困惑，总感觉社会世态炎凉，缺少真诚、缺少温度、缺乏可信，总感觉社会十分势利、十分冷漠、十分现实，甚至十分残酷。

许多人拥有优越的物质条件，不差钱用，不担忧什么，也不缺少围绕的人，但总感觉身边缺少了可交心的人。一旦掏心掏肺地交心，换来的是沉痛的教训。社会的虚假，人的虚伪，残酷的现实，着实使人感觉有点心惊胆战、后背发凉。

虚伪表现在趋炎附势、欺弱怕强。虚伪者奉承、迎合和依附有权有势的人，对弱小欺压打击，对强势低头哈腰，缺乏对社会公正和正义的伸张和维护。

虚伪表现在违背承诺、口是心非。虚伪者不讲诚信，信誉缺失，导致个人信任的丧失和声誉的损坏，虚伪者言行不一，当面一套，背后又是一套，社会公信度差。

虚伪表现在道貌岸然、表里不一 。虚伪者在众人面前一副高傲和假正经的样子，虚有其表，虚伪者外表光鲜亮丽，内心阴暗狡猾。

虚伪表现在夸大吹嘘 、抬高自己。虚伪者为了个人不可告人的目的，吹嘘自己、抬高自己，说话毫无顾忌、毫不客气、毫不脸红、毫不知耻。

虚伪表现在见风使舵，做“墙头草”。虚伪者擅长看势头，站队伍、看眼色，找机会、看风向，转舵柄；虚伪者是一个八面玲珑的老滑头和老油条；虚伪者东风东倒、西风西倒，没有原则、立场和观点；虚伪者左右逢迎，上下讨好，毫无气节和骨气。

虚伪表现在哗众取宠，华而不实。虚伪者喜欢用假、大、空的言论行动迎合众人，以博得好感、拥护和支持。虚伪者表面上让人感觉很有学问、很有才能，实际腹中空空，能力极差，办事极不靠谱。

虚伪表现在阿谀奉承，空拍马屁。虚伪者屈从拍马，巴结、迎合和讨好领导和有需要的人。拍马屁的人本就是一个十分虚伪的人，而虚伪者还空拍马屁，令人恶心至极。

于是在这些虚伪的环境中，“伪君子”“点头客”“好好先生”“和稀泥”“笑面虎”等丑态百出的虚伪者都大摇大摆地粉墨登场。

“人心者世俗之本也，世俗者王运之本也”，这虽然是主观唯心主义的观点，但确实也是一个社会现象。“俗”字从字形上看，是“人”和“谷”两个字，所以看起来像是人依附于食，体现了俗是一种生活状态。世俗者有着不知变通、拘泥古板的习惯，其思想跟不上时代，观念与时代脱节。世俗者因为没有见过世面，言行举止显得粗俗粗鄙和庸俗，带有不雅观、不高雅的情趣和格调。当然能够真正认识到自己的俗，也是认真入世的状态。

出乎人想象的是，目前世俗主义越发普遍，世俗主义者越来越多。究其原因，人们普遍厌恶了虚伪，回过头来，还是觉得世俗者可靠，虽然不是很可爱，但至少没有虚伪者可恨。总感觉世俗者对自己的影响和损害不大，而虚伪者对自己的影响和损害极大，必须敬而远之。

世俗的人是一个活得很现实的人，圆滑世故，为了眼前的一点物质利益去改变自己；为了适应这个社会去改变自己，但不会伤及他人。

人身处红尘中，各种虚伪和世俗到处可见，可谓形形色色、千姿百态，当我们看清了虚伪者的阴险，懂得了世俗者的粗俗，在万般无奈的选择中，许多人作为一个凡夫俗人，选择了世俗。他们宁愿在乱世乱象之下，做一个清醒的世俗者。

伪是人品的问题，俗是境界的问题。我们应该去伪存真，返璞归真，回归生命最开始的时候，童心不泯。我们应该让自己沉静下来，沉淀内心，尊重自然，向往原始，发现自己，简单生活，顺乎天性，坚守本真。

事物的本真是事物最基本、最本质、最真实的本质属性，坚守人的本真，就是遵循事物的本真，就是人们认识事物本质的基础。

坚守本真，就是不会被眼花缭乱的假象诱惑，始终做到社会再变，灵魂不能浮躁；诱惑再多，步子不能乱套。

坚守本真，就是坚守自己的灵魂，不会人云亦云，走进围观的人群，随波逐流，跟团起哄。

坚守本真，就是坚定自我，活得通透，活得自然、活得简单。人活到极致，一定是素与简。

坚守本真，就是做到“人在世俗中，心在世俗外”。知世俗而不世俗，能自嘲而不嘲人。明知世俗有时也要甘愿世俗，安分世俗。

生命的觉醒，就是始于远离尘世喧嚣的那一刻，在身处纷繁复杂的世俗之中，内心依然保持着远离尘嚣的宁静、孤独和清醒，这也是人生的一种智慧、觉悟和选择。坚守本真，去寻找愉悦舒心的精神家园。

远离虚伪，远离尘世喧嚣的人群，可能一时无路可走、无处可去。带着乡愁的冲动，去世俗的环境，尽管不雅致，但至少它离回归本真的美好并不遥远。

一位败走洪堡大学的哲学狂人

“没有洪堡大学就没有光辉灿烂德意志文明。”这一说法的提出，足于说明了洪堡大学卓越的历史地位和前所未有的影响力。

洪堡大学是全世界真正现代化大学的开始，有着辉煌灿烂的历史，对欧洲乃至全世界都有着极其深远的影响，被誉为“现代大学之母”。洪堡大学也是德意志、现代文明和世界伟大思想的摇篮。

洪堡大学是伟大思想的摇篮和前沿阵地，汇聚着一大批有思想、有灵魂、有个性、有作为的哲学家和思想家。国际无产阶级的革命导师马克思与恩格斯都曾在洪堡大学学习过。马克思在洪堡大学攻读了 5 年的法律和哲学，恩格斯学习了一年多的哲学和历史学。

哲学家黑格尔、叔本华、尼采、伊夫·博萨特、维特根斯坦、谢林、费希特，心理学家库尔特·勒温，作家陈寅恪，科学家爱因斯坦、黑格曼，艺术家苏珊·杜布、罗沃达、卡技拉·萨克斯，诗人杨·瓦格纳，都先后在洪堡大学学习和任教。周恩来、蔡元培、陈寅恪、章伯钧等国内许多名人也都在洪堡大学学习过。

洪堡大学的校训是：“哲学家们只是用不同的方式解释世界，而问题在于改变世界。”这是马克思的一句名言，也被刻在马克思的墓碑上，可见这句话在哲学界和思想界的分量。

德国人善于思考，有“盛产”哲学家和思想家的美誉。“世界十大哲学家”中，德国人就占据了一半。如果说德国是一个布满哲学种子的国家，是一个“哲学的国度”，那么，德国洪堡大学就是普鲁士大地上最集中的“智慧产地”。

在德国哲学家和思想家的队伍中，非理性主义和唯意志论的创始人叔本华无疑是一个哲学巨子。叔本华也是举世公认的“世界十大顶级哲学家”之一，是 20 世纪哲学研究无法绕开、不得不提的一位旷世的哲学天才，叔本华是一位丰碑式、宗师级的大哲学家，影响了人类哲学史两个世纪。

叔本华是西方哲学史上第一个系统提出“非理性主义”思想的哲学家，在他以前，理性在西方哲学传统中占据着至高无上的地位，而叔本华开创了非理性主义的先河，从这个意义上说，他的哲学地位甚至可以与古希腊哲学家柏拉图比肩。

叔本华自信笃定、狂傲独特，是一位敢于挑战哲学权威的哲学狂人。

叔本华自诩为康德的哲学传人，他自傲地说：“在康德和我之间没有哲学，只有大学里的以假充内行。”叔本华拒绝承认黑格尔是康德哲学的继承者。

叔本华甚至贬低和否定黑格尔，他曾直言不讳地说：“我们从休谟任何著作的一页中所学到的东西，都要比黑格尔所有哲学著作中所学到的东西都要多。”

集德国古典哲学之大成的黑格尔曾担任过洪堡大学哲学系主任、校长，是西方哲学界公认的权威，而叔本华只是哲学系一名普通的副教授。但叔本华敢与黑格尔公然对垒、公开挑战，竟然选择在黑格尔授课的同一时间讲授他的思想课。他自以为能战败黑格尔，但结果却让他狼狈不堪。黑格尔的讲座场场爆满，而听他课的学生却是寥寥无几，最后仅有的听他课程的学生都转向了去听黑格尔的讲课。叔本华带着不满、不安、不悦的情绪，灰溜溜地离开了洪堡大学。

但叔本华并没有一点失败的感觉，他反而说，懂得自己学说的人还没有出生，真理会最后胜利。

如果说知识分子之间往往存在着文人相轻的话，那么富有思想的哲学家之间也肯定存在着相互否定、彼此贬低的现象。

哲学界纷纷嘲讽叔本华，叔本华却说:“如果不是我配不上这个时代，那就是这个时代配不上我。”“我倒要看看有谁自称他在同时代会比我更痛苦。”这些语言表达了他足够的自信，同时也发出对周围学者的蔑视声。

叔本华有句名言:“小人常为伟人的缺点或过失得意。”也许叔本华意识到与黑格尔“抬杠”是一种缺点和过失，也许叔本华正是针对这件事的发生，才说出这一句话。虽然叔本华的“抬杠”对他本人是一种打击，但他的自信着实让人敬佩。

尽管叔本华的哲学思想由此受到了冷落，但他仍坚信他的哲学思想会占上风，最后会取得胜利。

1819 年，狂傲的孤独者叔本华的代表作《作为意志和表象的世界》火爆全世界哲学界，一下子全世界都知道了叔本华，甚至他的影响力超过了黑格尔。

叔本华临终前还自傲地说：“人类从我这里学到了一些他们将永世不忘的东西。”叔本华逝世后，历史和事实不得不承认他看穿了历史的本质，揭示了事物的真相。

迈克尔·凯利感慨道：“假如没有叔本华，康德哲学中美好与真实的内容都会与康德本人一起消逝。”道出了叔本华才是康德哲学思想的传人。

叔本华的哲学思想也影响了西方哲学界，弗洛伊德、海德格尔、荣格、萨特、柏格森等哲学家身上都无不有着叔本华哲学思想的烙印。

叔本华身后还有着一大批跨国界的“哲学粉丝”。托尔斯泰、莫泊桑、王维国、爱因斯坦都敬仰叔本华、宣传叔本华。

美国思想家和科学家爱因斯坦深受叔本华哲学思想的影响，他说：“叔本华有句名言‘人虽然能够做他想做的，但不能要他想要的。’这句话在我年轻时就启发了我，并且不断地在人生艰难的时刻成为我和许多人的慰藉以及忍耐的源泉。”

叔本华的哲学思想对唯意志论继承者尼采的哲学思想影响更是深刻巨大，他的哲学思想对现代哲学的影响，在很大程度上是通过尼采的哲学而间接发生的。从尼采的文章和言语中，我们不难发现，都可以找到叔本华哲学思想的影子。我曾经写过一篇关于尼采的文章《尼采，我也写写你》，在写作的过程中，看过不少关于尼采的文章，也深深感觉到尼采的哲学观点、思想风格、个性特征，其实，叔本华和尼采这对哲学师生身上有着相同的哲学风格和倔强个性。

尼采说:“在读完叔本华著作的第一页以后，就很清楚地知道，我要把他所写的所有文字都读完为止，他所说的每一个词我都要听。叔本华是我的第一位也是唯一一位教育者。我的先驱是叔本华。”这些言语充分说明了尼采对叔本华哲学思想的敬仰和崇拜。

哲学家普遍有着狂放不羁的性格和与众不同的特点，叔本华也不例外。据说叔本华经常光顾一家酒店，每次他都拿出一个金币，侍者以为是给自己的小费，因此服务格外热情周到，但一次次落空后，服务员忍不住问叔本华为什么手持金币。叔本华回答:“只要旁边的水手们哪天不再谈论女人和马，我就把这枚金币当小费给你，侍者听罢目瞪口呆。”

叔本华曾经嫌一位老妇人太吵而与之发生争执，并把这个老妇人推下楼梯，他被法院判处赡养此老妇人直到她生命结束为止。老妇人死后，他恶狠狠地说:“老妇死，重负释。”

叔本华是个厌女主义者，对女人有着与生俱来的极大的偏见，他终生未娶。在《论女人》一文里，叔本华开篇就说：“女人本身是幼稚而不成熟的，她们轻佻琐碎、缺乏远见。”他和母亲相互诋毁，断绝关系，至死都不曾来往。

叔本华也是一位悲观主义哲学家，他喜欢从人类的苦难角度来思考人生，因此他的世界观是悲观的。

越是有智慧的人才会越悲观。俄国思想家托尔斯泰说：“如果你感受到痛苦，那么你还活着。如果你感受到他人的痛苦，那么你才是人。”有胆识、有智慧、有悲天悯人的人才是有悲观情怀。

叔本华认为，人类幸福的两大敌人是痛苦和无聊，以至他发出了“人生，就像钟摆一样，在痛苦和无聊中摇摆。欲望不能满足就痛苦，欲望满足了就无聊”的叹息声。

连鲁迅先生都评价说：“勖本华尔一脸苦相。”

叔本华的一些哲学思想是悲观的，但它教育人们如何避免过多的欲望，真正获得属于自己的幸福。他虽然是位悲观主义者，但他主张通过热爱艺术，可以从美学直观中摆脱意志束缚，使人在精神上得到暂时的解脱，把艺术看作解除人类痛苦的一个可能和可循的途径。

叔本华在论述人性时曾说：“人性一个最特别的弱点就是在意别人如何看待自己。”但叔本华并不在意别人如何看待自己，他认为，在这个世界上，除了极稀少的例外，人们其实只有两种选择：要么孤独，要么庸俗。正是因为他不惧寂寞和孤独，他的哲学思想很长时间得不到认同。

叔本华对人性的剖析也是一针见血、入木三分、淋漓尽致。

“人性中最坏的特点，是对别人的不幸遭遇幸灾乐祸，这是一种非常接近残忍的感情。幸灾乐祸所带来的笑骂，简直是来自地狱的笑声。”

“名誉是表现在外的良心，良心是隐藏在内的名誉。”

“对待动物残忍的人，对待人也必不会仁慈。”

“只要条件尚可，机会成熟，人人都想作恶。”

叔本华的哲学语言思想深刻，逻辑思维清晰，细节感受力强，极具穿透力，阅读后让人感觉通体透亮。

“不要牵挂未来，唯有现在才是实在和确定。”

“这个世界将毁于无人思考。”

“一个不怀偏见的人，即哲学上的外行。”

捷克小说家、西方现代主义文学的先驱卡夫卡说：“叔本华是一个语言艺术家，仅仅因为他的语言，我们就应该无条件地读他的著作了。”

托尔斯泰说：“对叔本华著作的心醉神迷和连续不断的精神愉悦，是我所从来不曾体验过的。”同时他又感慨道：“如今我确信叔本华是人类最伟大的天才。叔本华哲学无与伦比地壮丽而清晰地反映了整个世界。”

叔本华作为一代哲学巨匠，一生孤傲自信；叔本华作为人类幸福导师，一生悲观孤寂；叔本华作为一位人类伟大的哲学家，他并不因为思想受阻而感觉孤独，更不因为败走洪堡大学而改变个性。

叔本华不可退却的灵魂坚守，也是他不可退却的最后的倔强。因为叔本华坚守灵魂、坚持真理、坚信自我，所以才赢得了时间、赢得了敬仰、赢得了未来。

先知己，后知人

《鬼谷子》中说：“故知之始己，自知而后知人也。”意思是说要想了解他人，必先从自己开始，只有了解了自己，才能了解他人。

如果把鬼谷子的这句话运用于敌我战争，那就是《孙子兵法·谋攻篇》中所说的“知彼知己，百战不殆”。

乍一看，“先知己，后知人”和“知彼知己，百战不殆”所表达的意思差不多。但进一步分析，“先知己，后知人”有着更深层的意思。“知彼知己，百战不殆”所揭示的是既要知己，又要知彼。而“先知己，后知人”揭示的是只有更好地“知己”，才能更好地“知人”，这是先后的关系，而非即时双向的关系。

知人者智，自知者明。先知己，再知人，后知世，最终知智慧。这个程序不能颠倒，这也是为人处世的方法。

知己和知人是两个不难理解的问题，但认识别人容易，认识自己难。连西方哲学的创始人苏格拉底总是自称一无所知，他有一句在人类哲学史上可称为最短小精悍、最朴实无华的名言：“认识你自己。”

现实中许多人不认识、不认清自己，往往自以为是。

知己就是要知道自己的品德、能力和实力；知己就是要清楚地认识到自己的缺点和不足；知己就是要知道自己的特长和特点；知己就是知道自己在社会结构中所处的位置、所担负的责任和所发挥的作用。

许多人知人的能力强，而知己的能力弱，还自以为对自己很了解。所以当知人时，才顿悟自己对自己都并不了解。

在扑朔迷离的时代，太多的人盯着光鲜亮丽的他人，而忽视了看清自己、知道自己。

一些人喜欢以自己的视角和思维方式，站在自己的层面上，对别人指手画脚，妄加评论，甚至责备求全，这是一种既不知己、又不知人的愚蠢的表现，智商和情商几乎为零。这种“不知己”的人，目空一切，往往会得罪周围的人，而且会使血浓于水的亲情寡淡无趣，也常常让来之不易的朋友反目为仇。这种“不知己”的人让人深恶痛绝，也实在不应该、不值得。

深入社会，接触人群，只有先了解自己，才能进一步了解他人；只有了解他人，才能明白事情的缘由、真相和本质。

知己，就是要正确认识自己，对自己有一个清醒的认知。认识到自己是一个有意识的生命个体，能客观、公正和正确地认识自己。对自己有一个自我认识，知道自己的性格、脾气、思想、爱好和情感世界。知道自己的能力和智力，知道自己的缺点和不足。既不怀疑自己，贬低自己，妄自菲薄，也不高估自己，目中无人，狂妄自大，正所谓知道自己“几斤几两”。

知己，就是要正确认识自己，知道自己在别人心目中的地位，既不高估自己在别人心中的地位，也不否定自己在他人心目中的地位，具有自知之明。

知己，就是要正确认识自己，不要在乎别人的背后之言，不被别人左右而迷失方向，不会走进围观的人群。其实，别人认为自己是什么样的人并不重要，重要的是自己认为自己是什么样的人。

知己，就是正确认识自己，扬长避短，砥砺前行，提升自己，成长自己。

人类历史就是一部不断认识自己的历史，在认识自己的过程中，只有不断修正自己、修炼自己，才能使自己不断进步。

人贵自知，而后自省，终而自律。没有人一开始就能认识自己，许多人常常也输在“看不清自己”上，有的人甚至一辈子也看不清自己。

认识自己是所有智慧的基础，知己既是一种智慧，又是一种谋生的手段。要想知人，必须先知己，知晓自己、知全自己、知透自己。

俗话说，知人知面不知心。每一个人都有不为人知的一面，懂得识人至关重要。宁可不识字，不可不识人。识人就要从他人的言行举止中观察其内心世界。

社会上有一种说法，看一个男人的品位，要看他的鞋子；看一个女人是否有内涵，看她的走姿；看一个人的心术，看他的眼神；看一个人的底牌，看他身边的好友。这些都不无道理。

言为心声，学会知人先知言。知言是知人的第一步。孔子曰：“不知言，无以知人也。”从知言中学会知人，即了解他人、熟悉他人、理解他人，这是与他人和谐相处的前提。

晚清理学家曾国藩也说：“为人之道四知：知命、知礼、知言、知仁。”也足以说明了知言在为人中的作用。

何谓知言？孟子在《公孙丑篇》中曰：“诐辞知其所蔽，淫辞知其所陷，邪辞知其所离，遁辞知其所穷。”言为心声，语为心境。听之言，必知其心。

相由心生，学会相面知人。《无常经》中说：“世事无相，相由心生。”相由心生给人的感觉好像是杜撰，其实相由心生已经广泛运用于人类心理学、哲学、医学。实践证明，相由心生是科学，不是玄学。人的外表相貌是由其内心的修养所决定的，学会相面，从中可以了解他人的性格和品行。

观其旁人，学会知人。苏格拉底说：“告诉我你的朋友，我就知道你是什么样的人。”物以类聚，人以群分。朋友是另一个自己，从一个人结交的朋友中，观察、分析和知晓他是一个什么样的人。

观其酒品，学会知人。酒品就是人品，此话千真万确。喝酒是一种文化，酒场就是感情的渲染。一个人的豪迈、格局、气量、情绪和胸怀，在这一口酒中都能体现得出。从举起酒杯时，不但知道一个人的酒量，而且还可以看出饮酒者的酒礼、酒品、酒德、酒风，可以折射出其人品和性格。

观其爱好，学会知人。同时，还要从其交际、生活圈子中知人，从他的情绪反应、应对挑战、责任担当上知人。

我们生活在一个五彩缤纷的社会，每一个人都想熟悉他人、了解他人、相处好他人。因此，在为人处世上要有所为，有所不为。不能以“知人”的心态，好为人师，做“小诸葛亮”，度量他人、揣摩他人、挑剔他人、嘲讽他人，甚至打击他人。而应该理解他人、欣赏他人、惠及他人。

了解自己的缺点，可以扬长避短；利用自己的优势，可以更好地发挥自己，追求自己的诗和远方。

一个人身上有弱点，行为有瑕疵，这才是真实的人性。洞悉人性的弱点，才能恰到好处地与人相处，懂得“要求自己完美是一种自律，要求他人完美是一种自私”这一道理，知人之长，容人之短。

“故知之始己，自知而后知人也。”知人是一种能力，知己是一种智慧。知人容易，知己难。不知己，难知人。先知己，后知人。

第贰章

灵魂

激荡心灵深处的旋律

直抵灵魂的欢愉

——写在《星空下的仰望》出版发行之际

散文集《星空下的仰望》一书得以顺利付梓，心中甚感欣慰。

十分感谢新华出版社，将我数年来思考与感悟所形成的文字编辑成书并公开出版，给了我一次汇聚思想和倾情释怀的机会，使我的作品能以这种形式同亲爱的读者见面。这虽然不是我写作的目的，但也确实圆了我一个不小的心愿。

捧着散发着油墨清香的新书，一种莫名的自我感动油然而生，犹如母亲抱着新生的婴儿，恰似农夫捧着丰收的新谷，又好像考生拿着录取通知书。这是一种倾注心血、终见收获后的感动，也有再启新程、激励未来的鼓舞。

星空，辽阔而深邃、寂静而蔚蓝。星空，使人仰望、让人敬畏、令人遐想。

有位哲人说过："世界上唯有两样东西能让我们的内心受到深深的震撼，一是我们头顶上灿烂的星空，一是我们内心崇高的道德法则。"

我之所以将这本书定名为《星空下的仰望》，出于我对星空的喜爱和敬仰。这里所说的星空，不仅是指头顶上的星空，更是指人类文明的星空。纵观人类历史的长河，曾经涌现出许许多多的思想家、哲学家、文学家、艺术家、政治家。他们以深邃的思想，引领着人类的文明与进步；他们以不朽的精神，烛照着人类的希望与未来，他们灿若群星，闪耀在人类文明的星空，值得我们以仰望而表达崇敬，因崇敬而铭记永恒。

《星空下的仰望》以"寻觅精神不朽的家园，坚守人类良善的底线，毕现生命美丑的底色，烙刻历史真实的印记，烛照人类心灵的光芒，通往灵魂深处的道路"为写作目的，将全书分成九个章节，每一个章节都在一个清晰的主题下，编入数量不等的一组文章。这些文章都是我对生活中所见所闻所阅引发的感悟，涉及哲学、思想、灵魂、人性、道德、伦理、修养、文学、历史、音乐等诸多人文社科领域。诚然，这些文字尚不成体系，只能算是一种有感而发的随笔散论，而这正是本书与众不同的特点。

哲学是一门让人欢愉而又充满智慧的学科，虽然艰涩难懂，但也并非高深莫测、抽象得难于捉摸。书中列举的一些哲学现象，也是人们在现实中碰触过的。走进哲学、研究哲学、辨析哲学，才是真正的热爱哲学。

人是要有思想的。一个没有思想和灵魂的人，就等于行尸走肉。而有灵魂的人往往也是一个孤独的人。一个有灵魂的孤独者，又是多么渴望在孤独的道路上，能与灵魂相通的人结伴而行。

历史的长河中，文学是最灿烂的浪花。文学不是一个简单的学科，它是生活的一杯杯醇酿，也是人生的一剂良药。再读中外文学名著，重温世界名人名言，这些阅读的享受，让我感奋不已，充满了我对社会的热爱、对生活的憧憬、对生命的珍爱。

历史事件和历史人物是由不同的人从不同的角度加以观察和记录的，这种记录避免不了时代的烙印和记录者的偏见。从历史真相中、从褐色的画面中、从常识和推理中，对一些历史事件和历史人物再次解读，不图新鲜和刺激，只求再现和还原，但不免又带有自己的一些观点。

一些历史人物离我们很远，但我们看到了他们伟大的背景。一些历史人物身上虽然有阴暗面，但也有闪光点和可圈可点之处，而不忽略这些，何尝不是一种实事求是的价值取向。

高度的自律来自高尚的“精神洁癖”。道德操守是一个人无须提醒的自觉。在这个人间冷暖、世态炎凉的现实社会，需要我们每个人都有温度地出现在人群中，用炽热的爱去拥抱世界。之所以把一些不言而喻的道德问题还要抛出来分析研究，旨在强调自觉。

社会历来是一个万花筒，五味杂陈。当我们看到黑暗时，不要怀疑终无天日，要懂得救赎与穿越，共同迎接黎明。对待弱小，懂得怜悯与关爱；对待邪恶，心存良知与正义；对待愚昧，彰显人性与引导。

本书中书写的一些政治家、思想家、哲学家、文学家、科学家等伟人与大师，都是一个时代的非凡人物，他们的名字如雷贯耳、他们的思想与日月同辉、他们的精神激励后人。他们既是凡夫俗子，但又神奇伟岸。他们立体而丰满、深沉而伟岸、睿智而有趣。我们只有在虔诚的仰望中，才能更走近他们，走进他们的内心与灵魂。当然，叙写和评价他们的书籍，可以说是铺天盖地，随手可得。而我作为一名无名之辈，因为崇敬，因为仰望，而有了书写他们的冲动与激情。我想用自己的文字，来表达对他们的无限敬仰。

身处无奇不有的大千世界，活在五彩缤纷的尘世凡间，当我每一次举头仰望群星璀璨的文明世界，总感觉自己是多么的渺小。我曾无数次叩问自己：“渺小的我该用什么与星空对话？唯独用心灵与之相聊，唯独用精神与之相守。空旷无垠、寂静无声的星空下，多少次，我默默仰望，思绪难平；多少次，我无声倾诉，沉醉其中；多少次，我独语有声，壮怀高吟。”

写作的灵感来自某一瞬间的感悟，写作的情怀却贯穿于每一段文字的成形。思想的火花来自某一话题的触碰，而观点的提炼，则凝聚着我全部的心血。

唯有内心的感慨，才有真情记录，唯有真情记录，才有更深切更长远的感动。本书的每一篇随笔，都是我感触时的记录，都是我感动时的体悟；文章中的每一个文字，都无不浸透着我对文明星空的一份崇敬、对文字的敬畏，都无不深藏着我对读者的一份深情的爱。

阅读、思考、写作，是我养成多年的习惯，而《星空下的仰望》一书，正是凝聚我数年来阅读和思考的结晶。编入书中的上百篇作品，是我从自己的数百篇文章中系统整理、精心筛选、结集而成的。

诚然，将自己的文字编辑出版，绝非偶然，那是我心藏多年的梦想，而写作一本书，也绝非易事，那是需要有多少个废寝忘食、敲打键盘的寂寞时刻，需要有多少个字斟句酌、放逐思想的宝贵光阴。这是一种亢奋与激动相伴的过程，这是一种灵魂与思想对话的过程。其过程有灵感、有空白、有阵痛、有纠结，也有喜悦和享受，个中滋味唯有自知。

我从小喜爱写作，也十分仰慕作家，甚至不知天高地厚，冒出想当作家的梦想，尽管后来步入仕途，但作家的梦想一直怀揣着，从未放弃过。今天也终于圆了作家的梦想，那心情着实让人兴奋不已，成就感和虚荣心都掺杂着。

我认为，“仕而优则学，学而优则仕”的“优”，不是“优秀”，而是“优裕”，即“有余”或“富余”。也就是说，做官而有余力，就治学；治学而有余力，就做官。

作为担任一官半职的公务员，我始终认为做官和做学问并不矛盾也互不耽误，可以彼此促进相得益彰。

有一位做官和做学问皆成功者说：“做官是一种大俗，读书是一种大雅。从俗的、做官的立场上来看，这大雅对大俗是一种拯救；而从雅的、读书的立场上来看，这大俗对大雅又是一种成就，会更受人敬慕。”

为官是一种职业，虽有事业的成分，但也不完全是个人全部和喜爱的事业。而做学问是一个人事业的自觉选择，没有人逼着，都是自己心甘情愿要走的路；为官是一时的，而做学问是一生的；为官是有规矩约束的，而做学问相对是自由自在的。

在为官的数十年间，我从未放弃阅读，也从未停止过思考和写作。凡是能利用的空余时间，都是我与书本为伴、与电脑为友的最好时光。

写作上瘾时，越写越想写，越写越停不下来。当然，也有越写越难的时候，也有感觉越写与别人的差距越大。就像“知道的越多，才知道自己知道的越少”这个道理。我开始懂得作为写作者必须对文字保持敬畏。

古人云：厚积薄发。写作是阅和写的过程，阅是厚积，写是薄发。写不像阅读那么轻松，必须有着深刻的思考、活跃的思维，才有写作灵感的乍现，才有思想火花的喷溅。

阅读和写作，是我受益终身的好习惯，也是对这个世界最深沉的爱。翻开书籍，打开电脑，当感受深切、闪烁的思想光芒直通灵魂深处之时，当灵感闪现、手指飞快地触动键盘之时，当文思泉涌、思想的火花怒放之时，可以说，我感到是幸福的。这是一种妙不可言的精神幸福，一种不可名状的愉悦心情。

人生没有白读的书。读书和写作让我深深懂得：触碰过的文字，一定能使自己的作品更有才情，灵魂更为清醒。

写作是孤独者的修炼，是一个人的狂欢。创作的过程虽枯燥而漫长，但充满着喜悦与兴奋。写作过程中也会遇到嘲讽，甚至是挖苦，如果没有强大的内心，那一定会败下阵来，就此封笔。

立德、立功、立言，是古代人生的三不朽，也是现代人活着的三境界，更是有思想、有追求的人的人生方向。

世上永恒的东西不多，流传下来的则更少。在短暂的人生中，能留下来的无非财物、名利和思想。财物稍纵即逝，名利过眼云烟，唯有思想流传久远。在转瞬即逝的时间概念里，人总想留下一些东西，以示不枉今生。而形成文字的思想，无疑是最好的选择。

我是一个追求完美的人，对于本书的写作与出版，我是十分地用心用功，可以说，写作的深情留在了我的笔尖，渴望能力透纸背，也力求观点表达正确、文字呈现精彩。但苦于才情不达和笔头笨拙，不足于把内心的感悟与思想抒发得淋漓尽致，有些甚至只是平铺直叙、泛泛而谈。文字及资料的引用中，肯定也还留有一些瑕疵和硬伤。相信热心的读者一定会赐予包容的心态，并会提出中肯有益的真知灼见，这也是我的满心期待。

有句话说得好：“如果有人借着您的文字取暖，那也是一种功德。”但愿吾用吾心点燃的文字之火，能为正在驱寒逐冷中的您，馈赠一缕无须回报的暖意，能为在孤独的道路上寻找灵魂相通的您，搭桥铺路。倘若其中的某一段文字，或者某一个观点，能引发您思想上的共鸣、灵魂上的相通，并与我席地而坐，一起仰望人类文明的星空，一起共享直通灵魂的欢愉，那该是一种多么稀缺的人生之乐啊！

收尾了，按照惯例，作者总会谦虚地说一些“多谢读者阅读和支持，文章有许多疏漏甚至是错误之处”之类的客套话，我也难免落俗。尽管我对本书的所有文章，进行了反复的修改和校正，但肯定尚有一些不足甚至是错误，或许某些观点还不能被所有的读者接受。智者见智，仁者见仁，这也在我的意料之中。

有人赞许，我向您致谢，多了一个灵魂相通的人，无人喝彩，我也照旧在孤独的道路上前行。

仰望星空，敬畏文字。在文字的道路上，我会一直坚韧地向前行走，但愿一路上能被您温柔以待，与您相伴而行。

唯有灵魂的丰盈，才是亘古不变的生命魅力

人的魅力来自许多方面：颜值和潇洒、金钱和财富、权力和地位、才智和才情等，这些能给人带来自信和自傲，还能给人增添魅力。

但这些并非光芒四射的魅力，更并非永恒不变的真正高贵的生命魅力。

人会渐渐老去，不会青春依旧；富不过三代，金钱和财富有时是一种累赘，甚至会是一种麻烦和祸害；权力并非永世，权力只是给你带来一时的社会影响力，使你成为一时的香饽饽，甚至是一时的虚荣心的满足，而且，权力是一把双刃剑，有时会使一个人堕落和惨败。

有钱不一定就是幸福，搜狐创始人张朝阳可谓钱不少，富裕后的张朝阳，攀珠峰、买游艇、上综艺、拍时尚杂志，可以说是过着顶级的物质生活，快乐得有点忘乎所以。但在狂欢过后，无尽的精神空虚向他袭来，47 岁时患上严重的抑郁症。为了缓解心中的痛苦，张朝阳与顶级心理学家交流，却无济于事。无奈之下，他来到弟弟修行的法门寺，闭关修行了一年多，终于摆脱了抑郁，此时的张朝阳更深地感悟到了人生的真正意义，于是重操旧业，以物理老师的身份，再度活跃在讲坛，给网友们上起了物理课，彻底觉悟释怀。因此，人生的终极幸福还是在于精神富足。

人真正的高贵在于灵魂，也只有高贵的灵魂才会使他人发自内心地敬仰。

英国思想家奥斯卡·王尔德说："世界上再没有比人的灵魂更高贵的东西，任何东西都不能跟它相比。"

作家张小娴曾说："即使给予你整个世界最丰厚的财富，也不及欢愉的灵魂带来的内心丰盈感。"

人是一种高级动物，需要精神生活。人和动物的本质区别就在于：人有灵魂，动物没有灵魂。思想家和傻瓜们的区别就在于：思想家的灵魂醒着，傻瓜们的灵魂昏睡。

我们都生活在这个物欲横流的世界，我们都感受着这个社会的世态炎凉。天下熙熙皆为利来，天下攘攘皆为利往。人们为肉身而忙碌、人们为金钱而奔波、人们为名利而拼命。南来北往的人群中，许多人都把灵魂丢在了身后。

也难怪有人说，现在的人很势利、很现实。我们不难发现：现在的人是漂亮的脸蛋很多，有趣的灵魂很少。有的暴发户浑身是名牌，但脑子里全是地摊货。有些权力在握的人，思想上一片空白。

当人们不再追求精神生活的时候，当人们不再关注自己内心世界的时候，其灵魂就会日益萎缩和空虚，剩下的只是一个在世界上忙碌不停的躯壳。

一个人真正的高贵是灵魂的丰盈，灵魂的丰盈则是精神层面的丰富与充实。灵魂的丰盈，才是真正高贵、亘古不变的生命魅力。

灵魂丰盈的人登高望远，有着强毅力行的使命感

有灵性的魂魄的人，就是有灵魂。有灵魂的人首先体现在有着理想信念，有着目标追求。

灵魂的丰盈就是精神层面的丰富和充实。人活一世，活的就是一种精神，活的就是一种状态。有灵魂的人，首先体现在一个人的精神状态。他始终是一个精神饱满的人，意志力坚强的人，有着强烈荣誉感的人，一定是一位有远大的目标追求和崇高的理想与抱负的人。

一个人只有站在灵魂的高处俯瞰生活，才能活得通透、活得洒脱、活得自在。

一个内心装有万水千山、万千世界的人，一定胜过一个拥有万贯家财的人。

有思想灵魂的人登高望远、胸襟开阔、人生坦荡，是一个有格局的人。有钱的人表现出来的充其量是一种腔调，而有魅力、值得人们欣赏的从来是一个人的格调，而不是一个人的腔调。

有使命感的人，有着强毅力行的气概，有着不达目的绝不罢休的精神，有着倔强的灵魂。他们忍受着前进道路上一切的艰难困苦，始终不忘初心，牢记使命，坚定不移地朝着心中的目标，风雨兼程，砥砺前行。

灵魂丰盈的人才思敏捷，有着别具匠心的智慧感

知识是灵魂的食粮。灵魂丰盈的人是一个知识丰富的人，他们才思敏捷，富有才情，有着常人不常见的智慧。

书是人类灵魂最好的麻醉剂，书是造就灵魂的工具。苏格兰历史学家托马斯•卡莱尔说："书中横卧着整个过去的灵魂。"人是被书本垫高的，灵魂丰盈的人善于学习，始终把学习作为自己的终身追求。一学习，世界就在眼前；不学习，

眼前就是世界。有了知识，就会有“一览众山小”的感觉。

因为有知识、有智慧，所以善于思考，见识独特，就有了不是一般人能有的见识，在灵魂丰盈的人身上，印证着才情才是唯一能够经受得住岁月摧残的神器。

灵魂丰盈的人沉稳老练，有着厚积薄发的厚重感

灵魂丰盈的人为人沉稳老练、内心强大，有着积淀的人生经历。内心强大一定是靠灵魂丰盈的支撑，也唯有内心强大和灵魂丰盈，才能铸就辉煌，成就伟大。

灵魂丰盈的人低调谦卑，不自大、不自夸、不自傲。他们不为取得的成绩而沾沾自喜、喜形于色，也不因为取得的成功而骄傲自满、得意忘形。

灵魂丰盈的人不为遇到的不公而抱怨，也不会为遭遇的失利、挫折、失败而灰心和气馁。他们遇事有着冷静的头脑，有着“泰山崩于前而色不变，麋鹿兴于左而目不瞬”的坦然，面对突如其来的困难和险境，始终保持着镇定和冷静的心态。

灵魂丰盈的人也有着“难得糊涂”的心态，他们看事物看破不说破，点到不点破，不会与人、为事太计较、太较真。

灵魂丰盈的人淡泊宁静，有着看淡一切的满足感

作家杨绛先生说过：“生命活到极致，一定是简与静！美到极致，一定是素与雅！”简洁是智慧的灵魂，繁杂是肤浅的外衣。人间最美的是清欢、素简、宁静、独处。面对浮躁杂乱的社会，灵魂丰盈的人能看淡、看轻、看清、看透一切。

社会再变，灵魂丰盈的人不会浮躁；诱惑再多，灵魂丰盈的人步子不会乱套。

灵魂丰盈的人淡泊宁静，独处清醒，不会强求合群。他们放弃无关的社交，谢绝无聊的应酬，推托无趣的活动，宁愿独处，静静思考，他们对待人生不张扬、不浮躁、不抱怨，无论身处怎样的环境，都有随时随地感知幸福的能力。

灵魂丰盈的人告诉我们：人生最曼妙的风景，不是歌舞升平的浮躁，而是内心的宁静安恬；不是酒肉穿肠的满足，而是内心的淡然与从容。只有当你看过四季、见过风云之后，才会发现：你要见的美景就是自己内心的淡定与从容。

实践也证明：真正能延续生命长度的是一个人的思想、一个人的精气神和一个人不朽的灵魂，而非金钱与地位。

灵魂丰盈的人孤傲独处，有着宁缺毋滥的孤独感

即使是契合的灵魂也只能是交会，而不能并肩。有灵魂的人喜欢独处，给人有一点孤傲的感觉。

也正如哥伦比亚作家加西亚·马尔克斯在《百年孤独》中所说的那样：“可

能在别人看来我很孤独，但是只有我自己知道，我是真的很享受这份属于我一个人的快乐。”

狂欢是一群人的孤独，孤独是一个人的狂欢。灵魂丰盈的人寻找的是灵魂相通的人、追求的是思想上一致的人、需要的是观念上合拍的人。只有合拍，他们才会合群；只有相通，他们才会相融；只有一致，他们才会一起。灵魂丰盈的人忍得住孤独、耐得住寂寞、忍得住痛苦。孤独和寂寞最大的不同是，孤独者的内心是饱满而丰盈的，寂寞者的内心是慌张和骚动的。不是一般人能配得上孤独，正如德国哲学家尼采说：“孤独，你配吗？只有天才和疯子才享受孤独，普通人只是寂寞罢了。”

人生是一场灵魂的盛宴、是一场生命的奔赴、是一场梦想的表演，而不是随波逐流的思想“跟团”，也不是花天酒地的物质享受。

人之所以会感到太累，是因为追求了太多不属于自己的东西。而淡泊和清欢，对于独处宁静的人来说，是一个人、一本书、一杯水、一首曲。

美国思想家爱默生说：“世界上唯一有价值的东西就是一个人充满活力的灵魂。” 因此，人一旦失去了灵魂，就会手足无措。而一个没有灵魂的人就无生命可言，就无存在的价值。

人类一切的美，都是从灵魂深处发出的。灵魂不但使人高贵，灵魂还能唤醒另一个灵魂。有灵魂的人会影响别人，没灵魂的会受一群人的影响。

人类文明与进步的历史告诉我们，也使我们用一生明白：唯有灵魂的丰盈，才是检验一个人是否高贵的标准；唯有灵魂的丰盈，才是一个人顶级的修养；唯有灵魂的丰盈，才是一个人真正高贵的生命魅力。

文字的背后渗透着独一无二的灵魂

文字是作品的灵魂，是作者心灵的回声，也是作者思想的外露和灵魂的独白。

唯有独一无二的文字，才能承载独一无二的灵魂。

对于作者来说，每篇作品都是自己的孩子，分外喜欢，倍加关爱。作者对于文章中的每一句、每一个词语，甚至每一个字，都会精雕细琢、反复推敲，力求鲜活、精致、贴切，以求获得赞赏。

为了使文章可读可鉴，一些作者在文章中常常会运用名人的格言，也会写出自己充满思想的语言（格言），使文章具有可读性和感染力。

格言无疑是语言的精华，格言就是箴言，格言就是名言。格言蕴含着深邃的哲理，闪耀着理性的光辉，折射出智慧的火花。

格言言简意赅、相对完整、相对独立，表达着作品和作者的思想情怀。格言这种简练深刻、含蓄典雅、内涵丰富的表达方式，能给苍白无力、枯燥乏味的文章注入活力，提升品位。

文章中引用格言、写出妙言，也能激发读者的阅读兴致，增强文章的权威性和启发性，增强震撼力和说服力。在文章开头运用格言，能达到提纲挈领、总领全篇的作用。如果用在结尾，更有着画龙点睛和升华主题的作用。

每一篇让人值得再度阅读的作品，一定有着让人感受深刻、值得铭记的语言，这些语言就是格言。

这些名言，被人们广泛记得和运用，这些名言，会深刻地影响着人们的世界观、人生观和价值观。

但人们有时记得名言，不一定记得作品，有时记得名言，不一定记得作者。

你也许会记得这样的一句名言：“知识不一定让你自信，但无知一定让你很自信。”但也许你不一定知道这是人类进化论的奠基者查尔斯·达尔文的名言。

你也许知道斯大林是一位伟大的马克思主义者、苏联共产党的卓越领导人，你也许知道“教师是人类灵魂的工程师”这一名言，但你可能不一定知道这句名言就是斯大林所说。

“癞蛤蟆想吃天鹅肉”是广泛流传于民间的言简意赅的短语，但许多人一定不知道这句话出自曹雪芹的《红楼梦》。

许多人或许记得有这样一句名言：“没有边界的心软，只会让对方得寸进尺；毫无原则的仁慈，只会让对方为所欲为。”但许多人不一定知道那是《教父》里的一句名言，即使知道是《教父》里的一句名言，肯定有许多人不知道其作者是马里奥·普佐。

“问君能有几多愁？恰似一江春水向东流。”是人们耳熟能详的古代诗句，但许多人可能不一定知道那是《虞美人·春花秋月何时了》的一句流传千古的诗句，也许还不一定知道是李煜的诗句，更不知道李煜原来是南唐末代皇帝。知道这句有名的诗句，却不知道这诗句竟出自皇帝之口。

我始终认为，这世间最美丽不过的事就是阅读和写作。笔耕，是一个人体验生活付诸文字的一种精神劳作，文字的生命力在于灵魂、温度和灵性。

在纷扰的尘世中、在忙乱的生活中，始终将一颗心安放在文字中，这是我满心欢喜，也是我一生的最大喜好。遇见好的文字，我就像遇见一个高贵的灵魂。唯有灵魂的丰盈，才是真正高贵的生命魅力。

我对文字有一种偏执的膜拜和热爱，也渴望撰写的作品中，用文字见天见地见人见世界，用深思熟虑的精妙文字，让文字通透亮丽，穿越时空、穿透读者的心田。

文如其人，言为心声。文字是生命的灵性，承载着我们对这个世界的热爱和牵挂。每次敲打键盘，一个个文字都是跳跃的小生灵，我希望每一个文字都有着灵性，也期待着在我的文字世界里既能听到我的声音，又能找到灵魂相通的人。

近来年，我撰写了几百篇文章，我把其中有点格言味道的句子摘选出来权作抛砖引玉。

您能带给世界一粒光，世界也会回馈您一缕暖。

——摘选于《在薄情的世界深情地活着》

唯有独一无二的文字，才能承载独一无二的灵魂。

——摘选于《文字的背后渗透着独一无二的灵魂》

我有不与你计较的心胸，但决不是你得寸进尺的软肋。

——摘选于《原谅是最慈悲的救赎》

太卑，让人感觉懦弱无能，太亢，让人感到锋芒毕露，咄咄逼人，不卑不亢最好。

——摘选于《分寸感，愉悦相处的黄金法则》

人心，经不住诱惑；人性，经不起测试。

——摘选于《人性，它经不起任何的凝视和端详》

以道德的标准要求自己，这是一种自律；以道德的名义绑架他人，则是一种自私，是最大的不道德行为。

——摘选于《做道德的捍卫者，不做道德的绑架者》

被人肯定固然让人着迷，但过度渴望和留恋他人的肯定无疑是愚蠢。

——摘选于《人类最殷切的渴望是被肯定》

高度的自律来自于高尚的“精神洁癖”。

——摘选于《直抵灵魂的欢愉》

一个人最喜欢的人，不一定是自己所崇拜的人，而是喜欢崇拜自己的人。

——摘选于《一切极端自私，都源自人性丑恶》

你之所以感觉他与你灵魂相通，是因为他说了你想要听的话。

——摘选于《多一点对思考的再思考》

如果一个人不过高地认为自己不一般，他就会比他自己所认为的要不一般。

——摘选于《多一点自知之明，少一点自以为是》

不是圈子越多对你越好，而是圈子越好对你越好。

——摘选于《圈子文化，让人欢喜让人忧》

原谅，是表示我有涵养；不原谅，是宣示我不傻。前者是格局，后者是底线。

——摘选于《原谅是最慈悲的救赎》

唯有谦卑，方显高贵。

——摘选于《自傲：自信过头；自卑：自信不足》

自由是人本质的属性，内心自由是一个人的终极幸福，也是一个人追求的终极目标。

——摘选于《内心自由才是一个人的终极幸福》

唯有灵魂的丰盈，才是一个人亘古不变的魅力。

——摘选于《敬皮囊，更敬灵魂》

强迫自律，是一种道德洁癖；强迫他律，是一种道德绑架。

——摘选于《高度的自律来自于高尚的“精神洁癖”》

低调，从来不是无能，而是体面。

——摘选于《低调才是做人的大智慧》

我们无法确定和诠释生命的全部意义，但我们知道生命的结果；我们也无法延长生命的长度，但我们可以拓展生命的宽度。

——摘选于《人生的觉醒，始于远离尘世喧嚣的那一刻》

一个人真正感到孤独，并不是来自于身边无人，而是来自于身边有人却无法与这个人交流自己内心深处想说的话。

——摘选于《读完了〈百年孤独〉，理喻了人生的孤独》

人非生而优秀，所有的逆袭都是有备而来的，所有的幸运，都是努力埋下的伏笔，所有的成功都是逼出来的。

——摘选于《唯有勤勉学习，方可超越自己》

两个人相处，一个懂得尊重，一个懂得珍惜，就不会走散。

——摘选于《尊重他人，不妨先尊重他人的爱好》

每个人都是独立自由的个体，尊重他人的选择，是一种胸怀；尊重他人的想法，是一种涵养；尊重各自的不同，是一种境界。

——摘选于《尊重他人，不妨先尊重他人的爱好》

如果你被这个世界温柔以待，那请你也出于良心，温柔地对待这个世界。

——摘选于《恪守良知底线，怀揣良善之心》

自信，不一定会成功；但自卑，一定会是失败。

——摘选于《站在生命更高的维度上思考》

想要知道这个世界究竟是什么模样，那就要走出无知的怪圈，提升认知的深度。

——摘选于《认知的深度决定着人生的高度》

有着独立的思想和坚守的灵魂，不会被外在的东西裹挟，走进人云亦云的怪圈。

——摘选于《认知的深度决定着人生的高度》

从终极目的来说，读书是用时间和生命阅读和拥抱世界上一流的书，塑造不一样的自己。

——摘选于《认知的深度决定着人生的高度》

人是通过学习垫高的，只有学习，才能不断增长哲学知识。

——摘选于《欢愉的哲学引人入胜》

骄傲基于无知；谦虚出于认知。

——摘选于《认知的深度决定着人生的高度》

知识果然重要，但更重要的是认知。

——摘选于《认知的深度决定着人生的高度》

“千古艰难唯一死”谁也不想轻易去死，谁也没有真正经历过死亡，谁也不敢说真正明白什么是死亡。但我们唯一知道的是，死亡是自然规律，是每一个人无以选择、无可奈何、无法逃避的必然的归宿。

——摘选于《死亡，生命的最终释然》

生命最终会走向死亡，但唯有死亡才会彰显生命的价值和意义。

——摘选于《死亡，生命的最终释然》

死亡对于一个死者来说，是一个灵魂从一处转移到另一处；死亡对于一个生者来说，是站在人生的高度，热爱生命、敬畏生命，拥有一个不朽的灵魂。

——摘选于《死亡，生命的最终释然》

未曾长夜痛哭，不会来日醒悟。

——摘选于《唯自强者，可自愈》

分开，也是另一种明白；离开，也是一种最好的选择。

——摘选于《在这个流行离开的世界学会告别》

对人宽容一些，对人尊重一些，何尝不是一种善良、何尝不是一种积德、又何尝不是一种智慧。

——摘选于《旁观者，请不要总站在道德的制高点“居高临下”》

读书，才会使我们站在生命的高维去思考问题。

——摘选于《唯有勤勉学习，方可超越自己》

你对世界有偏见，世界只会把你晾在一边还可能把你扔在沙滩上。

你对世界是什么样的眼光，世界就是什么样的模样。

——摘选于《放弃偏见，永远不会为时过晚》

不是因为你喜欢独处的孤独，而是因为唯有独处时孤独才会懂你。

——摘选于《唯有勤勉学习，方可超越自己》

读书能让我们看清世界、看清自己。

——摘选于《唯有勤勉学习，方可超越自己》

你学习越多，懂的就越多，懂你的人就越少。

——摘选于《唯有勤勉学习，方可超越自己》

放过自己，放过别人，我们才能更好地爱别人，才能更好地得到别人对自己的爱。

——摘选于《放过自己，才是真正的放下自己》

不要认为许多成功的人士没有读过几本书，就认为不读书也会能成功。一般人根本没有那么幸运，唯有老老实实地学习。学习，也不一定能成功；不学习，一定不会成功。

——摘选于《唯有勤勉学习，方可超越自己》

读书越多，越知道自己知道的不多；读书越少，越不知道自己知道的很少。与别人的差距，只有阅读后才知道。

——摘选于《唯有勤勉学习，方可超越自己》

原谅，原谅生命中的世事无常，才使我们无比坚强；原谅，原谅生活中的不尽人意，才使我们意气风发。

——摘选于《原谅是最慈悲的救赎》

自由是人本质的属性，内心自由是一个人的终极幸福，也是一个人追求的终极目标。

——摘选于《内心自由才是一个人的终极幸福》

越低调的人，越怕别人高估了自己的能力；越高调的人，越生怕别人低估小看了自己。

——摘选于《多一点自知之明，少一点自以为是》

人不可有傲气，但必须有傲骨；人不可有媚骨，但必须有风骨。

——摘选于《星空下的仰望》

世界注定由不一般的人领导和影响着一般的人。

——摘选于《世界注定由不一般的人领导和影响着一般的人》

年少轻狂时，我们可能笑话他人的愚蠢；年老体弱时，也许我们会被人笑话愚钝。

——摘选于《人这一辈子，有时笑笑人家，有时被人家笑笑》

钟表可以回到原点，但生命的年轮永远回不到昨天。

——摘选于《人生的觉醒，始于远离尘世喧嚣的那一刻》

低调才是做人的大智慧。

——摘选于《低调才是做人的大智慧》

人性经不起测试，经不起任何的凝视和端详，脆弱得不堪一击，无须为人性感到意外。

——摘选于《千万别高估自己在别人心中的分量》

每一个文字，都无不浸透着我对文明星空的一份崇敬，对文字的敬畏，都无不深藏着我对读者的一份深情的爱。

——摘选于《直抵灵魂的欢愉》

使这个世界灿烂的不是阳光，而是人们的微笑；给人类带来美好的不是金钱，也是人们的微笑。

——摘选于《人这一辈子，有时笑笑人家，有时被人家笑笑》

世事再多的苍凉，也抵不过人间的温暖。

——摘选于《原谅是最慈悲的救赎》

嫉妒，本质上是一种被人羡慕；诋毁，本质上是一种被人仰望。

——摘选于《“莫言”莫言的背后之言》

我们无法让每一个人都喜欢自己、爱自己，但我们有足够的理由、足够的能力喜欢自己、爱自己。

——摘选于《人类最殷切的渴望是被肯定》

多读书不一定为了能超越别人,但一定能超越过去的自己,对自己有一个交代。

——摘选于《城府是怎样炼成的？》

点头,折射出关心和礼貌；示意,显示出理解和同情；沉默,蕴含着千言和万语。

——摘选于《城府是怎样炼成的？》

一切离奇和诡异的背后，都是人在作祟，而非神鬼作怪。

——摘选于《一切离奇和诡异的背后，都是人在作祟，而非神鬼作怪》

人走茶凉，这是自然规律，人还没有走，茶就凉了，这是世态炎凉。

——摘选于《人性，它经不起任何凝视和端详》

聪明的人往往不一定希望别人说他聪明，而不聪明的人却生怕人家怀疑他的聪明。

——摘选于《多一点自知之明，少一点自以为是》

宁愿独处冥思苦想，也不要随波逐流。

——摘选于《人生的觉醒，始于远离尘世喧嚣的那一刻》

马克思主义对于人类社会历史的发展产生了持久的影响力，马克思主义对人类大地的影响，犹如母亲对孩子的影响，深远而细致入微。

——摘选于《民国犹如德国“盛产”思想家》

感恩是一种无须提醒的道德自觉。

——摘选于《感恩是最慈悲的救赎》

过错和错过都是人生中的一部分，都是成长和进步的必经之路，千万不要害怕过错而错过。

——摘选于《逼自己一把，是对梦想最起码的尊重》

没有一次深夜的无眠，不会让你看清人性；没有一次彻夜的流泪，不会让你瞬间成长；没有一次长夜的痛哭，不会让你醒悟人生。

——摘选于《人生的觉醒，始于远离尘世喧嚣的那一刻》

如果一个人不过高地认为自己不一般，他就会比他自己所认为的要不一般。

——摘选于《多一点自知之明，少一点自以为是》

哲学是深入的怀疑，怀疑越彻底，得到的终极思考越接近正确。

——摘选于《多一点，对思考的再思考》

看破不说破，这是高级别的情商，不但是一种智慧，更是一种修为。

——摘选于《说话有分寸是不可或缺的高情商》

既要做财富的富有者，更要做灵魂的丰盈者。

——摘选于《趋利是人性中最露骨的特征》

你努力的样子，别人不一定看在眼里，但你不努力的样子，别人一定会记在心里。

——摘选于《唯有勤勉学习，方可超越自己》

自信：成功的希望；自傲：失败的可能；自卑：失败的必然。

——摘选于《自傲：自信过头；自卑：自信不足》

哲学就是从人们日常生活中总结提炼出一种被人们共同认可的道理。

——摘选于《哲学也并非高深莫测》

我不是一个有思考能力的人，但我愿意为你思考一切。

——摘选于《多一点对思考的再思考》

如果我有值得一点光荣和骄傲的事，那一定来自于我平凡的母亲。

——摘选于《母亲的呼唤是世界上最伟大的声音》

母爱是世界上最伟大的爱，由这一伟大的爱发出的对孩子的呼唤，不容置疑是世界上最伟大的声音。

——摘选于《母亲的呼唤是世界上最伟大的声音》

知人是一种能力，知己是一种智慧。

——摘选于《先知己，后知人》

真正的原谅，是对被伤害的释怀，是内心的净化，是最慈悲的救赎，是爱自己的开始。

——摘选于《原谅是最慈悲的救赎》

别把自己太当回事，没有多少人会把你当回事。

——摘选于《人这一辈子，有时笑笑人家，有时被人家笑笑》

死亡是生命最精准的教育，理想是生命最有价值的体现。

——摘选于《人生必须要走的两条路》

喜欢向他人倾诉，是一种天性；喜欢倾听他人，是一种修养。

——摘选于《说话有分寸是不可或缺的高情商》

既不过于直白，让人感觉简单肤浅，而被人耻笑；也不过于隐晦，让人感觉城府太深，而难于相处。

——摘选于《说话有分寸才是不可或缺的高情商》

真正能说服人的，从来不是千真万确的道理，而是心平气和的态度。

——摘选于《说话有分寸才是不可或缺的高情商》

说话既要言之有物，也要言之有术、言之有序、言之有情、言之有理。

——摘选于《说话有分寸才是不可或缺的高情商》

世界上有华语歌声的地方，就会有人谈论邓丽君。

——摘选于《唯有我知道：您还“在水一方”为我们诉说心中的“千言万语”》

人不是因为富有而心怀善良，而是因为心怀善良而富有。

——摘选于《趋利是人性中最露骨的特征》

独立，是最具魅力的人格特点。

——摘选于《圈子文化，让人欢喜让人忧》

放弃偏见，既是对他人的尊重，更是对自己的释然。

——摘选于《放弃偏见，永远不会为时过晚》

无论生活多么窘迫、无论人生多么潦倒、无论生命多么短暂，我们应当依然保持着由内而外展示魅力的体面。

——摘选于《体面，一种由内向外散发的魅力》

在灵魂丰盈的人身上，印证着才情才是唯一能够经受得住岁月摧残的神器。

——摘选于《唯有灵魂的丰盈，才是亘古不变的生命魅力》

一个人的脾气里，深藏着他看过的书，他走过的路，甚至深藏着他的教养，深藏着他的文化，脾气是一个人内在修养的反照镜。

——摘选于《脾气是一个人内在修养的反照镜》

人生是一场灵魂的盛宴、一场生命的奔赴、一场梦想的表演。

——摘选于《在不确定的世界追求人生的确定性》

思考代替不了行动，行动才是最好的思考。

——摘选于《未按孔子之意流传的“三思而后行”》

行动之前要充分酝酿；酝酿之后要果断行动。

——摘选于《未按孔子之意流传的“三思而后行”》

三思而后行，三思，不是多思；后行，不是不行。

——摘选于《未按孔子之意流传的“三思而后行”》

自由是人本质的属性，内心自由才是一个人的终极幸福，也是一个人追求的终极目标。

——摘选于《内心自由才是一个人的终极幸福》

敬皮囊，更敬灵魂

元代杂剧《谇范叔》里有这样一句话："先敬罗衣后敬人，先敬皮囊再敬魂。"这句千古流传的名言，既符合人们普遍存在的以貌取人的审美观念，又符合人们普遍注重的人的内在品质的价值取向。

这句名言话糙理不糙，有人说，这是一种警示和反讽的描述方式。这个社会也流行以貌取人，许多人都像是外貌协会的，喜欢漂亮的脸蛋。喜欢恋爱对象是漂亮的、喜欢电影演员是漂亮的、喜欢结交的朋友也是有一定颜值的。但许多人又讨厌别人以貌取人，如果别人以貌取人，也许会被贴上肤浅的标签。

美国著名电影演员梦露是世界超级性感女神，代表着一个时代女性的颜值，也吸引了全世界成千上万人的眼球，但梦露引以为豪的不是自己的颜值，而是自己的思想和灵魂，她曾经针对一些喜欢漂亮女人的"好色鬼"说："男人们愿意花大钱买我一个吻，却没人愿意花一美分了解我的灵魂。"

这个社会，漂亮的脸蛋千篇一律，有趣的灵魂万里挑一。许多人通过整容、化妆、服饰搭配，来显示自己引人入胜的华丽的外表。这个社会有思想、有灵魂的人也并不多见。一些有思想的人，总是喜欢在孤独的道路上寻找灵魂相通的人，宁愿孤独，也不愿意走进围观的人群，人云亦云。

喜欢漂亮的脸蛋和喜欢有趣的灵魂的人，都无可非议。按常理，也是"先敬罗衣后敬人，先敬皮囊再敬魂"。只是不能只敬皮囊，不敬灵魂；也不能只敬灵魂，不敬皮囊。

只敬皮囊而不敬灵魂，缺乏内涵和品位；只敬灵魂而不敬皮囊，似乎不符合人性，不符合人们的审美观念。

灵魂是一个人的本质。高贵的灵魂才能让人走得更远，走得更成功。

皮囊是灵魂的外衣，是一个面具，但也是必要的外衣和面具。心理学上有一个首因效应，叫第一印象，给人的第一印象和第一感觉就是从外衣和面具开始的。

外表也是一个人取得成功的可能条件，这一点，不能否认。世界著名形象学家英格丽·张说：“这是一个2分钟的世界，一分钟让别人认识你，而另一分钟就是让别人欣赏你。而机会往往就在这2分钟悄然而逝。”形象是人际关系中第一块敲门砖，第一印象相当重要。

凡是符合人性的东西，这世间大多数人都不能免俗，喜欢美丽的外表，这是人的本性的体现。美丽的外表让人看了舒服，也会让人多看一眼。俗话说，美人之光可以养目，秀色可餐。一个外表神采奕奕、自信笃定的人，更是给人带来朝气和活力，道理就在这里。

美国心理学家马瑞·比恩通过研究得出一个结论：两个人相互之间给对方留下的印象，55%取决于外表，38%取决于声音，只有7%取决于说话的内容和背景。

一个人去报名谋职，如果外在形象让人生厌，用人单位估计连面试的资格都不会给。用人单位首先打量的是一个人的穿着，然后再问其他有关情况。如果一个人连自身的形象都难于打理好，他怎能塑造好单位的形象呢？所以，形象永远在能力前面。

颜值好是遗传的因素；衣品好是修养的品位。在第一时间给人的第一印象是一个人的穿戴打扮，其次是颜值。人们本能地会对穿着得体、干净整洁、仪表堂堂的形象，产生好感与尊重。而往往见到那些邋里邋遢的人会歧视。言谈压君子，衣冠镇小人。人敬富的，狗咬破的。狗眼看人低，你穿着破旧，连狗都会欺负你。

一般人也会对颜值低的不屑一顾，所以说，注重外表形象的打造至关重要，一个人的形象就是他最好的名片。

成年人的世界里，没有人有义务去透过一个人邋遢的外表，发现他内心的灵魂、内在的优秀。人们注重的是一个人的外表，当外表体面、华丽和光亮时，人们才会注意到他。一个人的形象越好，得到的敬重和优待就越多。如果一个人不注意形象的塑造，他的能力一定被低估，独一无二的灵魂就不会被轻易发现。

真正吸引人的魅力，不是外表，而是灵魂的光芒。皮囊是一时的，灵魂是永恒的。唯有灵魂的丰盈，才是一个人亘古不变的魅力。

皮囊是灵魂的外衣，而且只是一层薄薄的外衣，外在的打扮也只是加厚的外衣。

外表也会欺骗眼睛，会让人迷惑，但灵魂的光芒根本无法掩饰。

皮囊会随着时间的流逝渐渐老去，而灵魂的光芒不会离去，永远光彩夺目。皮囊标志着生命的限度，灵魂却展现着生命的高度，展现着生命的无限魅力。皮囊的魅力是有限的，而灵魂的魅力才是无限的。

在灵魂的光芒照耀下，皮囊的不完美、不可视，都微不足道。一个人真正的美丽不是被看到的，而是被感受到和影响到的。

有的人，皮囊难看，灵魂有趣；有的人，皮囊好看，灵魂无趣；有的人，皮囊好看，灵魂有趣；有的人，皮囊难看，灵魂无趣。

各种各样的人，演绎了五彩缤纷世界。肤浅的人、没有品位的人，会以貌取人，看不到一个人灵魂的存在。

皮囊虽然是天生的，但也可以化妆、粉饰，甚至是整容，虽然我们不提倡以整容来带给他人的美丽，但也不能对整容者非议，毕竟是想把美丽带给别人。这既是一种爱美，也是一种尊重人的体现。

英国哲学家罗素说：“一个人的脸，就是一个人价值的外观，它不仅藏着你的生活，还藏着你正在追求的人生。”出门化个淡妆，涂个口红，整理一下头发，这也是一件不难做到的事，也是对他人的一种尊重，但恰恰许多人做不到。微笑是人与人之间最近的距离，如果女人出门忘记了化妆，唯一和最便捷的补救办法是面带微笑。

不放弃形象的塑造，就是不放弃自己。一个人对自己要好一点，首先要做到的是塑造好自己的外在形象。

生命是一场奔赴，在生命的每一个瞬间，我们应该与灵魂相伴，追寻心灵深处的宁静与力量。

追求高贵的灵魂，必须注重内在的修为，做到心地善良、怀揣一颗慈悲之心，守住自己内心人性的美。

追求高贵的灵魂，就要放大格局，胸襟开阔，心存谦卑，宽厚待人。要做到心中有责，有强烈的社会担当和责任意识。

追求高贵的灵魂，就要在喧嚣纷扰的社会环境中，在自己的内心世界里，丰盈灵魂，思想自由，享受独处的欢愉。

追求高贵的灵魂，无论在困苦时、潦倒时、无助时，都要坚守底线，安抚自己的良知。

千篇一律的皮囊易求，独一无二的灵魂难遇。唯有灵魂的丰盈，才是一个人亘古不变的生命魅力。

这世上有着大致相同甚至是千篇一律的皮囊，但愿我们各自都有着独一无二的灵魂，与灵魂相通的人结伴而行。

内心自由才是一个人的终极幸福

什么是人的终极幸福？对于这一问题的回答，不同的人群有着不同的认知。

对穷人而言，吃饱就是幸福；对盲人而言，看见就是幸福；对病人而言，能活就是幸福；对富人而言，平安就是幸福；对犯人而言，出去就是幸福。

人对幸福的目标是不断追逐的，欲望是得不到满足的。温饱思淫欲，当穷人的吃穿问题解决了以后，马上会有其他的想法和要求；当富人发财后，还想拥有一官半职的欲望，这些，也都很正常。

凡夫俗子都习惯把幸福理解为“有”，觉得有房、有车、有钱、有权就是人生的幸福。

而有思想、有灵魂的人则认为，幸福是一个“无”的过程，无忧无虑、无牵无挂、无病无灾。

人在不断追逐幸福的同时，又时而出现新的困惑和烦恼。因此内心的自由度就差了，也就失去了人的幸福感。

所有名利支撑的幸福都不会长久，而只有心灵的宁静所产生的愉悦才是最久远的幸福。

俗话说，知足常乐。人在世上，没有幸不幸福，更多的只有知不知足。真正感觉幸福的人，他一定是一个懂得满足的人，有着一颗知足的心，内心充满自由。

人之幸福，全在于心之幸福；而心之幸福，全在于内心满足。因此，内心自由取决于内心满足，只有内心满足了才不会有更多的奢求，才会有幸福感的出现。因此，人与人之间不能攀比，不能比较，你羡慕别人瘦，身材好，别人还羡慕你吃得香，肠胃好。

人一生都在不断地追逐，追逐着金钱和名利，追逐着不应该拥有和不属于自己的东西。追逐越多，烦恼越多，内心就越感觉不自由。

适度追逐、看淡看轻的人，从不忘记活着本身就是乐趣，也时刻牢记死亡才是生命最精准的教育。他们懂得，人活在世上就是两件事：第一身体健康；第二灵魂自在。他们明白，人是为活着本身而活着，而不是为了活着之外的任何事物而活着。

自由是人本质的属性，内心自由才是一个人的终极幸福，也是一个人追求的终极目标。内心自由的目标其实很简单，就是少一点烦恼、少一点追求、少一点名利，看淡、看轻事物，追求平静平淡、愉悦舒心的生活。

一个人的内心自由，需要懂得孤独，善于孤独。孤独是一门艺术，孤独是通往无边的自由，孤独才是一个人最大、最本质、最昂贵的自由。不能享受孤独的人，不配拥有自由。只有孤独的人，才能拥有真正的自我；只有孤独的人，才会在自己寂静的内心世界自由放飞。

战国时期哲学家庄子说：“独往独来，是谓独有。独有之人，是谓至贵。”德国哲学家叔本华说：“只有当一个人孤独的时候，他才可以完全成为自己。谁要是不热爱孤独，那他就是不热爱自由，因为只有当一个人孤独的时候，他才是自由的。”

内心自由，就要善于独立思考。人类实际上被划分为两类人：一类是有思想的人，一类是没有思想的人。而没有思想的人，内心是不自由的，他只能被人左右思想，活在别人的想法里。

人与人之间的本质区分，就是他们蕴藏在躯体里的思想灵魂。英国文学家莎士比亚说：“思想——自由的精灵。”而人类最宝贵的财产是自由。

有思想的人一般都是内心强大的人，只有内心强大，才会有独立的思想、独特的想法。有独立思想的人也是一个灵魂觉醒的人。一个有思想的人，往往是不合群的，他们宁愿在孤独的道路上寻找灵魂相通的人，而不愿意被随意洗脑、使唤和卷走。

人的内心世界是一处宁静的港湾，虽然一个人到过许多地方，见过许多风景，但最想去的地方还是自己的心里，所以也就有了“世界上最好的地方就是家”的说法。

内心自由就是想做自己喜欢的事情。奥地利著名作曲家海顿说：“当我坐在那架破旧古钢琴旁边的时候，我对最幸福的国王也不羡慕。”此时的海顿内心是满足的、幸福的，也是自由的。

庄子：“日出而作，日入而息，消遥于天地之间，而心意自得。”

内心满足的人不会沉溺于灯红酒绿，会选择世外桃源；不会追求名利地位，会钟情琴棋书画；不会热衷于物质刺激，会寻找精神享受。闻香、听雨、拾花、观云、候月、抚琴等，这些才是他们的爱好和选择。这个时候，当你什么都不想要的时候，天地都是你的。

一个人的心累，大多数是由复杂的人际关系导致的。弘一法师李叔同说：“走不出自己的执念，到哪都是囚徒。人生本过客，何必千千结。”不要纠结于复杂的人际关系，人与人能一起开心的就一起开心，不能一起开心的就各自开心，总之开心就好。

奥地利人本主义心理学先驱阿德勒说：“一切烦恼都来自人际关系，一切人际关系的矛盾，都起因于对别人的课妄加干涉，或自己的课题被别人妄加干涉。”

古语云：“长相知，不相疑。”人一旦掉入猜疑的陷阱，就会产生疑虑，而多疑多虑，必然导致心情不悦，内心被束缚，感觉不自由，就会减少幸福指数。

社会是万千世界，世界是五彩缤纷，世态炎凉，无须迎合；人情冷暖，不必恭维。只有自我释放、自然开怀，才会内心自由。

要学会自闭，把世界关在门外，把自己的内心作为避风港，看淡一切、看轻一切、看透一切。真正做到：独处，坚守与他人不同的思想观点；不争，放过自己内心的执念。

内心不自由还在于刻意追求完美。世界上本来就没有一片完美的树叶，也没有两片相同的树叶，因此不能以完美要求别人，自己也不能过于追求完美。太过执着就会有执念的产生，而过多的执念又怎么能使内心自由呢？一个人的烦恼、困惑和痛苦，不是来自对美的追求，而是来自对完美的追求。过分追求完美，就谈不上内心自由和内心幸福，也不必要做道德上的圣人。

如果一个人总觉得活得累，就是因为自己心里装了许多多余的东西，一个人内心的幸福应来自对生活状态的随遇而安，而不是对生活目标的刻意追求。因此，要倡导自由自在的心态、乘势而为的人生观、顺其自然的人生态度。

做到内心自由，就要懂得放弃、放开、放松。德国哲学家尼采说：“如果情绪总是处于失控状态，就会被感情牵着鼻子走，丧失自由。”人来到世上，一定会遇到矛盾和问题，但一切问题最终都是时间问题；一切烦恼其实都是自寻烦恼，不应该被情绪裹挟，不应该活在自我的压抑中。

战国时期哲学家孟子曾经说过：“人不足与适也。”世上没有绝对的自由，如果有，也必须循规蹈矩。正如法国大革命纲领性文件《人权宣言》给自由的定义：自由就是你有权去做一切不损害他人的任何事情。个人的自由，以不侵犯他人的自由为自由，要想自由，就不能影响他人的自由。

一切自由都是相对的。“人生而自由，却无往不在枷锁之中。”这是法国思想家卢梭在《社会契约论》开篇的第一句话。这句话也充分说明自由的重要性，也说出了获得自由的艰巨性。

拥有内心自由，也是需要付出的，电视剧《勇敢的心》中说：“你的心是自由的，要有勇气追求。”

内心自由就是自我驾驭、自我超脱、自我陶醉、自我满足，而恰恰这些才会给人带来莫大的幸福。内心自由是感受人生幸福的终极指标。

美国曾经举行过评选“人类十大奢侈品”的活动，其中，“生命的觉悟，一颗拥有自由喜悦充满爱的心，走遍天下的气魄，回归自然与大自然链接的能力，安稳与平和的睡眠，享受真正属于自己的空间和时间，彼此深爱的灵魂伴侣，任何时候都有真正懂自己的人，身体健康内心富有、能点燃他人的希望”等列在其中。而细细品味这些“奢侈品”，何尝不是人的内心自由和人的终极幸福呢？

许多人看过美国作家梭罗的世界名著《瓦尔登湖》，你一定会被这位来自瓦尔登湖畔伟大的作家美得让人心醉的语言感染，你也一定会被澄明、恬美、素雅的瓦尔登湖的自然美景吸引，但更让你感动的应该是作家梭罗超凡脱俗、崇尚简朴、热爱自然、内心富足的内心自由。

人生在世无须刻意，一切随缘才是境界。让我们用顺其自然的心态、与世无争的境界过随遇而安的生活，安身立命，内心自由！

唯自强者，可自愈

自愈是一种在生理和心理上，能够通过自我觉察和自我治疗来改善健康状况和精神状态的自然能力。自愈是一种深层的修复能力，能够帮助一个人从痛苦和无奈中走出来。

从医学上来说人对疾病有着其自身的痊愈能力。所以，有的病人病情的好转，来自自愈而非治愈。

一个人的自愈力不仅仅体现在一个人的身体机能上，还包括心理、心灵、情绪、性格等方面。但并不是每个人都有这种自愈能力，唯有内心强大的人才会具备这种自愈力。

人生的道路上并非一帆风顺，每一个人都有酸楚的泪，成年人的世界里更没有“容易”两字，没有谁的生活是容易的，苦才是一种常态。许多人在人生的道路上还会遭遇挫折、创伤、磨难，甚至失败。但是有的人面对挫折和失败缺乏自信心，缺乏自强不息的精神，消极消沉，自暴自弃。而有的人无求于外部力量的帮助，靠自身的恢复和调整，沉着应对，具有强大的自愈能力。

有人在总结美国发明家乔布斯成功的经验时说，乔布斯之所以能成功，关键在于他的自愈能力特别强。乔布斯 30 岁时，董事会炒了他鱿鱼。乔布斯虽被否定，但他还是坚持自己的选择，用了 5 年的时间，成立了一家 NeXT 和 Pixar 的公司。在被革职的人生最低潮时，乔布斯还连续创造出两个难度更高的 Pixar 动画公司及 NeXT 电脑公司。

世界著名企业家稻盛和夫在积累了大量的人生智慧时说：“一个人最了不起的能力就是自愈力。”一个伟大的人物就是在不断的纠错过程中自愈成长的。

人生的艰难过程告诉我们，在这个世界上，没有人能真正感同身受，没有人能真正懂你，唯有自渡自愈。与其向人倾诉，让人笑话，不如痛定思痛，自我消化。事实上，也没有人可以改变你，只有你自己才能改变自己。俗话说，靠山，山要倒，靠人，人要跑。而淡然、释怀、接受、放下、改变、超越，这些都是自愈的好方法。

现代社会患有抑郁症的人越来越多，这是一种严重的社会现象，抑郁症的背后，是一个人无尽的悲痛。甩掉抑郁病魔的折磨，是抑郁的人无限的向往。一些人认为，许多患抑郁症的人是靠吃药片治愈的，但事实上，许多走出抑郁困境的人，是自愈的。治疗抑郁症，最起作用的是启迪抑郁的人，放飞思想、规划人生、实现梦想，在苦难中找到生命的意义，而不是靠镇静剂等药物。

人生大多数的痛苦，其实都是在和自己较劲；人生许多的烦恼，其实是不肯放过自己。自强者首先要懂得自知之明，充分了解自己，知彼知己。只有深刻的自知力，才能帮助自己回归到本真，回归到原有的自己。古人云："自大者自困，自省者自渡。"千万不要盲目乐观，自高自大。我们只有认识自己，才能更好地认识人生。自知，是对生活的深切反思，也是对自我的客观认知。自知是治愈自己的第一剂良药；认识自己，也是自愈的最好方式。

这个世上没有一个人不带伤的，没有谁的人生是不带缺口的。不完美，才是最完美的人生。要懂得接纳自己，接纳自己的不完美，接纳自己过错。一个人也只有在逆境中自信，才能自强自愈，才能成熟成长。

人的这种自愈力，是一种引以为豪的自身的能力，是一个人很了不起的能力。德国思想家歌德说："意志坚强的人，能把世界放在手中，像泥块一样任意揉捏。"一个人自愈力越强，越接近成功，越容易成功。自强，你会有成功的希望；自卑，一定是失败的必然。

人的自愈能力首先体现在控制情绪的能力。人生活在复杂的社会环境中，无不受到外界因素的干扰和侵入，也极容易引发自身情绪上的波动。这些不良的情绪，这种负面的情绪，给人带来十分不利的影响，对人的免疫力也是一种侵害。这种不良情绪如果不能克制，放纵和放任这种不良情绪，对生活、工作，甚至对事业极为不利，容易成为情绪的奴隶。

自身强大的人对来自负面的情绪，会冷静、宽容、耐心、轻松、客观地对待，而不是急躁、暴怒、发泄和对抗。

自强者要有控制情感的自愈力。人是一种高级的情感动物，有着七情六欲，又有着理性特征。人在错综复杂的情感世界里，只有拥有情感自愈能力的人，才能理性对待藕断丝连的情感纠缠，挥剑斩情丝、快刀斩乱麻，不被感情左右和纠缠，不做情感的俘虏。

一个人战胜困难的力量来自自愈，所有的恐惧、痛苦、无奈，都可以通过自愈被超越和战胜。

人的自愈，首先取决于自信。自信是成功的第一秘诀，自信也是英雄的本色，自信是自愈的根本。

人生的道路上，困难、挫折和失败在所难免，需要自信和勇气。未曾长夜痛哭，不会来日醒悟。失败并不可怕，可怕的是你始终以这句话为托词而屡屡失败，不能自愈。一个人不撞一次南墙，有时还不足于彻底地醒悟，也只有深夜的痛哭，方能醒悟、方能自愈、方能瞬间成长。每一个成功者自信的笑脸背后都藏着咬紧牙关的精神，这种精神是激发人自信的支柱。

一个自强者只有在繁华里自律、在成功中自勉、在落魄里自励、在尘埃里自尊，才能在伤痛里自愈。生活一半烟火、一半清欢、一半清醒、一半释然，世间皆苦，唯有自渡。

人的坚强和自愈能力，有时超乎自己的想象。面对困境，有时不逼自己一把，还真不知道自己有多牛、多厉害。美国作家海明威在《永别了，武器》中说："生活总是让我们遍体鳞伤，但到后来，那些受伤的地方一定会变成我们最强壮的地方。"

读书是治愈一切的良药，读书给我们力量、读书给我们自信、读书给我们方向。作家梁晓声说："读书的目的，不在于取得多大的成就，而在于，当你被生活打回原形，陷入泥潭时，给你一种内在的力量。"多读书，读好书，当你手不释书时，你就不会感觉孤独，你也不会迷茫，灵魂便不再荒芜。当然，阅读任何书籍都不一定能给你带来好运，但它们能让你悄悄成为自己。

我们追求美，但不需要追求完美，人生本来就是不完美的。人生十有八九不如意，凡事看开、凡事看轻、凡事看淡、凡事看远。保持内心的足够强大，方可治愈一切。一个成熟的人的标志，是不再依赖外界的力量，而是依靠自己强大的内心，去跨越障碍。

作家杨绛先生说过："这个世界上没有不带伤的人。无论什么时候，你都要相信，真正能治愈自己的只有自己。"人生是一场自己和自己的较量，没有强大的敌人，只有不够强大的自己。只有战胜自己，才能战胜敌人。看一个人是否成功，并不是看到他最辉煌的时候，而是看他跌到低谷时的反弹能力，跌倒后站起来的身躯更伟岸。

弱者怨人，强者自渡，圣者渡人。人生所有的治愈，都离不开自愈，天渡自渡者。德国诗人歌德在《浮士德》中说："凡自强不息者，终将得到拯救。"当我们面对失败时，不要失意、不要失落、不要气馁，更不要哭泣，只要我们自强不息，整个世界都会为我们让路，一切的困难都会绕开我们，迎接我们的是胜利的曙光。

圈子文化，让人欢喜让人忧

圈子文化，是社会文化的一部分，是时下谈论较多的一个时尚词语。

圈子，小到家庭圈，大到国家圈，圈子无处不在。老乡讲老乡圈子，邻居讲邻居圈子，同学讲同学圈子，朋友讲朋友圈子，战友讲战友圈子，官场讲官场圈子。

喝酒的人有酒友圈，打牌的人有牌友圈，炒股的人有股友圈。

有的圈子是狐朋狗友、有的圈子是酒肉朋友，有的圈子是养生健身、有的圈子是学习培训，有的圈子是情趣相投的人、有的圈子是灵魂相通的人。

有的圈子，谈山海经、摆龙门阵；有的圈子，诉家中苦、说人闲话；有的圈子，吃肉骂娘、喝酒贬人；有的圈子，谈国家大事、议世界时事。

圈子内，称兄道弟、攀亲附贵；圈子内，你帮我打招呼、我帮你找关系；圈子内，你为我遮风挡雨、我为你两肋插刀。

圈子内，通风报信、资源共享；圈子内，相互勾结，相互利用；圈子内，沆瀣一气、臭气相投。

有的圈子，你拉我，我拉你；有的圈子，进圈严格，圈规很严，潜规则不少。

受“多一个朋友多一条路”的交友观念的影响，一些人拼命想挤进一些圈子，进行各种“钻圈运动”。有的人，圈子太大太多忙得不亦乐乎自以为荣；有的人，圈子太小太少有点失落感到自卑。

有的人，从这个圈子钻进另一个圈子，讨厌原来的圈子；有的人，从圈子里脱身而出，无圈一身轻。

一些人自以为是圈子中人，其实早已被圈子里的人踢出圈子。圈子，有时是一个无形的套。

一些圈子里的人还以圈子里有什么官员、什么老板、什么名人为荣，沾沾自喜，俨然一副奴才相。

一个人圈子多，会被一些人视为门路广、吃得开、混得好。相反，一个人圈子小，可能被视为人缘差、朋友少、没出息。

不要硬挤进一些圈子，为难了别人，作贱了自己，不值得，没必要。

圈子文化是一种社会现象，不能小觑圈子的作用。圈子会决定你的思维、行为、发展。

圈子有时像一级组织，能帮你解决一些问题。有些社区不能协调的事情，圈子里的人一个电话、一个微信就能了事；有些政府部门不能解决的事情，圈子里的人能搞得定、摆得平。

高端的圈子，相互学习，共同发展；低端的圈子，相互鄙视，彼此拆台。

圈子很重要。圈子在一定程度上满足了人们对于归属感和认同感的需求，但一个个内容不一、大小不一、形状独特的“圈子”，纵横交错、色彩斑斓，有时会让人看不透、分不清、弄不明。

总之，各种圈子五花八门，稀奇古怪。

圈子内的人来来往往，进进出出，不外乎是“天下熙熙，皆为利来；天下攘攘，皆为利往”。人的一切活动，在本质上多数与钱有关。

从古到今，圈子一直存在着。中国历来就是一个人情社会，有圈子本属正常。朋友的重要性，不言而喻。好的朋友，好的圈子，有助于个人成长和职业发展，能给你带来关心、帮助和温暖。一些信息的来源、观念的塑造、性格的形成，来自圈子。

真正的朋友，既能拥有共同的话题，又能让彼此有心有灵犀的感觉。朋友间相互学习、相互帮助，有助于个人成长和职业发展。牢靠的朋友，还会使你感觉有安全感和幸福感。

但一些入圈者的醉翁之意不在“圈”，而是寻找利益共同体。因此，在形形色色的圈子背后，有着利益输送、权力寻租和权力变现的现象，圈子也容易滋生腐败的温床，产生腐败的帮凶。

圈子文化，在一定程度上会影响人们的自我认同，会陷入思维定式。而且在一定程度上，会对一些人产生一种结构性的思想暴力压迫。

圈子，在一定程度上体现了一个人的格调和品位，因此，不能为了融入一个小的群体，而束缚了自己的自由，失去了自己的价值。

圈子文化是一把双刃剑。圈子作为复杂多样的社交渠道，从它的诞生之日起，既有着正能量的渗透，促使人们积极向上，又有着负面的影响，给人们带来消极作用。虽然不能说它是一个是非之地，但可以说它是一个容易产生是非的地方。

在圈子里，真正能担得起“朋友”两字的，实在少得可怜。关键时刻需要圈内人帮忙时，可能连个影子都找不到。人性的悲凉，会让你后背发凉，头皮发麻。这个时候，你就会选择脱圈、逃群。

在圈子里，人们往往被贴上不同的标签，而不同的标签会形成一些隔阂，排他性和压力感就会产生，又会形成新的不同的圈子。圈内有圈，圈得你晕头转向，无所适从。

人生活在社会环境中，无不受环境的约束和影响，进一些圈子、加入一些群，也有必要，也属正常。但把时间和精力花费在一些无效的社交和酒桌上，除了收获短暂的热闹，满足了小小的虚荣和面子，留给自己的只有空虚、无聊和后悔。

作家苏岑说："不必把太多人请进生命里，若他们走进不了你内心，就只会把你的生命搅扰得拥挤不堪。"

越是成熟的人、越是有思想的人，越懂得把时间花在自己和值得的人身上。他们不会进入无意义的社交圈，会给自己留一份清静和欢愉。

不要看到一群圈内的人举杯狂饮笑声满堂就羡慕不已蠢蠢欲动。狂欢是一群人的孤独，孤独是一个人的狂欢。你的孤单和清闲，也许就是你最优的选择、最好的去处。

你之所以感觉圈子里的一些人与你灵魂相通，是因为他们说了你想要听的话。

带着思辨和质疑的态度，我们应当警惕和防范一些圈子。多一个朋友可能多一条路，但朋友多了也许会迷路，朋友多了也许会惹事。正如"烧的香多，惹的鬼多"一样，圈子太多，遇到的不三不四的人也会多。

放弃也是一种选择，失去也是一种收获。净化一些朋友圈，避开一些世事纷扰、喧嚣嘈杂，寻找世外桃源，在静谧处宁静致远。为圈子做减法，就是为幸福做加法，这又何尝不是另一种意义的幸福呢？

真正的朋友，并非追求数量上的多少，而是获得感情上的真诚、心灵上的契合。

精简自己的社交圈子，审视圈内的人群，想想自己的所要，重新对自己的人生交友进行一次定位、重组、整理、筛选和归置，可能人变少了，但留下来的，也许是你最需要的、最合适的。

"断舍离"这三个字，并不仅仅是对物品的态度，更重要的也是对人际关系的处理。人以群分，物以类聚，说的也是这个道理。

日本作家新井满在《劝减》中说道："世间所行，有加有减；加法简单，减法却难。加一新，不如减一烦；增一益，不如减一害。"不把时间浪费在无谓的人和事情上，就是对自己最大的尊重和成全。

生活的极致，一定是简单与清静。一个人要想生活得简单和快乐一点，就一定要远离圈子的复杂。

缩小朋友圈，也是缩小包围圈。减少空洞的热闹、减去无物的虚荣、减轻心灵的重负、减掉奢侈的欲望，这就是成熟的你、这就是原始的你、这就是幸福的你、这就是受人喜爱的你。

圈子，应该倡导开放、包容、自由的文化氛围，允许差异性、多样性的存在。

独立，是最具魅力的人格特点，人拥有了独立的人格和自由的精神，才不会接受任何的奴役和强迫，才不会复制别人的思想和生活方式。拥有独立的思想，才不会走进人云亦云的怪圈，跟着起哄，随波逐流。

近朱者赤，近墨者黑。古希腊哲学家苏格拉底说："告诉我你的朋友，我就知道你是什么样的人。"你拥有什么样的朋友圈，你就是一个什么样的人。

人生路上，圈子文化很重要。与智慧者为伍，与品优者为伴。你拥有什么样的圈子，你就会有什么样的人生。

不是圈子越多对你越好，而是圈子越好对你越好。

真正的清醒者，从来不会走进围观的人群

许多人都充当过围观者的角色，也曾经被围观过。这很正常，人生也无非就是笑笑别人，又被别人笑笑。

围观是一种态度，这种态度渗透着一个人的思想，折射出一个人的品质。

围观也是国人较为特别的一种癖好。穿着背心，嗑着瓜子，看着热闹，做一个围观者，这是在这个世界上最能快速胜任的事。

围观者一般都是局外人，他们是路过的、与他们无关紧要的、顺便过来凑热闹的、扎闹猛的，等等。这些围观者中，有喝彩的、盲从的、起哄的，还有像一群无头苍蝇，唯恐天下不乱的。许多围观者的内心是好奇的、从众的，其实本质是空虚的、无聊的、肤浅的。

这不禁使我想起了鲁迅先生的一句名言："村里的狗叫了，其他的狗也跟着叫，但它们不知道为什么叫。"

围观者围起来的是一个圆，呈圆形，不会是方形。因此，每个围观者与被围者的距离是对等的，所以围观者有着他们共同的指向。

虽然围观者有着他们的共同指向，有其共鸣点，但他们还是一群"无目的、无责任、无判断、无担当"的旁观者。

有围观的地方一定有看客；而有看客的地方，一定会有诋毁、一定会有语言暴力。

围观的人群中，有些人还会站在高处指指点点，似乎在表明他们是英明正确的。这些人都认为是站在道德的制高点的智者，其实是在残忍地实施道德绑架。

围观的人群中，也有人会站出来维护公平、主持公道、伸张正义，但由于人少势弱，所以发出的声音显得苍白无力。

围观者不需要负责，无须愧疚。他们一哄而起，笑过骂过，内心过了一把瘾后，又一哄而散。

由于围观者的冷漠，往往造成非正义势力的抬头。20 世纪的“世纪伟人”爱因斯坦说：“这世界不会被那些作恶多端的人毁灭，而是被冷眼旁观、选择保持缄默的人毁灭。”

面对坏人的嚣张而保持沉默，这是人性的弱点、人性的悲哀，也是人性的罪恶、更是一个民族的劣根性。

面对腐朽没落的封建社会，“戊戌六君子”敢于挺身而出，实施变法。但勇敢站出来的他们，直接成为清政府的靶子。然而令人心寒的是，在被杀的现场，成千上万的围观者，对于“戊戌六君子”被斩首的悲惨遭遇，并没有显露出一点点的同情，而把观看斩首当作一种难得的眼福。甚至还有人在人群中放声大笑，拍手称赞，恨不得啖其肉食其髓。一些围观的民众普遍认为：对抗朝廷的人就应该被杀。以至于刑场附近传来：“我等深恶六贼，恨不能食其肉，饮其血，以表忠君爱国之赤诚 ......”围观“斩杀反贼”的民众犹如观看屠夫杀猪一样平淡无奇，甚至内心还有些亢奋。其愚蠢、冷漠、麻木的心态，让人后背发凉。

在许多类似的事件里，我们看到了无数围观者视而不见、与己无关的眼神。这些冷漠的人已经失去了对同类的关爱，对生命的敬畏。

德国哲学家黑格尔说：“麻木而冷漠的民众，是专制政体最稳固的群众基础。”麻木而冷漠的民众，是坏人作恶的催化剂。

视而不见、听而不闻、多一事不如少一事，这些都是围观者的心态。一些人自认为只是一个围观者，但却在不知不觉中，成了沉默的合谋者。

有时候，人们在坏人嚣张时所恐惧的，不是利益上的损失和肉体上的伤害，不是恐惧本身，而是怕思想上被自己的同类群体孤立。出于对归属感的依恋，他们通过沉默来实现温暖的“合群”。

人对认同感、归属感的强烈需要，也可以说是写在人类基因里的密码，这个密码会让围观者毫不犹豫地蒙上眼睛选择沉默。

围观者的冷漠和麻木，也无不体现着人性的罪恶，无不体现着国民素质的下降。围观就是扎堆，德国哲学家尼采说：“扎堆，堕落的开始；孤独，优秀的开端。”

按照价值观的分类，人通常分为三种，一种人站在道义和良知的一边，一种人站在自己立场一边，一种人则站在胜利者一边。站在自己立场这边的人，虽然显示了其个性特征，但自己的立场有时不一定正确，如果固执己见，只能影响公平与正义。站在胜利者一边，无须作良心的选择。只有站在道义和良知的一边，才能体现公平与正义，才能体现有思想和灵魂，也才是真正的清醒者。在这个世界上，良知是最高的准则，是不允许用任何借口来无视的。

合众心理的人，也是一种没有主见、没有独立思想的人。有时他们明明知道众人的思想不正确，但还在取悦围观者，站在围观者的立场上，走进了围观的人群。

一个真正的清醒者，应该能够时刻保持冷静和理智，既不会被自己的情绪左右，也不会被周围人的思想控制，他们会对事物做出明智的决策和选择。这也体现出一个人的思想灵魂，体现出生命的觉醒。

推动人类进步的，不是英雄和权威，而是怀疑与批判。所以必须站在道义和良知的立场上，面对邪恶敢于发声。

现实生活中，许多人没有自己独立的思想，随大流、跟大帮、看脸色，人云亦云。一个民族、一个地方，如果都是这样一种状态，那是很危险的。美国批判现实主义作家马克·吐温说过："每当你发现自己和大多数人站在一边，你就该停下来反思一下。"

真理往往掌握在少数人手里。一些正确的思想，也往往掌握在独处的人、独立的人、孤独的人那边。

我们停下来，反思自己的思想，这应该是一件不难做到的事，可许多人常常做不到，加入围观者的人群。《乌合之众》里有这样一段话："人一到群体中，智商就严重降低，为了获得认同，个体愿意抛弃是非，用智商去换取那份让人倍感安全的归属感。"

保持自己思想的独立性，这也是一个人自由和尊严的体现。只有当你勇敢地站起来发声的那一刻，才显示你的清醒，才体现你存在的价值。

合群和生存历来是人类存在的两个极端，合群有时为了生存，我们不否定合群的合理性。但合群有时会影响自己的思维，束缚自己。不当围观者，虽然有点孤独感，但人有时因为孤独反而优秀。人生最终的价值在于觉醒和思考的能力，而不只在于生存。

一个人不愿意加入围观的人群，显示了这个人有思想。人除了思想，几乎没有什么可以证明一个人与别人有什么不同。而思想的不同，也是人与人根本性的不同。永远不要怀疑一小群有独立思想的人能改变世界，事实上世界正是由他们改变的。

一个不愿当围观者的人，也许不是不愿意合群，而是他看透了事物的本质。一个内心强大的人不会被外在的东西裹挟；一个有深刻思想的人，不会被一群围观者而左右想法。他们时刻保持清醒的头脑，捍卫自己做人的底线，站好自己应在的位置，学会怀疑、学会质疑、学会思考。

美国哲学家梭罗说："唯有我们觉醒之际，天才会真正破晓，而非太阳升起。"也唯有我们不当围观者，当思想者，才是一个真正的清醒者。人都有一个觉醒期，但觉醒得早晚决定个人的命运，觉醒的灵魂也是高贵的。

这个世界纷繁复杂，这个社会五彩缤纷，物以类聚，人以群分。思想不在一个高度，尊重就好；"三观"不在一个层次，微笑就好。只有灵魂相通，才会相融；只有思想合拍，才会合群。学会独处，学会与众不同，这也是一个人最好的奢侈品。不要怕远离人群而孤独，正是因为孤独才会显得优秀。

当多数人选择站在赢的一边时，我会坚定不移地选择站在常识和良知的一边。尽管孤单，感觉甚好。

独立，极具魅力的人格特点

人格是人的性格、气质、能力等特征的总和，也指个人的道德品质。人格是立足世界、面向社会、成就未来的根本。

人格是人的内在特质，犹如人的骨架，失去了就不成其为人形了。人格特质就是一个人在思想、情绪、情感和行为上表现为特有的方式。具有人格尊严的人就是一个伟岸的人；丧失人格尊严的人就是一个有人格障碍的人。

人格有许多基本特点，但独立无疑是最具魅力的人格特点。

独立人格反映着人的独立性、自主性、创造性、整体性、稳定性及社会性的基本特征。它不依附和依赖任何外在的精神、权威和力量等而存在的一种独立自主的意识，在真理的追求中具有独立的判断力。

最本质的人性价值就是人的独立性。独立人格首先是具有独立性，一般人格权包含人格独立权、人格自由权、人格尊严权。独立权是最重要的人格权，独立的人格意味着拥有人格的独立性、生活的自主性、精神的创造性。人生价值最本质的体现就是人的独立性，人的独立性也是一个人最重要的能力，挪威戏剧家易卜生说："世界上最坚强的人就是独立的人。"

人的人生是一个独立的个体，不是复制他人的存在，也不是看着别人的眼光生存。

独立人格用简单和通俗的一句话来说，就是把自己当作一个人，并且能认清自己，对自己的思想和行为负责。

独立人格的人，首先体现在与原生家庭的分离。家庭是独立人格的障碍，这种与原生家庭的分离不是指精神上的切断联系，而是与父母建立起清晰的边界，不受父母的干扰，或者不受父母的影响，独立自主地生活。

独立人格的人，具有独立的思想。思想上的独立是独立人格的最高境界，没有思想上的独立，就会缺少自主。没有独立的思想和见解，就会人云亦云，形成乌合之众。没有独立思想的人会走进围观的人群，嗑着瓜子跟团起哄，这种人无疑是行尸走肉，无法活出真正的自我。独立人格的人具有独立思考的能力，能质疑和批判，这些人也推动着人类的文明与进步。

独立人格的人，具有独立的经济。经济基础决定上层建筑，经济决定一个人生存的基本能力。经济独立是人格独立的基础，也是人格独立的重要标志。经济独立意味着能够自给自足并拥有财务自由，有了经济上的独立，才能让一个人真正地实现独立。没有经济上的独立，就会缺少自尊，也会依赖于他人。

独立的经济对男女都至关重要。男人没有经济实力，就会被社会和他人轻视和嘲笑。男人最狼狈的时候是囊中羞涩。经济独立是实现男女平等的重要路径，经济独立才会使女人更自信、更美丽。女人最美丽的活法就是独立，一个女人最顶级的魅力不是颜值，而是经济独立。

独立人格的人，有着独立的情绪。深沉而有理智，不会被廉价的言论和情感煽动。

独立人格的人，能够处理好与外界环境的关系，善于表达自己的思想，有着一套完整的价值观，也有着自我价值的评估标准。当与社会成员冲撞和冲突时，能够控制自己的情绪，调节调适调和关系，懂得得失和成败、懂得进退。

独立人格的人，为人和做事公平公正、坚持原则、分辨是非、恪守正义。他们遵守社会道德，有着一颗良善的心。

独立人格的人具有目标管理、时间管理、情绪管理等自我管理的能力。他们自立、自强、自主、自信，有着平静的内心，面对困难和挫折，始终保持着乐观的心态和冷静的头脑。面对瞬息万变的大千世界，具有较强的应变能力和适应能力。

人格独立不是一个绝对的定量标准，而是一个定性的范围，不是非黑即白。独立人格的人为了目标的实现，为了需要、为了生存，有时也会向金钱低头、向势力屈服，也有变通，也有灵活性。

人格因素既有先天遗传因素，又有后天教育、经历和成长等环境因素。人格独立并不是不近人情不与他人有交流和交集，而是对待不同的人和事有自己的想法和见解，不会随波逐流。

独立人格也是阶层逆袭的根本，要想出人头地就必须拥有独立人格。

独立人格能够自我拯救心灵。人拥有了独立的人格和自由的精神，才不会接受任何奴役和强迫，生命也会变得坚韧和刚强。人格独立的人能够按照自己的意愿去匹配社会规范、风俗和文化习惯，有着对自己的支配和把控，不会容易轻易改变立场和观点，不会复制他人的生活方式。

一个人拥有独立人格，才是赢得他人尊重的砝码。有独立人格的人在人际关系交往中游刃有余，不卑不亢，保持原则底线，受人尊重和信任。没有独立人格的人就像狗一样活着，他们不懂得生命的意义和人生的价值，让人利用、受人指使、被人欺侮。

懂得目标追求，实现独立人格。懂得自己想要什么，懂得自己走什么样的路。生命就是一场不可辜负的奔赴，一场梦想的表演。奔赴远方的目标，实现心中的梦想，才会体现人生的价值。实现目标的过程是一个艰难困苦的过程，必须咬紧牙关，负重前行。

懂得提高认知，实现独立人格。自我认知，才会有自知之明，才会拥有高贵的灵魂。人贵有主见，人与人之间本质上的差异是思想上的差异，提升思想的先进性，就是要站在生命的高度、站在更高的维度上去思考。

懂得学会独处，实现独立人格。独处是一个人最快找到真我的渠道和途径，人越独处，越独立，越幸福。马尔克斯在《百年孤独》中说："比起有人左右情绪的日子，我更喜欢无人问津的时光。"一个人的灵魂，只有在独处中，才能体现其独立、自由和高贵。狂欢只是一群人的孤独，孤独才是一个人的狂欢。学会独处，才能享受独处。一个人只有在独处时，才是独立和自由的，才能完全成为自己。

懂得掌控情绪，实现独立人格。情绪的稳定是独立的体现，也是成熟的标志。健康的情绪是积极、乐观、愉快和稳定，始终保持健康的情绪，调节和纠正自己的不良心态，应对不良情绪的影响，宽容别人，释然自己。

懂得发展经济，实现独立人格。经济独立不是指一个人拥有足够多的财富，而是一个人能够独立承担自己的生活费用，不依赖于他人或家庭的经济支持。既要懂得合法致富、勤劳致富，又要懂得开源节流。只有拥有一定的财富，才能富足生命，实现财务自由。

懂得知行合一，实现独立人格。知行合一是种理念和态度，一个有独立人格的人既要树立正确的价值观，做到有思想、有主见，又要有行动。追求独立是一个奋斗的过程，要明确自己的目标和愿景，在奋斗的过程中学会勇于探索、实践和反思。

我们提倡做一个独立人格的人，但我们仍然生活在一个彼此需要关爱的世界中，对待世界，我们应该温柔以待。

靠山山会倒，靠人人会跑，只有自己最可靠。唯有靠自己才是最稳妥的、最可靠的独立。

在这个流行“离开”的世界学会“告别”

“这是一个流行离开的世界，但是我们都不擅长告别。”

这是捷克裔法国籍小说家米兰·昆德拉在《生活在别处》中的一句名言。这位主张在流行离开的世界，要擅长告别的深情的老人，2023 年 7 月 11 日走完了他 94 年的人生历程，永远告别了他热爱的这个深情的世界，但我们并未准备好与他告别。本文权作是对这位告别世界的世界级文学家米兰·昆德拉老人的追思。

人们对世界充满着热爱，有着深深的眷恋；一些人对世界有着不满和嫌弃，渴望着离开。人处在离别的无奈和孤独的痛苦之中的时候，情感是脆弱的，这也实属人之常情。

这是一个流行离开的世界，这是一个流动和开放的世界，分离是人间的一种常态。随着全球化、城市化、信息化、自由化和一体化的飞速发展，人们穿梭于不同的地方，来往于不同的城市。生命就是一场奔赴，奔赴远方，去实现自己的人生价值。

在这个快节奏的时代，离别也在加快，无论是离职、离婚、离去、离世，都是一个让人揪心的上升的数字。我们在不断地告别，告别朋友、告别亲人、告别昨天、告别那难忘的过去。

流行离开的世界，揭示了人们内心深处那种不愿离开，而又不得不告别的无法言说的离别之情，深深地表达了人们对于生命的短暂和无常的感慨。

人生苦短，好花不常开，好景不常在，彩云容易去。民国第一才女林徽因说：“爱的，不爱的。一直都在告别中。”与熟悉的人、与熟悉的环境告别，告别也成了人们习以为常的事。朋友的分离、爱人的分手、亲人的离去，我们无法逃避告别这种无奈和无助的现实。

停留是刹那，转身是天涯。不管你如何的依依不舍，不管你以如何形式的挽留，该远行的，无法留住；该离去的，终将离去。离别总像暴雨般来得猝不及防，我们只有时刻准备着，准备着迎接未知的突如其来的离别。

人生总有终点站，每个人都将会告别世界。面对朝夕相处的人的突然离去，我们含泪相送，今生无缘，无奈放手。相聚总是短暂，分别却是长久，唯有珍惜相处的美好时光，才是我们最好的选择。

一瞬间的离开，也许就是永远的告别。永远有多远，就是你转身的那一时刻。离别是一种痛苦和无奈，我们必须勇敢地面对和接受告别的现实。

告别往往伴随着伤感、悲痛、失落、不悦和愤然等情感，有时候我们会因为不愿意面对离别而选择逃避、选择沉默，但这会让痛苦更加不堪。我们需要学会释怀、释然，放松自己、放下自己，给自己留一点空间，既可以进一步，也可以从容和华丽地转身。

面对离别，我们要培养独立自主的能力，学会孤独，学会放下过去，培养独处的能力。每个人的人生道路和价值观念都各不相同，有些路，只能一个人走；有些人，只能一个人独处。

告别意味着我们要与过去告别、与他人告别、与曾经拥有的告别。但告别不是意味着要忘记过去、忘记他人；放手并不意味着放弃，告别也并不意味着结束一切，而是一个崭新的开始。

告别会伴随着悲伤和不舍，它能够使我们倍加珍惜过去，珍爱他人，珍惜曾经和现在拥有的一切。

世界浮躁，满是喧嚣；人性难测，世态炎凉。如果告别一段不健康的关系、告别一段让人烦恼的关系、告别一段命中无缘的关系，告别一段没有必要存在的关系，那是一种解脱，那是一种释然，又何尝不是一件好事？分开，也是另一种明白；离开，也是一种最好的选择。

告别需要一种勇气和智慧，而不是简单的挥手道别，也不是轻松的握手相送。

在这个流行离开的世界，总有伤感离别时。许多人又不擅长告别，告别的方法简单而无味，缺乏浓浓的情意。既然不擅长告别，那我们就应该珍爱生命、珍惜时光、不枉今生。一场相遇，一生铭记，不负遇见，珍惜眼前的人和事。学会表达和处理离别之情，珍惜来之不易的相遇，冷静地面对生命中可能出现的种种变幻和无常。

“人有悲欢离合，月有阴晴圆缺。”也许我们刚辞别一位朝夕相处的好友，可能又有一位形影不离的好友即将告别远行；也许我们刚含泪痛悼一位好友，可能突然又会接到另一个不幸的消息。

我们最终都要远行，大多数人的成长都是离别促成的。离别也是一种成长的过程，在含泪和不舍中，它让我们学会了成熟和坚强。成长就是一场渐行渐远的离别，孩子的成长就是一场与父母渐行渐远的离别，父母就是不断地在目送孩子的背影渐行渐远。

有时候我们的离别是暂别，我们还会有相聚的时候。学会告别，告别一下暂时的离别，留下一片美好，去迎接重逢的那一天。即使没有再见，也会在我们美好的回忆里重逢。

如果这世间应该属于你的，要相信它终究都会存在；如果不应该属于你的，它终将会离去。无须刻意、无须祈求、不必强求，一切随缘，随遇而安。

“离人无语月无声，明月有光人有情。”有一种相聚叫离别，有一种离别是为了更好地相聚。有时走得突然，我们来不及告别，因为我们永远不会告别，我们常常在怀念中相见。

面对离别，我们应该用什么样的告别方式离开。人生本来就是充满了离别的滋味，最遗憾的是，我们离别时没有留下一个好的印象；最难过的是，我们总是没有好好说声再见。

离别的时候，你也许说了再见，他不愿意离去；你也许还未说再见，他不吭一声已转身离去。不管离别时你遇到什么样的人，你都要学会懂得惜别，留下涵养，留下美好。

如果你不曾在意他的离去，你也不要在乎和指望他的回来。如果知道这一次是最后一次，也许你一定不会放开他的手，但一切没有如果。

虽说来日方长，其实来日并不长。作家韩寒在《后会无期》中说过：“每一次告别，最好用力一点。多说一句，可能是最后一句。多看一眼，可能是最后一眼。”用你那富有力量和温暖的手紧握他的双手，用你那深情和不舍的眼目送远去的他。

先说告别的人，最舍不得。但总会有人先说道别的话，那就让我们低声道别。惜别伤离是无奈，学会告别既是一种珍爱，也是一种内涵。面对告别，好好告别。

纵有万般不舍，唯愿未来可期。未来可期，这也是人生幸福的瞬间。

愿我们在万般无奈的离别中，留下我们依依不舍的惜别，说声珍重，说声再见，去等待那美好的重逢。

逼自己一把，是对梦想最起码的尊重

梦想是对未来的一种期望，是心中努力想要实现的目标。不管是伟大的梦想，还是天真的梦想，人人都有过梦想。

梦想，犹如一盏灯，点亮明天；梦想，犹如一艘船，驶向远方。

梦想就像一粒种子，种在我们每一个人内心的土壤里，生根发芽。

有梦想，就是有理想抱负；有梦想，就是有事业担当；有梦想，就是对生活充满信心。

古希腊哲学家苏格拉底说："世界上最快乐的事莫过于为理想而奋斗。"梦想是人生的指南针，梦想是人生的动力和方向，是力量的源泉。梦想赋予巨大的勇气和力量，指引人不断前行。一个人的梦想越崇高，生活越纯洁。越有梦想，生活越有意义。

梦想是一种预见未来的力量，只要我们拥有梦想，就会拥有无限的可能。只有敢于追逐梦想，才能把梦想变成现实。

一个伟大的愿景源于对美好未来的向往，当我们追寻着自己心中的梦想时，未来可期，每一天都是缤纷的。

"梦想"是一个天真的词，"实现梦想"是一个残酷的词。梦想是免费的，但实现梦想是要付出代价的。超乎人想象的梦想需要务实，只有脚踏实地，才能实现自己心中的梦想。

梦想不是光嘴上谈论的，而是要付诸行动去实现的。别让自己的梦想变成梦境，而是让自己的梦想成为现实。如果不脚踏实地地去实现梦想，那么，再伟大的梦想也是痴心妄想，白日做梦。

一个人要实现自己的梦想，就要具备勇气和行动这两个条件。当我们有了梦想以后，就要为实现这个梦想而矢志不渝地奋斗。

梦想就是远方的目标，既然选择了远方，就要风雨兼程。实现梦想并不是一蹴而就的，其间艰难困苦，个中滋味，唯有自知。有些人的梦想，因为畏惧困难，半途而废，成为泡影。

一个人的潜能是无穷的，只要我们永不放弃，不断地逼自己一把，挑战自我，实现自我超越，一定能够赢得胜利，实现目标。

一个人如果不逼自己一把，永远不知道自己有多优秀，不知道自己有多出色。有时候，必须对自己狠一点，你会发现你比自己想象的更加优秀。

所有成功的背后，都是苦行僧般的坚韧。逼自己一把的时候，无论输赢，你都算赢了。无论梦想的道路多么曲折坎坷，只要我们百折不挠，逼自己一把，就是对梦想最起码的尊重。

逼自己一把，也许会失败。失败并不可怕，可怕的是你连尝试的勇气都没有，你连失败都不配拥有。

当我们遇到挫折和困难时，不要轻易放弃，不要轻易言败。放弃很容易，坚持一定很酷。纵有千百个想要放弃的理由，也要寻找一个坚持下去的理由。不放弃，也许有成功的可能；一放弃，只会是失败的必然。一个梦想者，不是不会失败，而是不会放弃。

难走的路从不拥挤，好走的路人山人海。不要因为自己一次挫折、一次失败，就放弃自己原来坚定不移想要达到的目的、想要实现的梦想。

我们能接受失败，但我们不能接受放弃。放弃谁都可以，千万不要放弃自己；放弃什么都可以，但不能放弃心中的梦想。

成功需要付出、成功需要泪水、成功需要勇气，我们要有燃烧激情的斗魂。人生最精彩的不是实现梦想的瞬间，而是坚持梦想的过程。

发明家爱迪生一心想着依靠自己的发明造福人类，他曾花了整整 10 年去研制蓄电池，多次遭受失败。但一次次的失败没有击碎他的梦想，爱迪生一直坚持试验，经过 5 万多次的试验，终于发明了蓄电池。

越是不顺的时候，越是困难的时候，越要沉住气。艰难的路，不是谁都有资格走完，扛得住涅槃之痛，才配得上重生之美。

失败，很多时候是因为丧失信心而放弃了最后一次的尝试；胜利，往往在于坚持一下的努力之后。

一切皆有可能，只要你坚定梦想并为之努力奋斗。有一句话说得好，一个人只要知道自己去哪里，全世界都会给他让路。

人非生而优秀，所有的逆袭都是有备而来的，所有的幸运，都是努力埋下的伏笔，所有的成功都是逼出来的。所谓成长，就是逼自己一把。

西汉军事家韩信年轻时被人无端污辱，忍胯下之辱，被周围的人嘲笑。但他忍辱负重，逼自己努力，苦读兵书，“明修栈道，暗度陈仓”“背水一战”“十面埋伏”“四面楚歌”，这些经典成语，都是出自他的军事思想，最后他成为一代兵仙。因为他出色的军事才能，才会有“萧何月下追韩信”的传奇故事。

勇气，不过是在无路可退时那最后的孤注一掷。你若不坚强，谁来替你扛。

巨大的成功靠的不是力量，而是韧性。既然选择了脚下这条路，就算是跪着都要把它走完。

过错和错过都是人生中的一部分，都是成长和进步的必经之路，千万不要害怕过错而错过。宁愿做过了后悔，也不要错过了后悔。错过年轻时的梦想，就会有年老时的后悔。

实现梦想，就要闻鸡起舞。每天早上叫醒我们的不是闹钟、不是鸡鸣，而是心中的梦想。

梦想需要不悔的付出，不懈的坚持。实现梦想是一种幸福，梦想破灭也是一种幸福，至少它比没有梦想要强。

梦想和现实并不矛盾和冲突，不是现实支撑了你的梦想，而是你的梦想支撑了现实。梦想即使不能实现，但追梦的过程会让你的精神状态变得与众不同。有梦想，才不虚此行，才不负此生。

好莱坞电影演员英格丽•褒曼说：“人因为梦想而伟大。”伟大的事业，就是要让自己的梦想成真。面对梦想，我们必须充满自信，怀揣心中的梦想，坚信自己的选择和追求。在奔赴伟大梦想的道路上勇敢地面对终将会到来的艰巨，在终究会走向艰巨的道路上实现伟大的梦想。

人生是一场灵魂的盛宴、一场生命的奔赴、一场梦想的表演，逼自己一把，这是对伟大梦想最起码的尊重。

第叁章 人性 映照善恶美丑的明镜

人性，它经不起任何的凝视和端详

人性就是人的本性。人性就是在一定的社会制度和一定的历史条件下形成的最本能的天性。

人的本性通常由遗传和环境两个因素决定，人性是一个人不容易改变的本质和特质。

人性也是亘古不变的话题，关于对人性的探讨，可谓“巧历不能得”。人的本性是涉及哲学、文化、历史等多领域的复杂问题，不同的学派对此都有着不同的解释和回答。

人性的善恶问题，这是一个历代都争论不休、时常都分辨不清的人性话题，如果试图放在人群中去测试一下，那是一万个读者，一万个哈姆雷特，各有各的评说和道理，假如你极端地认同一种观点，一定会有人把你碾压，让你喘不过气来。

随着人类的文明与进步，人性有着向善发展的趋势，但人性依然有着许多固有的弱点，这些弱点还影响和侵蚀着一些良善之人的认知。

日本推理小说家东野圭吾说：“世界上有两样东西不可直视，一是太阳，二是人心。”人心隔肚皮，唯有人性最难测。

看透人心，首要的就是看其在利益面前的取舍。人际间交往的本质就是利益交换，凡是涉及利益，人性的弱点就会日渐暴露，而且暴露无遗。利益是对人性最直接、最严峻、最有效的考验，但残酷的现实是：人性是经不起考验的。千万不要考验人性，它很脆弱，根本不堪一击。

“利益”两个字有多恐怖，带着刀，还沾着血。现实社会中我们不难发现，当利益得不到满足时，不管是多年的结拜兄弟、闺密好友，还是血浓于水的兄弟姐妹，都可能招来恶语相对、对簿公堂，甚至是背后捅刀。可谓针锋相对，芒刺在背，一样的残酷无情。此时，所有的情义全抛在脑后，所有的解释和劝说都显得苍白无力。

意大利政治思想家马基雅弗利曾说过："一般来说，人类的本性总是忘恩负义、变化多端、弄虚作假、怯懦软弱、生性贪婪的，当你对他们有利用价值的时候，可以说，他们完全是你的人。当你有需要时，他们表示愿意为你流血，愿意为你奉献自己的财产，甚至是牺牲自己或是他们的孩子。但实际上，当危险到来时，他们只会选择背弃你。"

"墙倒众人推""落井下石"的社会现象并不少见。看见别人落难倒下了，不扶不帮不救也就算了，有的人还会残忍地踩上几脚。令人头皮发麻、后背发凉的是，落井下石的竟然都是自己人、身边人。只有在落魄时候，你才会懂得，愿意拉你一把的人何其少，你才会彻夜痛哭，醒悟人生、怀疑人性、怀疑人生。

狗咬人，咬的是生人；人咬人，咬的是熟人。狗咬生人，是为了主人；而人咬熟人，却是为了自己。这难道不是人性的悲哀？

德国哲学家叔本华说："人性中最坏的特点是对别人的不幸遭遇幸灾乐祸，这是一种非常接近残忍的感情，幸灾乐祸所带来的笑骂，简直是来自地狱的笑声。"但这种"笑声"时常能听见。当别人遭受挫折、不幸和失败时，一些人高兴至极，奔走相告，唯恐他人不知，脸上狂喜的神色着实让人惊奇诧异和恶心反胃。

人性最大的恶：恨你有，笑你无，嫌你贫，怕你富。许多人见不得别人好，而且越是和你亲近的人，越是不希望你好起来。当你一旦好起来的时候，冷嘲热讽就会随之向你袭来。

业余歌手朱之文成名后的困顿就是一个活生生的人性本恶的事例。

朱之文成名前，他只能偷偷地到远处的河边练歌，生怕别人取笑。因为有人看不顺眼，说他不务正业、精神不正常。当年他生病向人借钱看病时，没有一个人会搭理，妻子只好剪掉头发卖钱，才得以买药治病。

朱之文成名后，平时鬼都不上门的家竟然门庭若市，登门拜访者络绎不绝，一些人还蹭其个人热度。虽然有祝贺的话语，但不乏也有酸溜溜的话。

许多亲朋好友以造房、孩子上学、看病吃药等理由前来借钱。但当不能满足借钱人的胃口时，迎来的是一片骂声。有人在网上翻他的老底，蹭其流量，甚至造谣中伤。

朱之文红火前，就多次捐款帮助村里修桥筑路、改善幼儿园、救助白血病人。为了救治一位生命垂危的患者，朱之文将自己出名时的军大衣拍卖筹钱，将卖出所得的 51.8 万元全部捐了出去。而朱之文的善良，得到的不是掌声和理解，一些村民却说："他是亿万富翁，钱到死都用不掉，要想我们为他说好话，应该帮全村每户买一辆轿车。”有的村民盯上了当时很火的直播和短视频，竟有人将朱之文家里的玻璃砸烂，只为拍到更“精彩”的内容。人心和人性，是多么可恶和可恨。

在你落魄的时候，别人不会关心你苦不苦。但当有一天，你好不容易好起来的时候，就会有人恶狠狠地跳出来说：“你凭什么好起来？”

利己主义思想也日益泛滥。人与人第一次见面，首先打量对方的身价，然后再选择是给对方“跪下”，还是让对方给他“跪下”。

当需要一个人的时候，对他百般讨好，不需要这个人的时候，立马翻脸无情。

人性中更为可恶的是为难他人，尤其是获得某种权力、地位和利益之后，设法使用各种手段为难他所能为难到的人，以此来获得他的满足感。一些可恶的人还丧失人性，总是把良善的人逼到绝境。

人性的一大丑陋是听不得真话，却怪别人不够真诚，怀疑别人说假话。

人性的一大可悲是好人只能偷偷议论真相，而坏人却在明目张胆地冤枉着好人。

人性中一个普遍性的弱点：当群体都在同流合污时，往往会对不愿合作者有着莫名的反感和极度的看不顺眼。

人走茶凉，这是自然规律；人还没有走，茶就凉了，这是世态炎凉。这种世态炎凉也并不少见。用得着你的时候，叫爹也可以；用不着你的时候，骂娘才痛快。难道这不是现实的残酷？

你害怕鬼，但鬼却从未伤你分毫；你不害怕人，但人却经常把你伤得遍体鳞伤。这世界上最可怕的不是鬼神，而是人心。残酷的人心是：看不懂的伪装、看不清的阴暗、猜不透的计谋、防不住的暗箭、说不完的谎言。

难怪有人说，现在社会上就剩下两种人：羊和狼。但有时羊和狼也让你真假难辨，羊还是羊吗？狼还是那只狼吗？披着羊皮的狼成群结队在大街上大摇大摆地出现了。难道这不是人性的可笑？

你想退一步海阔天空，免得遭到伤害，但有人就会步步紧迫，勒脖锁喉。有时，你也不得不伪装起来，以恶人恶劣的形象出现。

难怪人类伟大的物理学家牛顿感慨道：“我可以计算出天体的运行轨道，却难以预料到人们如此疯狂。”

也正如世界文豪莎士比亚在论述人性时所说的：“地狱里空空荡荡，魔鬼都在人间。”

你会发现，有些温暖的背后，其实隐藏着阴险的考虑和冰冷的目光。有些所谓的正人君子，也只是披着所谓文明的外衣，装腔作势，行鼠窃狗偷之事。

人性最大的无奈，是很多时候对讨厌的人必须脸露微笑，这也是适应社会、懂得生存必须学会的恶心。

人心，经不住诱惑；人性，经不起测试。

人们追索人心的深度，却看到了人心的薄凉。千万不要高估人性的善，也不要低估人性的恶。

面对五味杂陈的大千世界，许多人选择沉默。当你历练到不想争论、不想巴结、不想取悦任何一个人时；当你喜欢独来独往、喜欢独处时，你就悟透了人性。

这个世界假得太逼真，在这个薄凉的世界里，我们应该温暖而深情地活着。请相信：善良，永远是人性中最璀璨的光芒！

面对人性的残酷无情，人生必须具备两大本领：一是洞察人性，二是看穿规律。

“我来人间一趟，本想光芒万丈，谁知世人模样，只为内心凄凉。”为了呼唤人性，为了闪耀人性的光芒，我曾经写过不少关于人性的文章：《一切极端自私的背后都隐藏着人性的罪恶》《人的本性究竟是善还是恶？》《墙倒会众人推》《人性有一个最特别的弱点，就是在意别人如何看待自己》《人性的又一悲哀：穷人比富人更看不起穷人》《为什么越来越多的人喜欢狗》《人性的弱点“喜欢倾诉，不喜欢倾听”》。

虽然对人性的话题也想做淋漓尽致的剖析，但这毕竟也不是一般人能说得清楚的东西，更何况我本来就是一个很一般的人，对此也只能是一般性的见知，不可能说清楚。如果能让一两个人弃恶从善，如果能让一些人从此人性向善，足矣！

我们对这个世界的态度，会决定这个世界的性质，这个世界的性质最后会变成我们的报应。我们应当满怀深情面对世界，人性向善，面朝太阳，春暖花开。

结尾了，但总感觉内容和题目想表达的思想差距甚远，囿于拙见，困于拙笔，没有把人性这个话题说清说全说透。

也恕我再言，题目非我之言，它出自法国伟大的文学家雨果在《笑面人》里的一句名言。而且，我只运用了其下半句，还有上半句的名言更值得我们领悟和深思：不要奢求洞察人心，皮囊之下狼藉一片。

克制情绪就是克制本能的冲动

每个人都会有情绪，情绪是一个人内心产生的一种本能的反应，是内心世界的外在的表达方式。

情绪体现在肢体、语言、声音、态度上。情绪表现为喜、怒、哀、乐、愁。

人最难控制的，往往就是自己的情绪。特别是遇到突如其来的喜悦和悲伤时，情绪首先会在脸上体现，每个人都会这样，只是程度不一。

学会控制好情绪，是一个人最大的本领，是一个人最大的自律，也是一个人最基本的修养。情绪控制的背后，显示的是一个人的修养、展示的是一个人的能力、体现的是一个人的成熟。

控制好情绪，也是一个人有城府的体现，情绪一般不会在有城府的人脸上体现，脸上有情绪的人，是一个没有城府的人的外在体现。

因此，控制情绪也是一件不太容易做到的事，法兰西帝国的缔造者拿破仑对此曾经说过："能控制好自己情绪的人，比能拿下一座城池的将军更伟大。"

控制好自己的情绪，就是沉着应对人生，就是笑迎困难和问题，就是把握人生的方向。

在许多时候，阻止成功的最大敌人就是我们自己，就是缺乏对自己情绪的控制。表现为愤怒时，暴跳如雷；喜悦时，得意忘形；低迷时，萎靡不振。

有些人由于缺乏对情绪的控制，缺乏冷静的头脑，往往会失去理智，冲动地做出一些匪夷所思的事情，结果让自己后悔莫及。

情绪就是心魔，你不控制它，它就会纠缠你、吞噬你。所以说，我们生活里的苦，大多是情绪种下的苦果。

有喜有悲、有思有忧，这是人的本能，只要适度，无碍身体，但是一旦失控，就会伤及身体。

控制情绪有益于身体健康。《黄帝内经》的养生经就告诉我们：喜伤心、怒伤肝、思伤脾、忧伤肺、恐伤肾。心不定则气不顺，心情不好会导致气血运行不畅，气血不畅会导致各种慢性疾病发生，影响免疫力的提高。澳大利亚诺贝尔生理学或医学奖获得者伊丽莎白·布莱克本曾经用实验证明，情绪对人体的影响很大，当情绪失控的时候，细胞里的端粒酶发出长短波，会加速细胞的衰老。情绪影响身体健康的50%。

情绪好才会心情好，心情好才能工作好、才能与人相处好。

善于控制情绪的人，涵养的是品位、修炼的是眼界、锤炼的是城府、壮大的是格局。

面对低迷，要站稳脚跟，决不消沉

人生总有低迷的时候，正如潮涨潮落一样。低迷时，必须面对逆境，接受现实，而不能因此意志消沉，萎靡不振，丧失信心。

当自己失去、失落时，当自己低迷时，更是要调整好心态，以乐观积极的态度，面对现实。即使是最伤心的时候，也要想得开。有一句话是这样说的：当你哭泣自己没有鞋子穿的时候，就想想有些人连脚都没有。

即使面对突如其来的处境，也要处事淡定，得失从容，做到泰山崩于前而色不变。

要学会化解情绪，低谷时，蓄能；误解时，不辩；受苦时，自渡。低谷是一个人开悟、觉醒的最佳时期，会让人更看清世界、认识社会。总之，低迷的时候，切忌情绪上的冲动。冲动是可怕的恶魔，冲动会使问题和处境越搞越糟。

不要因为别人的眼光而影响自己的情绪，而要用自己的潜能去改变别人的眼光。不要活在别人的评价中，你若涅槃，没有人能阻止你的重生；你若成长，全世界都会为你让路，要坚信自己，相信自己就是不一般。

面对得势，要低调守拙，决不张扬

人在辉煌的时刻、得势的时候，往往会扬扬得意，这是人的本能，也无可非议。但欣喜若狂，甚至狂妄自大、得意忘形，这是失态，也是失败的先兆。

一个有城府的人、一个会控制情绪的人，是不会被眼前暂时的胜利和成功冲昏头脑的，他们懂得骄兵必败的道理，因此为人低调，谦卑做事。他们不会显摆自己，口说狂言，总是和颜悦色，不会喜形于色。他们面对胜利和成功，始终保持如履薄冰的心态，善于守拙，决不张扬；他们懂得“祸兮福所倚，福兮祸所伏”的哲学道理。

得势是一时的，成功是暂时的，必须谦虚谨慎，低调守拙。

面对受挫，要忍住悲伤，决不落魄

能忍能让真君子，能屈能伸大丈夫。人是从挫折和失败中成长、成熟起来的，成熟的人从悲伤中擦干眼泪，咬紧牙关，不落志、不落魄，

一个人的成长从来不是一帆风顺的，人生坎坷，总有跌倒的时候，总有受挫的时候。一个人可以哭，但不能输；可以落泪，但不能落魄。不能丧失信心，放弃最后的一搏。

面对委屈，要心胸开阔，心胸是由委屈撑大的，心小了，所有的小事就大了；心大了，所有的大事都小了，所有的大事也就是那么一回事。吃亏和吃饭一样，吃多了都可以成长，俗话说，吞下的是委屈，喂大的是格局。

如果感觉自己是对的，就没必要发脾气；如果感觉自己是错的，就没资格去发脾气，这才是一个人真正的选择，真正的智慧。

只有收藏委屈、忍辱负重，才能沉淀自己、壮大自己。心中有事，也要装作若无其事，这才是城府，这才是格局。

民国思想家胡适说："世间最可厌恶的事莫如一张生气的脸；世间最下流的事莫如把生气的脸摆给旁人看，这比打骂还难受。"因此，即使遇到伤心的事，也不要愁眉苦脸，因为谁也不会喜欢这样的脸色。而且你遇上这样伤心的事，在他人眼里根本不值得一提，甚至还会被人取笑。所以，痛苦只能深藏在自己的心里，不能显现在脸上。

面对诱惑，要淡定自如，决不攀比

社会五彩缤纷，世界千奇百态，任何一个人都会受到一定的社会环境的影响，都会有一定的情绪反应，这可以理解，也情有可原。

但是，社会再变，灵魂不能浮躁；诱惑再多，步子不能乱套。不能由此产生心浮气躁、埋怨自己、埋怨社会、嫉妒他人的负面情绪，让自己原本宁静的世界变得不安宁。

人生十有八九的烦恼涉及金钱。但要懂得，这个社会没有钱是寸步难行的；但钱太多，也会烦恼缠身。要懂得，人生没有幸不幸福，只有知不知足。幸福是相对的，不如意是绝对的，盲目攀比，只能使人心灰意冷。

要学会知足，只有知足的人才会懂得心平气和，只有知足的人才会懂得自己应该需要些什么？不能想要什么？

人有在乎别人议论自己背后之言的弱点，这也是人的本能，但不能因此而愤恨，影响自己的情绪，要学会屏蔽这些负能量。人都是在笑笑别人，又被别人笑

笑中走过来的，只有做到淡定自然，才能心情怡然。

社会浮躁，会有杂言乱语，需要明辨是非。一个有目标追求的人，必须把握好方向、找准自己的定位，淡泊明志，宁静致远，做一个思想的清醒者、灵魂的孤独者，在浮躁的世界里自信笃定。

不难发现，许多人会把“我脾气不好”当作情绪失控后的托词，反把情绪控制归于天生的原因。这些，都无益于改掉坏习惯。

如果有人影响到你的情绪，你的焦点应该放到控制自己的情绪上，而不应该把焦点集中在影响你的那个人身上。

人不能做情绪的仆役，而要成为情绪的主人。现实生活很残酷，会出现许多问题，有些问题会让人叫苦不迭。但如果用情绪、用坏脾气来解决这些问题，无疑会使问题更复杂，因此，绝不能带着情绪处理问题。

要学会接受自己的“坏情绪”，既然情绪是人的本能，那就会时常出现，不能逃避，因此，自己要学会接受，更要学会化解。千万不能让自己的“坏情绪”乱了方寸，毁了前程。

如果敌人让你生气，影响你的情绪，那说明你还没有战胜他的把握。

一个人遇到影响自己情绪的事情，也不完全是一件坏事，虽然不能当众发泄，但可以独自一个人痛哭，可以高歌一曲，可以高举酒杯，从发泄中清醒，含泪奔跑，砥砺奋进。

一个人最大的内耗，是不肯放过自己，而情绪化就是不放过自己的根本的表现。

克制情绪也有一定的限度，英国政治家伯克说过：“克制也有个限度，超过了限度就不再是美德。”一个人遭到无原则性的影响，情绪必须克制。但如果遭遇原则性事情时，也就没有必要克制了，如果克制，反而会被人认为没有原则，软弱无能。

情绪是人的本能，每一个人都有，也时常会有情绪，关键是如何对待和化解情绪。情绪有时像火，给予我们温暖、激情和力量，追求情绪的和谐，才是我们修身的目的和生命的目标。

谁都愿意和好脾气的人相处，控制好情绪，就是一个人的好脾气。好脾气体现了一个人的修养，好脾气就是人生的一笔财富。我们应当做到不以物喜，不以己悲。也只有控制好情绪，才能把握好人生。愿我们每个人都拥有让人喜欢的好脾气，都拥有精彩美好的人生。

一切极端自私，都源自人性丑恶

生命是独立的存在，生命的本能有许多，自私就是很常见的一种。

人（包括动物）的基因是自私的，所以人（动物）的本质也是自私的，自私是人的生存条件。不但人心是自私的，万物都有自私的天性。

自私是人的本性，更是人的本能。每个人都是自私的，只是程度不同、形式不同、出发点不同。

每个人都把自己的利益放在高于他人利益的位置。同样是亲情，人们更爱自己的孩子，对自己父母的亲情就相对淡一些。人不但希望自己过得好，还希望比别人过得好。一个人最喜欢的人，不一定是自己所崇拜的人，而是喜欢崇拜自己的人。这些，都是自私的表现，也是人性的特点和弱点。

法国唯物主义者克洛德·阿德里安·爱尔维修在《论人的理智能力和教育》中说："人的本性就是自私自利的，这是大自然会赋予我们的一种感情，它驱动着人的行为，我们不必对人抱有太大的期望，不要把所有人都理想为圣贤。我们承认人的自私本性，但也承认这个本性并不坏。"

西方著名古典经济学家亚当·斯密在《国富论》中也这样说道："人天生，并且永远，是自私的动物。"人类的每一个行为都是以自己有利的条件为基础，否则根本就不会产生动机，正如中国历代就有"人不为己，天诛地灭"的传统说法。

自古以来，没有一条理由可以有效地杜绝人的自私行为，也没有任何一种理论可以消灭人的自私观念。

当然，人的自私也是相对的，世界上没有完全只顾自身利益而丝毫不顾他人利益的人的存在；世界上也没有完全只顾他人利益而不顾自己利益的人的存在。在一些人身上，自私的成分多一些；在另一些人身上，自私的成分少一些。

一个人为他人利益考虑的根本原因，有时也是从自身利益出发而为，在本质上也有着自私的成分。

人本性自私的原因不外有两个：第一是自身的生存需求；第二是自身的心理需求。

只顾个人利益不顾他人利益、集体利益，甚至损坏他人利益和集体利益的行为就是极端自私。

我们会对自己遇到的痛苦敏感，显得十分重视，而对别人遭遇的痛苦往往麻木不仁，不以为然，这是人性的特点和弱点，却不是人性的罪恶。但如果对别人的不幸而幸灾乐祸，那就是极端的自私，那就是人性的罪恶。

在物欲横流的社会，极端个人主义思潮抬头，极端自私自利的人不断出现，见钱眼开、见利忘义的现象司空见惯，这不足为奇。但是，这些极端自私的人为了谋取一己之利，会不惜一切代价地放任自己，践踏他人，不能小觑这种极端自私的行为对社会的危害性。

极端自私的人表现为：一是极端的利己主义，完全以自我为中心，不顾他人感受。对别人要求高，对自己要求低。对自己的过错原谅，对别人的问题揪住不放，见不得别人比他好；二是极端的贪婪成性，一心想占有，甚至想霸占，控制欲强，惯用道德捆绑；三是极端的尖酸刻薄，冷酷无情，不留情面，翻脸无情。

面对极端自私自利的社会现象，以至人们发出了“人性最大的恶是深入骨子里的自私”的感慨。

这些极端自私的行为，严重影响了人与人之间的正常关系，严重影响了和谐社会建设，是社会不稳定的重要因素。社会上出现的一些极端的行为，就是其自私自利的膨胀。希特勒发动第二次世界大战，大肆屠杀犹太人就是极端自私的表现。历史上出现的一些奸臣都是极度自私的人。

一个自私到极点的人，是一个十分危险的人，必须防范他、远离他、孤立他。

理性告诉我们，人类必须充分认识极端自私的极大危害性，每一个人的利益才可能实现最大化。

每个人都不能以自私是人的本性为由，行自私自利之恶，必须理性地对待人的自私本能。

英国哲学家本杰明•惠奇科特说：“世界上最空虚的，就是那些满脑子装着自己的人。”那些只为自己利益考虑，而不顾别人感受的人是渺小的，无胸怀和格局可言，也是会遭人鄙视和唾弃的。

极端自私是人类万恶之源。俗话说，善有善报，恶有恶报。当一个人自私自利时，他也许一时会得到他所想得到的东西，但更多的时候是使他得到应受的。

人间最大的恶就是一些极端自私的人总是把善良的人逼到绝境，这也是极端自私的人为一己之利惯用的手法。

“万恶皆由私字起，千好都从公字来。”南宋哲学家朱熹也说：“不以一毫私利自蔽，不以一毫私欲自累。”自私自利、贪得无厌的人性特点，会扭曲人格，会使一些人泯灭人性，丧失人格。

我国传统文化历来弘扬先人后己的爱人的理念，反对自私自利。人性先天皆同，但后天不同。自私虽然是天性，但在后天性情培养中，可以成为一个无私而高尚的人。

自私是一种自然属性，无私是一种社会属性。自私是一种本能，无私是一种理智。人自私的行为，也是在实现其自我价值，但在实现自我价值的同时，也必须兼顾社会价值。自我价值和社会价值的占比多少，也决定了一个人自私的程度。我们既提倡在实现自身价值的同时，充分考虑实现社会价值，又提倡把自我价值的实现当作社会价值的实现。总之，人是社会动物，不能只考虑单一价值。

人有自私自利之心，并不可耻，只要不违背道德，只要不侵害他人。自私在某种程度上是社会进步永不枯竭的原动力，人类的文明进步也得益于自私这个原动力的推动。

我们不能纠结于自私是不是人的本性这个话题，但我们要从人性教育入手，倡导先人后己的道德品德。我们不否认人性自私，但我们反对极端自私。我们主张人类有序的竞争，反对无情的自私。人的自私，以自我为中心，都必须建立在不影响他人的基础之上。

天下熙熙皆为利来，天下攘攘皆为利往。无私的确是稀有的道德。

自私是自我烦恼的根源，无私是寻找快乐的源泉。小爱自私，大爱无私，心底无私，活得通透，过得自在。让我们开阔视野、宽广胸怀、做大格局，做一个小爱怡情、至爱无私、大爱无疆的人。

人类最殷切的渴望是被肯定

人性有许多特点，渴望被人肯定就是一种。被肯定就是被尊重、被重视、被承认、被关注。这种肯定是人类最殷切的渴望。

人类最高层次的需求是自我实现的需求，而自我实现的需求表现为得到人们的认可、欣赏和肯定。

被人肯定是指一个人的行为和成果得到他人认可，这种正面的评价和称赞，或者给予荣誉和奖励、提升和加薪，对于激励斗志，实现目标，至关重要。

人活着最大的动力和意义就是感知生命的伟大、人生的觉醒，实现了自身的价值，被人称赞、被人肯定，就是自身价值的一种实现。

美国心理学家威廉·詹姆斯说："人性最深刻的原则就是希望别人对自己加以赏识。"孩子被父母肯定，学生被老师肯定，员工被领导肯定，下级被上级肯定，个人被社会肯定，这是多么心旷神怡的开心事。

人人都喜欢受人称赞、被人肯定，尤其是男人还希望受到异性的重视，特别是希望得到自己喜欢的女人的欣赏和肯定。

每个人的内心深处都需要被看见、被称赞和肯定，一个人失去肯定，就会空虚和孤独，如果一直不被人肯定，就会产生自卑、消沉和恐惧。

现代社会的人们越来越注重自我价值的实现和认可，一般人都认为自己不一般，都希望自己的付出和成果能够得到他人和社会的赞誉和肯定，以增强他们的自信心、自尊心和自豪感。

渴望被人肯定是人本能的需要。从生物学的角度来说，人脑中的多巴胺系统是人体验快乐和奖励的主要途径，当被人肯定和认可时，多巴胺系统就会被激活，释放出多巴胺，从而增强人们对于肯定和认可的渴望和追求。从心理学的角度来说，当他人肯定和认可自己时，会感觉自己的才能和价值被认可，从而增强自我价值感和自尊心，其实也是一种"背书"心理。从社会文化角度来说，当自己得到他人的认可和赞扬，就意味着自己符合社会认可和接受的标准，符合社会共同的价值规范，得到了社会的认同，心中有了归属感。

渴望被别人肯定，也是一种成长需求，人在成长的过程中需要被人不断地认可，才会自信地昂首前进。

渴望被人肯定也是一个人增强对不确定感的确定性。这个世界是一个不确定的世界，在这个不确定的世界如何确定地追求人生的确定性，这是一个人一生考虑的问题。被人肯定的东西就是一个确定性东西，也是一个人沿着这个方向继续走下去的正确方向。

有的人渴望被别人夸赞，是因为他们希望通过别人的认可和肯定来获得一种安全感；有的人渴望被别人夸赞，是因为他们追求一种快乐感。

当然，还有的人渴望被别人夸赞，是他们虚荣心的表现。虚荣心是一个人的面子，这是人性的一种特点。德国哲学家尼采在《人性的，太人性的》中说："完全不谈自己是一种甚为高贵的虚伪。"每一个人都喜欢听好话，人都无法抵挡住来自别人的夸奖。有时你之所以感觉他与你灵魂相通，很合得来，是因为他说了你想要听的话，是因为他在夸奖你。

一个人经常会遇到来自各种各样的夸奖声，对于来自别人的夸奖声，我们应该谦虚对待、谨慎对待、智慧对待。古代有一个事例很能说明这个问题。东汉末年军事家曹操每次出兵回来都会缴获许多珍宝首饰。每次他会让夫人挑选，夫人都会为自己挑一个中等档次的。曹操不解，问夫人原因，夫人回答说："挑最好的，那是贪婪；挑最次的，那是虚伪。"此话说明了曹夫人的智慧，更说明了人的本性。

人的本性都是有欲望的，过度放纵自己的欲望固然不对，但刻意展示自己的无欲无私，同样隐藏着虚伪。对于别人的夸奖，忘乎所以，得意忘形，那是愚蠢的表现；对于别人的夸奖，不表示感谢，一推再推，那是一种虚伪。现实生活中，也许人们更能接受这种愚蠢，而不愿意接受这种虚伪。

渴望被人肯定，这是人性的特点，也是一个人有上进心的表现，毋庸置疑。但必须有着让人发自内心的值得夸奖、值得肯定的方面，而不是虚假的、虚荣的。

人终其一生所付出的努力、所体现的精神、所追求的目标，不就是为了得到别人的肯定吗？我们应该以蓬勃向上的朝气、负重前行的韧劲、无人比肩的成就，向周围的人展示不一样、不一般的自己。

一个人的才能会让人认可和肯定，但更让人心悦诚服的是一个人的思想和品德。品德在他人的心目中尤其重要，一个德才兼备的人，更是一个让人认可和肯定的人。

人与人之间本质上的差异是思想上的差异，有什么样的思想，就会有什么样的人生。思想上的差异就是认知上的差异，根本的体现是思考维度的高低。面对扑朔迷离的社会，我们必须站在更高的维度上，提高自己底层逻辑思维的认知力。人有了独立的思想和主见，才不会走进围观的人群，人云亦云，宁愿孤独，选择独处。这样的人受人尊敬，被人肯定。

一个人的品德是最让人肯定的方面，人与人之间交往的基础在于一个人的品德。人品好，即使才能低下一点，也会得到他人的认可。品德不好，不但不值得肯定，而且还会被看不起。

谦虚总会让人接受，如果我们不过高地认为自己不一般，那就会比自己所认为的要不一般，也会让人觉得不一般，就会得到他人发自内心的夸奖和肯定。

我们不能把别人的认可和肯定，作为自己评判事物好坏的唯一标准，我们也无法满足所有人对自己的认可和肯定，更无法让所有人对自己投来肯定的眼光。赢得微笑，众口难调。我们无法让每一个人都喜欢自己、爱自己，但我们有足够的理由、足够的能力喜欢自己、爱自己。千万不要活在别人的眼光里，在乎别人的背后之言，这样既累着了自己，也会被别人看不起，都不值得。

过度渴望他人的肯定，也是一种人格障碍，这种人有着自恋，有着情感依赖，也有着自卑、焦虑和不安全感，内心缺乏自信，害怕孤独，这是一种不健康的心理，也是人性的弱点。

我们既可以有着殷切渴望被人肯定的心理，又要防止骄傲自满的情绪。被人肯定固然让人着迷，但过度渴望和留恋他人的肯定无疑是愚蠢。

我们总是爱赞扬自己的人，而不爱自己所赞扬的人，那是一种没有雅量的表现，也是一种自私的表现。一个人总有值得他人肯定的方面，要善于向别人学习，学会赞美别人、肯定别人。

渴望别人的肯定，无可非议，但要使自己的努力和成就值得他人的尊重、认可和肯定，更要无可挑剔。

被人肯定不是靠殷切渴望得到的，而是被人认可后的必然结果，一切都是靠自己的努力。

认可是一种温暖的力量，得到别人的认可和肯定是我们自信的来源，它能让我们不断超越自己，也更是我们不断进步的动力。

一个简单的认可，会使人在人生的道路上充满生生不息的动力，我们要学会赞美别人。在自己成长的路上，我们要懂得和感谢那些赞赏和肯定自己的人，正是他们在不断地激励和支撑着自己的前行。

迈向成功的路上，离不开外界的认可和肯定。人生之幸，莫过于被人信任，珍爱和温存那份被他人认可和肯定的温暖，带着那份温暖和甜蜜，回馈人类，温柔以待。

骂人“猪狗不如”，其实是对猪狗的侮辱

人是十万种动物中排名第一的高级动物。人和其他动物的本质区别在于，人可以用理智控制自己的欲望，懂得用人性和道德约束自己，而其他动物不行。因此，人理应比其他动物具有更聪明、更理性、更良善的特点。

但事实表明，人是动物中最残忍的一种动物，也是动物中最奸滑、最阴险的一种动物。

因此，古希腊哲学家亚里士多德说：“人是什么？人，在最完美的时候是动物中的佼佼者，但是，当他与法律和正义隔绝以后，他便是动物中最坏的东西。他在动物中就是最不神圣的，最野蛮的。”

自然界的一切灾害大多数来自人类所为。人类既是文明世界的创造者，又是文明世界的破坏者，甚至更是文明世界的毁灭者。破坏自然界的生态平衡、残杀动物、自相残杀，人类是排第一位的。而猪和狗从来不会对自然界进行破坏，也不会残杀其他动物，更不会相互残杀。

现实生活中有的人西装革履，道貌岸然，满嘴仁义道德，却一肚子男盗女娼，人血馒头吃得不亦乐乎。

猪狗永远是猪狗，而人有时却不是人、人有时更不配为人。波斯诗人萨迪在《蔷薇园》一文中说：“从外貌看来，人最高贵，狗最低贱。但圣人一致认为：重义的狗胜于不义的人。”

因为相对于其他动物，猪狗的食物与生理习性与人类比较接近些。同时，由于狗的绝对忠诚、猪的无私奉献，因此，猪和狗就成了人类的好伙伴。

但与人类最朝夕相处的两位忠实的朋友——猪和狗，却时常被人类耻笑和谩骂，“狗彘不若”“狗杂种”“狗日的”“狗娘养的”“狗仗人势”“狗眼看人低”“鸡鸣狗盗”“笨猪”“蠢猪”“猪猡”“猪脑子”等一大堆贬低人的词语反而都甩在它们头上。

狗和猪在十二属相中排在最后两位，因此，猪狗不如的含义就是“不是人”。当人们极为鄙视和厌恶道德败坏的人时，就会骂人“连猪狗都不如”，骂人说“连猪狗都不如”，其实就是评价其人格低下，品行极差。

那猪狗的品行真的如人类所说的这么差吗？

狗是人类最好的伙伴，狗有着一种直通人类心灵的能力。

人类之所以选择狗作为伙伴，就是因为狗忠诚可靠，懂得感恩，任其使唤。说到忠诚，我们首先想到的不是人，而是狗。

狗对主人的忠诚程度，是狗区别于其他动物的突出特点。狗不会耻笑同类或异类，并且善于包容和同情。

人类中却不乏有禽兽不如的人，遗弃父母、欺侮弱小，而狗愿意用有限的生命守候它的主人。狗懂得感恩，它不会嫌弃主人的贫穷、疾病、潦倒。当主人痛苦和无助的时候，狗依然守候在主人身边。而有些人却会翻脸无情，连照顾年迈的父母这些彰显基本人性的事都不能做到。

不是所有的子女都不嫌母丑，但所有的狗都能做到不嫌家贫。

狗知道自己年迈将死，为了不让主人伤心，不添麻烦，自己远离家里，寻找一个地方自尽。但人类反而要吃狗肉，会宰杀日夜陪伴他的忠诚的狗。

狗是世界上唯一一种爱你胜过爱它自己的动物，狗也是人类唯一一种用金钱可以买到其爱的动物。而且这种爱不会被污染，这种爱矢志不渝。

至于“狗仗人势”“狗眼看人低”这些狗的品行，我们也要客观地理解，至少它也体现了对主子的忠诚和炫耀。而有些人“仗势”“看人低”的品行，比起狗来，那肯定是有过之而无不及。

虽然也有不少恶犬，但依然没有减少人类对于狗这一动物的喜欢和认同。

因此，养狗的人越来越多，狗在人群中十分醒目。过去养狗是看宅护院，现在养狗是一种时尚身价，而且养狗的人普遍都被认为是善良之人。

难怪法国批判现实主义作家罗曼·罗兰感慨道：“认识的人多了，我就越来越喜欢狗了。”

猪也是人类的好伙伴，猪喂大了，成为人类的食物，也是人类的主要食物。

猪是一个好向导。因为它有着超强的嗅觉（在某些方面，甚至还强过了狗），已经有许多国家开始训练“警猪”了，猪身上的许多潜质正在被发现、利用。

猪有着很强的适应能力，不像其他动物那样娇气，容易生病。在恶劣条件下，它从来不会低头，总是昂起猪头仰视着所有的困难。

猪最大的优点是它的奉献精神。猪吃的是残羹剩饭，剩菜冷汤，而贡献的是整个生命。

一个字就是一部文化史，一个“猪”字也是一段历史。龙是由野猪神发展起来的，野猪是远古时代先民崇拜的图腾。俗话说：“无豕不成家”。民间就有“猪神”“金猪”的说法。与其说中国人是龙的传人，倒不如说我们是猪的传人。

民间对猪文化有着深深的情怀，“猪”具有丰富的文化内涵，“猪肥家业兴”，猪是多福多财、家业兴旺的象征。百姓把 60 年一遇的“金猪年”视为祥瑞之年，是难得的吉利之年。孩子的储蓄罐大多数是猪的模样。人们对猪从来没有反感。

人类说猪“好吃懒做”，实在是冤枉猪了。吃和睡是猪的基本职责，它不吃不睡就长不快。猪不但不懒，而且很勤劳，猪常用鼻子拱地求食。猪“好吃”，也是为了人类。猪只有“好吃”，吃好，才会长得快、长得肥。

人们把有些脑子比较笨的人比喻成“猪脑子”，其实猪只是想法简单，心地善良，看一切都是美好的，不愿把事情复杂化，猪是一种可爱、善良、实在的动物，它的脑子并不笨。

为什么骂人品行不好，要说“连猪狗都不如”，而不是其他的动物呢？为什么同是牲畜，牛马羊总被人类夸奖，“猪狗不如”却成了骂人的话？其实，猪狗在动物中是一种比较温顺、比较良善、比较聪明的动物。

猪和狗到底是惹了谁了？为什么老被人类骂？猪和狗真的有那么坏吗？与猪狗相比，作为高级动物的人类的品行远远不如猪和狗两种畜生，还有什么动物会比人更坏呢？

如果猪和狗会说话，猪骂猪时肯定会说：“你怎么坏得和人一样，你怎么比人还坏？”狗骂狗时肯定会说：“你连人都不如。”

人类呀，要懂得反思、要懂得羞愧、要懂得涵养。人类把对自己族群的愤怒投射在猪和狗身上的同时，要好好地想想自己的所作所为。

我们要为猪和狗喊屈伸冤，人类再骂人“连猪狗都不如”，就是对猪和狗的侮辱，也是对自己的嘲笑。

人的本性究竟是善还是恶？

人的本性究竟是善还是恶？这是人性中最本质、最核心的问题，这也是一个历史悠久的哲学话题，同时也是许多人在人生的实践中、在对人性的体会中追问最多的问题。

关于人性的善恶学说，综合起来，大致有五种学说。第一种学说：人性本善；第二种学说：人性本恶；第三种学说：人性无善无恶；第四种学说：人性有善有恶；第五种学说：人性善恶因人而异。

有史以来，围绕这一哲学问题，人们争论不休、争得面红耳赤。历代以来各个学派就人性本善还是恶，同样有着截然不同的观点，对此也从未停止过针锋相对的争辩与斗争。

要想得到一个权威、明确和一致的回答，估计也是很难的。

当然，对于这一问题的不同回答，也不是衡量一个人是否善恶的标准。

即使是同一学派，也存在不相一致的观点，儒家学派中两大代表孟子和荀子便是。

孟子曰："人性之善也，犹水之就下也。"孟子认为，性本善，好像水自然而然地往下流淌一样。人天生就有恻隐之心、羞耻之心、谦让之心。因此，人性是向善的。

而荀子说："人之性恶，其善者伪也。"荀子认为，人的本性是恶的，所表现出来的善都是通过后天的努力，环境和教育等外在因素约束而成的。人天性中就隐藏着无数的弱点，也暴露出许多的恶性。

作为儒家的始祖孔子，则指出："人之初，性本善，性相近，习相远。"孔子将人性划分为先天性和后天性。他认为人天性都差不多，因后天和环境的不同，便形成千差万别的不同。

中国传统文化中持这种观点的人居多，东方社会是这样认为的，那西方世界呢？古希腊哲学家苏格拉底和柏拉图认为，人性本善。欧洲思想家奥古斯丁、马基雅弗利、霍布士、叔本华等哲学大师无论在文章中还是言语中，都持有人性本恶的观点。

德国哲学家叔本华说：“人性中最坏的特点是对别人的不幸遭遇幸灾乐祸，这是一种非常接近残忍的感情，幸灾乐祸所带来的笑骂，简直是来自地狱的笑声。”这不但是人最坏的特点，而且是人性的一种罪恶。

意大利政治思想家马基雅弗利说：“一般来说，人类的本性总是忘恩负义、变化多端、弄虚作假、怯懦软弱、生性贪婪的，当你对他们有利用价值的时候，可以说，他们完全是你的人。当你有需要时，他们表示愿意为你流血，愿意为你奉献自己的财产，甚至是牺牲自己或是他们的孩子。但实际上，当危险到来时，他们只会选择背弃你。”

美国批判现实主义作家马克•吐温说：“在所有的动物当中，人类是最残酷的，是唯一将快乐制造在痛苦之上的动物。”

苏格兰不可知论哲学家大卫•休谟在《人性论》中说，“人性有善的一面，也有恶的一面。人性中的恶是源于生存的本能，人性中的善源于同情心。”

恶人出恶语，反人类的纳粹分子希特勒说：“同情弱者是对大自然最大的不敬。”

西方基督教派则认为，人从出生那一刻起就有“原罪”。即人一生下来就有七宗罪：傲慢、贪婪、色欲、暴怒、暴食、嫉妒和懒惰。所以他们要求和鼓励人们去忏悔，从而世代都获得神的救赎。否则，人的灵魂就不能进入神圣的天堂，而只能沦落于苦难的地狱。

连伟大的革命导师恩格斯都认为，人一半是野兽，一半是天使。

总之，西方文化总体上认为人性本恶。正如西方有一句谚语：正因人性本恶，民主是必须的；正因人性向善，民主是可能的。

人性中恶的现象确实让人恶心，“幸灾乐祸”“墙倒众人推”“见不得别人好”“落井下石”“见死不救”等等。

婴幼儿时期最能体现人的本性、本真和本质。一个婴幼儿来到世上后，马上就会有占有欲、排他性、抢东西，少得和得不到东西就会哭和闹，和同伴在一起，大的欺负小的、个子高大的欺负个子弱小的、男的欺负女的，等等，这应该是人性最初的表现。

再从动物的本性说起，动物界时时都充满了杀戮，充满了弱肉强食。食肉动物为了生存，会剥夺其他动物的生命。而且在十分饥饿、影响其生存的时候，有些同类还出现互相残杀，吃掉对方的情况，这都是生存的需要。假如食肉动物吃草也能生存的话，估计它也不会冒着被吃掉的风险而去吃其他动物。因此，虽然十分残酷，但也并非完全是恶。不然，如果从向善出发，那它早就成为其他动物的午餐了。因此，相比食肉动物而言，食草动物是本善的。这些现象称作大自然的法则，因此也就不存在善恶之分。

说到人本善还是本恶的问题，必然会联想到另一个问题，这就是“善有善报，恶有恶报”。果真会是这样吗？人们不禁要说，现实生活中“坏人活千年，好人不长寿”的现象也不是不存在。

但是，“善人比恶人长寿”这个结论肯定站得住脚。恶人作恶时，胆战心惊，鬼头鬼脑，肯定会影响作恶者身体的免疫力。因为害怕人家看到，尽管有些作恶者在光天化日之下也会行恶，但因为害怕人家看到，大多数只能选择在阴暗处、黑夜时作恶，这种作恶多端者，由于用尽心机，心理胆怯，肯定会影响身体健康，一定不会长寿。而善人行善是一种积德的行为，心胸宽广，光明正大，这种行为，心情愉悦，而且受到他人的敬仰和尊重，一定能提高免疫力，也会长寿。

因此，对于人本善还是恶这样一个世代都纠缠不清的问题，如果试图放在人群中去测试一下，那是一万个读者，一万个哈姆雷特，各有各的评说和道理所在。甚至会出现胡搅蛮缠的现象，你也别想指责一方观点的不对，不然，你肯定会被挤压在中间，也一定会让你喘不过气来。

我再次抛出这个话题，不是表明人性就是非善即恶，非恶即善这个极端主义观点。

我认为，从心理学角度来分析，人本性没有绝对的善，也没有绝对的恶。不要高估人性的恶，也不要低估人性的恶。环境改造人，善人影响人，人性可以向善。

无论人性本善也好，性本恶也罢，环境、教育和外在的因素都至关重要。一个人性本善的人如果处在一个作恶的环境中，可能近墨者黑；但倘若一个人性本恶的人身处一个行善的环境中，也可能会嬗变成善者。

人的本性是善还是恶？这一问题其实很难说出一个正确的答案，但不管这个答案是人性本善还是人性本恶，人类社会最需要的是善良的人。正如英国哲学家罗素所说：“在世界上一切道德品质之中，善良的本性是最需要的。”

人性先天皆同，但后天不同。人的本性究竟是善还是恶，这已并不重要，重要的是人来到这个世界后要从善、行善、积德。

按照辩证唯物主义存在决定意识，意识对存在具有反作用的哲学观点，人本、人文、人道决定社会形态，社会形态（法律、制度、舆论）反作用人的意识形态并决定人性的善恶。因此，人的良善，一切取决于后天的养成，而非原本的善恶。

无论人的本性是善还是恶，在人类生存和发展的环境下，在人性趋向恶的现实面前，都必须健全法律，在法律的框架内，保障人心向善。

愿人类少恶多善，愿人间充满博爱！

趋利是人性中最露骨的特征

趋利，是人性的一部分，是维持生命存续的需求，也是人类生存的本能反应。人为财死，鸟为食亡，人类与动物一样，在这方面没有什么根本性区别。而且人的趋利和贪婪是极端的、无限的、露骨的，动物根本无法达到。

趋利避害是人类行为的基本出发点，源于人类求生怕死的生存本能。人天生追求利益最大化，也天生畏死乐生，这也是无法扭转的天性。

古希腊哲学家亚里士多德是最早提出人的趋利性这个概念的古代哲学家。他认为，人的行为和选择都是出于对利益的追求，在追求自身利益的过程中，人们才会进行行动和选择。

植物趋光，人性趋利，这是大自然和人类社会的规律，不可逆向改变。西汉史学家司马迁曾说过这样发人深省的话："天下熙熙，皆为利来；天下攘攘，皆为利往。"

对利益贪得无厌是人性中最露骨的特征，人们不但希望自己富足，而且还希望比别人富足，这也是人性中丑陋的一面。

人性不一定是善，也不一定是恶，人性的善恶之说，历来纷争激烈。但有一点是肯定的，无论是善还是恶，必须得"找饭吃""活下去"，活下去才是硬道理，不然道理都是放屁。

人性一定是趋利避害的，人可以背叛仁义、忠孝、道德和良心，但绝不会背叛其日夜追求的利益。

人心，经不住诱惑 ；人性，经不起测试。人在利益面前，也一定会撕下伪装。这一点，不容置疑。日本推理小说家东野圭吾就说过："世界上有两件东西不可直视，一是太阳，二是人心。"人们常常会在利益面前丑态百出、显露无遗，人性在利益面前露骨的现象细思极恐。

人为了金钱可以不惜一切代价，甚至付出生命。伟大的革命导师马克思在《资本论》中分析资本家追求资本利润时曾说："当利润达到10%时，便有人蠢蠢欲动；当利润达到50%的时候，有人敢于铤而走险；当利润达到100%时，他们敢于践踏人间一切法律；而当利润达到300%时，甚至连上绞刑架都毫不畏惧。"马克思的这句话深刻揭示了资本家除了趋利的特性外，还有一个非常重要的特性——冒险。

中国首位被注射死刑的富豪袁宝璟，在趋利的罪恶道路上，追求非法利益，甚至不惜雇人杀掉自认为生意场上的仇人。被执行死刑时竟然提出捐495亿买命，嚣张和荒诞程度透顶。

一些人为了获得暴利，不惜践踏法律、泯灭良心，以次充好、短斤缺两、以假乱真，毒奶粉、地沟油、假疫苗、苏丹红等唯利是图的伤天害理的现象时有出现，毒害着人们的身体、影响着社会的公信度、损害着国家的形象。

古代朝代不断地更替，其本质就是为了利益。国家的产生是阶级分化的结果，贫富分化导致阶级分化。

世界风云动荡，战火不断，从来没有太平过，其根本的目的也是为了国家的经济利益。

苏联分裂的一个重要原因是执政党演变成了一个趋利逐利的食利阶层，迷恋权力的欲望。有权力的人迷失自我、不断地追求个人的财富、追求奢侈享乐。

人性趋利首先是为了生存的本能，人们为了防御灾害、瘟疫、战争，不得不囤积粮食等物资。

人性趋利源于社会文化的塑造，不断地追求利益的最大化，需要以金钱来显示，以证明自己的社会价值。

人类的贪婪欲望也是一种复杂而多变的社会现象，因为恐惧、不安、攀比、虚荣和不满足，产生了对金钱的欲望。俗话说："手中有粮，心中不慌。"

人对欲望的追求都会站在自身的角度去考虑，不会顾及他人的感受。如果你把下雨的权利交给卖伞的人，你觉得还会有晴天吗？如果把生死的权利交给卖棺材的人，你觉得还会有活路吗？棺材造好了，就希望有人死亡。

金钱面前人人平等，命运面前人人不平等。谁趋利的程度越深，谁的金钱拥有量相对就越大。命运面前生而不平等，这是真相，也是无奈。

人们对金钱重要性的认识也是一个不断提高的过程，经历越深、涉事越多，越感觉到金钱的重要和不可替代性。英国思想家王尔德说："年轻的时候我以为钱就是一切，现在老了才知道，确实如此。"

现实生活中，一个人的底气和尊严大多是靠金钱来维持和支撑的。有钱能治愈一切自卑，一个人没有经济实力，才是万劫不复。

人们按照趋利避害的原则在说话、在活着。许多人在利益面前丝毫没有什么廉耻，毫不顾及良心。

人的欲望是不能得到满足的，温饱思淫欲。就像你对待动物一样，无论你怎样喂狼，它的心总是向着森林的；无论你怎样救济别人，他的心总是不满足的，他甚至希望对你的财富平分秋色。

英国散文家查尔斯•兰姆说：“金钱是能让我们去除了天堂以外的任何地区性方面军的一份护照。同时，它也能向我们提供除了幸福以外的任何东西。”

金钱可以获得除道德和美德以外的任何东西，有时候，金钱可以买到一些人的良心和尊严。

文艺复兴诗人琼森说：“世人出卖自己的灵魂皆因黄金的引诱，几乎所有的罪恶都源自全能的黄金。”

金钱的魔力实在太大了，以至于一些人愿意做金钱的奴隶。我党早期创始人张申府为了 3000 元稿费，竟然违心地写了出卖灵魂和良心的《呼吁和平》一文，张申府在文中大力鼓吹“划江而治”，替蒋介石卖命，丧失革命意志，被彻底地赶下中国的政治舞台。

在坚硬的金钱法则面前，温情脉脉的亲情面纱会变得薄如蝉翼。人在金钱面前，人性会变得十分扭曲，翻脸、造遥、中伤、作假、背叛、残杀等随之而来。

父子盗墓时的角色分配，充分说明了人性趋利，即使是父子之间，也会做出没有人性的事。所以一般规定父亲在墓上，儿子在墓穴，这是因为担心儿子在看到大量财富后，可能会抛弃父亲独自逃走，而父亲不会灭绝自己的儿子。

人性趋利，在利益面前，同胞兄弟会反目为仇；多年的发小和闺密会背叛，甚至会背后捅刀。

真正不趋利的人是不存在的，当一个人不趋利的时候，也是他生命终结的时候。

金钱不是万能的，但没有金钱是万万不能的。有钱能使鬼推磨，无钱鬼也不上门，现实就是这么残酷和无情。

喜欢金钱也并不就是肤浅和庸俗，也许是对高质量生活的向往和追求。金钱的拥有量不能完全说明一个人的品德，但能说明一个人的能力，至少是智慧和勤奋。为什么说有钱的犹太民族是一个智慧的民族呢？道理就在这里。

趋利和贪婪也会带来竞争意识，在富翁的眼里，财富也许就是一份责任、机会和追求，不完全是为了享乐和奢侈。

财富是人生的基石，它能使我们的生活和经济踏实和稳健；财富也是一种力量，它能使我们有生生不息的动力；财富是生活的驱动力，它能让我们更有信心去追求美好的生活。

财富是自由的象征，也是享受生活的保障。拥有财富，就会拥有更多的选择和更多的机会。

金钱究竟是万恶还是万能，其实在于你怎样使用。金钱的力量也是双刃剑，它既让人变得自私和贪婪，也让人变得慷慨和善良。钱能解决世界上 95% 的事情，财富并不一定能使人快乐，但至少总比贫穷好得多。钱是万恶之源，但如果你没钱，整个社会都会鄙视你，即使是你最亲的人，都会瞧不起你。

俄罗斯批判现实主义作家托尔斯泰说：“没有钱是悲哀的事，但金钱过剩则更加悲哀。”君子爱财，取之有道，这是符合人性的逐利规则，也是排在第一位的规则。合情合理合法地去追求财富，不要让趋利乱了自己的手脚和心情。

趋利和贪婪，容易引发过度追求个人利益，而忽视了他人和集体的权益，忽视了道德规范，必须呼唤道德和伦理的重视和重塑。

“利益”，这两个字多危险，带着刀，还沾着血。在这个人心浮躁、趋利附势的五光十色的社会，我们必须保持清醒的头脑和应有的良知，控制好功利性，不被贪欲驱使、不被金钱迷惑。

人不是因为富有而心怀善良，而是因为心怀善良而富有。我们既要懂得追求财富，也要懂得合理、合法地追求财富；既要做财富的富有者，更要做灵魂的丰盈者。

人类的悲欢既不相同，又不相通

人的一生充满悲欢离合，有悲有喜，悲喜交加，悲兮喜所倚，喜兮悲所伏。

对于一般人来说，人生快乐的事总是多于悲伤的事，不然会对人生产生消极和悲观。但对于少数倒霉的人来说，当悲伤来临的时候，不是单个来的，会是成群结队的。当然对于有些人来说，喜事也会接二连三地到来。

人类的悲欢既不相同，也不相通。每个人对悲伤和快乐的体验是各不相同的，无法完全感同身受。

让自己感到欢天喜地的事情、引以为豪的成就，在别人的眼里也许微不足道，并不会感到快乐；而让自己感到撕心裂肺的悲痛，可能对于他人来说，无关紧要，无人感知，并不感到悲伤。人生不如意十之八九，可与人言者无一二。发生在自己身上大部分的事情，对于别人而言根本毫无意义。

人只有在悲伤和苦难中才会更好地成长成熟，苦难是成长的必须。经风雨，才能见世面。

梅花不畏严寒方能一枝独秀，把苦难当作人生中的珍宝，微笑地面对生活中的磨难。再苦难的日子，笑着也是过，哭着也是过，总之得过下去，无人能替代。

任何通往成功的道路上都布满了荆棘，充满了数不清的辛酸和煎熬，谁知其中味，唯有自己明。但这都是黎明前的黑暗，冲破这黑暗，迎来的将会是光明。人生有挫折，唯有乐观，唯有奋斗。从挫折中爬起来的人是汉子，从挫折中消沉的人是懦夫。坚持，不一定能到达胜利的彼岸，但退却，一定是失败的必然。

人活在这个世上，都会遇到一些困难和苦难，会经历一些十分煎熬的日子。未曾痛哭长夜，怎能醒悟人生。面对人生历程中的苦难，不要抱怨、不要自暴自弃，苦难以后也许就是欢喜的出现。

人生会遇见许多喜悦的事情，不要在欢喜之后，忘乎所以，得意忘形。既要懂得珍惜来之不易的欢喜，也不能停留在欢喜的层面，要勇于迎接苦难的到来。

当我们遇到悲伤时，也不要指望他人来帮你度过。每个人的生活都不容易，都会有自己的难处，自顾不暇，无力顾及他人。

自己的悲苦，不必逢人诉说，诉说就是对自己的又一次折磨。你说了，人家也是心不在焉地听，而且是东耳朵进，西耳朵出。也许听你诉苦的人比你还要苦，反而会使他人更心酸，那不是在诉说，那是缺德。

真正内心强大的人从不会将自己的情绪显露在脸上，也不会向人诉说心中的痛苦，他们懂得：只有内心强大，才是治愈一切的良药。

要懂得自我安慰，自我满足，当自己没有鞋子穿的时候，就想想有些人连脚都没有。

众生皆苦，唯有自醒，唯有自渡。人生在世，悲欢自渡，是每个成年人的一堂必修课。

在人际交往中，我们不要用自己的标准和感受去衡量和要求别人，那是一种自私。要学会尊重和理解他人的感受和体验，同情仅次于爱，同情是一切道德中最高的美德。在人际交往中，同情心也是一种重要的情感表达方式。当我们对他人的苦难无力帮忙时，同情也是一种爱。

也要学会在情感上自我保护，不要被他人的悲伤等负面情绪影响自己，不要过度消耗自己来满足他人的需求。

人与人之间有一道无形的高墙，将人们各自分离，无法心心相印。这个隔绝人和人的高墙，既是生理上的，又是心理上的。从生理上来说，我们不会感觉到别人肉体上的痛苦；从心理上说，人们也无法感受到别人精神上的痛苦。

人性有一种弱点，也可说是一种恶，那就是当听到别人的悲伤时，一些人会有一种莫名其妙的幸灾乐祸，有时还会发出一种笑声，这种笑声简直就是地狱里魔鬼般的声音，使人后背发凉，怀疑人生。

人与人之间本质上是不平等的，人生而平等，但这仅仅是人类追求的目标。不平等是绝对的，平等是相对的。

由于每一个人出生的环境、教育的环境、成长的环境不尽相同，人生中遇到的悲欢也不尽相同。苦难中出生的人遇到的欢喜，对于在幸福中出生的人来说，也许没什么感觉，甚至天天处在这样的欢喜之中。

穷人的孩子早当家，富人的孩子根本不知道、体会不到穷人家孩子的艰辛和苦难。

人类的悲欢并不相通，也是因为每个人都有着不同的情感感受和价值取向。每个人对悲伤和快乐的敏感程度不尽相同，也就有着不同的价值观和生活态度。

有些人更容易感受欢乐，有些人更容易陷入悲伤。有些人在欢乐中能看到悲伤，有些人在悲伤中往往看不到希望。

每一个人对悲伤和欢喜的理解不尽相同，即使对同一欢喜和悲伤的事情，不同的人也会有着不同的感觉和反应。

有理想信念和目标追求的人，对人生中出现的悲伤，忍受的程度要比一般人强。面对人生中出现的艰难和曲折，会咬紧牙关，坚忍不拔，而一般人会望而却步，丧失信心。

只有发生在自己身上的悲伤，才会有切肤之痛，而无法对另一个人的伤痛感同身受。

把悲伤留给自己，你再悲伤，那也是你一个人的事。即使有人同情你，那也仅仅是同情而已，毕竟伤痛还在你身上，无法分担。幸福感和安全感，只有自己给自己，别指望他人，靠山山会倒，靠人人会跑，只有自己最可靠。

哥伦比亚作家马尔克斯在《百年孤独》中说："人生的本质，就是一个人活着不要对别人心存太多期待。我们总是想要找到能为自己分担痛苦和悲伤的人，可大多数时候，我们那些惊天动地的伤痛，在别人眼里，不过是随手拂过的尘埃。"

世界之大，人来人往，看似一个人光鲜的脸，但内心却有着不可言说的苦恼，甚至是苦难。成年人的世界里，没有一个人是一帆风顺的，谁都是一地鸡毛，而不是岁月静好，谁都会有失落、无助和孤独，甚至会痛苦不堪，个中滋味只有自己知道。

你累了，休息一会儿；你哭了，躲起来。没有人会同情你，更没有人会为你的哭买单。

这个世界没有不带伤的人，真正能治愈自己的人，唯有自己。世间皆苦，冷暖自知，唯有自渡。

人生中还会遇到一些委屈，总是记住不忘，怀恨在心，会让人心累，吞下这些委屈，喂大的是自己的格局。

一个人在跪地乞求，一整天路过的人群，只有寥寥无几的人会向他施舍，施舍者的心里可能想的还不是希望他好，而是对自己的善良有个交代。

生活，就是一半烟火，一半清欢；人生，需要一半清醒，一半释然。想不通、想不开，你会一直活在痛苦中。

就像世界上没有两片相同的树叶一样，人类的悲欢既不相同又不相通，这是对人性观察和思考的结果。人性的特点会表明，人类存在一天，悲欢永远不会相同，不会相通。

生活坎坷，我们依然微笑面对，带着温度，面向大海，春暖花开。

一富能遮百丑吗？

“一白遮百丑”是流传已久、广为熟悉的民间俗语，这也是一个不难理解的说法，也有着一定的道理。

皮肤白能将脸部其他缺点掩盖，这从心理学上来说，是一种“晕轮效应”。这种晕轮效应从本质上是一种以点概面、以偏概全的认知错误，也是以人的主观臆想揣摩客观事实的一种谬误。人们喜欢皮肤白，这毋庸置疑，但不能因为皮肤白就可以忽视其他的丑。

令人惊讶的是，当下社会竟然冒出“一富遮百丑”的说法，不但被有钱的人津津乐道，而且也被没钱的人点头称道。这不禁使人怀疑社会，甚至怀疑人生。

国人的文化是避讳谈钱的，但这个社会是不得不谈钱的。无论是有钱的人还是没钱的人，对钱的基本看法还是较为一致的。

“这个世界缺什么都不能缺钱。”

“钱不是万能的，但没有钱是万万不能的。”

“人要有钱，和谁都有缘。”

“有钱的人不一定有德，缺钱的人不一定缺德。”

“世界上 90% 的烦恼都能用钱来解决，而剩下的 10% 也能用钱来缓解。”

“钱能解决的事情不是大事，但钱不能解决的事情一定是大事。”

这些观点，人们普遍认同。

著名作家莫言说：“一富遮百丑，一穷毁所有。”这是他对现实社会的一种描述，也是他对现实社会的一种语言控诉。

钱是一面镜子，能映照出一个人的真实面目；钱是一把尺子，能测量出人性的温度；钱是一块试金石，能测试出人心的真假。

商场上的服务员会打量顾客的穿着，然后思考着如何接待顾客；学校的老师会打听学生家长的职业，然后考虑着如何对待学生；医院的医生会了解患者是公费还是自费，然后决定着怎样的治疗方案。

现实使人不得不深感：人没钱不如鬼，汤无盐不如水。在现实社会里，谈钱并不可耻，没钱才觉得低人一等。

“天下熙熙，皆为利来；天下攘攘，皆为利往。”当今社会的这种现象也被西汉时期的司马迁言中。这是社会的常态，普天之下芸芸众生都在为了各自的利益，为了钱而四处奔波。

面对金钱，莫言又说：“钱是照妖镜，也是量心尺，穷时见人性，富时知人心。”人性在金钱的面前总是显得如此的真实，经不起拷问。只有在谈钱的时候，才能看出一个人真正的人品。

在金钱面前，能洞察人心，测试人性。千万别高估人性的善，也千万别低估人性的恶。金钱可以让人们暴露出真实的人性。

俗话说：穷人的绅士一文不值，富人的流氓异常迷人。过去是“一人当官，鸡犬升天”，现在是“一人发财，鸡犬升天”。穷人小心翼翼地大方，富人大大方方地小气。越穷越大方，越富越抠门。穷人的大方，无人喝彩；富人的小气，无人指责。

人的底气很大程度上来自经济实力，有钱能治愈一切自卑。现实中成年人的生活里，一个人的底气和尊严都是靠钱来维持和支撑的。社会上流行这样一句话：金钱站起来说话时，所有的真理都保持了沉默。（英国思想家王尔德曾说过：“年轻的时候，我以为钱就是一切，现在老了才知道，确实如此。”）金钱，对于一个国家、一个单位、一个家庭、一个人，都显得十分重要。

一个人一旦有钱，以前的丑陋、羞涩、寒酸、悲苦和潦倒，不会再被人们提起，人们记得的是他现在的光环和光鲜。

一个人有钱了，就会变得有腔调了，周围的人就会围绕着他，身边点头哈腰的人也就会多起来。

一个人有钱了，办公的地方变大了，看不懂的书籍上书架了，名人的字画也挂墙上了。

一个人有钱了，名表戴上了，时装穿上了，人也由此变得精神了。

有的人富有后，买到了权力、买到了文凭，买到了职称、买到了荣誉，甚至买到了他所想要的一切东西。

人一旦富有后在当地出名，官场的人会怀着各种目的找上门来，马上会把你拉进圈子，还会给你人大代表和政协委员等一些让人虚荣、觉得有面子的头衔。

你出钱赞助村上的道路等公益事业，道路的冠名权就属于你了。

你有钱了，你说话的声音就大了，说话也就中用了，你的一些建议和要求，就会被认真采纳。

正所谓：有钱，你说的话都是道理；没钱，你的道理都是放屁。有钱，说什么都是硬道理；没钱，连说话的权利都没有。

我们不能否认现实社会有着“一富遮百丑”的怪现象，但我们不能让这种现象成为常态，必须打破这种丑恶的现象。

一个人富有，说明他对社会财富有一定的贡献，但也不排除他富有的背后有着不择手段的谋取。

一个人富有，说明他有赚钱的眼光、胆略和勤奋，但不能说明他一定有文化、有品位。

一个人富有，只能说明他财产的富有，但不能说明他道德上也很高尚。

有的暴发户浑身是名牌，但脑子里也许全是地摊货。

法国批判现实主义作家巴尔扎克说过：“有钱的人从来不肯错过一个表现俗气的机会。”富有者不等于高雅者，不能把富有的人就看作高雅的人。

不能因为一个人的富有，就把他身上的一些缺点，甚至一些肮脏的东西遮盖。这不符合辩证唯物主义一分为二的观点，也不符合实事求是的原则。人非圣贤，孰能无过。富有者身上肯定也有不足，甚至有着人性恶的方面，过而能改，善莫大焉。

人不是因为富有而变得品德高尚，而是因为品德高尚才会富有。

孔子曰：“君子不以言举人，不以人废言。”不要窥斑见豹，而要洞察全貌。曹操也说过：“夫有行之士未必能进取，进取之士未必能有行也。”每个人都是一个复杂的存在，每个人都有其优缺点，不能只看到其优点，而看不到和忽略其缺点。

赞美其好，摒弃其劣，并不矛盾。既不能“一白遮百丑”，也不能“一丑遮其白”；既要肯定富有者在财富积累过程中的付出，也要看到其在一些方面存在的不足。不全盘肯定一个人，也不全盘否定一个人，这才是对富有者的正确评价和可取之处。

社会应该尊重富有者，感恩富有者。应该尊重他们的劳动成果，尊重他们的辛勤付出。应该看到他们在贡献智慧、创造财富、促进消费、保障民生、实现就业、缴纳税收等方面的显著贡献，不能仇视富人、歧视富人、嫉妒富人，甚至打击富人。

人性中有一个劣根性，就是见不得别人的好，当身边的人富有了，一些人就会眼红，就会怀疑和指责他获取财富的手段。这是人性的罪恶。

世间一切，为我所用。我们要懂得向富有者学习，学习他们紧跟时代步伐的思想理念，敢于冒险的财富观念，勤劳致富的创业精神，为我所用，武装自己，富有自己。

向富有者学习，并不等于向富有者崇拜和俯首。我们只有把富有者当作一个人受到尊重，而不能把富有者作为一个神去崇拜，更不能贪图富有者的财物。如果我们把富有者作为神一样进行朝拜，那就说明自己认同了“一富可以遮百丑”的观点，也暴露了自己是一位拜金主义者，是金钱的奴隶。

人穷志不穷，再穷也不能卑微地讨好富有者，放低自我姿态，丧失人格尊严，缺乏底线界限。金钱固然给人底气，但精神世界的富有，是物质富有者不能相比的。

一个人不能在物质上富有，就应该在精神上富足，让书本垫高自己，丰盈灵魂。当然，这其中夹带着“阿 Q 精神”，但这种精神未尝不是一个人的一种志气。

作为一个富有者，在拥有财富的同时，要不断地丰富自己的精神世界，注重人生价值的实现。通过学习，提高自己认识世界和改造世界的能力；通过修养，提高自己的思想和道德水平。

真正做到完善和充实自己，既做一位财富的富有者，又做一位精神的富有者。富了要知足，富了要心存善良。不但要使自己财富上富有，而且要使自己灵魂上高贵。

富有不一定使人快乐，但总比贫穷好。壮大社会和个人财富，这是一个硬道理。

社会尊重诚实劳动的富有者，社会更敬仰有思想和道德情怀的富有者。

一切离奇和诡异的背后，都是人在作祟，而非神鬼作怪

历史上有许多离奇和诡异的事情，总是超乎你的想象。后人听起来总觉得百思不得其解。这些事件十分蹊跷，听了让人后背发凉、头皮发麻、细思极恐。

“人若反常必有鬼，事若反常必有妖。”这个妖不是鬼妖，而是人在作祟。

我们就说唐朝历史上发生的八大诡异案件，“玄武门之变”“骊山女仙”“韩湘子与狐仙”等，其背后，都与人有关，暴露出人性的罪恶，与鬼神没有半点关系。

鬼，在古代就曾被人幻化。鬼文化的形成，才让人谈鬼色变。没有人见过鬼，见过鬼的人，都死了。

世界文豪莎士比亚说：“地狱空荡荡，恶魔在人间。”世界上没有什么所谓的鬼怪，人不做鬼便无鬼，人不作怪何来怪。鬼是人所创造的，鬼是人心作祟的产物。世上所谓的鬼，就是暗中害人的小人。

世人鬼话连篇，说鬼话，干鬼活，做鬼事，每天都在人间演，“真鬼”“活鬼”，都是人在扮演着鬼，因此就有了“人间地狱”这种说法。鬼，不过是人的一部分，只要人还存在一天，鬼就不会自行消失。

世上最怕的不是鬼，而是人性的丑陋、人性的罪恶。其实鬼也没有那么可怕，不然为什么称小孩子为小鬼呢？毕竟小鬼是一种爱称。

一切极端自私的背后都隐藏着人性的罪恶。“万恶皆由私字起，千好都从公字来。”人性在利益面前，脆弱得不堪一击。

西方古典经济学家亚当·斯密在《国富论》中也曾这样说道：“人天生，并且永远，是自私的动物。”人类的每一个行为都是以自己有利的条件为基础，正如古代所说的“人不为己，天诛地灭”。

没有利益冲突时，你好，我好，大家好；一有利益纠纷，你死我活，道德搁

一边，尔虞我诈。往日亲如兄弟的朋友，因为一点微不足道的利益纠纷而恶语相对，甚至背后捅刀；血浓于水的同胞兄弟因为家财分配不均，会反目为仇，对簿公堂。

人心有时换不来真心，你和人家掏心掏肺，诉说衷肠，也许换来一生的知己，也许却换来一生的教训。日本推理小说家东野圭吾说：“世界上有两件东西不可直视，一是太阳，二是人心。在人性面前，人们总是渺小的存在。”

俗话说，人是活着的鬼，鬼是死了的人。看着死人，想着“鬼”，确实让人有点可怕，但实际上鬼威胁不到活着的人。对于人来说，真正受到威胁的是来自像鬼一样的人。

一些人抱着“敬鬼神而远之”的态度，怕神鬼的伤害，想远离鬼神。殊不知，神鬼绝不会害人，也没有伤害过人。鬼神并不可怕，可怕的是人。

一切离奇和诡异事件的背后,都会暴露出人性的恶,至少都隐藏着人性的弱点，背后都是人心在作祟作怪，而非神鬼所为。

中国作家莫言说：“一生怕鬼，鬼却未伤我分毫，一生善良待人，人却伤我遍体鳞伤。”

鬼的故事无论如何神奇、如何变化，一切都与人有关，反映的也是人间万象。残酷的人心是：看不懂的伪装、分不清的阴暗、猜不透的计谋、防不住的暗箭、说不完的谎言。人们都怕“鬼”，但更怕像“鬼”一样的人。

一个人做好事总想让他人知道，甚至最好让鬼神也知道。而做坏事总想让鬼神都不知道，神出鬼没，正所谓“神不知，鬼不觉”。人的期望太高了，这也让神鬼太难做了。究其原因，这是源于人们慑于善恶报应和对未知力量的恐惧，人不但做坏事，还希望能够逃避惩罚。

中国历来就有“天知、地知、你知、我知、他不知”的说法，但也有着“若让人不知，除非己莫为”的古训。

“烧的香多，惹的鬼多。”说的也是人，而非针对鬼。

对于别人遭遇的痛苦，往往麻木不仁，不以为然，甚至幸灾乐祸，这是人性极端自私的表现，更是人性的罪恶。

希特勒发动第二次世界大战大肆屠杀犹太人就是极端自私的表现，在历史上出现的一些奸臣都是极度自私的人。这些人在历史上制造了许多离奇和诡异的事件，回忆起来，至今让人毛骨悚然，万分恐惧。

人有自私自利之心，并不可耻，也并不可怕，只要不违背公共道德，只要不侵害他人。这世界上最可怕的不是鬼神，而是人心。

有报道，安徽有一个县的警方侦查到，当地一名农民竟然在17年时间里，强奸116人（38人未遂），受害者多为留守妇女。恐怖笼罩在一个小县城，妇女们吓得晚上不敢单独行走。

如果当时第一个遭强奸的女子勇敢地站出来，就不至于后来这么多的女子受到侵害，但许多受害人选择集体沉默。这不是人在作祟吗？

每遇到一些灾害，总会出现一些恐慌现象，诡异性的哄抢让人费解，也无法阻挡。人们首先哄抢食盐，非典时抢、新冠肺炎时抢、日本核污染时抢。人们不懂常识，我国是世界上最大的盐生产国，每年生产能力5000万吨，而国内每年食用盐的消费量只有1200万吨左右，中国盐储量可供全球食用至少2000年，无须为盐而恐慌和屯积。都是“似鬼非人”的人唯恐天下不乱，而制造诡异。

100多年前，世界上最大的豪华客轮，号称“永不沉没”的“泰坦尼克号”沉没在3000多米深的大西洋海底。全世界都在震惊，人们都觉得诡异，也传说着各种各样的沉没的原因，有人竟然说是因为船上存放一具3000多年前的埃及木乃伊，是千年的“鬼”在作怪。

导致邮轮沉没的直接原因是使用不适宜在冰冷条件下撞击的钢材。在20世纪初世界第二次工业革命的浪潮中，人类的美好梦想达到顶峰，自信心空前高涨。处在资本的傲慢阶段的英美两国，争夺世界航海业，竞相发展大体量的海上邮轮，导致了对客观和自然规律的轻视。

这是人的傲慢和浮躁付出的代价，它警示我们：在繁华的背后，要敬畏自然、低调谦卑、尊重科学、防范风险。

我们并不否认，广袤的世界隐藏着许多奇迹和谜团；神奇的大自然蕴含着匪夷所思的神秘，人类未能揭示所有的奥秘。但这并不代表世上有鬼神的存在，历史的荒诞与疯狂，人类所发生的离奇和诡异，一定都与人有关。

人本性善，人心向善。我们不应视人心为鬼，但也勿忘鬼在人中，有些人会像鬼一样在作怪，离奇和诡异的现象在所难免。

我们期待世界美丽与安泰；我们祈盼人类温馨与和谐。

美好的世界、和谐的社会，需要我们温情以待，而非冷漠以对。如何避免这些离奇和诡异的事件，难道不应该引起人类深深地思考吗？

人性的又一弱点：到处证明自己，暗地炫耀自己

社会上存在着这样一类人：总是喜欢在别人面前不断地证明自己，证明自己的成绩、证明自己的成就、证明自己的成熟、证明自己的成长，还要证明自己比别人更聪明、证明自己比别人有思想、证明自己比别人有能力。

这是人性的弱点之一，可悲的是，你越想证明自己，得到的却是别人越是讨厌，甚至是一种恶心。

到处证明自己，实质就是为了证明自己的价值所在。虽然证明自己也有技巧，不是明目张胆地吹嘘自己，但暗地里还是抬高自己、炫耀自己，无意中也是贬低别人，感觉自己比一般人不一般。

有些人总是在不断地证明自己，以此来获得那份快乐和满足。殊不知，到处证明自己，既是一种追求优越感，也是一种自恋，流露了内心的自卑感，陷入了“自证陷阱”，暗地里又在炫耀自己，暴露了人性的弱点和人性的恶。

很多时候，也并不是别人跟我们过不去，折磨我们，而是我们自以为是，是我们在折磨自己。人生的一大痛苦，就是不停地向周围的人证明自己。

现实生活中，有人嘲笑你节俭，你就装作大方，来证明自己不寒酸；有人误解你的本意，你就反复解释，甚至出具一些人证和物证。

如果是用事实证明，虽情有可原，但有失绅士的风度、淑女的优雅。遗憾的是，有些证明是虚假的证明，实在是一种悲哀。

不可否认，人成长的过程，也是不断证明自己的过程，是一种追求自我实现的本能需求。

炫耀是人类的通性，也是人性的一种弱点。你无意也好，有意也罢，你在别人面前想证明自己，所表现出来的一定有着骄傲的成分，骨子里就是认为自己不

一般。而且你的这种证明，有着居高临下、君临天下的优越感，会显示出傲视群雄的态势，裹挟着过分的张扬和炫耀，难免会有自以为是的骄傲，怎么不令人讨厌和恶心。

一般人都会认为自己不一般，但当你认为自己不一般时，你就会认为别人很一般，那肯定会招来一般人的不满和反感，甚至怒撑。

这就相当于你在饥肠辘辘的人面前掏出热气腾腾的肉包子，眼睛还对着人家，有滋有味地咀嚼着，嘴里还不停地发出“好吃”的声音，那是一种对别人的蔑视，也是对别人的侮辱，暴露出人性的恶。

有些人与他人打球赢了，脸上露出得意的笑容，甚至会不顾人家的自尊，连蹦带跳，欣喜若狂。一旦输了，千方百计地寻找机会与之再战，此时，不服输也好，报复也好，总之，要证明自己，证明自己比他强。一旦赢了，得意忘形，甚至到处游说，唯恐天下人不知，这是一种自私和嫉妒的表现。

有的人看到亲朋好友居住宽大的房子，心里不是滋味，七拼八凑，购买超过他们的好房子。于是，摆上几桌，把亲朋好友请来。请的是客，示的是威。一次次地敬酒碰杯，证明自己有创造经济价值的能力。这不是在请客，俨然是在集中取笑。

放眼望去，低头细数，一心想证明自己的人还真不少呢。

人人都有自私和嫉妒之心，所不同的是，有的人把“嫉妒”转化为追赶的动力；而自私的人会贬低他人、打击他人。嫉妒别人，是心胸狭窄的表现；被人嫉妒，实是被人仰望的羡慕。

人是有思想的动物，总想证明自己的价值，这是人性的特点。但这种抬高自己、贬低他人的证明方式，无疑是人性的弱点，也是人性的一种恶。

许多人总是在意别人的看法，总是在乎背后之言，总是想得到别人对自己的肯定，好像别人的一点肯定就是自己一生的终极目标。

如果你是一个不一般的人，了解你的人，不用你证明。不了解你的人，你证明给他看也没用。你过度地证明，反而会适得其反。过分依赖通过别人的肯定来获得自己内心的满足，你就会失去自我。

人生如戏，自己是主角。我们的生命不是为别人而存在，活出自己，不要活在别人的眼神里。我们无法堵住别人的嘴，但我们可以选择不听。我们只需忠于自己的内心，永远不要向任何人证明自己。

别人怎么看你不重要，重要的是你怎么看自己。太看重别人的评价，就是对自己的不自信，就是自我认同感低，其本质上就是自卑。

你再优秀，也有人会在背后对你说三道四，皇帝都有背后之言。每个人都被别人嫉妒和诋毁过，关键是如何在被别人嫉妒和诋毁中活得更自在，走得更成功。我们都是凡夫俗子，笑笑别人，又被别人笑笑，实属正常。随人家怎么去说，反正天又不会塌下来。

聪明的人往往不一定希望别人说他聪明，而不聪明的人却生怕人家怀疑他的聪明。你要明白，别人对自己的评价和肯定，只构成 1% 的你，最终的评价者是你自己。

我们要学会摆脱别人的期待，不要期待别人的肯定。你对自己微笑，就是对自己最大最有力的肯定。

有人说过这样一段网络语言，来耻笑喜欢证明自己的人，“善良本是一个人的隐私，就像是一个人的内裤，每个人都应该有，但不能为了证明和炫耀自己很善良，总是露出内裤让人家看；也不能怀疑别人不善良，总是想扒下别人的内裤去看”。

一个善于在别人面前证明自己、表达自己的人，这种行为会让人觉得幼稚可笑。因为这会让许多人察觉出一个隐含事实：一个善于、急于到处证明自己的人，其内心一定很自卑，他所证明的东西就是在欺骗别人、抬高自己。

到处证明自己，就是暗里炫耀自己。而往往炫耀自己什么，就说明自己缺少什么。

到处证明自己，是人性的弱点，也是兽性的生存本能。是群体对个体的要求，也是个体为了防止被群体抛弃而到处“证明自己有用”。

人是有灵魂的，不应该受兽性本能的控制，不能被压力和自卑困扰，而应该满怀信心地面对众生，脱离兽性的控制，点燃人性的光芒。

一般人会认为自己不一般，但如果一个人不认为自己不一般，他就会比他自己所认为的要不一般。找回你的自信、你的存在、你的价值、你的一切，无须向人证明你的不一般。

第肆章

生命
超越随遇而安的奔赴

人生的觉醒，始于远离尘世喧嚣的那一刻

觉醒就是睡醒，如果从睡醒来书写觉醒，那是从释义上解释汉语。也就是天亮了，你该起床了，这是惯性思维，一个简单不过的道理。

觉醒就是醒悟，如果从醒悟来抒写灵魂，那是一个人在灵魂深处的醒悟，是人生的觉醒，涵盖着生命的觉醒、自我的觉醒和灵魂的觉醒。

无意中看到这样一段话，鸡叫了，天亮了；鸡不叫，天也会亮。天亮不亮，不是鸡说了算，关键是谁醒了。醒来了，过了一天；醒不来，过了一生。

人生苦短，生死在一瞬间。而在这短暂的人生中，有的人一生都没有醒悟，活在一个没有思想的世界里；有的人只是简单的醒悟，而非彻底的醒悟，思想没有彻底放飞。

小时候叫醒我们的是父母，长大后叫醒我们的是生活。

在人生的旅程中，生命就是一场奔赴，一场奔腾不息的赛跑。因此，决定天亮的从来不是鸡叫和闹钟，而是心中的那份梦想。

生命不在于活得长与短，而在于顿悟得早与晚。有的人一生都是在鸡叫声中醒来；有的人怀揣梦想，鸡鸣前就在实现梦想的道路上风雨兼程，砥砺前进。

面对物欲横流、拜金主义盛行的浮躁的社会，一些人歌舞升平，灵魂缺失；一些人钱袋裹足，思想空虚；一些人沉溺于灯红酒绿的糜烂生活；一些人沉醉于你来我往的碰杯声中。因此，看似忙忙碌碌的一些人，实质上是一群思想空虚的人。

英国著名文学评论家塞·约翰逊说：“人一旦失去了灵魂，就会手足无措。”这些人之所以热衷于尘世喧嚣的环境，其实质就是思想空虚。俗话说，越繁华，越寂寞；越热闹，越孤独。

现代社会的浮躁和繁华，消磨了许多人的耐心和意志，容易使人在光怪陆离的、喧嚣的环境中，被假象和乱象迷惑。也容易迷失了自我，丢失了“人间清醒”。

在一切力量中，人最不可缺少一种内在的力量，就是觉醒，觉醒是人生中最根本和最重要的力量。

人真正的觉醒，一般都不是被叫醒的，只有极少数的人靠别人的提醒。许多人都是经历过万分痛苦以后，才会真正地觉醒。能点醒一个人的从来都不是教导，而是磨难。因此，一万次的灌输，不如一次来自磨难后的唤醒。

没有一次深夜的无眠，不会让你看清人性；没有一次彻夜的流泪，不会让你瞬间成长；没有一次长夜的痛哭，不会让你醒悟人生。

人生觉醒的一个标志，就是必须告别盲目跟从，开始独立思考；人生觉醒的另一个标志，就是意识到自己有独特的人生使命。

一个人来到人世间不只是为了赚钱和生存，而是意识到自己人生最终的价值在于觉醒和思考的能力。

敬畏生命，珍爱生命，才是生命的觉醒。死亡是生命的终极过程，人的生命很短暂，很脆弱，唯有珍爱，才不辜负父母的无私给予；唯有自我奋斗，才不辜负生命的美好和精彩。

人一辈子真的很短，远没有我们想象的那么长。金钱永远没有健康重要，千万不要为了争名夺利，而被夺取了生命。德国哲学家叔本华说：“人类所能犯的最大错误，就是拿健康来换取其他身外之物。”

我们无法确定和诠释生命的全部意义，但我们知道生命的结果；我们也无法延长生命的长度，但我们可以拓展生命的宽度。

人不但是一个生命，而且还是一个独特的个体，一个自我。世上只有一个自己，自己也只有一个人生。人生不可复制，不能重新来过。我们应该做自己人生的主人，真正成为自己。

我们生长在一个复杂的社会环境中，无不被职业、身份、环境、习俗、舆论等支配，有时不得不被人左右和控制，无奈地成为别人眼中的一个角色而苟且活着，很少为自己而活。这些都不是真正的自我觉醒。

实现自我觉醒，必须定位好自己的人生目标，选择好自己的事业，坚定自己的处世原则。自我就是为自己而活着，就是不必在乎别人的指手画脚，不必活在别人的眼光里。

人生觉醒的另外一个重要标志是实现灵魂的觉醒。灵魂的觉醒既是充满神秘而又充满动力的旅程。

实现灵魂的觉醒，体现在一个人有着冷静与清晰的头脑，以理性的思维分析问题和解决问题。

灵魂的觉醒体现在充分的自信和笃定，拒绝安逸与惰性，不断地追求自身的价值。

灵魂的觉醒，涉及一个人的思想、信仰、价值观、生活方式、处事方式、交际关系等方面。但总体上来说，灵魂觉醒是一种精神层面的觉醒，灵魂觉醒的程度越高，自由度就越高。灵魂的觉醒，也标志着一个人愿意孤独、适应孤独，内心深处有着不屈的精神。真正的灵魂觉醒者，是不会与思想不合拍的人合流共融的。

良心的觉醒是最重要的觉醒，良心的觉醒没有先后之分，只要能觉醒，就是灵魂的伟大。良心是无须提醒的道德自觉，良心也是人性的一种体现。

美国超验主义者梭罗是一位具有独立思想和不朽灵魂的哲学家，他远离喧嚣和杂乱的世界，来到具有田园风光的澄明、恬美、雅静的瓦尔登湖畔。梭罗在瓦尔登湖畔不是隐居逍遥，而是在过滤自己浮躁的思想；他不是一位消极的避世者，而是一位独立的思想者。瓦尔登湖给他提供了一种淡泊明志、宁静致远的心境，给他提供了思考人生、看清尘世的空间。梭罗写出了著名的《瓦尔登湖》，给人们留下了“唯有我们觉醒之际，天才会真正破晓，而非太阳升起”“我们最真实的生活是当我们清醒地活在自己的梦中”等灵魂觉醒的名言。

东晋田园诗人陶渊明辞弃官职，远离尘世，居住在僻远宁静的小村庄，留下了“采菊东篱下，悠然见南山”的精美诗句和独立人格，表达了他对理想世界的追求和向往。

离人群越近，离自己越远。一个人融入社会和群体时，便容易失去了自我。许多人都加入了围观的人群，缺乏思考、盲目跟从、人云亦云。正像鲁迅先生所说的：“村里的狗叫了，其他的狗也跟着叫，但它们不知道为什么叫。”

社会学家马尔萨斯认为：“一个社会，有百分之五的是精英，有百分之五的是人渣，剩下的百分之九十的人是乌合之众。好的社会，乌合之众跟着精英跑，不好的社会，乌合之众跟着人渣跑。”一个有点思想的人，千万不要出入在复杂的人堆之中，以保持独立和清醒。做个复杂的人简单，做个简单的人复杂。一个人真正的觉醒，会远离围观的人群，不会被周围人的思想左右，有着独立思考和反思的能力。

灵魂觉醒是一种深刻的人生体验。人生的觉醒，在于懂得怀疑，善于怀疑，用怀疑一切的思维对待事物的发展。一个人怀疑越彻底，终极的思考越接近正确。不要害怕自己的怀疑，一个人的思想就是在不断反复的怀疑中成熟的。只有真正的觉醒，你一个个的疑问才会在自己的头脑中产生。

灯红酒绿的浮华与喧嚣，只能使我们在浮躁与狂热中醉生梦死一无所得。狂欢和喧嚣，是一群人的孤独，而孤独是一个人在狂欢。

从生到死有多远，呼吸之间；从迷到悟有多远，一念之间。钟表可以回到原点，但生命的年轮永远回不到昨天。人生的觉醒越早越好，越早越彻底。

人生的觉醒不能只停留在醒悟的基础上，还在于实现自身的价值，去追求自己的目标，实现自己的事业。奋斗的路上是坎坷的，必须要有坚忍不拔的意志，矢志不渝地实现自己心中的梦想。

在这个喧嚣而浮躁的世界里，我们需要一个安静的角落，独处静思，思考人生的意义。都市的夜晚总是少了几分宁静；喧嚣的世界，总会让人难于觉醒。想在喧嚣中寻到一丝静谧，对于某些人来说，那只是一种奢望。

生命活到极致，一定是简与静。真正的宁静不是避开车水马龙的嘈杂，而是远离浮躁、混浊与喧嚣，摒弃繁华的凡世，不为五色所惑，更不为百味所迷。世界熙熙攘攘，拥挤不堪，但适合独来独往。在自己的心中修篱种菊，愿得片刻的宁静，独自孤独，独自安好。

在一个喧嚣的世界里，独处一居，仰望星空，风景这边独好。

远离喧嚣，那是人生最觉醒的时刻。宁愿独处冥想苦想，也不要随波逐流。

请相信，远离喧嚣，世界还会回归本有的秩序。

站在生命更高的维度上思考

生命维度，是指一个人生命的内涵、质量以及他对生命价值的认知。生命的维度是一个多维度的概念，在不同的层面和方向上，可以分为很多维度。

生命到底有几个维度？有人说三个：长度、高度、宽度；有人说有四个：广度、深度、高度、密度；也有人说八个……仁者见仁，智者见智。总之，生命是多维的。

一个人生命中十分重要的一件事情就是要提升生命的维度。生命每多一个维度，就能提高认知，提升智慧，促进事业的成功。人与人之间有许多的不同，但维度的不同，是一个很大的不同。人的许多痛苦，甚至失败都源自维度太低。因此，人生的一个突破口就是需要不断提升自己的维度。

厘清生命的不同维度，针对不同维度，分析不同的特点，展开不同的思考，才能使我们更全面、深入、彻底和准确地思考生命的真谛。法国文学家托马斯·布朗爵士对生命有过这样一段富有哲理的名言："你无法延长生命的长度，却可以把握它的宽度；无法预知生命的外延，却可以丰富它的内涵；无法把握生命的量，却可以提升它的质。"人生不售来回票，一旦动身，绝不能复返。在人的短暂一生中，我们只有站在生命的高维度上去思考问题，我们才能赢得时间，赢得智慧，我们才能懂得生命是一场不可辜负的奔赴。

熟知生命的长度，懂得生命的珍贵

生命的长度，是每一个人的生命意识能感知和认知到的范围的极限值。追求生命的长度，是享受大自然赋予人类的幸福。延长生命的长度，不是苟且偷生，而是要活出生命的精彩。哥伦比亚作家马尔克斯在《百年孤独》中说："一个人不是在该死的时候死，而是在能死的时候死。"一个伟大的灵魂从来不会畏惧生死，一个人只有在有限的生命中闪耀璀璨的光芒，人生才有意义、才有价值。

人的起点是娘胎，终点是棺材，中间就是人生。生死本是一条线上的东西，人从生下来的那日起，就一步步地向死亡靠近。人短暂的生命，对于宇宙、对于大自然来说，都只不过是瞬间过客，犹如流星，光亮只在一眨之间。民国风云人物宋美龄说过：“上帝让我活着，我不敢轻易去死，上帝让我去死，我决不苟且地活着。”生命虽然弱小，但也须留下痕迹，不枉来过人间。在有限的生命里，站在生命的高度，拓宽生命的宽度，提高生命的质量。既要热爱生命，又要勇于为理想、为正义献身。

生命不在于活得长与短，而在于顿悟得早与晚。抢先抓住生命觉醒的机会，知行合一地在实践中创造高我的生命价值。

站在生命的高度，俯瞰生命的意义

人必须要有信仰，没有信仰，等于行尸走肉。人有信仰，就是生命最高的高度。而真正的信仰是超越生命的，它深植于我们的内心与精神之中。

有了信仰，你就会登高望远，拓宽视野。一个人的视野决定着一个人仰望的高度、胸襟的广度和生命的深度。心有多大，世界就有多大。只有具有广阔的视野，才能够超越时空，跨越社会的浮躁，深层次地看到事物背后的内涵。

人生美好而又短暂，不能活在一个没有思想的世界里，迷失了自我，丢失了“人间清醒”。

站在生命的高度，就会有与众不同的思想和灵魂，就会用全面的、发展的、联系的观点看待事物，不会人云亦云，走进围观的人群。只有站在生命高度的人才会懂得，人活在世上，要体现一个人生命的价值，要不断地创造社会价值，始终成为社会的有用之才。

生命的高度取决于一个人的自信，自信是走向成功的第一步。自信，不一定会成功；但自卑，一定会是失败。自信的背后是咬紧牙关的坚韧，只有自信，才会有生命的高度。

拓展生命的宽度，闪耀生命的光辉

生命的宽度是一个充满哲学思想的词语，它是对生命的全面理解和感悟。生命的宽度决定着生命的意义，人生的经历越丰富，他的见识就越多，对生命的认知就越高。

生命的宽度包含了对生命的多个维度的思考和理解。它不囿于时间的长短，更关乎人对生命的感知、体验和价值的认知。

拓宽生命的宽度，能使我们更好地认识生命的意义和价值；能使我们更好地把实现自身价值和实现社会价值有机地结合起来；能使我们更好地不忘初心，牢记信念，实现价值目标。

只有拓展生命的宽度，才能放大人生的格局；只有拓展生命的宽度，才能产生和带来思想的影响力和道德的感染力。

挖潜生命的深度，展现生命的魅力

生命的深度是一种智慧，是一种才能。生命的深度展现着生命的魅力，是实现生命的高度和体现生命宽度的重要保证。

深不可测是一种智慧，也是一种城府，而深不可测是一种历练和磨炼的过程。沉着冷静和沉着稳重是有深度的人常备的“待机”状态，而只有这种深度才能探测复杂社会、艰苦人生的深奥。

智慧是一个人能力素质的综合体现。要多阅读善思考，厚积薄发，给人有一种自叹不如的智慧感；要先圆通后方正，内正外圆，让人有一种方圆得体的敬畏感；要少倾诉多倾听，彰显涵养，让人有一种左思右想的神秘感；要显低调抑张扬，深藏不露，让人有一种出手不凡的威力感；要吞委屈大格局，忍辱负重，让人有一种气度非凡的高大感。

行走江湖、闯荡人生，必须深谙游戏规则、深藏隐身善变技能，了解人性、磨炼自己，才能真正成为一个有城府的人。

传递生命的温度，体现生命的情怀

生命是有温度的，它不仅是指物理上的体温，而且还是心理上的感受，情感和生活的态度，给人以温暖有加的感觉。

生命的温度也取决于灵魂的温度，一个着眼于生命维度培养的人，才会更加立体和丰盈。

一个有温度的人，他像冬日的阳光，温暖着他人的心窝；他像夏日里的清泉，滋润着他人的心田。一个有温度的人，他是一个友善可亲的人，内心充满着浓浓的爱；一个有温度的人，始终会以微笑面对人生中出现的每一个人。

一个有温度的人，懂得为他人着想，心胸开阔，他的一举一动、一言一行，都诠释着温暖有爱的生命意义。一句温暖的话语，一个甜美的笑脸，都无不体现着一个人的人生格局。

有生命温度的人，在薄情的世界里，在世态炎凉的现实里，会充满朝气，深情地出现在人世间，不仅自己有暖气，而且还带给他人暖意。

站在生命的高维度去思考问题，对于成就事业，意义非凡。因此必须注重生命维度的提升。

爱自己，爱什么？

从人性的角度、从心理学的角度、从实现自身价值的角度，一个人懂得自我爱护、自我关注、自我欣赏、自我尊重，以达到自我满足、自我提高、自我实现，这就是爱自己。

但在什么是真正的爱自己的层面上，一些人在认知上还比较低，认为爱自己就是懂得吃穿游玩。

人是自然动物，也是社会动物，离不开爱和被爱。人们希望得到别人的爱，首先应该懂得自己如何爱自己。

爱自己是人重要的一种心态，也是人生重要的价值取向。也是让人内心平静、内心愉悦、内心满足的重要方面。

人生的路上，必须要处理好三大关系：一是我与自己的关系；二是我与他人的关系；三是我与环境的关系。因此，首先必须要过自己这道坎。只有爱自己，才能提高自我价值，提高自信心和自尊性，相信自己的不一般。勇敢地对自己好一点，放胆地肯定自己。

读了英国女作家夏洛蒂·勃朗特的《简·爱》，我们懂得了人一生最大的修行，其实就是学会爱自己，活出自己精彩的未来。爱自己就是让自己成为自己生命中最重要的人，因为自己才是唯一不会离开自己的人。

爱自己就是忠于自己的内心，爱自己才是人生最好的展现，只有爱自己，才能活出真正的自我。

懂得爱自己的人，才会活出精彩的人生。按照“萨提亚模式”的核心观点，只有尊重自己，才是决定一切人际关系的本源；也只有爱自己，才能更好地爱着周围的人。

这个世界上，最值得你爱的，除了父母，只有你自己。英国作家、唯美主义代表人物王尔德说：“爱自己，是终身浪漫的开始。”爱自己是人生道路上永无止境的旅程，爱自己就是走向成功和幸福实现自己梦想的重要一步。

爱自己，勇于坚持自己的爱好，接纳自己

爱自己的本质就是接纳自己，接纳自己的一切，包括自己的不完美。

接纳自己，首先要学会安抚自己的情绪。情绪是自己的第一反应，掌控好自己的情绪，才能掌控好自己的人生。要想和自己好好地待在一起，就要接受自己的情绪。只有当你越来越爱自己的时候，你才会越来越懂得抚慰自己的情绪，你的内心才会越来越平和。

爱自己，就要接受自己的家庭、自己的模样、自己的学历、自己的工作；爱自己，就要接受自己的平凡、胆怯、懦弱；爱自己，就要接受自己走过的不完美的人生。

人总有不完美的地方，只有接受自己的不完美，才是完美的开始。千万不要逼着自己去追求完美，不然，活不出自己的自在和轻松。

别人再好，也是别人；自己再不堪，还是自己。不能总是估量自己在别人心目中的分量。走自己的路，让别人去说吧。放弃谁都可以，千万不要放弃自己。

爱自己就是在自己喜欢的时间里，按照自己喜欢的方式，去做自己喜欢的事，让自己成为自己内心最真实的样子。既要接纳自己已有的爱好，也要培养自己新的爱好。人生短暂而又漫长，要努力去做自己喜欢做的事，去做自己认为有趣和愉悦的事。

爱自己就是和自己喜欢的一切在一起，读自己喜欢的书籍、听自己喜欢的音乐、看自己喜欢的影视、写自己喜欢的书画、育自己喜欢的花卉。

爱自己就是要给自己足够的时间和空间，按照自己的价值取向，去思考和规划自己的未来。

爱自己，善于赞美自己的长处，取悦自己

爱自己就是从自己身上寻找所有美好的东西，善于赞美自己，取悦自己。

每个人都希望得到来自别人的赞美声，但更需要自己对自己的肯定和赞美。一个连自己都不信任的人，怎会得到别人由衷的赞许和肯定。

一个人要自信，甚至可以自恋，虽然不能自傲，但千万不能自卑。对自己的成功要点赞，对自己取得的成绩要自豪。

要善于看到自己的闪光点，你可能在一个人面前一文不值，却在另一个人面前是无价之宝。有时不逼自己一把，还真看不出自己有多么优秀。有时我们把别人想得太复杂，其实是自己也不简单。

一个不欣赏自己的人是难以快乐的。生活中，我们要学会自己宠爱自己。一

个人聪明的方面，是懂得宠自己；愚蠢的方面，是容忍委屈自己取悦他人。人生是苦的，你要懂得给自己加点糖，自己体会人生的甜美。取悦自己，才是被爱的开始。只有当你懂得爱自己的时候，全世界的人才会爱你。

爱自己，在于爱惜自己的身体，强健自己

身体是我们生命、心智和灵魂的承载体，身体的状态就是潜意识的外化。一个人最重要的事情，就是要拥有一副好身体，把健康放在第一位。爱自己，最基础、最基本，也是最根本的，就是要爱惜自己的身体。

如果一个连自己的身体都不爱惜的人，何谈热爱自己的工作、热爱自己的爱好。何谈追求目标、实现梦想。只有将自己的身体保养好、强健好，才能应对坎坷的人生，才能迎接灿烂美好的未来。我们才有底气和气力，去追逐自己更大更远的目标和梦想。

英国前首相丘吉尔说过："一个政治家是否伟大，不取决于他的能力，而取决于他是否长寿。"

我们要想成功，要想看到自己的成功，必须有一个强健的体魄。身体不行，一切归零。

许多人用一生的经历才明白：身体是自己的，只有自己当心自己。千万别把健康不当一回事，别让自己的一生毁在一个"累"字上，不值得。既要照顾好健康，又要照顾好心情，人一生的奋斗依靠的就是健康和心情。

爱自己，敢于摆脱自己的束缚，善待自己

爱别人可以适可而止，爱自己就要尽心尽力。爱自己就是要有自己的思想和灵魂，而不能让别人左右自己的思想和行动。

人生活在关系复杂的社会环境中，周边肯定围绕着形形色色的人，掌握好与这些人的相处艺术，懂得摆脱周围让自己不舒服的关系，不必去纠缠，也不必去纠结。

无论是朋友、家人，还是伴侣，他们都有自己的思维方式和生活习惯，懂得尊重他们说好，无须要求和改变他们。把时间和精力用在自己喜欢和愉悦的事情上。

我们不必为了别人而去改变自己，装模作样地去迎合别人；不必为了迎合别人而忽略了自己的感受。与其低三下四、挖空心思地讨好别人，不如将精力、将爱放在自己身上，把迎合别人的心力，用来滋润自己的心田。

能改变自己的是神，而想改变别人的是神经病。千万不能以救世主的身份试图改变对方，与其幻想改变对方的思想，不如寻找与自己灵魂相通的人。

爱自己，甘于接受自己的不足，原谅自己

一个人对自己最大的怠慢，就是不爱自己。人生大多数的痛苦，其实都是在和自己较劲；人生许多的烦恼，其实是不肯放过自己。

大多数人的痛苦与烦恼，不是来自对美的追求，而是来自对完美的追求。不要追求完美，世界上没有完美的事情。允许自己自责、允许自己犯错、允许自己失败。人生十有八九不如意，别太较真、别太苛刻、别太强求，顺其自然，随遇而安。爱自己就是认可自己的过去、坚持自己的现在、坚信自己的未来。爱自己就是有勇气摆脱过去的错误决定，重新选择对自己更好的道路。爱自己就是接纳、容忍和宽恕自己的所有不足，正视自己，努力改进。

你做得再好，背后也会有人说三道四，不必在乎别人怎么说，活好自己最重要。

但人类对自己的了解犹如夜行，要想彻底了解自己，还需要借助他人的力量。

生命太短暂了，我们没有时间记恨别人，那我们有必要记恨自己，和自己过意不去吗？

爱自己就是自爱，这与自私、以自我为中心价值观是截然不同的。北宋政治家王安石说："能使人知己、爱己者，未有不能知人、爱人者也。"

爱自己不是自私，而是意味着你值得被爱和被关注。爱自己不是一种自私的表现，而是一种健康的心理状态。给自己最好的爱，才会更好地爱别人，如果不爱自己去爱别人，显得有点虚伪，有点不可思议。

爱自己不是为了炫耀自己，而是为了了解自己、珍惜自己、成长自己。

爱自己，不是过度保护自己，不是对自己的放纵。我们既要懂得赞美自己，也要善于发现自己的不足。

学最好的别人，做最好的自己。人这辈子最要紧的，不是有没有人爱你，而是你有没有真正学会爱自己。你只要有能力爱自己，就会有底气爱别人。你有多爱自己，就有多少被别人爱。

等着别人爱你，还不如自己全心地、一如既往地爱自己，等来的爱不会浓烈和久远，自己爱自己才会甜美和恒久。爱自己是最廉价的爱，但也是最永恒的爱。每天告诉自己一次："我真的不错。"

只有当你真正开始爱自己时，你才会发现生活远比自己想象的还要精彩。

我们无法让每一个人都喜欢自己、爱自己，但我们有充分的理由、足够的能力喜欢自己、爱自己。

在这个世界上，除了父母，最值得爱的是自己。爱自己，是人一辈子最重要的事情。爱自己，是最廉价的爱，但也是最滋润、最永恒的爱。爱自己，任何时候都不会晚。

优雅是女人唯一不会褪色的美

欣赏一个人，始于颜值。说到女人的美，我们也一定会从她的颜值说起。

人们形容绝代美女的美，通常比喻为沉鱼落雁，闭月羞花。

说起世界上最美的女人，人们会说出很多名字，但这仅仅是个人的审美观点，正所谓“情人眼里出西施”。

西施有多美丽，你不知道，我也不知道，但我想，她至少像奥黛丽·赫本那么美丽，才名不虚传。

赫本说过一句名言：“优雅是唯一不会褪色的美。”我们了解了赫本，读懂了赫本，才懂得她就是优雅的本体。

我之所以不直接说出赫本是世界上最美的女人，并不是她不够格，而是我尊重赫本的本性，赫本很谦逊、很优雅，她不会说自己是世上最美的女人。

我写过一篇歌颂美国著名电影演员玛丽莲·梦露的文章《绝色的颜值，有趣的灵魂》。在文章中，我赞美过梦露倾国倾城的美，但梦露的美，更多的是一种女人性感的美，而赫本的美是一种女人优雅的美。

1953 年 9 月 7 日，24 岁的赫本首次登上了美国的《时代周刊》封面。一夜之间，人们也突然发现，原来世间有一种美，叫奥黛丽·赫本。

纽约的《新女性》杂志中曾经刊登了历史上百大美女排行榜，而赫本就高居榜首。可以说，赫本被称为世界第一美女，一点也不过分。

如果一定要排出谁是世界上最美的女人，那么我心中她的名字就一定叫奥黛丽·赫本。

美，源自坎坷岁月的艰苦磨砺

赫本虽然出身高贵，但成长的历程坎坷不平。父母的离异，破碎的家庭，使得童年时期的赫本十分悲惨，甚至得了病差点病死。

赫本生于动荡的时代，她身处炮火之中，目睹亲人被逮捕、被杀害。那个年代的她，每天醒来，都是劫后余生，在夹缝中生存。

为了不被饿死，赫本曾经靠吃野草和郁金香球茎活命。长时间的营养不良，使得她身体极度虚弱，19 岁时身高 171 厘米，体重却只有 41 千克，基本处于肌肉发育不良的状态。

由于身处战乱年代，物资食物都很匮乏。赫本经常穿着令人疼痛不已的木制舞鞋，脚经常被磨得鲜血淋漓，但她始终没有放弃对事业的追求。

因为苦难，赫本凭借苦难催生的强大意志力，使她成为抗击法西斯组织的一名情报员，她孤身一人进入战区为盟军送情报。与同学一起表演募捐节目，为反法西斯战争出力。

赫本情感生活并不如意，她遭遇了两次失败的婚姻。晚年又一直在与癌症抗争。

美，源自献身事业的执着追求

赫本是英国籍的世界著名电影演员，她为后人留下了许多经久不衰的经典影片。看过她电影的人都感谢上天的恩宠，都会感慨万千。

她主演的爱情喜剧片《罗马假日》，获得了第 26 届奥斯卡金像奖最佳女主角奖。因为《罗马假日》，让她成为奥斯卡的影后，也使她成为全世界男人的梦中情人。

在 20 世纪 80 年代，她还参演了电影《直到永远》，这也是她演绎的最后一部电影。她在影片中塑造了一个隽永、纯洁、可爱、善良的女性形象。

可以说她一生都在为电影事业作贡献。赫本一生获得的奖项无数，其中有 5 次获得奥斯卡最佳女主角提名。

赫本曾被有“时装圣经”之称的时装杂志 *VOGUE* 评为“世界时尚名人”第一名。被时尚杂志 *ELLE* 评选为“有史以来最美丽女人”第一名。CCTV 人物录中的“20 世纪最完美的女演员”之一。

1999 年，被美国电影学会评为“百年来最伟大的女演员”第 3 名。

她是一位殿堂级女神，她才华卓越，人们说她是人类社会定义“天使在人间”的范本，也一点不为过。

美，源自由内而外的优雅气质

什么样的女人最有魅力？美国思想家爱默生说：“优雅比美丽更富有魅力。”一个女人优雅的含金量远远比美丽的含金量高得多。

如果说，颜值是体现外表的美丽，那么女人优雅的气质，才是最美的形象。赫本始终以优雅的形象出现在人群中。

笑是人与人之间最近的距离。赫本一生以微笑面对人们，她说：“不要等到想要优雅时，才想起微笑！”

赫本是一个以微笑面对生活的人，无论是微扬的嘴唇，还是大笑时露出的洁白牙齿，都能让人感受到赫本的温暖。

她的一个微笑，一个触摸的动作，一个姿势，一个眼神就足以让这个世界动容。

微笑，陪伴了赫本的一生。微笑，也是绽放赫本美丽的根本。尽管赫本的一生，遇到了很多的曲折，但赫本都会微笑面对。

赫本的从容和端庄、内敛与娴静，这一切，都是风华绝代。

她从不为取悦观众而垫高胸部，也从不以高跟鞋展示她惹火的身姿，她以朴素、纯朴、典雅，俘获了全世界的心动。

在一次专访中，有记者质疑赫本为自己的名气炒作，她理直气壮地说：“你觉得奥黛丽·赫本需要炒作名气吗？为了孩子们，我愿意为他们摘月亮。”

人们称她为“人间的天使”，也不是因为她有美丽的容颜，而是因为她有一种优雅迷人的气质。

美，源自内心崇高的道德情怀

赫本说：“女人的美丽不在于外表，真正的美丽折射于一个女人的灵魂深处。”

赫本的脸上慈眉善目、和蔼可亲。作为一名世界级超级演员，赫本还热爱慈善和公益事业，她不但有美丽的颜值，而且还心地善良，有着令人折服的灵魂。

赫本曾经说过一句脍炙人口的话：“随着年龄的增长，你会懂得，你有两只手，一只手用来帮助自己，另一只手用来帮助别人。”她坚信，爱可以治愈世间一切悲伤。

她不仅是一名伟大的女演员，而且是法国著名的时装设计师纪梵希的灵感缪斯，是联合国儿童基金会的亲善大使。

我们深深怀念赫本，不只是她具有美丽的容颜与辉煌的事业，而且她还具有令人称叹的优雅、善良、才华和修养。

如果说赫本的气质来源于家庭的修养，那么她冰清玉洁的气质源自她心中的大爱。

2002 年 5 月，联合国儿童基金会在其纽约总部为一尊 7 英尺（约 2.1 米）高的青铜雕像揭幕，雕像名字为“奥黛丽精神”（The Spirit of Audrey），以表彰赫本为联合国所作的贡献，她是唯一获得此殊荣的人。

在赫本去世的前一天，她的儿子曾经问她一生中有什么遗憾，赫本说：“我没有遗憾，我只是不明白，为什么有那么多的孩子在经受痛苦。”在离开人世间的时候，她还惦念着穷苦的孩子，足见她的怜悯之心。

美，源自浑身上下的才情才气

英国哲学家、唯美主义的代表人物王尔德说：“这个世界上好看的脸蛋太多，有趣的灵魂太少。”而呈现在我们面前的赫本不但有着举世瞩目的美丽容颜，而且有着让人敬佩的思想灵魂。

赫本既有着深刻的思想，又有不屈的精神，她对事业始终充满着信心，她说：“不可能的意思就是‘不，可能’。”

赫本崇尚知识，善于学习，她说：“优美的姿态，来源于与知识同行而不是独行。”

“从一个人对他人的评价，相比他人对这个人的评价，你可以把这个人看得更透彻。”

“这个世界需要的是让甜美和庄重重新回到青年人的灵魂里……”

“女人之美不在五官而在其内心折射的真美。这就是她给出的关爱和她表现的热情。女人的这种美是随着岁月流逝而增长的。”

这些都是赫本充满思想与才情的语言。

人们对赫本的喜爱，不仅因为她有着举世无双的美丽外表，而且她有着扬在脸上的自信，融进血液里的善良，表里如一的修养。我们今天怀念赫本，不仅仅是因为她为世界电影事业上所作出的杰出贡献，更为重要的是她具有令人折服的才情才气，浑身上下散发着思想的光芒。

赫本离开了我们，留下了一个伟大的背影，让一代又一代的人注目和传颂。

老牌影星伊丽莎白·泰勒说：“我们的天使回天国了，如今上帝有了一位最美丽的天使。”

一位大导演曾说道：“宛若落入人间的天使，连上帝都愿意亲吻她的脸颊。”

连无数迷倒众生的名人都感慨地说过，赫本就是一直被模仿，而从未被超越的永远不可复制的经典。

美籍犹太裔著名导演比利·怀尔德说："上帝亲吻了一个小女孩的脸颊，于是赫本诞生了。"

美国《时代周刊》评价赫本："她把女皇的高尚和活泼淘气完美地糅合在一起，像一颗精美切割的钻石一样闪闪发光。"

人一旦有了美丽的颜值、高贵的气质，想不美都难，更何况美是相对的，每个人对美都有着不一样的判断标准和定义。

但至少我认为，奥黛丽·赫本是属于始于颜值，陷于才华，忠于人品的优雅的女人，她用名字为"优雅"做了最好的诠释。

伊人已离去，优雅依旧在。赫本的美丽、赫本的善良、赫本的修养、赫本的光彩，永远深深地留在我们的记忆中，永不忘却。

死亡，生命的最终释然

死亡是生命的终极过程。人生总有终点站，最后都要面对死亡，这是自然规律，不可抗拒。

人类有史以来，没有人能逃脱过死亡，无非有些人长寿一些罢了。死亡，对于每一个人来说都是绝对公平的，这也是人世间最为公平的地方。

生死本是一条线上的东西，人从生下来的那日起，就一步步地向死亡靠近。虽然我们感恩上苍，有幸来到这个美好的世界，但我们又无奈、无助地离开了这个眷恋的世界。

一个人在众人的笑声中，哭着来到这个世界；一个人又在众人的哭声中，笑着离开这个世界，其中这个过程就是短暂的人生。

万般皆是命，半点不由人。当初我们来到这个世界，是不得不来，最后离开这个世界，也是不得不去。

死亡决定了一个人生命的一切，包括生命的长度、价值和意义。面对死亡，有的人惊恐万丈；有的人痛不欲生；有的人若无其事；有的人视死如归。

无论是惧怕死亡，还是无所畏惧，到了寿数、遇到意外、有时候想不通，都得去另外一个世界。人生苦短，短暂一生。生命，对于宇宙、对于大自然，都只不过是瞬间过客。犹如流星，光亮只在一眨之间。

那么，人们不禁要问：“生命的终极意义是什么？人生的终极目的又是什么？人活着又有什么意义？”

不同的人，不同的文化背景，不同的价值取向和生活态度，有着截然不同的回答。

我们无法确定和诠释生命的全部意义，但我们知道生命的结果；我们也无法延长生命的长度，但我们可以拓展生命的宽度。生命最终会走向死亡，但唯有死亡才会彰显生命的价值和意义。

古希腊哲学家苏格拉底说："在死亡的门前，我们要思量的不是生命的空虚，而是它的重要性。"

人固有一死，或重于泰山，或轻于鸿毛。哥伦比亚社会活动家马尔克斯在《百年孤独》中说："一个人不是在该死的时候死，而是在能死的时候死。"一个人要愿意为另一个生命的存在而勇于去死。

生命是一种智慧，闪耀着光辉；生命是一颗流星，穿梭在无垠的星际。生命虽然短暂，生命虽然弱小，但也留下痕迹，每一个微小的生命都续写着人类文明与进步的篇章。

未曾长夜痛哭，怎能醒悟人生，一个人在失败、失落、挫折时，才会觉醒。但是，只有死亡，才是对生命的最精准的教育，才是生命的最终顿悟，才是生命的最终释然，这犹如不见棺材不掉眼泪一样，死亡来了，一切终于全然明白了。死亡是生命的终点站，但每个人抵达的路径，从不雷同。

生命之路短暂，唯有珍惜才不辜负

人生苦短，来日并不方长。从生到死有多远？呼吸之间；从孩提到暮年有多长时间？一转眼。俗话说，天有不测风云，人有旦夕祸福。生命很脆弱，明天和意外，你永远不知道哪个会先来。生死就在一瞬间，今天晚上睡下去，也不知道明天清晨还能不能醒来。因此，必须珍惜短暂的生命，走好来之不易、稍纵即逝的人生道路。

世界文豪莎士比亚说："生命苦短，只是美德能将它传到遥远的后世。"

生命的意义是对美好生活的憧憬，是对美好未来的追求。生命的意义不能停留在"一直怀念过去、天天虚度现在、坐着幻想将来"的层面上，而应该只争朝夕、脚踏实地、行稳致远。每一个不曾发愤努力的日子，都是对短暂而美好的生命的辜负，都是虚度年华。

人的一生宝贵而又短暂，必须将有限的生命迸发出炽热的光芒，不虚度年华，不辜负生命，才无愧于短暂而美好的人生。

钟表可以回到原点，但生命的年轮永远回不到昨天。珍惜时间，珍爱生命，比什么都重要。

生命之路坎坷，唯有前行才不落伍

人生而平等，但人生并不平等，每个人都面临着不同的人生道路。人生的道路是坎坷的，但只有坎坷的人生道路才能使人变得坚强。人生经得起风雨，却经不起平凡。人生只有拼搏出来的美丽，没有闲等出来的辉煌。生命也必须要有裂缝，阳光才能照射进去。

面对人生道路上遇到的困难、挫折和失败，需要我们的勇气和坚韧。在艰难困苦的道路上，也只有倒逼自己一把，才会知道自己有多优秀。

美国女作家海伦·凯勒被美国《时代周刊》评为“人类意志的伟大偶像”，在她一岁半时双目失明、两耳失聪，面对极度坎坷的人生道路，她百折不挠地与命运抗争，学盲文、学语言。20岁时，考入了哈佛大学女子学院，缔造了“知识改变命运”的神话。23岁时创作自传《我的一生》，28岁时出版文集《我感知的神奇世界》，在坎坷的人生道路上，谱写了生命最美的乐章。

美国批判现实主义作家马克·吐温曾惊叹道：“19世纪出现了两个了不起的人物，一个是拿破仑，一个就是海伦·凯勒。”比利时评论家乔其特·雷布兰克：“海伦·凯勒是一个让我们自豪与羞愧的名字，她应该得到永世流传，以对我们的生命给予最必要的提醒。”

生命是一场无法预测的旅程，人生就像是呼吸，呼是为了出一口气，吸是为了争一口气，美好的人生就是在不断地奋斗。人生没有白走的路，每步一坎都算数，只有含泪播种的人，才会含笑收获。

生命之路精彩，唯有演绎才不错过

生命可爱，唯有珍爱才不辜负。生命的道路上精彩纷呈，需要我们每一个人去精彩演绎，演好自己的角色。

作家余华说：“人是为了活着本身而活着，而不是为了活着之外的任何事物而活着。”生命不息，冲锋不止。人都有着理想和追求，铁人王进喜为了祖国，为了石油，为了精彩的人生，提出了“宁可少活二十年，拼命也要拿下大油田”的豪言壮语，实现了他的人生价值。

德国哲学家尼采说：“人类的生命，并不能以时间长短来衡量，心中充满爱时，刹那即永恒。”人生只有走出来的美丽，没有等出来的辉煌。人生也没有彩排，每一天、每一次的起舞都是现场直播，没有“重新来过”之说。

机不可失，时不再来。人生的历程中，一定会有一些过错，那是暂时的遗憾；但如果错过，则是永远的遗憾。人生没有后悔的药，人生也不售来回票，一旦动身，绝不能复返。

人生在不断地追逐，生命像一团欲望，不满足就痛苦，满足了就无聊，人生就是在满足和痛苦中不断摆动，但一切都是过往烟云。在死亡面前，不管你多么富有、多么智慧，多少风光、多少潇洒，都一样难逃死神的到来。面对短暂的人生，我们应该看淡名利、看清世界、看透人性、看轻一切。因为除了生命，其他都是小事。

孔子曰："未知生，焉知死。"老夫子的话告诉我们，一个人先要弄明白活着的意义，然后再去考虑死后的事情。一般人也都是这样的思维。但是，死亡却是每个人无法逃避的话题，一天天地向死亡走去，是每一个活着的人都有的现在进行时，是必须面对的现实。只有勇敢地接受和面对死亡，才是对生命最高的尊重。只有读懂了死亡，才能读懂"珍惜每一天""好好地活着"的简单道理。

人最可怕的不是死亡，而是没有真正活过。当一个人走到生命尽头的时候，回首自己虚度的人生历程，他一定是后悔莫及。生命不在于长短，而在于精彩。短暂的生命，也要绽放出绚丽的光彩。

俄国文学家车尔尼雪夫斯基说："生命，如果跟时代崇高的责任联系在一起，你就会感到它永垂不朽。"生得其名，死得其所。

如果死亡能让我们觉醒，如果只有死亡才能对生命的重要性有全面的诠释，如果死亡能让一个人真正明白一件事，那么我们为什么不在活着的时候深刻反思呢？

人生短暂，在于活得充实，在于体验生命中的人生百态，而不是苟且偷生，生命的意义是了解生命，而且热爱生命。人生的道路上，只有懂得生命真谛的人，才可以使短暂的生命延长。

对于生死这个话题，现实生活中许多人避讳死亡，害怕死亡，却又不懂得尊重生命、珍爱生命。但凡不尊重死亡的人，一般也都不会懂得敬畏生命，这正是死亡教育的缺失。对死亡的正视，对死亡教育，仍是我们生命教育的一个空白。

生命的意义是一个构成人类存在的目的与意义的哲学问题。人生来不想死，害怕死，可是人生下来就是走向死亡，这也是一个人人都懂得的自然规律。向死而生，把每一天都当作生命的最后一天，不断赋予生命更大的价值，才不枉来过人世间这一趟，才能活出具有伟大意义的一天。过好今天，珍惜生命中的每一天，才能迎接灿烂美好的新一天。

生命的意义在于珍惜生命中出现的每一个人，珍惜血浓于水的亲情，珍惜来之不易的友情，珍惜生命中遇到的每一个人。英国作家勃朗特在《简·爱》中说得好："生命太短暂了，没时间恨一个人那么久。"抛弃仇恨，放下恩怨，面朝大海，春暖花开。生死寿夭都是变数，何必与人争长论短、争名夺利，而应该做到淡泊名利，一心向善。

“千古艰难唯一死”，谁也不想轻易去死，谁也没有真正经历过死亡，谁也不敢说真正明白什么是死亡。但我们唯一知道的是：死亡是自然规律，是每一个人无以选择、无可奈何、无法逃避的必然的归宿。当我们真正面对和接受死亡时，才会有真正的觉醒和生命观的改变，才会有真正的释然。

死亡，生命的最终顿悟；死亡，生命的最终释然。死亡对于一个死者来说，是一个灵魂从一处转移到另一处；死亡对于一个生者来说，是站在人生的高度，热爱生命、敬畏生命，拥有一个不朽的灵魂。

“有的人活着，他已经死了；有的人死了，他还活着。”做一个有灵魂的人，即使死亡，灵魂永远会在静静的远方，唤醒着一个又一个的灵魂。

童年虽远去，童心终不泯

童年，在我们每一个人的生命时光中虽然是那么短暂，却是那么的令人幸福难忘、令人快乐荡漾。如果能选择时光，童年是每一个人的不二选择。

童年的时光似流水一般，匆匆而去，留下的只是短暂的回忆。然而，这回忆，让人甜蜜难忘，让人回味无穷。

“我们是共产主义接班人，继承革命先辈的光荣传统，爱祖国，爱人民，鲜艳的红领巾飘扬在前胸……”

听着这首旋律高亢、充满激情、充满童气的歌曲，我们仿佛又回到了那难忘的童年时光。

经常会忘记六一国际儿童节的到来，这并不奇怪，毕竟童年的时光已离我们很远了。但一听到《中国少年先锋队队歌》等少年歌曲时，又不禁使我们浮想联翩，心潮澎湃。

童年的记忆里，最值得我们流连、最值得我们铭心。最值得我们燃起的是我们的童心。

童年，天真、好奇、调皮；童心，纯洁、无暇、可爱。

童心是我们原始的、真诚的本心，是我们内心的一念之本，瞬间萌动的好奇和向往。

童心虽然是童年的本性，虽然充满着孩子气，却又何尝不是深藏在我们每一个年龄段的人内心的美好。

童心未泯，保持天真好奇的爱好

始终保持着童真、天真、纯真的心态，是一种积极向上的生命状态。始终保持着对世界的好奇、对未知的神往、对生活的热爱、对未来的憧憬，那么，浑身就会有想象力、创造力和进取心。

不管年龄多大，每一个人都心存天真好奇之心。这种天真好奇，着实让人年轻、活泼、好笑，而且这种天真又不被人鄙视和嘲笑。一个老龄人如果产生天真好奇之心，不但不会让人感觉好笑和可笑，而且会让人感到可爱。

保持童心、童趣，保持年轻的心态，能防止身体的衰老，光鲜可爱，提高免疫力。

童心不老就能使我们乐而忘忧，不知老之将至，就会内心充满好奇、内心充满朝气、内心充满激情。只有充满好奇，才会有想象力和创造力，才会自觉地接受新生事物。

童心未泯，虽不能返老还童，但肯定能延缓衰老。

童心无瑕，储存天真纯洁的心灵

童心无瑕，天真烂漫。成熟世故的心，在纯洁的童心面前一文不值。我们每一个人都应该像儿童时一样，始终保持一颗纯洁无瑕的心灵，涵养纯洁无私的品德，真正做到社会再变，灵魂不能浮躁；诱惑再多，步子不能乱套。

我们拥有了童心，我们就会变得简单；我们拥有了天真纯朴、无私无邪的品格，我们就会面朝大海，春暖花开。

童心永驻，珍惜光阴似箭的韶华

光阴似箭，永不再回，这是人类和自然发展的规律。生命，对于每一个人来说只有一次，人最宝贵的就是生命，从来没有一个人对此持有任何异议，只有因为想到这句话而后悔莫及。问题的关键是我们应该如何珍惜光阴似箭的韶华。

苏联诗人高尔基说过：“世界上最快而又最慢，最长而又最短，最平凡而又最珍贵，最容易忽视而又最令人后悔的就是时间。”懂得了童年时光的美好，我们就要分外珍惜人生短暂的时光。

少壮不努力，老大徒伤悲。珍惜生命，就要珍惜今天，珍惜当下，珍惜已拥有的东西。

珍惜时光，就要懂得努力学习和努力工作。学习是一个人一生永恒的主题，只有学习，才能使我们健康成长、茁壮成长。人是通过书本垫高自己的，人与人之间的差别，只有通过学习才会知道。人一生的经验和教训、成功和失败，都会通过学习后找到。

每一本打开的书，虽然都是漫漫长夜，但那是一种不断的厚积。从终极目的上说，读书是建造一个完全属于自己心灵世界的过程。人生最大的捷径就是用时间和生命阅读和拥抱了世上一流的书。

努力工作就要珍惜工作岗位，乐于奉献，踏实工作，为国家、为人民多做有益的工作，不负青春韶华。

童心回放，回忆当年美好的时光

美好的回忆是幸福的源泉。童年的时光，又是最值得人们回忆的美好瞬间，童年的时光也是最值得我们珍惜的。

过去是曾经的现在，现在是将来的过去。我们只有慢慢回忆难忘的岁月，储存心头，回想过去，反思现在，才能珍惜现在，面向未来。

每一个人的童年都没有玩够，那就让我们在成年的岁月里，回忆童年的美好，带着童趣，过一下童年的生活。

我们都是凡夫俗子，没有波澜壮阔、惊心动魄的人生篇章，但我们总有那么一些值得回忆的美好瞬间。回放这些美好的瞬间，那都是令人难忘、令人遐想的幸福时刻。

懂得回忆，就会懂得把握今天，把握现在。回忆过去，我们就要不忘记初心，牢记使命，致力于中华民族伟大的复兴。

童心飞扬，书写人生壮丽的诗篇

初生牛犊不怕虎，童年就是初生的牛犊。青年人，更要思想解放，敢作敢为，虎虎生威。上了年纪的人，也要像年轻人一样，老当益壮，生命不息，冲锋不止。

德国哲学家尼采说："每一个不曾起舞的日子，都是对生命的辜负。"每一个人都要热爱人生、珍爱生命、珍惜生活，书写自己美好的人生篇章。

生命之路短暂，闻鸡起舞才不辜负。鸡不鸣也要起舞，唤醒我们的不是鸡鸣，而是我们心中的梦想；决定我们"闻鸡起舞"的始终是肩负的重任，而从来不是天亮和鸡鸣。

人的一生宝贵而短暂，当我们老了更觉得光阴似箭，更觉得人生的短暂、时间的宝贵。我们不应该虚度年华，辜负生命。每一个不曾努力的日子，都是对来之不易的生命的一种浪费，都是对美好人生的一种亵渎。

生命之路坎坷，赓续起舞才不辜负。人生的道路坎坷不平，放弃很容易，坚持一定很酷。人生最精彩的不是实现梦想的瞬间，而是坚持梦想的过程。

我们要走好选择的路，不要走好走的路。既然选择了脚下这条路，即使跪着都要把它走完，风雨兼程，所向披靡。

人间最烂漫的是"童年"、最稚嫩的是"童音"、最动听的是"童谣"、最快乐的是"童趣"、最难忘的是"童伴"、最稚气的是"童真"、最难得的是“童心”。

北宋末年诗人陈著在《续侄溥赏酴醾劝酒二首·其一》中说：“花有重开日，人无再少年。”我们可以失去童年，但是千万不可以失去童心。

保持一颗童心，方为真人。何为童心？就是最初一念之本心，最初一念的判断往往是价值的判断，是善恶美丑的判断，我们应该始终坚持。

当我们远离童年的时候，当我们回首往事的时候，当我们面向未来的时候，我们不忘那双炯炯有神的童眸，不忘那种天真灵动的童趣，不忘那颗奔腾不息的童心。为了绽放绚丽多彩的生命之花，为了谱写人生精彩不朽的诗篇，我们童心不泯，童心永驻！

人生最懊悔的过错是错过

电视剧《亲爱的翻译官》里有这样一句关于爱情最悲伤的总结：“在爱的道路上最大的过错，就是错过。”

我不太赞同这个说法，觉得此话有点绝对，人生最大的过错肯定不是错过，还有别的。

我认为，人生最懊悔的过错才是错过。

每一个人都有过过错，甚至有过多次过错，有过严重的过错；也曾经对自己错过的人、错过的事、错过的机会懊悔过，甚至一提起这些错过，心里就万分懊悔，直摇头、直跺脚、直叹气。

人生最懊悔的过错就是错过，特别是错过了最值得珍惜的东西，甚至因为错过会后悔莫及。

“过错”和“错过”，这两个词虽然字相同，但意义却不尽相同。

过错涉及人的主观行为和客观行为，更侧重于行为和人的心理状态，特别是故意或过失的心理状态。过错通常指一个人在行为、言语或判断上犯下的错误或过失。

错过通常是指由于主观因素和客观因素造成的未能实现的事情。而这里所指的是主观因素引发的错过，主要是由于自己未能抓住机会和采取行动，而造成影响持久、影响巨大，甚至影响一生，错失了人生转折点的机会。

人生不是在过错中度过，就是在错过中遗憾。犯错是人类的天性，由于受认知高度的制约、能力水平的制约、自律能力的制约、环境因素的制约，每一个人都会犯错，会多次犯错，会犯重复性的错误，甚至会犯大错。

有过错是正常的事，没有过错才是不正常的、不现实的。

我们无须对自己的过错纠结、焦虑和后悔，吸取教训，改正错误，轻装上阵，不犯类似的错误，这才是我们所考虑的。

人生中会有许多错过，错过了领导和长者对自己的教诲；错过了一个永远不会再有的学习、工作和成长的机会；错过了一场轰轰烈烈的爱情；错过了人生最美好的东西；错过了勇往直前的实践机会，这些都是永远挽不回的遗憾，这些错过才是最懊悔的过错。

过错，是暂时的遗憾；错过，则是永远的遗憾。

过错可以纠正，可以作为教训，可以从此不犯，所以过错是暂时的遗憾。

人生的道路上总要去闯荡，总要去实践。要奋斗总会有失败，也总会有过错，跌倒了爬起来更伟岸。害怕过错会导致放弃机会，错失良机，甚至会在一瞬间的犹豫中错失改变一生的机会、一切的希望。

虽说凡事三思而行，但比三思更重要的是三思而后行。不要害怕过错而错过机会，勇敢地前行。不害怕过错而勇敢向前，也许会成功；害怕过错而不敢向前，则永远不会成功。

不要让一时的犹豫换来一生的遗憾。勇敢一些、大胆一些、冒险一些，倒逼自己一把，你会发现一切其实并没有想象的那么难、那么险，反而会发现自己其实很不简单、很不一般。

不要害怕过错而错过。宁可有过错，也不要错过。人生苦短，尽量少留遗憾。人生不怕我们走错了路、看错了人，最怕的是我们宁愿错过也不愿意去尝试。

一个人连尝试一下的勇气都没有，你还指望他能成功吗？

过错可以促使人们总结经验，吸取教训，从而促使人们更加谨慎、更加有智慧。一般的过错，立马改正就行，但如果过错导致了严重的后果，也会成为一生的遗憾。

错过就是过了这个村没有那个店，错过了就错过了，错过了就没有机会了，再也挽不回来了，只能留下深深的遗憾。

我们许多人喜欢提当年错过的事，而且说起这些事，历历在目，津津有味，刻骨铭心，其原因在于非常懊悔当年的错过，期望昨日重现。

当然，我们有时认为的“错过”，可能是你错误地认为“错过”，也许这个“错过”应该错过，好在错过。也许你认为错过的人，可能是闯进你的生活，只是给你上一堂课，然后转身离开。有些阴差阳错、最终失之交臂的错过，也许错过是好事，因此不必纠结于有些错过，也不必过分懊悔。

错过的，就让它过去吧！即使回到你身边，再也不是从前，那种感觉已经变味了。

错过，既不懊悔，也不蹉跎。人生本来就是一场阴差阳错的旅途，也是一场阴差阳错的错过。人都会有过错，过错还可以纠正；人生不要错过，错过就再难追回。

懊悔，是岁月长河中的一滴泪水，是人生路上的一个标记。懊悔，是远去的背影，无法追赶，却永远留在记忆的最深处。

千万别懊悔，懊悔是一种耗神费心的情绪，懊悔是比损失更大的损失，比错误更大的错误。世界上永远没有不犯错误的人，也没有不错过机会的人，人生充满着不断的过错和错过。

人类伟大的思想家和科学家爱因斯坦说："人生最大的过错，就是不断重复同样的错误，而期待不同的结果。"作家张小娴也说："过错不是犯罪，但坚持在过错中停留，就是罪过。"

犯错误是很自然的事，很正常的事，不犯错误才是不正常的，过错并不可怕，可怕的是一错再错。

过错是人生最好的老师，只有面对错误，纠正错误，我们才能真正认识自己。

错过了一个机会、一个人、一个重要的时刻，会给我们带来无尽的遗憾和痛苦。一般人都不愿意错过表现自己、出彩自己的机会，即使有钱的人也从来不肯错过一个表现俗气的机会。千万不要错过机会，机不可失，时不再来。

错过一班车可以再等，错过一个人就是一辈子，错过一次机会，那是人生永远的遗憾。

面对眼前没有错过的意中人、意中事，我们是否应该格外珍惜呢？

人生就是一场错过，也许我们错过了一个至爱的人，错过了扭转人生的机会，错过了体现自己人生价值的成长平台。但我们别再错过今天、错过余生、错过可能会到来的机会。

有一位哲人曾经说过这样三句话，第一句话，当机会在你眼前出现的时候，宁可错了不要错过；第二句话，前半生别犹豫，后半生别后悔；第三句话，所有人生的遗憾都是不敢行动造成的。

不要错过机会，也别为错过懊悔，更不要蹉跎。过错和错过都是人生中的一部分，都是成长和进步的必经之路，千万不要害怕过错而错过。

我们曾经错过了一个又一个风和日丽的艳阳天，在今天这个阳光明媚的日子里，我们不要再错过享受大自然的美好机会，因为这一天很短暂，马上会过去。

未来可期，这也是人生幸福感的高光时刻

幸福，是一个多么诱人的字眼；幸福对于人生来说，又是多么令人渴望的事情。而拥有这美好的幸福的瞬间，又是多么让人愉悦、多么让人难忘。

在我们短暂而又平凡的人生旅途中，总有那么一些瞬间，一些人和事会悄然来到我们身旁，使我们被幸福包围，让我们倍感幸福，甚至幸福得热泪盈眶，使我们终生难忘。

人们又是多么希望和期盼这样的瞬间，能时常在自己人生的旅途中出现。

人来到这人世间，永远都行走在寻找幸福的路上，寻寻觅觅、来来回回、反反复复。

许多人由于站立的角度、所处的层面和期望值不同，对“幸福的瞬间”的理解和要求也不尽一致。

有人认为，“虚惊一场”是人生幸福的瞬间。俗话说，最可怕的，是突如其来的犹如天塌下来的意外。最幸福的，是虚惊一场的误会。

一个人惊吓的时候，他什么都不需要，他只需要彻底消除使他十分害怕的事情。绝症病人在拿到确诊报告的那一刻，顿觉昏天黑地，末日已至，绝望到了极点，无奈、无助、无望的心情交织在一起，害怕的眼泪禁不住地淌下来。而当被告知是误诊的那一瞬间，他是最幸福的，此时，对他来说简直是云散日出，阳光明媚。作家韩寒说：“有时候，‘虚惊一场’这四个字是人世间最美好的成语，比起什么‘兴高采烈’‘五彩缤纷’‘一帆风顺’都要美好百倍。”

也有人认为，“失而复得”是人生幸福的瞬间。未曾经历过失去的滋味，就不懂得拥有的珍贵。当失去多时的、自己喜爱的、爱不释手的东西找到了，再也没有什么能比这失而复得更令人心潮澎湃。对失而复得的东西是这样的心情，对

失而复得的人呢？那更是让人有一种激动不已的心情。离家出走多年的爱妻突然回家，被拐走的孩子突然出现，生死朋友误会后的释疑，这些，都会让人激动万分、热血沸腾、幸福不已。

大病初愈、不期而遇、如约而至，等等，这些也都被许多人认为是幸福的瞬间。

在我看来，未来可期也是人生幸福的瞬间，也是十分幸福的事情。

英国思想家、唯美主义代表王尔德说："周五的下午，永远比周末快乐。因为期待，总比得到快乐。"我觉得很有道理，更使人等待和向往。即将来临的一天，比过去的一年，总感觉更为悠长。

未来是一种理想、未来是一种梦想、未来是一种美好。实现人生的理想和梦想，那是一个人幸福的时刻、幸福的瞬间。"梦想"是一个天真的词，"实现梦想"是一个残酷的词。未来值得期望，未来一定有结果，未来让人心旷神怡、让人豪情万丈，没有什么比未来可期更使人渴望、更使人向往。

未来可期是一种理想信念，有了理想信念的目标追求，就值得奔赴。在实现这一目标的过程中，一直会有一种幸福在向我们招手，一直会有一种捷报向我们飞来，一直会有一种力量在支撑。可以说，我们一直在幸福的路上去迎接遥远的、更为幸福的瞬间。

人生多磨难，不如意之事十之八九。而瞬间的幸福也会稍纵即逝，铭记瞬间的幸福，牢记瞬间幸福的来之不易，珍惜得到的瞬间幸福，摆正心态，把握当下，知足常乐，不乏也是一种人生的态度和境界。

流年笑掷，未来可期，不念过往，不惧将来。作家郭敬明在《夏至未至》中说："这世界上有一千种等待，最好的那一种，叫作来日可期。"

等待一定会到来的幸福瞬间，那是一种幸福的过程，但这种等待，不是随手可得、不是不劳而获、不是闲聊坐等。我们不但要有无限憧憬的心情，而且还要有为之艰辛的付出，脚踏实地，只有这样，幸福的未来才会可期。

在追求梦想，未来可期，不论追逐的路上有多少困难和挫折，只要心中有信念，心中有初心，未来终将会如你所愿，可期可待。

未来可期，令人神往；瞬间幸福，令人难忘。人生最精彩的不是实现梦想的瞬间，而是坚持梦想的过程。当我们享受瞬间幸福的时候，我们也应该珍惜这瞬间的幸福。任何瞬间的幸福都不能使自己得意忘形，忘乎所以，不然，幸福的瞬间将子虚乌有。

人内心的幸福来自既有对生活状态的随遇而安也有感恩知足。任何瞬间的幸福都来之不易，不要轻易怠慢了它，瞬间的幸福拥有就足够。

世界上总有一千个等待，最美的等待便是未来可期。行而不辍，未来可期。人总是在接近幸福的时候倍感幸福，但目标越接近实现时，面临的困难越大。

人类一切的智慧就是“等待”和“希望”，把握今天，珍惜当下，为了未来可期的这一幸福瞬间的到来，保持初心，坚忍不拔，砥砺前行。

生命就是一场不可退却的辜负，相信自己的每一次努力都不会白费，相信自己的每一次坚持都不会被辜负。没有不会失败的人，只有永不言败的人，永不放弃的人，才能在通往未来可期的希望之路上，拥抱未来。

人生必须要走的两条路

英国哲学家席勒说："人生中，有两条道路是畅通的，一条通向理想，一条通向死亡。"这两条道路也是人生必须要走的道路。

理想是人生道路上的一盏指路明灯，理想点亮着每个人的人生。没有理想就没有坚定正确的前进方向，理想也是一颗高挂在天空的星辰，指引着怀揣理想的人前进的方向。

理想也是人类精神生活的一种追求，是人的精神支柱和精神动力，也是一个人内心深处的一种信念和信仰。

人生的真正欢乐是有着自己认定的远大理想，并为之不断努力奋斗的过程。理想越崇高，生活越纯洁，工作越得力。

人需要符合自然的理想，符合现实的理想，而不是超自然的理想、不切实际的理想。理想需要奋斗，伟大的理想也必须通过艰苦的努力才能实现。

没有理想的人，他的人生是暗淡的；没有理想的人，他是一个可怜的人。一个没有理想、没有远大目标的人，只是一个为了活着而活着的人，那就如同没有灵魂、没有思想的人在行尸走肉一般。

古希腊哲学家苏格拉底说:"世界上最快乐的事，莫过于为理想而奋斗。"

伟人周恩来年轻的时候就确立了"为中华之崛起而读书"的理想信念，正是这样一个理想信念，在周恩来幼小心灵里萌生了为中华崛起、解救苦难中的人民的豪情壮志。

有了理想，再大的风雨，也无法阻挡我们风雨兼程；有了理想，再大的困难，也无法阻挡我们勇往直前。

有了理想，才会激励人们在人生的道路上冲破一个个艰难险阻，朝着远大的理想狂奔。

有了理想，才会有人生的导航。理想会使人懂得如何去规划人生，展现自己的未来。

人有了物质就能生存，而有了理想的人才能有意义地活下去。一个没有理想的人，他的世界观是苍白的、价值观是扭曲的、人生观是虚无的。有了理想，未来可期，那是一种幸福。

红旗渠就是林县人民理想变成现实的创举。红旗渠不仅创造了人间奇迹，被誉为“世界第八大奇迹”，而且成为中华民族精神的象征。

缺水，是林县人民那个年代生存的一大障碍；得到水，是林县人民心中怀揣多年的理想。为了实现这个理想，林县人民凭双手和简陋的工具，与困难、与自然作斗争，劈山造渠，修建红旗渠，跨越太行山将浊漳河水引入林县。“为什么要引水、为什么敢引水、为什么能引水”这三个问题，准确地诠释了林县人民的理想、精神和斗志的可贵与伟大。几十万林县人民可以将林县美好理想的实现，让你见证了一座丰碑、见证了一个奇迹、见证了一种辉煌、见证了一种精神。

理想，对于一个社会来说，是社会的发展目标；理想，对于一个国家来说，那是全民族共同为之奋斗的梦想。实现中华民族伟大复兴的中国梦就是亿万华夏儿女最大的理想和梦想。有了这一伟大梦想，中华民族团结一致，致力于民族复兴的伟大事业。

中国现代作家杨绛先生说：“人生两条路，一条用心走，叫梦想；一条用脚走，叫现实。”梦想就是理想，梦想和理想，都要用心确立，都要用心去走。

没有理想，何必远方。美好理想的实现也是艰苦的，放弃不难，但坚持一定很酷。在实现理想的过程中，我们会遇到许多难于想象的问题和矛盾，我们可以坚持自己的理想，但不能固执己见，只有不断地完善、调整和充实自己实现理想的行动，才能更好地实现自己的理想。

理想可期，实现理想的瞬间也是人生最幸福、最令人向往的时刻。

人生很美好，但生命有尽头，死亡是生命的必然归宿，这是自然规律，任何人无法抗拒。

生命是唯一的，它无法复制、也无法替代，我们唯有懂得。

生命是短暂的，它转瞬即逝，无法挽留，我们唯有珍惜。珍惜绚丽多彩的人生，珍惜美好珍贵的生命。人短短的一生，一晃而过，如果懂得了对死的恐惧，那就更要懂得对生的留恋。

生命是无常的、脆弱的，学会懂得改造和解脱生命，唯有把握。把握生存的机遇，改造现状的无奈，解脱生命的困扰。

生命是永恒的，人类有着灵魂、思想和精神，将会把我们带入更加美好的未来，唯有传承。传承人民的信仰、民族的希望、国家的力量，这样才能让生命代代不息，一代更比一代强。

人有其生，必有其死。人的起点是娘胎，终点是棺材，这就是人生，生死本是一条线上的东西。人一来到这个世界，就一步步地向死亡靠近，走向死亡，这是现实，虽然灰暗，甚至恐怖，但必须面对，走好人生的每一步，直到生命的终点。

人人害怕死亡，但不等于不敢直面死亡。不能因为死亡不可避免，就坐井观天、得过且过、坐以待毙。面对死亡不畏惧，总比害怕死亡而等死要实际一点、现实一点。

法国文学家托马斯·布朗爵士对生命有过这样一段富有哲理的名言："你无法延长生命的长度，却可以把握它的宽度；无法预知生命的外延，却可以丰富它的内涵；无法把握生命的量，却可以提升它的质。"

理想不在于伟大，在于坚持。水滴石穿，靠的不是力量，而是韧劲。生命不在于长短，只要自己感到精彩。

人生只有走出来的美丽，没有等出来的辉煌，更没有等出来的理想。生命虽然弱小，但也须留下痕迹，不枉来过世间。

在有限的生命里，只有站在生命的高度，拓宽生命的宽度，提高生命的质量，才能俯瞰生命的意义，生命才会有价值。

一个人的视野决定着一个人仰望的高度、胸襟的广度和生命的深度。有了理想，你就会登高望远，拓宽视野。

在有限的生命里，只有拓展生命的宽度，才能闪耀生命的光辉。

生命的宽度决定着生命的意义，生命的宽度包含了对生命多个维度的思考和理解。它不囿于时间的长短，更关乎人对生命的感知、体验和价值的认知。

拓宽生命的宽度，能使我们更好地认识生命的意义和价值；能使我们更好地把实现自身价值和实现社会价值有机地结合起来。

在有限的生命里，只有挖掘生命的深度，才能展现生命的魅力。生命的深度是一种智慧，是一种才能。因此，要锤炼自己，提高自己。

在有限的生命里，只有传递生命的温度，才能体现生命的情怀。

生命是有温度的，它不仅是指物理上的体温，而且还是心理上、情感上和生活上的态度。

生命的温度取决于灵魂的温度，一个有温度的人，始终以微笑面对人生中出现的每一个人。

有生命温度的人，面对薄情的世界，面对世态炎凉的现实，会充满朝气，深情地出现在人群中。不仅自己有温度，而且还会将暖意传递给他人。

一个人生命中十分重要的一件事情就是要提升生命的维度，提升维度是生命的根本意义所在。生命的维度越高，智慧就越高；生命的维度越高，生命就越精彩纷呈。

要善于学习，提升生命的维度；要善于思考，提升生命的维度；要善于实践，提升生命的维度。

“理想”有时是一个天真的词，但“实现梦想”一定是一个残酷的词。

生命不在于活得长与短，而在于顿悟得早与晚。人生的道路上，我们应该懂得生命觉醒的意义，学会独立思考，做一个有灵魂、有思想、有想法的人，而不是人云亦云，走进围观的人群，跟团起哄。

生命最终会走向死亡，也唯有死亡才会彰显生命的价值和意义。死亡是生命最精准的教育，理想是生命最有价值的体现。

人生不售来回票，一旦动身，不会复返。人生是一场灵魂的盛宴、一场生命的奔赴、一场梦想的表演。在奔赴伟大理想的道路上勇敢地面对终将会到来的死亡，在终究会走向死亡的道路上实现伟大的理想。这条路是一条难走的道路，难走的道路从不拥挤。

在薄情的世界深情地活着

这个世界是一个什么样的世界？不同的人、不同的层面、不同的经历，肯定有着截然不同的回答。我们也无须对各种不同的回答加以肯定或否定。但有一点是肯定的，这个世界无论美丑都是属于你的。

有人觉得这个世界薄情得喘不过气，冰冷得令人后背发凉，有人觉得这个世界和谐友善，温暖得热泪盈眶。人情冷暖，如人饮水，温凉自知。不管世界是炎凉薄情还是温暖如春，你都得去面对，而且还要认真去面对。

世界五彩缤纷，社会五味杂陈，人性不可测试。世界是由万人万事万物组成的，我们不可否认，这世界有点冰凉和薄情。

人们觉得有良心的人越来越少，只想得到，不懂感恩，忘恩负义的人多了。俗话说，你喂狗三天，它会记得你；你善待人三年，他三天就会忘记你。狗永远是狗，而人有时不一定是人。

你落魄落难，周围的人不是同情你、帮助你，而是嘲笑你、取笑你，幸灾乐祸的笑声简直就是来自地狱里魔鬼般的声音。有人奔走相告，唯恐别人不知道你的笑话；有人落井下石，非置你于死地不可。落井下石的都是自己人，不想你好的也都是身边人。

一些人在别人得势时奉承巴结，像一条狗；而当别人失势时就会冷漠无情，像鳄鱼。

你成功了，不是有人向你庆贺，而是有人私下里嫉妒你、挖苦你，甚至诽谤你。人性中有一个恶就是恨你有、笑你无、嫌你贫、怕你富。见不得别人的好，巴不得人家都不如自己。

挑拨离间、无事生非、蝇营狗苟、背后捅刀的人出现在人群中，还显得十分吃香。

一些人欺弱怕强、欺软怕硬，利用别人的善良，利用别人的老实，得寸进尺，伤害他人。

冷漠自私的人多了，缺乏社会正义感和责任感。许多人走进围观的人群，嗑瓜子跟团起哄，唯恐天下不乱。

社会物欲横流，利欲熏心，在坚硬的金钱法则面前，温情脉脉的亲情和友情的面纱变得薄如蝉翼。

世界是薄情的，人心是温暖的。我们来到这个世界，就要伸出双手热爱和拥抱这个世界，既要感受人间的温暖，也要把温暖带给人间。

静心阅读，顿觉世界就在眼前

阅读能改变我们对世界的看法，能提高我们的认知，能提升我们的温度。

通过阅读，我们对世界有了一分为二的认识，能够用辩证唯物主义和历史唯物主义的观点看待事物，正确对待美与丑、善与恶。

阅读使我们不被外界的丑恶裹挟，能坚定我们的原则立场和底线思维。

阅读，世界就在眼前；不阅读，眼前就是世界。阅读，使我们看清了世界的炎凉薄情，更使我们看到了世界的光明美好。

珍爱友情，朋友是另一个自己

这个世界薄情的人少，重情的人多。我们远离薄情的人，我们更要珍爱重情重义的人。

人之相识，贵在知心，真正的朋友是灵魂深处相通的伴侣。

朋友就是另外一个自己，我们要选择好、保护好、巩固好那个自己。

朋友相处，也许会出现大浪淘沙，但留下来的就是不离不弃的朋友、就是知根知底的朋友、就是患难与共的兄弟，因此，唯有珍惜才不辜负。

选择朋友，就要选择重感情的人，这样才会让自己与温暖相伴。对待朋友也要像对待自己一样，帮助朋友、爱护朋友、关心朋友。

友谊本身就是美好和高尚的，友谊更能让人得到美好和高尚。

我们生活在变幻莫测、纷繁复杂的世界，总会遇到许多烦恼和迷惑，我们需要一位可以倾诉交流、值得信赖的朋友。

自我审视，看清人海中的自己

能左右自己的永远只有自己，而自己对世界的态度、对别人的态度、对生活的态度，会决定自己的命运方向。环境可以压垮一个人，但环境也可以造就一个人。你无法改变世界，但你可以改变自己；你无法改变环境，但你可以适应环境。

人永远都是自己治愈自己，自己成就自己，千万别指望他人。

世界上不是所有的事物都会符合自己的想象和要求，有些是完全出乎自己的想象和意料，认清自己所想，知道自己所要。不要埋怨责备，也不要悲观失望。

人不逼自己一把，还真不知道自己有多少能量、多么优秀。不倒逼自己一把，等待自己的一定是别人背后的笑话，一定是狼狈不堪的处境。一个人灵魂的背后是咬紧牙关的倔强，必须微笑面对人生的跌宕起伏。

您能带给世界一粒光，世界也会回馈您一缕暖。要努力使自己成为一道亮光，烛照人们的心田。

虽然周围的人缺少温度，但是我们还是要带着温度，去温暖身边的人、去感染周围的人。

悟透社会，人未走远茶也会凉

人一走，茶就凉，是自然规律；人没走，茶就凉，这是世态炎凉，不必大惊小怪。

看清人间冷暖，看清世态炎凉。要懂得：这世上最善变的是人心；最难维护的是感情。无须责怪世态炎凉，无须怨恨朋友薄情无义。傻过，增加一份智慧；痛过，增加一份成熟；哭过，增加一份平静；笑过，增加一份释然。

有人的地方就会有江湖，有人群的地方，就会有潮水，我们对此不必奇怪。

我们既要用一颗善良的心对待朋友，又要以正确的心态，对待“人没走，茶就会凉”的薄情现象。即使我们得不到温暖，我们也要温柔以待。

独自远行，风景原来这边独好

面对人群中的冷眼，面对人与之相处的不悦，背起行囊，独自远行，没有什么能够阻挡你对远方的向往。

“让眼泪留在心底，面带着微笑，用力地挥挥手”，暂别一段时光，畅怀遨游，放飞心情，这也是一种释怀的选择。

看云卷云舒，看花开花落，看潮起潮落，远方的风景，一路的思考，也许能使你放下、看轻、看淡、释然、醒悟。

也许在那遥远的地方，你会在孤独的路上、孤独的地方，与灵魂相通的人相遇。

不走出去，家就是你的世界；走出去，世界就是你的家。

享受独处，唯有孤独才是狂欢

在缺乏温情的世界，孤独是一种常态。狂欢是一群人的孤独；孤独是一个人的狂欢。面对薄情的世界，远离喧嚣的人群，用沉默去安放我们的深情。

孤独的思想者是一个清醒者，也是一个富有者，灵魂深处只能孤独。一个人要么孤独，要么庸俗。一个有深刻思想的人，即使孤独，却从不会寂寞。孤独也是一种享受，当你孤独时，你才会明白：原来十分惧怕的孤独也非常幸福自在。人生短暂，知己难觅，在茫茫人海中，一定要寻找一位与自己灵魂相通的人。

热爱生命，这个世界值得来过

生活永远不可能像你想象的那么好，但也不会像你想象的那么糟。

这个世界有战争、有疫病、有灾害，这个世界，有工作压力、有生活压力、有健康和养老问题。总之，磨难的事也不少。

见天地之广阔，察人心之温暖。一花一草一木，一山一水一人，美丽的大自然呈现在我们面前，都无不展示着大千世界的神奇，也无不诠释着大自然的韵味。

我们热爱生活、热爱生命、热爱眼前的一切，就是热爱这个世界。我们追求事业、我们诚信友善，就是深爱着这个美好的世界。

太阳的辉煌是因为它爱人间，人的辉煌是因为他爱世界。我们热爱这个世界，我们才真正活在这个世界上。只要人人都献出一点爱，世界将变成美好的人间。

我们对世界要保持谦卑和敬畏，对人要保持诚信和友善。赠人玫瑰花，手总留余香。世界需要包容，社会需要和谐。人处在人群中，总会遇到各种各样的碰撞，只有不断地调适和退让，才能和谐融通。

世界是薄情的，人心是温暖的。世界也没有传说中和想象中的那么薄情，其实我们每一个人都被周围的一些人爱着，只是我们感受不深。不能因为一个人、一群人的薄情和冰冷，而认为整个世界是残酷无情的，从而怀疑人类的温暖。与其把人看清，不如把人看轻；与其把事看穿，不如把事看淡。

世界是美好的，它有着大自然叹为观止的壮丽景色，有着人类的聪慧和灵动，更有着人世间温暖的真善美。世界的美好，犹如一首美妙的交响乐，不乏有着不入调、不协调和不和谐的音符，有些音符还很刺耳烦人，但绝不会影响它整体的旋律美。

让我们在薄情的世界里深情地活着，面朝大海，春暖花开！

人这一辈子，有时笑笑人家，有时被人家笑笑

人来到这个世上，谁都笑过别人，谁又都被别人笑过。人这辈子，无非就是有时笑笑别人，有时被别人笑笑。

笑是人类与生俱来的天性，真诚的笑能拉近人与人之间的距离。笑不仅是一种情绪的表达，更是一种心灵的沟通方式。由于笑的方式、笑的环境、笑的目的不同，因此，笑，给人的感觉、含义也并不相同。

我们与别人的相处中，总能在他人的言语中找到乐趣，或是因为他们的愚笨而窃笑；或是因为他们的炫耀而耻笑；或是因为他们的幽默而发笑；或是因为他们的聪慧而微笑。

我们与别人的相处中，也会把微笑带给别人，让他们感觉自己的亲切、真诚和喜悦。

我们与别人的相处中，也会被人笑话、被人嘲笑、被人取笑、被人讥笑。有时被人笑话时，也要有一点“阿 Q 精神”，“世人笑我太痴狂，我笑世人看不清”。

笑笑人家，是看到别人的不足时，内心流露出的轻松、得意与调侃。这种笑，有时是对他人的善意提醒，有时是对自身优越感的短暂满足，有时是居高临下的一种轻视。

笑笑别人，并不意味着我们可以随心所欲地笑话别人的缺陷、痛苦和失败。真正有智慧的相处在于，用我们的格局、宽容和理解去看待别人的不足；用我们的真诚、敬佩和微笑，肯定别人的成功。

被别人笑笑，是一个人在人生中出现的失误、失落和失败，成为别人眼中的笑料。笑声使人尴尬、难堪或沮丧，甚至成为别人的背后之言。

被别人笑笑，并不意味着我们要贬低自己，刻意去取悦他人。讨好别人，更

不是放弃自己的底线、原则和立场。

笑笑别人和被别人笑笑，如果恰到好处，正确对待，都是一种智慧和成熟的表现。

笑笑别人的时候，永远要记住，与愚者争辩，拉低的是自己的层次；与庸者争辩，降低的是自己的格局；与智者争辩，暴露的是自己的无知。

笑笑别人时，懂得不指责、不争辩，如果与人针锋相对，一定会两败俱伤，而且双方都会心情不悦。

人生不是一定争出胜负和是非，一定要争个高低和说法。睁一只眼，闭一只眼，做一个难得糊涂的人，才是智者。

被人笑笑，可以检点自己的不足、考验自己的忍耐、体现自己的雅量、放大自己的格局。

被人笑话，不必惊慌。如果别人嘲笑自己的时候是仰头向上的，那么这种嘲笑很可能是出于自卑的嘲笑。

别人的笑话，没法去阻止，也许我们会在别人的笑话中成熟成长。

被别人笑话，别想不开，若想不开，什么都是事儿；若想开了，也就是那么回事。

有些人笑话别人，不过是想拿别人的笑料，为自己的苦恼和不安添加些调料，这不足为奇。

有些人笑话别人，是出于嫉妒。嫉妒是对别人的仰望，因此不必愤恨，应该感到自豪。

人生在世，不是被别人笑笑，就是笑笑别人。当你笑话别人的时候，也许别人也在笑话你。

对于别人可笑的地方，实在憋不住想笑的时候，可以转过身来，偷偷地笑一下，不必当着别人的面露出笑容，弄得人家难堪和不安。一笑而过，不必笑个不停。笑个不停，这是一种傲慢，也是一种不礼貌。

笑别人和被别人笑都会伤人。我们都是有限的、弱小的个体，很难完全理解和精准把握对方的内心世界。所以，笑人家，要适可；被人笑，要包容。

我们也会看错人，也会被人看错。年少轻狂时，我们可能笑话他人的愚蠢；年老体弱时，也许我们会被人笑话愚钝。

一颗真正强大的内心，就是活在自己的世界里，而不是活在别人的眼中和嘴里。你做得再好，也会有背后之言；你做得再不好，还有人比你更差。

笑话别人的时候，就要有被别人笑话的准备。被别人笑话的时候，也不要气馁，也许会让自己吃一堑，长一智。

没有谁的人生是一帆风顺、岁月静好，大多数人的生活都是一地鸡毛、得过且过。因此笑话别人，就是笑话自己。

一个人不能只喜欢笑笑别人，而不喜欢被别人笑笑。把自己包裹得严严实实，而大尺度地撕下别人的面皮，这是一种自私的表现，也是人生的阴暗。

无论在任何时候、任何情况下，取笑别人，都是一个人缺乏修养的表现。微笑却是一种神奇的力量，世界因您的微笑而美丽。

微笑是一种关爱、一种问候；微笑是一种沟通、一种谅解；微笑是一种胸怀、一种格局；微笑更是一种艺术、一种智慧。

用微笑面对人生，就是自信笃定。有时需要掩饰自己的悲伤，对人微笑。当我们微笑面对他人时，也不必在意他人是否给予自己微笑的回报。

与人相处会产生一些隔阂，只要真诚地微笑面对，隔阂也就会荡然无存。朋友也是一种缘分，能一起微笑的就一起开怀大笑，不能一起微笑的就各自为好，总之面带微笑，微笑面对。

对自己好一点，面带微笑，因为一辈子不长；对身边的人好一点，微笑面对，因为下辈子不一定能遇见。我们要用微笑面对停留在自己生命里的每一个人。

微笑是人类最美的语言；微笑是人生最美的花朵。一个女人外出忘记了化妆，最好的补救办法是微笑。如果遇到尴尬或难堪时，微笑是最好的化解的办法。

对曾经伤害过你的人，微笑是一种友爱、微笑是一种宽容、微笑是一种胸怀。这种微笑，会让你赢得对方的仰视和尊重。

一个真诚的微笑能够化解矛盾，缓解紧张的气氛，让人与人之间的关系变得更加和谐融洽。用我们淡淡的微笑，化解过去的不解和恩怨，把泪水留给自己，把微笑留给他人。

我们如何对待世界，世界也会如何对待我们；我们如何对待朋友，朋友也会如何对待我们。

“你站在桥上看风景，看风景的人在楼上看你。”你眼里有着美丽的他，他的眼里也一定有着可爱的你。

别把自己太当回事，没有多少人会把你当回事，被人笑笑很正常；也别把别人不当一回事，你笑笑别人的时候，其实，你会引来别人的笑。

每一个人都爱笑，只是现实的生活削平了自己上扬的嘴角。人生在世，要懂得笑与被笑的复杂、笑与被笑的智慧。懂得人生不过如此，不如一笑而过。

笑看人生，笑对困难，笑口常开。使这个世界灿烂的不是阳光，而是人们的微笑；给人类带来美好的不是金钱，也是人们的微笑。

双唇轻启，牙齿半露，眉梢上扬，脸部肌肉平缓向上向后舒展，这是微笑的面部动作，这也是一个人不难做到的微笑表情。

笑是一种没有副作用的镇静剂，没有必要吝啬。有皱纹的地方只表示微笑曾在那儿待过。请嘴角上扬 15 度，让我们用真诚的微笑面对社会、点亮快乐、传递温情、面向未来！

第伍章

修养

涵养无须提醒的自觉

高度的自律来自高尚的“精神洁癖”

自律是人的意志力，是一个人能够自我管理和控制自己的行为和情绪，以实现自己的理想、目标和梦想的一种能力。

高度自律是指一个人无须他人提醒，管理自己的自觉，是深入骨髓的一种习惯，表现出一种高度的成熟和高度的约束力以及自制力。

自律是一个人成功的根本，成功源于自律。自我控制是自律的基本体现，也是强者的本能，一个不懂得自律的人是很难成功的。

自律不是天资，也不是智商，自律是一个人高级的素养。

一个人自律的程度决定着他的人生高度，决定着他成功的可能。

高度自律的人，是一个能管理好自己情绪的人。对来自负能量的情绪，自律的人不怒形于色，会沉稳自如。

控制好脾气，才能控制好人生，一个人的挫折和失败都源自一个坏脾气。能律己，方能成己。

高度自律的人，是一个能保持良好习惯的人。自律的人能矢志不渝地坚持良好的习惯，不受外界因素的影响。

一个人每天坚持清晨 5 点起床，晚上 10 点之前就寝，这样一种简单而规则的生活，倘若能长期坚持做到，说明这个人在生活起居上就是一个很自律的人。生活中许多人追求形体美，但他如果连自己的体重都控制不了，管不住一张嘴，那他根本就谈不上自律。汉朝儒学大师孙敬从小读书十分刻苦，经常苦读到深夜，为了防止自己打瞌睡犯困，他就把头发用绳子系在屋梁上。

高度自律的人，是一个懂得坚持的人。自律的人明确自己的方向，并且坚定地朝着自己设定的方向，义无反顾地一路前行。而坚持对于一个成功的人来说是非常重要的，当然，坚持，不一定能成功；而不坚持，一定是失败的必然。有人说，走向成功的路，并不拥挤，因为能坚持的人不多，坚持就是胜利。

中国国画大师齐白石的自律是出了名的，他坚持每日作画，从不间断。有一次，他一连作画四幅后，又特为前天补画一幅，并题字道："昨日大风雨，心绪不宁，不曾作画，今朝制此补充之，不教一日闲过也。"可见，齐白石对勤奋作画的要求是何等的严格。

高度自律的人，是一个时间观念极强的人。自律的人懂得规划，谋划好人生的每一步。自律的人往往时间颗粒感特别强，特别会管理时间，他们也十分讨厌没有时间观念的人。

高度自律的人，是一个抵挡得住各种诱惑的人。自律的人知道自己想要什么，知道自己不应该追求什么。自律的人会克制内心的欲望，不会去追名逐利。

高度自律的人做自己不喜欢但应该做的事情，不做自己喜欢但不应该做的事情。自律的人有时与常人不一样，能做与人性相背道的事情。

自律是一个人成功的基础，日本松下公司的创始人松下幸之助在总结公司及自己成功经验时感慨道："登峰造极的成就源于自律。"

一个人越自律，越值得深交。自律的人说到做到，诚信度高。值不值得深交，看他的自律就够了。

自律是自我约束，而自由是随心所欲，两者看似矛盾。其实也并不矛盾，一个人自律后会更自由。

许多哲学家们说过，自律是一种秩序，自律就是自由，一个人只有绝对自律才会相对自由。而真正的自由是在所有时候都能控制自己，这是一般人难以做到的，而自律的人常常能够做到。所以自律的人能够成功，成功的人也只有少数。

高度的自律是一种高尚的"精神洁癖"。"精神洁癖"的人在自己的精神世界里，有着一种强迫性人格。他们强迫自己的精神世界里绝对纯洁、绝对干净，也随时会清理自己的精神世界。有"精神洁癖"的人会密切关注着自己的社交圈，严格地审查与自己交往的每一个人，一旦发现周围的人有"肮脏"的现象，马上会将其剔除出自己的社交群，或者直接离开这些人，并视作陌路人。

"精神洁癖"的人，追求内心纯净，在思想、行为、性格等许多方面保持洁白无瑕，对自己的自律要求非常严格，要求别人做到的，自律的人肯定能做到；自律的人能做到的，别人不一定能够做到。

在我们的周围，不乏有着一些洁癖强迫的人，一种是行为洁癖，一种是"精神洁癖"。"精神洁癖"的人是心理层面的洁癖，都是一些完美主义者。他们既对自己有着极苛刻的标准，又对别人有着极高的要求。

我们也应该理解、肯定和赞美这些有着"精神洁癖"的自律者，看到他们身上难能可贵的闪光点，看到他们内心的坚忍点。虽然这些完美主义者有时会让人讨厌，但我们不能因此而否定完美主义者。

癖是一种偏好和嗜好，虽然是病字旁，但不是病。我们不能把"精神洁癖"

说是一种病，更不能说“精神洁癖”是精神病。我们虽然不提倡以“精神洁癖”的标准要求自律，但我们没有理由指责和批评有着“精神洁癖”的自律者，能指责他们的只有他们自己。

明末清初文学家张岱在《陶庵梦忆》中说：“人无癖不可与交，以其无深情也。人无疵不可与交，以其无真气也。”自律的人对自己的道德要求太高，规则意识太强，又要以自己的标准要求他人，不免会出现不合群的现象，甚至会遭人讨厌。日本小说家东野圭吾说：“不要对任何人，抱有道德洁癖的希望，在这个世界上，每个灵魂都半人半鬼，凑太近了，谁都没法看。”但自律的人有着灵魂的倔强，他们改变不了别人的常态，只好孤独自己，坚守自己的灵魂。《礼记·中庸》中说：“君子慎独。”慎独应该是自律的最高层次。《礼记·中庸》一书中说：“君子戒慎乎其所不睹，恐惧乎其所不闻。莫见乎隐，莫显乎微，故君子慎其独也。”

自律者对他人也不应求全责备，不能以自己的标准衡量他人、要求他人。强迫自律，是一种修行；强迫他律，是一种自私。强迫自律，是一种道德洁癖；强迫他律，是一种道德绑架。清代思想家、近代中国睁眼看世界的第一人魏源说：“以细行律身，不可以细行取人。”作为一个自律的人，在小事上也应该严格要求自己，但不以小事来苛求别人。

人生的道路上要开启三把钥匙：一是自知；二是自解；三是自律。自律是一种超强的能力，高度的自律是一种超乎人想象的能力。人与人之间本质的差距，不是才华，而是自律。普通的人与优秀的人的区别也在于自律。自律是一种高尚的品格，高度自律也是人类所有高尚品格中的精髓。没有谁是生而优秀，所有的逆袭都是有备而来的，所有的成功都是自己逼出来的。有时不逼自己一把，还真不知道自己有多优秀。

自律最终的意义和价值，不是要求我们去做一个完美的人，而是变成你想要成为的那个人。所有优秀与成功的背后，都是苦行僧般的自律，都有着咬紧牙关的坚忍。

领导者的自律更是至关重要，不能自律，何以服人；自律不严，何以正人。

一个人能做到自律和自控，就能养成一种令人喜欢的性格。

法国哲学家加缪说：“我并不期待人生可以过得很顺利，但我希望碰到人生难关的时候，自己可以是它的对手。”人都是有惰性思维的，自律的本质是要战胜自己，坚信自己一定可以自强成功。唤醒自己的从来不是鸡鸣和天亮，而是自己心中的梦想。

自律的程度决定着人生的高度。在这个物欲横流的社会，一个人能保持高度的自律，是一种难能可贵的精神，我们应该向这些自律者致敬。如果我们每一个人都是一个自律者，这个社会就会井然有序，充满生机和希望！

尊重他人，不妨先尊重他人的爱好

有一种修养，叫作尊重他人的爱好，不拿自己的尺子去丈量他人的生活。

这似乎是一件不难做到的事，但恰恰相反，对于大多数人来说，却不太容易做到。

孔子在《论语》中说："君子和而不同。"大千世界，千人千面，百人百性，哪有和自己的兴趣爱好完全相同的人。只有尊重和自己不一样的人，才能彰显一个人的成熟、展现一个人的胸怀、体现一个人的修养。

尊重他人，体现在很多方面，尊重他人的性格脾气、工作岗位、劳动成果、思想观点，等等，但尊重他人的兴趣爱好，是一个人修养的基本体现，也是人与人之间交往的基础。如果连尊重他人的爱好都做不到，还谈什么尊重他人的个性特点和思想观点。因此，尊重他人，首先从尊重他人的兴趣爱好开始。

每个人的审美观和价值观不同，不能以自己的标准衡量别人、要求别人。你喜欢古典音乐，他喜欢爵士音乐，都有着动人的旋律，只是各自喜欢不一样的音乐旋律。但你不能以喜欢古典音乐为名、为傲，要求别人同你一样喜欢古典音乐，或者对别人喜欢的爵士音乐指指点点、妄加评价。

人都要换位思考，理解对方，尊重对方。你喜欢甜品，但你也要为喜欢辣味的人考虑饮食；你喜欢衣着西服，但你不能对穿着古装的人说三道四、指手画脚。

人都有自己的兴趣爱好，虽然一个人的兴趣爱好在别人的眼里不足为奇，甚至讨厌。但在自己的生活中，却不可缺少，生活因此丰富多彩，甚至在人生中有着十分重要的位置，是一生的钟爱。因此，尊重对方的爱好，才能建立起双方交往和联系的基础。尊重对方的爱好，才能体现出一个人的修为，才能体现出一个人的高情商。而情商不高的人表现为：对自己的爱好，分外投入；对别人的爱好，不屑一顾。

不尊重他人的爱好，其实是一种心胸狭窄的表现，也是一种自私狭隘的行为；

而尊重他人的爱好，是一种宽厚、一种格局、一种胸襟。也只有充分尊重他人的爱好，自己的爱好才会得到他人的充分尊重。

作家刘同说过："你可以不喜欢，但一定要尊重。"尊重他人，就是尊重自己。尊重他人的爱好，其实就是尊重自己的生活。不要因为自己的爱好，而去否定、嘲讽和诋毁别人的爱好，应该理解、认同、接纳别人的爱好。

英国思想家王尔德对此有一句至理名言："过自己想要的生活不是自私，要求别人按自己的意愿生活才是。"

喜欢一个人、爱一个人，就要尊重他的选择，不应该强迫对方改变他自己的兴趣爱好。尊重他人的兴趣爱好，就是尊重他的过去、尊重他的存在、尊重他的人格。

这个世界是一个崇尚自由的世界；这个社会是一个多元化的社会，你喜欢和爱好的东西，也许在别人的眼里分文不值；你不喜欢和讨厌的东西，反而在别人的眼里是无价之宝。

一个人的兴趣爱好体现着一个人的自由。自由是人的本质属性，自由是一个人的一种权利，表现为人的自主力、判断力和选择力，它是不受限制和约束，完全按照自己的主观意志行事。自由是一个人最重要的价值追求，尊重他人的兴趣和爱好，就是尊重他的价值存在。你不能打着"为你好"的幌子要求对方；你也不能打着"救世"的旗号，干涉别人的自由选择；你更不能站在所谓的道德制高点，对别人实行道德绑架。

世界上没有完全相同的两片树叶，更找不到完全相同的两个人。求同存异，彼此包容，相互尊重。

两个人相处，其实并不是只和这个人相处，还和他的爱好和习惯相处；两个人相爱结婚，其实并不只是跟人结婚，还跟他的习惯结婚。爱屋及乌，说的就是这样一个道理。

因此，当你决定和一个人相处、和一个人结为友好伴侣时，你首先要了解他的兴趣爱好，尊重和接纳他的兴趣爱好。每当相处过程中出现矛盾和不悦时，要采取折中的办法，理解、体谅和包容对方，必要时要采取退让和妥协的办法，而不能一味指责对方，甚至要求对方改变。一个人最大的成熟，是学会尊重不同的爱好、不同的文化、不同的价值观。

当然，一个人有着特别的兴趣爱好，也是非常迷人的，一旦成功，也是非常惊人的。我们不一定赞成这些人的观点和做法，但我们一定要为这个人的优秀和成功喝彩和鼓掌。

每一个人都有自己喜欢的东西，尊重他人的喜好，不等于放弃自己的喜好。但自己喜欢的东西，就不要问他人怎么样。

人与人之间的相处是这样，国与国之间的相处也是如此。一个国家选择什么样的治理体系，是由这个国家的历史传承、文化传统、经济社会发展水平决定的，是由这个国家的人民决定的。搞好国际关系，我们就应该尊重一个国家的人民的爱好和选择。

人最大的成熟，是懂得尊重他人的不同。越是层次高的人，越会接纳他人的不同。这也是一个成熟的人最应该拥有的能力。两个人相处，一个懂得尊重，一个懂得珍惜，就不会走散。只有尊重彼此的爱好，才能相处舒服，才能相处久远。

德国哲学家康德说："我尊敬任何一个独立的灵魂，虽然有些我并不认可，但我可以尽可能地去理解。"层次越高的人，越懂得容人容事，尊重对方。

鲁迅先生也曾经说过："我以为别人尊重我，是因为我很优秀。后来才明白，别人尊重我，是因为别人很优秀，原来优秀的人更懂得尊重别人。"一个懂得尊重别人的人，更应该懂得尊重别人的兴趣爱好。

喜好不尽相同，才显个性特色。每个人都是独立自由的个体，尊重他人的选择，是一种胸怀；尊重他人的想法，是一种涵养；尊重各自的不同，是一种境界。

尊重是一种修为，尊重是一种平等。尊重他人的爱好，拉近人与人之间的距离，融洽了人与人之间的关系。不尊重他人的不同，永远也得不到他人对自己不同的尊重。

人与人之间的关系维持不好，走得不远，往往是由于不懂得尊重他人的爱好，不懂得欣赏他人的行为方式、不懂得包容他人的生活方式而导致的。一个真正睿智和成熟的人，一定是一个懂得尊重和包容他人一切的人。

父母也要尊重孩子的兴趣爱好，善于发现孩子的兴趣爱好，积极引导孩子的兴趣爱好。而不能对孩子的兴趣爱好妄加指责，任意干涉，影响孩子的进取性和自尊性，影响孩子的健康成长。

"子非鱼，焉知鱼之乐。""己所不欲，勿施于人。"古人说的这些，都是一个同样的道理。每一个人都有自己的审美视角和价值取向，理解和尊重每个人喜好的差异性，这也是人与人之间做到相融相通的重要方面。因此，我们既要懂得、理解和接纳他人的喜好，又不能将自己的喜好强加给他人。

萝卜青菜，各有所爱。爱好不同，尊重就好。懂得尊重，相处美好！

学会懂得赞美别人

有一种高情商叫懂得赞美别人。

赞美是世界上最美的语言。世界文豪莎士比亚说："赞美是照在人心灵上的阳光。没有阳光，我们就不能生长。"

赞美别人，是一种人生哲学，也是一种人生态度。

人的价值希望被人肯定，渴望被人赞美是深藏于一个人心底的一种基本需要，又有谁不愿意被人夸奖和赞美呢？难怪美国心理学家威廉·詹姆斯说："人类本性上最深的企图之一是期望得到称赞。"

女人都喜欢被人说漂亮，男人都喜欢被人称赞有才能，这个社会都流行听好话。

赞美别人是一项既没有成本，又愉悦别人和开心自己的事情，但赞美别人又是一项能体现情商的技术活。

赞美，要发自内心。人们需要的是从内心发出的认可，赞美别人要从心底里对别人加以赞赏和肯定，让被赞美者的自尊心和荣誉感得到充分满足，使之愉悦和鼓舞。

赞美，要真诚自然。只有真诚自然地赞美别人，才能直抵心灵深处。而虚构和夸张只会引起别人的反感。美国著名的人际关系学大师，被誉为20世纪最伟大的心灵导师和成功学大师卡耐基说："如果我们只图从别人那里获得什么，那我们就无法给人真诚的赞美，也无法真的带给别人一些快乐。"因此，赞美声不应该带有目的性，赞美声应该情真意切。

赞美，要恰到好处。但凡事有度，即使是赞美别人也要把握分寸，掌握时机，不然会适得其反，弄巧成拙。

赞美别人不能笼统，要具体，要有印证，要有事实支撑，空泛的赞美反而会让别人反感。

赞美别人，不是虚伪地说些漂亮话、不是讨好和奉承，更不是拍马屁。不合时宜、不够真诚的“赞美”，会给别人带来压力，甚至会得罪别人。

既要懂得当面赞美别人，更要懂得背后赞美别人，背后赞美别人更会使人产生心底里的喜悦和满足。

生活中，我们有时会对人、特别是对熟悉的人指出不足，甚至批评，但也要先对其发出赞美声，这样会起到事半功倍的效果，不然会让人反感，甚至有敌对情绪。

每一个人都渴望被肯定、被赞美，人是在赞扬声中成长的，没有赞美声，只有指责声，会严重影响一个人的人生。记得有这样一个故事，一个死刑犯即将被押赴刑场，围观的人群中有个老太太，由衷地赞美了一句：“天啊，这个小伙子金色的头发多么美丽迷人啊！”这个罪犯突然跪下来，向着老太太鞠躬，流着眼泪说：“如果在我以前的生活中，有一个人对我说过这样鼓励的话，我何至于今天这样呀？”

赞美别人，犹如冬日的阳光，照耀了别人，也温暖了自己。

赞美别人就是尊重他人，尊重他人是一门学问，尊重他人是人生的一道底线，也是人生的一个亮点。赞美别人是走向人生辉煌必须懂得的一个基本道理，赞美别人虽然是个技术活，但也是一个不难做到的事。

赞美朋友，感谢朋友的关心关爱

与朋友相处好是一门艺术，虽然与朋友相处好的方法有许多，但赞美朋友何尝不是一件简单而又容易做到的事。

赞美朋友，能使朋友的自尊心和荣誉感得到满足，还能激发朋友关心关爱自己的热情。

春秋时期的思想家孔子说：“与人交，推其长者，讳其短者，故能久也。”人都要面子，你对朋友发出赞美声，拉近了你与朋友间的距离，才会使别人成为你恒久的朋友。懂得赞美朋友，也是一种睿智的体现。

微笑是人与人之间最近的距离，对人脸露微笑，是对人赞美的一种表现。微笑地面对朋友，珍爱生命中不期而遇的朋友。微笑对于朋友来说，是值得留恋的表情。使这个世界灿烂的不是阳光，而是人们的微笑；给这个人类带来美好的不是金钱，也是人们的微笑。两个人相处在一起，如果一个人脸上常常露出笑脸，常常对另一个人发出赞美声，即使双方有什么隔阂，另一个人也不会走远。

对朋友的赞美，其实也是在为自己赞美，当我们微笑面对朋友时，也会收到朋友对自己赞美的回报，在人生的旅程中，别忘了给朋友多一点赞美声。

赞美领导，感谢领导的教育培养

职场上肯定领导、赞美领导，是一个成功的员工应该做到的基本要求。员工需要得到领导的赞美，领导也需要得到员工的赞美。

赞美领导不是奉承领导，也不是拍领导的马屁。人性的弱点是喜欢被人吹拍，也许你的领导就是一个喜欢被吹拍的领导。你如果不愿意拍领导的马屁，那你至少要懂得赞美领导。如果你连赞美领导的语言都不愿意说，那只能说明你的情商实在太低，你在单位成功的可能性几乎为零。

一个下属要懂得赞美领导的领导水平、赞美领导的领导智慧、赞美领导的用人艺术。

赞美领导要理直气壮，如果我们扭捏地说出赞美领导的话，就会被别人认为是不诚信，甚至是阿谀奉承，也会遭到领导的反感。

赞美下属，凝聚员工的思想合力

表扬是无形的奖励。一个成功的管理者往往善于动用表扬激励的手段，调动员工的积极性。领导对一个员工的表扬和赞美，是确定其在同事中位置的重要信号，也体现了员工的荣誉感和成就感。领导赞美员工，能增强员工热爱企业、服从管理的意识。美国著名企业家玫琳凯艾施在谈论企业管理时说："对于下属，最强有力的肯定方式，是不需要花钱的，那就是赞扬。我们都应该尽可能随时称赞别人，这犹如甘霖降在久旱的花木上。"

赞美爱人，增强夫妻的亲密感受

夫妻间彼此赞美对方，这是经营婚姻的一种策略。对伴侣的赞美程度也决定了夫妻之间的幸福度。

懂得赞美爱人，能坚固恒久的爱情，能增进彼此之间的信任和了解。彼此的赞美是促进夫妻间感情的营养素，婚姻在相互欣赏和赞美中才有滋有味。埋怨和责备，只能使夫妻情感生活乏味。

一个男人特别希望得到自己喜欢的女人的欣赏和夸奖，妻子的夸赞，是对自身价值的肯定和认可。女人需要男人的宠爱，宠爱的实质就是赞美。作为男人，也要懂得赞美妻子，这样，妻子才会更体贴入微。卡耐基曾经说过："女性天生就渴望被人赞美，这几乎成了她们生活的全部乐趣。和女性相处时，千万不要忘记赞美她们。"因此，要像热恋时的诗人那样，用充满爱的语言夸奖和赞美对方。

赞美父母，感谢父母的养育之恩

一个人一切的伟大和光荣，都源自伟大的父母。在这个世界上，父母永远是我们最深的牵挂、最深的情感和最深的爱。

要歌颂父爱和母爱的伟大。父爱如山，高大巍峨；母爱如水，源远流长。父爱和母爱是世界上最伟大的爱，对父母的赞美是我们永远发自内心的爱。

一个孝顺父母的子女，首先要懂得对父母的感恩，感恩首先体现在对父母的赞美。对父母的赞美，是作为子女最基本的情感付出。

赞美孩子，激励孩子的自信自强

孩子是在父母的赞美声中成长，而不是在父母的打骂和指责中成长，每个孩子的内心深处都渴望被赞许和肯定。

父母对孩子的信任，是增强孩子自信心的关键。只有赞美和鼓励孩子，才能从精神上激发孩子成就事业的欲望。

夸奖是父母连接孩子的情感纽带，在夸奖声中，父母会更多地了解到孩子的内心世界。如果父母经常指责孩子，孩子就会自卑，丧失信心。而自卑会给孩子施加压力，缺少了使孩子轻松成长的环境，也减少了孩子向父母诉说的渠道，甚至会给孩子带来心理上的阴影。

赞美别人是一件好事，但不是件易事，不掌握点赞美技巧，也许会使好事变成坏事。

现实社会中，有些人不是在赞美别人，而是在嫉妒和诋毁别人。人性最大的恶是见不得别人的好，一个喜欢嫉妒和诋毁别人的人，他的口中是从来不会发出对别人的赞美声的。而一个嫉妒的人其实质是在羡慕和仰望一个优秀的人。所以，没有被赞美反而被嫉妒和诋毁的人，也不必心烦和惊慌。

我们也要懂得赞美自己，赞美自己就是自信，一个连自己都不自信的人，如何让别人赞美你呢？别人又如何相信和接受你对别人的赞美呢？因此，要学会自己表扬自己。

良言一句三冬暖，恶语伤人六月寒。谁会反感一个朝着自己微笑而又发出赞美声的人呢？要从喜欢用“批评来帮助别人成长”的惯性思维转化为善于用“肯定和鼓励别人成功”的思维观念，学会欣赏身边的人，在别人身上发现美。

赞美像黄金钻石，稀少而有价值。美国作家马克·吐温说过：“一句赞美的话能当我十天的口粮。”

工作和生活中，你之所以感觉他与你灵魂相通，是因为他说了你想要听的话。可见，赞美别人的意义有多重要。

真正聪明的人，从来都会懂得肯定别人、鼓励别人、欣赏别人、赞美别人！

不要吝啬你的赞美和表达爱意的语言。赠人玫瑰，手有余香，赞美别人，点亮自己。

自傲：自信过头；自卑：自信不足

自信是成就事业的基础和根本，一个人崇高远大的理想、艰苦卓绝的事业，都源自他的自信。

自信是迈向成功的第一步，成功的第一步是别小看自己。一般人都觉得自己不一般，因为觉得自己不一般，才有超越别人的冲动，才有战胜自己、战胜别人的信心。

要相信：天生我材必有用；要相信：成功的关键是别小看自己。

信心是命运的主宰，信心比黄金重要。自信是对自我能力和自我价值的一种肯定，先相信自己，然后别人才会相信你。一个连自己都不相信自己的人，又怎么能确立远大目标、组织开创事业呢？周围的人又怎么能看好你、相信你呢？

自信的脸上扬着春风得意的自豪，自信的人才是有魅力的人。自信是成功的一半，没有自信，何谈成功。自信是英雄的本色，自信是成功的第一秘诀。爱尔兰剧作家萧伯纳曾经说过："有信心的人，可以化渺小为伟大，化平庸为神奇。"在一个企业，企业家的自信会使员工产生动力和凝聚力；在一个家庭，男人的自信会给全家带来依靠。

自信是对自己能力、潜力和力量的正确估量，胜利往往在于坚持一下的努力之中，而坚持就是有自信心的体现。

自信也是一个人健康的心态，一个人只有带着健康的心态，才能投入火热和艰巨的事业中。

但自信过头、过剩就是自负、自傲，就是自命不凡、自视清高。近代思想家梁启超说："自信和自傲有异，自信者常沉着，而骄傲者常浮扬。"自信是好事，自傲却是坏事。

自信和自傲有着显著的区别。自信是内在的认知，自傲是对环境反映的错误认知。说白一点，自信者有自知之明，自傲者自以为是。自信者认为，只要自己相信自己，别人也一定会相信自己；别人能做好，自己也能做好。自傲者只相信自己，自以为高明而骄傲。

自傲的人脸上总是显露出扬扬得意的神态。因为骄傲，就会自满，就会把一切不当一回事，最后会导致失败的可能。

自傲是一种极不谦虚、盲目夸大自己的狂妄行为。自傲的人，目中无人、自以为是，持有一副自命清高的样子。即使自己很一般，也会在别人面前表现出一副高冷的样子。

自傲的人，在自我认知上有一种障碍，忽视了对自己实际能力的准确衡量和正确判断，高估了自己的不一般，表现为在别人面前自傲无礼。

求强好胜是人性的特点，但逞强好胜却是一个人的缺点。求强，就会产生坚忍不拔的毅力；逞强，往往会抬高自己，虚张声势，压抑他人。求强，会使一个人想尽办法，竭尽全力去谋求成功；逞强，容易树立对立面，使自己陷入孤独无援的境地，往往不能自拔。逞强和逞能，都是一个人锋芒毕露的行为，而不是一个人自信的表现。

过于自信，就是自大，过于自信也容易产生傲慢。而傲慢往往是一种得不到支持的尊重，容易让人反感。一切无知的自信，都会让人恶心反胃，没有例外。

孤芳自赏、夜郎自大，不能使自己进步和提高。天不言自高，地不言自厚。只有谦虚好学，才会得到周围人的衷心拥护和支持。

俗话说，天狂有雨，人狂有祸；骄兵必败，哀兵必胜。历史上因自傲而使事业毁于一旦的事例举不胜举。西楚霸王项羽既是一个充满自信，又是一个相当自傲的战将。在巨鹿之战中，他以极大的自信，敢于以少胜多、以弱胜强，以巨大的勇气破釜沉舟，九战而后胜，为彻底打败强大的秦王朝奠定了基础。但项羽最后还是失败了，失败的原因固然有多方面的因素，但自信过头、恃才傲物、藐视天下群雄，乃是项羽失败的根本原因。

人可以有傲骨，但不能有傲气。我们既主张人要有自信，但我们又反对自傲。一个人要多一点自知之明，不能得意时忘形、不能得意时狂妄自大，不能在过分的自信中有自傲的成分。

年羹尧是雍正的舅子，属于皇亲国戚，朝廷有名的人物。而且，年羹尧才能卓越，平定西藏、青海战乱，功勋卓著，仕途顺畅，一路升迁。但他，专断蛮横，任意妄为，不懂得收敛，引起君臣的嫉恨，甚至敢于在雍正面前肆无忌惮，恃宠而骄，不行君臣之礼。还收受贿赂，结党营私。结果落得家破人亡的下场。

唯有谦卑，方显高贵。德国哲学家歌德说："如果一个人不过高地估计自己，他就会比他自己所估计的要高得多。"一个自信又谦卑的人，才能融入群体，才能让人对你拥有自信而信任、对你拥有谦卑而信服。

自信过剩和过头就是自傲，如何拿捏好既有自信，又不至于使之过头成为自傲，这才体现出一个人的智慧。

自信过头是自傲，但自信不足却是自卑。自傲，是自己相比别人，感到高人一等；而自卑，是自己相比别人，感到卑微。一个人一旦自信不足，那么做什么事情都缺乏自信，也就变成了自卑，而自卑恰恰是事业成功的天敌。

自卑比自傲更糟糕，自傲不一定能成就事业，但自卑一定不能成就事业。因此，我们反对自卑，瞧不起自卑的人。

自卑的人最大的表现为不自信，最怕在别人面前丢人现眼。自卑的人胆怯，缺乏勇气，不敢展示自己。

自卑的人自我评价特别低，觉得自己处处不如别人。自卑的人性格内向孤僻，缺乏社会交往，喜欢独处。自卑的人还有自责的现象，自惭形秽，一有错误就会有负罪感。

生活、工作和事业中遇到的失败，很多时候是因为丧失信心而放弃了最后一次的尝试，而成功往往在于坚持一下，做最后一次尝试，自卑的人往往连尝试一次的胆识都没有。

自傲和自卑都是人性的弱点，自卑者是相比他人，感到卑微，低人一等；而自傲者是相比他人，感到优越，高人一等。两者都是通过与他人相比较而产生的一种本我的过度表现，其本质都是不健康的心理状态。

成功的路崎岖坎坷，有自信的人既然选择了脚下这条难走的路，就算是跪着都会把它走完。但自卑的人，连上路的勇气都没有。

成功者不是从不失败，而是充满自信，永不放弃。自信的人始终认为，自信不过是在无路可退时那最后的孤注一掷，只要充满自信，内心就会沸腾，这个世界没有任何东西能够使自己倒下。

俗话说，你若不自信，谁来给你扛。自卑者丧失信心，一直在躺平，永远也不会有成功的那一天。

无论是对待生活还是对待事业，我们既不能丧失信心，自卑自弃，也不能盲目乐观，自傲自大，我们应该树立舍我其谁的豪迈气概，自信自强。

自信：成功的希望；自傲：失败的可能；自卑：失败的必然。

只要脸上扬着自信自强的笑容，心里藏着咬紧牙关的灵魂，就一定能无往而不胜。我们需要的是扬在脸上的自信，而不是露在脸上的自傲，更不是显露在脸上的自卑。

自信点，千万别自卑；谦逊点，千万别自信过了头。

脾气是一个人内在修养的反照镜

脾气是一个人的性格特点，脾气是一个人情感反应的一种外化形式，脾气也是一个人自我表达的一种行为方式。

一个人面对不同情境时会表现出不同的情绪状态，所以有的人脾气好，有的人脾气差。

脾气影响性格，性格是长期形成的习惯。习惯决定性格，而性格决定命运。人生成败的原因在于他的性格、在于他的脾气，与周围环境关系不大。

一个人的脾气里，深藏着他看过的书、他走过的路，甚至深藏着他的教养，深藏着他的文化，脾气是一个人内在修养的反照镜。

好脾气彰显出一个人的格局。脾气不好，就是缺乏应有的胸怀和气度，就是格局小的表现，脾气深藏在格局里。格局大的人对于来自他人的负面情绪，能够做到微笑面对，晓之以理，动之以情。而格局小的人遇到他人的负面情绪，脸上立马乌云密布，表现为情绪消极、急躁冲动。

好脾气折射出一个人的教养。美国思想家爱默生说："凡是有良好教养的人有一禁诫：勿发脾气。"生气，是检验一个人人品的试金石，一个人遇到负面情绪后脸上的反应，是一个人性格的暴露，是一个人文化修养的体现。

一个很容易生气的人，要么就是不成熟，要么就是教养不够。

人生活在社会圈子里，无不受到负面情绪的影响，但如果生气发脾气，则是拿别人的错误来惩罚自己。

人类进化论者达尔文说："脾气暴躁是人类较为卑劣的天性之一，人要是发脾气就等于在人类进步的阶梯上倒退了一步。"有些人遇到不开心的事情后容易火冒三丈，容易情绪化，其根本原因是骨子里缺乏教养。

一个能给他人面子，对人宽宏大量的人，一定有着根植于内心的修养与底蕴，这也是一个人品格的体现。

看一个人对自己父母的脾气和态度，就能知道这个人是否对父母孝顺。一些子女平时对自己的父母亲没有好脸色，没有好语调，不要指望他们会孝顺和感恩父母。

有的人不但对同类容易发脾气，甚至对动物发泄暴力情绪。

生气时发脾气，最容易暴露一个人的本性和素质，一个有教养的人一定对人和善、对人微笑。能收敛脾气，是年龄的沉淀，是生活的厚积，更是心智的成熟。

好脾气深藏着一个人的城府。一个人思想深邃，深藏不露，这是一种城府，一个人内正外圆，低调为人，也是一种城府，一个人控制情绪，拥有好脾气，何尝不是一种城府。俗话说，只有控制情绪，才能控制人生。一个人的脾气，体现着这个人的层次，体现着这个人的内涵，更体现着这个人的城府。一个总是把心情放在脸上、容易发脾气的人，很难让人认为他是一个有城府的人。

有人说过，一个人能够控制自己的脾气，胜过拿下一座城市。脾气暴躁的人，总是从一个极端到另一个极端，会做出一些匪夷所思的冲动的事情，这种人根本无法担当重任，也不能应对和处理纷繁复杂的事情。容易被别人激怒的人，也是最容易被别人操控的人。

《吕氏春秋》中说，要考察一个人能否担当大任，有几种方法，其中一种就是“怒之以验其节”。社会上流传着这样一种说法：干部越大，脾气越好；水平越高，脾气越小；资历越深，脾气越少。这确实也不无道理。

民国时期上海滩名人杜月笙就是一个圆润儒雅的绅士，脾气好，城府深，在跌宕起伏、刀光剑影的旧上海，可谓八面玲珑、游刃有余。杜月笙说过：“头等人，有本事，没脾气；二等人，有本事，有脾气；末等人，没本事，脾气大。”连伟大领袖毛主席都曾经评价他：有本事，没脾气。

越是没本事的人，越是喜欢用乱发脾气来显示自己的存在。眼睛一瞪，在他的眼里所有人都是一米一，仿佛整个世界都是他的。

好脾气决定着一个人的人缘。从社会学角度来看，脾气是一个人在社交中的一种表现方式。脾气好的人，与人相处融洽和谐，有着较好的人际关系；而脾气坏的人，自私狭隘，容易引起他人的反感和厌恶。脾气好的人，容易与人交往，也容易与人合作。脾气好的人走到哪里，都会受人欢迎，都会有众多的朋友。正如法国小说家都德说：“好脾气是一个人在社交中所能穿着的最佳服饰。”

任何人一定要改掉轻易发脾气的毛病，不要让别人的脾气左右自己的情绪，也不能让自己的脾气影响他人的情绪。坏脾气害人害己，当你一只手指指着别人乱发脾气时，另外三只手指却指向自己。

美国政治家富兰克林说："处在盛怒之中的人驾驭的是一匹疯马。"历史上关于坏脾气酿成苦果的事例，有许多的记载。《三国演义》刻画了许多历史人物，书中写到了所有脾气急躁暴躁的人，结局都死于非命的事例。看懂了《三国演义》，也就看懂了人生。张飞发泄脾气，殴打部下，最终在熟睡时被叛变的部下杀死；关羽急躁冲动，败走麦城，被孙权擒杀。孙坚疯狂冲动，被乱箭射死；周瑜虽然足智多谋，但性情急躁，最终被诸葛亮多次挫败而活活气死。英国诗人莎士比亚说："谁能够惊愕之中保持冷静，在盛怒之下保持稳定，在激愤之间保持清醒，谁才是真正的英雄。"

好脾气，好相处，好共事。每个人都喜欢好脾气的人，也都不愿意与坏脾气的人相处。

一个领导者拥有好脾气，就会有感召力、凝聚力和向心力；一个员工拥有好脾气，就会得到领导和同事的喜欢和赏识。

好脾气预示着一个人的运气。好脾气是人生的一笔财富，好脾气是一个人一生的风水，一个人的脾气里藏着一个人的福气和运气。

一个人的脾气决定着一个人的人生高度，自我控制是处理好脾气的最基本策略，这对于一个人的事业成败至关重要。有句话说得好：如果没有收拾残局的能力，就别放纵自己善变的情绪。永远切记：本事不大，脾气不要太大，脾气永远不要大于本事。

现实生活中，有些人对自己的亲人是好脾气，但对待周围人容易发脾气；有些人对待周围的人是好脾气，而对待自己的亲人，反而容易发脾气。我们不应该内外有别，应该把好脾气留给生命中出现的每一个人。

一个人有好脾气，也是一个人自律的体现，而一个人能做到自律，好运自然来。

美国情绪管理专家、心理学家罗纳德博士说："暴风雨般的情绪，持续时间往往不超过 12 秒。"但这短短的时间，暴露出一个人的教养，决定着人生的成败。

好脾气，营造一个好家庭的氛围；好脾气，成就一个好领导；好脾气，成长一位好员工。一个连情绪都控制不好的人，等于给自己的脸贴上了一个不好相处的标签。

好脾气能带来一个人的健康。"一怒之下踢石头，只会痛着脚指头。"从养生学的角度来看，脾气对人的身体健康影响极大。气死人，说的就是情绪对身体的影响。坏脾气会增加人的压力和焦虑，导致身体免疫力下降，怒伤肝、喜伤心、忧伤肺、思伤脾、恐伤肾。好脾气会增强人体的免疫力，促进身体的健康，这是一个不言而喻的道理，但许多人往往忽视了这个简单不过的道理。

人有七情六欲，发脾气是自然的情感流露，这是人性。但发脾气，也折射出一个人的教养高低。

中国近现代思想家胡适先生说："世间最可恶的事，莫过于一张生气的脸；世间最下流的事，莫过于把生气的脸摆给旁人看，这比打骂更难受。"

我们每一个人都会发脾气，但每一个人都会讨厌发脾气的人，每一个人都喜欢和好脾气的人在一起。那为什么我们为了他人、为了自己、为了温暖，自己不拥有一个好脾气呢？

在现实生活中，我们不可避免地会遇上令自己伤心的事情，遇上别人的负面情绪，但都不要影响自己的情绪，发泄自己的情绪，不要为别人的情绪买单，应该微笑地面对遇到的人和事，一个人最缺乏的能力是遇事迅速恢复平静的能力。

发脾气以暴躁开始，以损害自身形象告终。乱发脾气就是冲动，冲动就是魔鬼，冲动以后就是后悔。美国社会心理学家费斯廷格有一个很出名的判断，人称"费斯廷格法则"：生活中的10%是由发生在你身上的事情组成，而另外90%则是由你对所发生的事情如何反应决定。因此，控制情绪，不乱发脾气，实在重要。

使这个世界灿烂的不是阳光，而是人们的微笑；给这个人类带来美好的不是金钱，而是人们的好心情。笑是人与人之间最近的距离，让我们用微笑面对生命中出现的每一个人。

我们如何对待世界，世界也会如何对待我们。

面露微笑地面对讨厌的人

现实生活中，我们经常会遇到一些不喜欢的人，甚至是讨厌的人，这很正常。如何对待和相处好这些人，这很有学问，一定程度上也是一个人智慧、格局、城府的体现。

不管是发小、闺密，还是陌路相遇的人，两个人相处久了，总会出现不合和争吵，世上从来没有天生合适的两个人。

凡事不必计较，过去了就过去了；遇事不要皱眉，笑过了就笑过了。人生坎坎坷坷，不如意事常八九，这就是一种现实，这就是一种无奈。

不要在你的脸上的表情中夹杂着对讨厌之人的蔑视，应该学会忍耐，学会略带微笑地对待讨厌之人，不要使你的愤恨缺乏智慧。

每个人都有自己的优点和缺点，你之所以讨厌这个人，其实是你缺乏对这个人知根知底的了解，如果你能完全透彻地了解了这个人，那对这个人还有什么讨厌呢？他对你还有什么威胁呢？

如果你控制不了自己心里的愤怒，对讨厌的人脸上露出哪怕一丝的不悦，也许讨厌的人会报复你，会给你带来伤害，甚至会让你更讨厌、更恨之入骨。

一个人在不够强大时，你只能微笑地对待讨厌的人，这就需要你沉得住、憋住气，用你的胸怀、用你的格局、用你的智慧，回敬那些讨厌的人。即使你强大无比，也没有必要怒目讨厌的人。

有些人出现在你生命里，就是为了告诉你，能处理好与这些人的关系，你才显智慧，你才会成熟、你才能顺达。

晚清中兴四大名臣之一的曾国藩有句贯穿他传奇人生的名言：“打掉牙齿和血吞。”这句名言告诉我们，能忍则忍，小不忍则乱大谋，大不躁而谋胜之。只有不动声色，沉得住气，你才能积蓄力量，以待时机，后发制人。

做任何事情，会有两个结果，熬得住，出众；熬不住，出局。这就是人生，又现实又残酷。你对讨厌之人脸上呈现出乌云密布似的讨厌，也许这个讨厌的人会做出让你更讨厌的事情。

现实生活中我们与其把人看轻，还不如把人看清；与其把事看穿，还不如把事看淡。

花时间去讨厌自己讨厌的人，你就少了时间去爱自己、爱自己喜欢的人；花时间去计较让你不爽和不快的事情，你就少了时间去体验让你爽、让你悦的事情。

英国女作家勃朗特在《简·爱》中说："生命太短暂了，没时间恨一个人那么久。"生命苦短，来去匆匆，何必为一个不开心的人和事愁眉苦脸，心烦气躁呢？面对讨厌的人，我们应该稳住自己的情绪、展示自己的胸怀、丰满自己的灵魂。

与人相处中，也许出现不愉快的事情的责任不在对方，你就更没有理由脸上露出对他的讨厌；也许你的一丝微笑能彻底改变他对你的态度，再回到你们的从前；也许你不情愿的一丝微笑，能赢得感动他、启迪他、战胜他的时间。

如果一两句坏话，就让你不能释怀；如果一点点的小事就让你耿耿于怀，如果看到不愉快的事、不顺眼的人，你立马怒火万丈，这是心胸窄、格局小的表现。

格局大的人从来不会计较鸡毛蒜皮的小事；智慧高的人从不让讨厌之人破坏自己的心情，影响自己的大事。

吞下的是羞辱，喂大的是格局。要懂得宽恕，要懂得遗忘，人生本来就充满了不幸。如果你能把自己遇到的伤害，视作改变自己的动力，那绝对能够成全大事。一个格局大的人一定要跳出自我的狭隘，站在更广阔、更高层的视角看待不开心的人和事。

格局大了，你一定会远离那些让你不顺眼，让你讨厌的人。

南非前总统曼德拉出狱后，在总统就职典礼上，他邀请当年看守他的三名狱卒观礼，面对当年折磨自己的三名狱卒，曼德拉面带微笑，起立表达对他们的敬意。这一举动，令在场及全世界的人肃然起敬，体现了一位不屈不挠的政治家非凡的气度和格局。

对讨厌的人和事露出笑脸，也是一个人必须学会的技能，同时也是一种生存的技能，当然，也是必须忍受的一种恶心。

每一个人都希望自己活出自我、真我，活出自己的真性情，但现实社会纷繁复杂，芸芸众生，有时甚至是世间百态，残酷无情，不是你所想象的和想要的那样，许多不顺眼的人和不顺心的事会出现在你的眼前。

也许你认为，对那些讨厌的人露出笑脸，是一种虚伪，但这种虚伪是一种善意的虚伪，是一种睿智的表现，也是人类文明和谐的需要。

我们应该记住弥勒佛坐像两旁的对联：“开口常笑，笑天下可笑之人；大肚能容，容天下难容之事”。

生活中，有些讨厌的人就是一个可恶的人，就是一个小人。俗话说，宁愿得罪君子，不要得罪小人，尽量不要和这些人正面冲突。人情世故的社会，讲究的是“和为贵”。孔子说：“近君子，远小人。”尽量不要接触小人、接近小人、得罪小人。

但也不要害怕这些讨厌之人，任何事情都有个度，当对方突破原则底线，逼得你忍无可忍时，即使你脸上有再灿烂的笑脸，即使你心中再善良，也无法使对方觉醒和回头，那就到了对讨厌之人翻脸的时候。既然翻脸，那就要翻得彻底，必须严肃地告诉他，你的愤怒从哪里来的，你的底线在哪里。

人生中出现一些讨厌的人和事，这也是一个人必须遇到的现实问题，这也是人生的一种历练。只有跌宕起伏的人生，才是精彩纷呈的人生，才是值得回忆的人生，风平浪静不能使一个人成长和成熟。

愿我们用智慧、胸怀和笑脸，去面对人生中出现的每一个人。

说话有分寸是不可或缺的高情商

高情商是情绪智力，是受人欢迎的优良品质，高情商的人到哪里都备受人们的喜爱。

高情商的人热情、大度、善于聆听、包容、阳光般的心情、说话有分寸……这些都是受人喜爱的高情商。但在这些高情商中，说话有分寸无疑是排名第一的高情商。

说话是人际交往中的第一个环节，也是最重要的环节。

说话是语言艺术，恰到好处的说话方式、恰如其分的说话内容、事半功倍的说话效果，对于建立、巩固和密切人际关系至关重要，不容忽视。

说话有分寸感，就是懂得理解别人、尊重别人、关爱别人。每一个人都是独立的个体，强求别人成为自己心目中要求的样子，这是一种自卑的表现；自觉成为别人心目中要求的样子，这是一种修为，也是让人自信的体现。

法国思想家蒙田说：“精神的伟大不表现为心高气盛，而表现为有节制、有分寸。”无论是伟大的人物，还是凡夫俗子，对人说话都要有分寸，懂得尊重他人。说话有分寸是一种高情商，是一个人顶级的修养，也是衡量一个人成熟的标志之一，更是一个人生存的智慧。

说话是一门学问，有分寸的语言，能交流沟通、消除误解、促进和谐、涵养友谊、提升形象。

一个人能否在社会上立足、能否有坚实可靠的人缘，首先取决于他是否擅长言辞，把握说话的分寸，这也是一个人事业能否成功的关键。一个连说话都没有分寸的人，别指望他还能做什么事。

一个人来到这个社会，首先是接受父母的语言教育，从“会说话”到“说好话”。子女走向社会后，父母叮嘱的第一句话就是不要轻易得罪人，而不得罪人首先要做到的是不要出口伤人。而当子女在众人面前说错话、说不好话的时候，父母立马会说："'好好说话''说话慢一点'。"

为人做事，不是多说话，而是少说话。要会说话、说中肯的话、说中庸的话、说暖人的话、说爱听的话。

有时，不应该说的一句话、不合时宜的一句话、说过头的一句话、话中带刺的一句话、含沙射影的一句话，都会让人不悦、愤恨，甚至结仇。

因此，不懂时、不知道时、不可以时、不应该时，不说；懂时、知道时、可以说时，少说。准确地把握言辞的尺寸，不言过其实、不片面、不极端、不偏激、不带刺、不攻击。

懂得说话分寸的人，与人说话交流能在一个脉点上，有共鸣点。

对人说话首先要考虑对方的情绪和感受，不要挑战对方的信仰、怀疑对方的价值、指责对方的缺点、泄露对方的隐私。

国人向来推崇中庸之道，凡事讲究一个"度"字，分寸感就是度，说话也要讲究一个度。

说话有分寸，简单地说就是懂得不追问、不妄议、不说破。说话的分寸就是做人的尺度。做人有尺度，也就是做人有底线。说话能把握分寸，做人也一定能把握好尺度。

生活中，有些人只是点头之交，没必要掏心掏肺；有些人只是表面和善，没必要全抛一颗真心。

说话不能道听途说、捕风捉影，不能过于直爽、过于死板，不能太原则、太单调，不能说大话、说假话、说虚话、说过头话。

"言必虑其所终，而行必稽其所敝。"说话要注意场合和情景，悲伤的时候，容易说出负能量的话，让人不悦；大喜的时候，容易得意忘形，口无遮拦，让人生厌。

说话总有不当之处，一旦说话有漏洞，要及时补救，善于打招呼、赔不是，消除误解，求得谅解。

赞美他人有分寸，好言暖语，褒扬适度

口有善言结善缘。夸赞是一件美好的事，人人都想被赞美，都想听好话，赞美是一种高情商。赞美他人，也要掌握赞美分寸，必须真情实意，而不能虚情假意。表扬也要有根有据，合乎时宜。要懂得背后赞美会比当面赞美好，善于在背后赞美他人。

赞美他人时，可以适当夸张一点，表达自己的感情，但不能过分，不然会让他人怀疑夸赞者的用意。

批评他人有分寸，出于善意，点到为止

《增广贤文》中说：“良言一句三冬暖，恶语伤人六月寒。”最伤人的是语言，最深入人心的也是语言。

每个人都有缺点和不足，批评他人时，先肯定后否定，委婉地批评、温和地批评，用力过猛伤人伤己。

批评要注意时间和场合，不要使对方感到尴尬；批评要点到为止，不能没完没了，揪住不放。

批评从良好的愿望出发、从帮助他人出发，批评中少说带刺话、少说话中话、少说半句话。

看破看透有分寸，留足面子，切忌说破

看破不说破，面子上好过。包容对方，给人留足面子。既尊重了别人，也给自己留下了余地。

看清一个人时，没必要拆穿；讨厌一个人时，没必要翻脸；看透一件事时，没必要说破。对人对事要做到心知肚明、心中有数。既要有“看破空花尘世”的智慧，又要有心照不宣的体贴。

被誉为“俄罗斯的良心”的作家索尔仁尼琴有一段名言：“我们知道他们在说谎，他们也知道他们在说谎，他们知道我们知道他们在说谎，我们也知道他们知道我们知道他们在说谎，但是他们依然在说谎。”这段话说的就是心知肚明，看透不说穿。

看破不说破，这是高级别的情商，不但是一种智慧，更是一种修为，体现着一个人的胸襟，也是一个人最本真的善良。

偶遇争论有分寸，以理服人，得理饶人

偶尔与人争论也无妨，但喜欢与人争论不是高情商。与人相处，总有与人争论的时候，但要做到以情动人、以理服人。有理有节，得理饶人，得饶人处且饶人。争论时说话的口气要温和，不能强词夺理、咄咄逼人。

争论时会有好胜心，这种好胜心其实是一种杀伤力。在争论中，要想使对方赞同自己的观点，往往是枉费心机。

没有任何人在争论中能成为真正的赢家，争论输了就输了，但即使争论赢了，其实你还是输了，因为你伤了他人的感情。

千万不要认为自己是“豆腐心，刀子嘴”，别人就会原谅自己。伤害了人家，人家会记住你的“刀子嘴”，不会记住你的“豆腐心”。

高情商的人不会在他人面前炫耀自己，他们习惯低调做人。而只有情商低的人才会在众人面前炫耀自己，以引起别人的注意来满足自己的虚荣心。

背后之言有分寸，言说有德，多言好话

皇帝都有背后之言，每个人背后都被人家议论过，每个人也在背后议论过别人，这是常态，不足为奇。但我们尽量不要在背后谈论别人的是非。德国哲学家叔本华说："人性有一个最特别的弱点，就是在意别人如何看待自己。"也就是在乎背后之言。

当代作家莫言说："任何情况下背后不说他人是非，如果一定要你说就说好话吧。"不要图一时嘴快，随意说出他人的私密，那是一种缺德，那是一种愚蠢。一旦说出去，就难以收回不良影响。

流言止于智者。在这个谣言四起的社会，一个有道德、有修养的人是不会制造谣言和传播谣言的，因为这体现了一个人的品质和辨别力。

最能暴露一个人内心的首先是语言，最能体现一个人品德的也是语言。知人，不评人。做到说话有德，不谈他人的私、不讲他人的过、不说他人的非，这既是一种情商，也是一个人应有的善良和涵养。

交流沟通有分寸，言之有物、言之有术

说话是一门千修百炼的技术活，说到老，学到老；学得好，说得好。

说话既要言之有物，也要言之有术、言之有序、言之有情、言之有理。

逢人不必言深，孤独本是常态。既不过于直白，让人感觉简单肤浅，而被人耻笑；也不过于隐晦，让人感觉城府太深，而难于相处。

说话要懂得规则，先说对方想听的，再说对方听得进的，然后再说你该说的，最后再说你想说的。这个程序不能颠倒。

你之所以感觉他与你灵魂相通，是因为他说了你想要听的话。

与人说话交流，肯定有开玩笑的现象，玩笑应该有度，所有的玩笑都有其真实的成分。开玩笑过分就是取笑他人，就是对人的不礼貌、不尊重。说出去的话，如同泼出去的水，不要妄想一句"别往心里去"，就能让他人当作你什么都没说过。不管你怎么提醒对方"别往心里去"，别人总是会往心里去，往这方面想。

说话有分寸就是说话有度，留有空隙。如同木制品讲究缝隙一样，让榫卯间的木头在热胀冷缩中得以伸缩。

一个人不懂时，别胡说；不明时，就不说；懂得时，别多说；没话时，就别说；人多时，就少说；没把握，谨慎说；伤人话，不能说；对小事，幽默说；遇急时，

慢慢说。

说到“话慢慢说”，历史上就有这样一个典故。“中华第一望族”琅琊王氏的家规只有6个字——“言宜慢，心宜善”，却让这个家族1700多年间出了36个皇后、36个驸马、35个宰相，足以说明“话慢慢说”的巨大力量。

提升说话语言魅力，还要学会幽默、风趣和调侃，缓解说话氛围，让听者情绪轻松。

日常交谈有分寸，多听少说，语言温和

语言是世界上最犀利的武器，最快的手术刀。言不可伤人，话不可凉人。要懂得言多必失的道理，做到“话到嘴边留半句”，知人不必言尽，留三分余地与人。

古人常说：“逢人只说三分话，未可全抛一片心。”你一旦对人敞开心扉，无话不说，到头来，要么就是得到一生的知己，要么就是换来一生的教训。到时你才会悟到：他不是你生命中的那个人，而是生命里的一堂课。

管住自己的嘴是最好的美德，顶级的自律是学会闭嘴。说是一种能力，不如说是一种智慧。

对人说话要传递正能量，少说气话、少说怨话、少说苦话、少说废话，因为没有哪个人会爱上一张愁眉苦脸。

美国作家海明威说：“人一辈子用两年时间学会说话，却要用一辈子学会闭嘴。”交往中要善于多倾听，少倾诉。喜欢向他人倾诉，是一种天性；喜欢倾听他人，是一种修养。要懂得：上天给我们两只耳朵，一张嘴巴，就是让我们多听少说。

真正能说服人的，从来不是千真万确的道理，而是心平气和的态度。人有时需要克制情绪，发脾气是本能，克制脾气才是本事。当一个人能够控制情绪时，离成熟和成功不远了。

语言是有情绪的、是有温度的，说话要委婉温和，低声细语，无论是父母与子女之间、领导与下属之间、朋友之间，甚至是对陌生人，都要把握说话的分寸，和颜悦色，好言好语。

说话有分寸是一种高情商，愿更多的人少说话，说好话，说别人爱听的话。

体面，一种由内向外散发的魅力

古往今来，中国人历来讲究体面，无论你是身在高处，还是挣扎在底层；无论你从外在，还是从内心，每个人都在努力地维护和展示着自己的体面。

体面就是面子。面子文化深深地影响着人们的生活，折射出一个人的文化素养。人人都要面子，人人都爱面子，做人最重要的是体面。穷其所能，劳苦一生，无非就是为了体面地活着。

体面是一个人的脸面，也是一个人的尊严，体面表现在一个人的外在，更体现在一个人的内心。一个有体面的人里里外外都是亮丽的风景，人前人后都是体面的自己。

体面的人有尊严、有底气、有气场、有品格、有格局、有美感。说到体面，一些人总认为与身份和地位有关，“有失体面”就是有失身份。但真正的体面，并非金钱和地位所带来的物质和表面的光鲜，它是一个人内在修养的自然流露，灵魂里散发出来的高贵和美好。体面与人的内在修养有关，做人最顶级的体面是一个人的修养。

衣着体面，既尊重别人，也庄严自己。

颜值来自遗传，我们无法选择命运，也无可奈何，但我们可以体面地生活。著名节目主持人杨澜说过：“女人 30 岁以前的相貌，是父母给的；30 岁以后的相貌，是自己修的。”

先敬皮囊，再敬灵魂。许多人都是以貌取人的，肤浅的人才不会以貌取人。没有人有义务透过一个人邋遢的外表，去发现他优秀的内在。皮相下方见骨相，再伟大和高贵的灵魂，也许会被不修边幅的外表掩盖，外表不容忽视。

衣着就是一个人的名片，漂亮和得体的衣服也许能让你叩开所有的大门。中国现代作家张爱玲说：“衣服是一种语言，随身带着的袖珍戏剧。”衣如其人，一个人的爱好、性格、态度和修养都可以通过外在体现出来。可可香奈儿说：“人只要离开家门就应穿衣得体，因为生命中随时会遇见美好的机会。”穿着得体，不一定要穿名贵的衣服，也没必要穿着高档的衣服去炫耀和展示，最朴素的也是最华丽的，也是最让人接受的。

体面就要注重仪表，保持优美的举止和表情。女人出门要化妆，男人出门要整装。一个得体的容妆和衣装，不仅是取悦自己、满足自己，更是尊重他人。

中国最后一位被尊称为“先生”的女作家杨绛先生说：“越是难熬的时候，人越要体面。”杨绛先生一生坎坷，但她衣着始终整洁得体。在那个动乱的年代，她被剔去头发，戴高帽子游街示众，但她每天打扮，讲究仪表。得体的着装，是杨绛先生面对困境时的从容和淡定。

针对中年女人愁眉苦脸的外在形象，杨绛先生说：“花谢了，请修剪好枝叶；叶落了，请保持树的骨感。”任何时候，即使在烟熏火燎之后，仍旧能保持爱臭美的秉性。

人体面不体面，不是看他风光无限的时候，而是看他潦倒落魄的时候。难熬的日子里，坚守底线，从容不迫，精神焕发，才是一个人最大的高贵与体面。

上海滩青帮大佬杜月笙说：“人生要吃好三碗面，一是体面，二是场面，三是情面。”杜月笙没有读过多少书，但他一直穿着当时文化人才穿的长袍，斯文得体，显示出他的品位和格调。杜月笙还特别喜欢别人称呼他为“杜先生”，这种从内到外的体面感，就是他的尊严。杜月笙不但显示他的体面，而且还会照顾和体恤别人的“体面”“场面”“情面”，他为别人保持体面、为别人撑起场面、为别人留下情面。

谈吐体面，既成全了别人的颜面，也彰显了自己的涵养。

言为心声，说话谈吐是一个人内心的修养。说话是与人交际交往的第一环节，说话是语言艺术，恰到好处的说话方式、恰如其分的说话内容是懂得分寸感的体现，是排名第一的高情商。谈吐体面能增进友谊，消除误解，取得信任，是立足社会、成就事业的关键。

情绪体面，既滋润别人的心田，又涵养自己的格局。

情绪是一个人内在修养的反照镜，情绪稳定是一个人的优秀特质。法兰西第一帝国皇帝拿破仑说：“能控制好自己情绪的人，比能拿下一座城池的将军更伟大。”脾气是一个人的性格特点，是一个人情绪的反应。人都是有情绪的，控制自己的情绪，这是一个人有修养的体现。

人都是情绪的奴隶，不控制自己的情绪，情绪就会控制自己。控制好情绪，就是控制好人生。人这一生，赢在宽容，输在脾气。情绪稳定永远是一个人永恒追求的目标，也是一个人终身的修养。

一个人可以忘记自己说过的话，也可以忘记自己做过的事，但一定不能忘记自己给他人带来的情绪和感觉。

要懂得善于倾听，不要急于倾诉。喜欢向人倾诉是一种天性，耐心倾听他人，是一种修养。

真正的管理是管理情绪，真正的管理者是情绪管理者，管理好自己的情绪就可以管理好自己的一切。

笑是情绪中最受人欢迎的，笑是仁爱的象征、是快乐的源泉，笑是世界上最容易懂，也是最美的语言。笑是人与人之间最近的距离，一个人应该永远保持微笑，没有人会讨厌对自己微笑的人。当一个女人出门忘了化妆时，唯一能补救的办法就是对人微笑。一个体面的人应该也是一个常带笑容的人。

退场时懂得礼貌地道别，这个世界流行告别，在流行告别的世界学会体面地告别，彼此留下美好，不留遗憾。

内在体面，既感染了别人的思想，又展示了自己的灵魂。

灵魂的体面是一种内在的体面，人活一世，生命需要高贵和美感。藏在心底里为他人考虑的善良，为人处世的宽容宽厚，是一个人的高度和格局，这也是一个人内在的体面。

体面和自尊心在本质上是一回事，有体面就是有自尊心，自尊能引发一个人的骨气。

体面是一个多维度和多方面的概念，应该全方位诠释和彰显体面。体面既体现在物质层面，又体现在精神层面；既体现在家庭层面，又体现在社会层面；既体现在保持自己的体面，又体现在照顾别人的体面。

为了利益，不能有失体面。钱没有了可以再挣，但体面没有了，再多的钱也买不回体面。不能因为一时的体面，而丢掉尊严。

不能刻意追求体面，有时体面的失败比不体面的成功更体面；也不能嘲笑他人不体面，不然比自身不体面更糟糕；也要懂得：待人不公正比受到不公正的待遇更有失体面。

体面不是外在带动内心，而是内心推动外在。真正的体面不在于物质的丰富，而在于精神的丰盈，在于内在的修养。

体面的背后是厚积的知识。人是通过学习，被书本垫高的。体面由内向外散发着智慧，只有学习才能厚积薄发，只有学习才能使人聪慧。拥有智慧，才会有一种让人发自内心的敬佩的体面。

体面的背后是高贵的灵魂。唯有灵魂的丰盈，才是一个人亘古不变的魅力。有面子的体面只是表象，真正的体面是灵魂的体面，是捍卫“生而为人”的尊严。即使生活再寒酸，整洁的衣装下也要昂起勃勃向上的朝气和活力。

人与人之间本质上的不同是思想上的不同，拥有灵魂上的体面，就要有独立思考的能力。每一个人都是独立的个体，都是独一无二的。你越独立，思想越自由；你越独立，越能活出不一样的自己；你越独立，越不会钻进人云亦云的怪圈；你越独立，越受他人尊重。孤独是一个人的狂欢，幸福的秘诀也许就是和孤独签下一个体面的协议。

体面的背后是高尚的品德。一个人身上应该有着无须提醒的道德自觉，善良和宽容便是。

善良是人性中最宝贵的品质，在一切道德品质中，善良的本性是世界上最需要的、最受欢迎的，没有什么比善良更受欢迎的情感，善良永远是人性中最璀璨的光芒。与人为善，站在别人的角度为他人考虑。

宽容是一种格局和胸怀，有修养的人懂得宽宏大量，容人、容言、容事、容短、容过，会让人在自己的宽容中感受到幸福。要懂得：待人不公正比受到不公正的待遇更有失体面。

体面的背后是厚实的财富。财富是一个人实力的象征，钱不是万能的，但没有钱是万万不能的，钱能解决世上 95% 的事情。真正体面的生活需要财富支撑，“衣锦还乡”“出人投地”“光宗耀祖”“出手大方”，这些体面都需要一定的财富来实现。追求体面并不意味着追求奢华，而是追求一种高雅而有品质的生活，一种内心的平静和从容。

一个有修养的人，要懂得控制自己的情绪。好情绪其实是人生的一笔财富，能管理好情绪的人，一定是一个懂得宽容的人，有格局的人。

一个有修养的人，谈吐要典雅委婉，语气要柔，语速要慢，语言要美，不要轻易批判和指责别人，而应当恰到好处地赞美别人。

体面的人生，不是从天上掉下的馅饼，更没有什么捷径可走。体面都是靠自己挣的，他人的屋檐再大，不如自己有把伞。一个人要想过体面的生活，活得有尊严、活得有风光，一定会比别人活得累，一定会付出更多。生活并不是为了体面而苟且，而是要展示魅力，不留下遗憾。

体面不仅仅是外在的表现，更是内心的价值观，追求体面是对生活的热爱，对灵魂的表白。无论生活多么窘迫、无论人生多么潦倒、无论生命多么短暂，我们应当依然保持着由内向外散发魅力的体面。

原谅是最慈悲的救赎

原谅是对他人的错误给予宽恕，不责备，不惩罚。人人都原谅过别人，人人也都得到过别人的原谅，对“原谅”一词，我们并不陌生。

原谅是一种高尚的情感和行为，原谅是一种仁爱的光芒，是一种胸怀，是对别人的释怀，也是对自己的善待。

弘一法师说：“原谅是最慈悲的救赎。放下他人的错，解脱自己的心，走不出自己的执念，到哪都是囚徒。人生本过客，何必千千结！”

原谅是最慈悲的救赎，原谅是对自己的宽容。学会选择原谅，是人生的一种智慧，也是人生最大的修养。

原谅别人，释放负面情绪。一个人受到别人伤害时，会本能地愤怒，这是人性，也是常态。但耿耿于怀，不愿意原谅别人，就会使自己感到压抑和沮丧，那些深藏于心、嗔恨心重的负面情绪，会时时侵扰着自己的心，留给自己的只能是痛苦，这是一种负面情绪。

人生之苦，苦在执着；人生之难，难在放下。只有原谅了别人，才是真正的释然，才是真正救赎了自己。原谅是治愈心灵的唯一途径，原谅别人，不仅能够帮助对方释怀，而且能够释放自己的心灵，能让自己内心感到轻松。原谅别人，善待了他人，解脱了自己。

原谅别人，增进人际关系。世界之大，社会之杂，远不是我们所想象和把控的。我们会遇到许多的不如意、不顺心，人际关系中也难免会有矛盾和冲突。放下纷争、放下过往、放下纠结、卸下包袱，不为不值得的人和事生闷气。原谅他人、宽恕他人，才能更好地与他人相处。

原谅别人也是对自己的一种保护，给自己留下了更宽广的道路、更大的空间。仇恨永远不能化解仇恨，只有原谅、只有慈悲才能化解仇恨。原谅一些人和事，才能活得自如。原谅别人，成全了自己，结下了善缘。

原谅别人，放大格局。宽容是一种气度、是一种格局、是一种眼界、更是人生的态度。

宽阔自己的胸怀去原谅一个人，这是一种格调和格局。原谅别人，需要宽阔的胸怀，需要有格局。人的格局一大，眼前的事都是小事，就不会锱铢必较。

人际交往中，总有几个你看不惯的人，也总有几个看不惯你的人，如果自己格局小了，你会异常痛苦。当你看清一些人一些事，而做到不说破、不揭穿时，你就是一个有格局的人，别人就会向你投以敬仰的目光。

内心强大，才能向人道歉；内心更强大，才能原谅他人。把别人当成自己，像原谅自己一样原谅别人，这是一种慈悲。原谅要出于真心，如果原谅一个人不是出于真心，那么对别人来说是欺骗，对自己而言是背叛。

原谅，不是毫无原则的谅解，对于缺乏人性和恶劣的事，大胆揭露，敢于亮剑。原谅并不意味着妥协或懦弱，选择原谅，也并不意味着允许对方再次伤害自己。有些错误，是永远不会被原谅的。要让人知道：我有不与你计较的心胸，但决不是你得寸进尺的软肋。

原谅无知是一种宽容，而原谅无耻，就是一种纵容。一次次的原谅，换来的会是一次次的失望。过分的善良，换来的可能是无尽的背叛和伤害，过多和过分的原谅也是一种恶。

一个对别人有过错的人，只有能够认识到自己的错误，才可以得到别人的原谅，如果一个人无法认识到自己的错误，便无法得到别人的原谅。

要懂得感恩，感恩原谅自己过错的人。不要认为自己的每一次道歉都能换来一切如昨，道歉只是自己的解脱，而不是对方的原谅。

我们也要理解一个被原谅的人，一个被原谅的人的痛苦，远远比原谅他的人的痛苦来得多，因为他除了说声“谢谢”外，已没有了主动权。

不原谅别人的人，是不配被人原谅的。如果遇到一个不能原谅你有点小错的人，那不是因为你的错，而是因为他不爱你。原谅与爱有关，爱有多少，就会有多少原谅。不爱了，也就谈不上原谅。

原谅，是表示我有涵养；不原谅，是宣示我不傻。前者是格局，后者是底线。

原谅别人是一种成熟的表现，原谅别人，并不意味着忘记曾经的伤害，而是放下内心的包袱，不再让这些痛苦困扰自己。

如果说原谅一个人很容易，不过是说一声“没关系”，但再次信任，就没那么容易了。

有的时候我们原谅一个人，并不是内心真的原谅，而是不想失去一个人，只有原谅他。

宽恕和原谅，说起来容易，做起来难。为什么我们会宽恕和原谅他人呢？因为怨恨严重影响了我们的生活，给我们的身体健康带来影响，所以必须宽恕和原谅。因为只有宽恕和原谅，才能体现我们的慈悲，才能体现我们的胸怀和格局，所以必须放下怨恨。

“我深感愧疚，诚恳地向您道歉，希望您能够原谅我的过失。”拉下面子，鼓足勇气，真诚地表达遗憾和愧疚之心，以取得对方的原谅。

“您别把这些事放在心上，我也有过错，谁没有做错事、说错话的时候，我们还是好朋友。”放大格局，体现慈悲，真诚地原谅对方的过错。

也许正是对方的过错，才使你有了教训、才使你受到启迪、才使你成长成熟。放下昨天的伤，不是妥协，而是新生。

放下别人的错，解脱自己的心。世上最吃亏的就是用别人的过错来惩罚自己，还为对方的过错买单。原谅不是饶恕，而是放下对方的过错，谅解对方，救赎自己。

温暖一颗心要用一段时间，冰凉一颗心却只需一瞬间。友谊来之不易，需要我们彼此理解和谦让，来巩固用点点滴滴堆积起来的友谊。

世界万紫千红，人类和谐共生，磕磕碰碰，在所难免。我们可以选择原谅，原谅他人的过错；我们可以选择放下，放下一切隔阂。面朝大海，春暖花开。退一步海阔天空，为什么我们有时连退半步也不愿意呢？

世界无限美好，我们爱自己都来不及，我们还会有时间恨别人吗？我们常常也有过错，我们能原谅自己，为什么不能原谅别人呢？

原谅，原谅生命中的世事无常，才使我们无比坚强；原谅，原谅生活中的不尽人意，才使我们意气风发。

原谅辜负、原谅忘恩、原谅欺骗、原谅背叛、原谅……真正的原谅，是对被伤害的释怀，是内心的净化，是最慈悲的救赎，是爱自己的开始。

世事再多的苍凉，也抵不过人间的温暖。友谊珍贵，珍惜余生。

黎巴嫩作家纪伯伦说：“一个伟大的人有两颗心：一颗心流血；另一颗心宽容。”宽宏大量是一束照亮人类灵魂的光芒，但愿我们做一个有格局、有温度、有情怀的人，多一些道歉，更多一些原谅，让世界充满爱！

千万别高估自己在别人心中的分量

一个人自以为是的方面有许多，除了自以为自己能力不一般以外，还自以为自己在别人心中的分量，高估了自己在别人心目中的地位。

人生有一种可悲就是高估了自己在别人心中的分量，高估者所表现的言行在别人看来都像是哗众取宠和装腔作势，让人感到既可笑又可恶。

作家莫言说："不要高估自己在他人心里的位置，其实你什么也不是。不要以为你对别人好，别人就对你好。没有实力，对别人好，很容易被定义为讨好。永远不要对一个人掏心掏肺，否则换来的是伤心伤肺。"

高估自己在别人心目中的地位，是一种常见的心理误区。你浑身上下很自信，但在别人的眼里你有点自傲；你觉得自己很出彩，但别人认为是在出丑；你以为自己很有智慧，但别人认为你有点小聪明而已；你觉得自己对人很真诚，但别人认为你没有城府。

不要以为自己声嘶力竭的演说，上蹿下跳的肢体语言，会换来别人发自内心的掌声。也许在别人的眼里，你只不过是小丑而已，千万别多愁善感，自作多情，不然会伤心至极。

我们总是高估了自己在别人心里的分量，把别人配合的微笑当作喜欢，把敷衍当作真诚，把场合上的一种礼貌当作真爱。只有当残酷的现实摆在自己面前时，才会如梦清醒，后背发凉。终于才明白：自己在别人心中的地位远远没有自己想象的那么重要。

在人际关系中，过分高估自己在别人心中的地位会让自己失望。有一位领导干部得知近期要民主推荐副市长，于是早早地做了"大量工作"，一些平时经常走动的好友也纷纷趁机讨好他，表示一定会投他的票。胸有成竹的他认为这次一定会被列入考察对象，但结果令他大吃一惊，推荐票只有 2 票，除了他自己所投的一票外，还有一票是投票时坐在他旁边的同学无奈之下投的。他显然高估了自己在别人心中的分量，也低估了选票背后的残酷和黑暗。当他知道投票的结果时，顿时脸色苍白，顿感世态炎凉。

人性经不起测试，经不起任何的凝视和端详，脆弱得不堪一击，无须为人性感到意外。最信任的人教会了自己不要轻易相信任何人，在别人心目中的地位远远没有自己想象的那么重要，不要再叹息世态炎凉，人情冷暖。

喝酒的时候称兄道弟，勾肩搭背，关系好似非同一般，酒醒了，还不是大路朝天，各走一边，回归原有。

酒肉朋友不一定是真朋友，在酒桌上劝你少喝酒的人才是真朋友。

你说朋友多，你借钱试试，有几个人愿意把钱借给你。

当你遇到困难时，当你跌入人生低谷时，最能检验朋友的真假。可能这个时候帮你的人连个影子都没有，现实就是这么残酷。

你讲义气，愿意为朋友两肋插刀，可在别人心里，你只不过是一个普通朋友而已，根本没有把你当回事。

别太相信你所谓的兄弟说的话，近看之下，你周围的许多人都是不靠谱的，还是要相信你自己的眼光。有时还要相信自己的直觉，因为直觉才是思维的最高形式。

当然，对他人的好意和付出，也不应该建立在期望回报、同等回报的基础上。每个人的感受和看法都不同，如果我们把过多的期望寄托在别人的回报上，可能会陷入沮丧、伤心和痛苦之中。

美国心理学家威廉•詹姆斯说："人性最深刻的原则就是希望别人对自己加以赏识。"但一个人最喜欢的人，不一定是自己所崇拜的人，而是喜欢崇拜自己的人。有时你之所以感觉他与你灵魂相通，是因为他说了你想要听的话，所以不要自以为自己在别人心目中有多重要，生活中，自己就是主角，别人无法替代。在别人的心中，你真的没有那么重要。觉得自己很重要的人，容易想象自己在别人心目中的位置，而有些人出于自己的目的，会配合他人的想象。

你觉得别人总会眷恋着自己，实际上别人只是偶尔想起；你觉得别人会在乎你，实际上是自己自作多情。别人可能连他自己都没时间在乎，哪有时间在乎你呢？你听到的在乎声，都是虚假的。

不要以为别人离不开你，甚至世界也离不开你，地球少了谁都照样转动。每个人都是独立的个体，没有谁离开谁就活不下去。不要看轻别人，更不要高估自己。

我们可以偷偷地自恋，偶尔地孤芳自赏，但千万不要自作多情。高估自己在别人心目中的地位的行为，往往是虚荣心在作祟。我们在他人的眼里都只是昙花一现的匆匆过客，而不是离不开的人物。

人生中总会有人喜欢你，也总会有人讨厌你，但更多的是有人不在乎你。

期望值越大，失落感越大。折磨自己的，永远都是你过于在乎的东西，当你意识到在别人心中的分量大打折扣时，此时你才会恍然大悟。但你若不在意、不关注、不在乎时，老天也奈何不了你。

真正内心稳定和强大的人，都是站在自己的立场去审视世界，而不是通过别人的镜头来看待自己。只有自己的认可，才是这个世界最有分量的东西。

这个世界谁都不是谁的谁，你做好你自己，你就可以说你是谁。决定你是谁的最强大的因素始终来自自己的内心，而非别人的眼光。

要经常称一下自己，不单单知道自己是胖了还是瘦了，还要清楚自己几斤几两，以及在别人心中的分量。

真挚的感情告诉我们，不要以为你想的人同样也在想你，也许你想的人正在恨你。

你始终对人脸露微笑，别人却不曾给你一次回眸。你也会发现，有些温暖的背后隐藏着冰冷的目光，甚至是阴险和算计，出现在你眼里的是这个亦真亦假的世界。

放下纠结，超脱释然，不要让自己陷入百思不得其解的困惑中。放下过往的怨恨、放下朋友的无情，放下是一种智慧。放过自己就是接受现实，彰显自己的格局，这是宁静致远的淡定和从容，千万不能执迷不悟。与朋友的相处要懂得自知之明，无论何种关系，只要对方不顾及你的感受，就应该及时止损。

人类最殷切的渴望是被肯定，这也是人类最高层次的需求。渴望得到别人的认可和肯定，这无可厚非。人终其一生所付出的努力、所体现的精神，就是为了得到别人的肯定。被人称赞、被人肯定，是自身价值的一种实现。被人肯定，固然让人着迷，但过度渴望和留恋他人的肯定，无疑是愚蠢。

我们无法满足所有的人对自己的认可和肯定，但千万不要活在别的人眼光里，累了自己，也会被别人看不起，不值得。也没有必要寻找存在感，别人对自己的看法，其实也无关重要。

独立是最具魅力的人格特点。人是一个独立的个体，不是复制他人的存在，也不是看着别人的眼光生存。选择放弃，放下一些人和事。学会独处是一个人找到真我的渠道和途径。人越独处，越幸福。宁愿孤独，也不要庸俗。要么和灵魂有趣、思想合拍的人相交，要么和简单单纯的人相处，如果没有，独处一方又何妨。我们终其一生，不是为了满足每个人，而是要找一个跟自己同频共振的人。

我们既不能高估自己在别人心中的地位，高傲自居，在智慧中夹带着一种肤浅，也不要低估自己，低估自己的存在价值，妄自菲薄。

这个世界的温柔都来自自身的强大，而不是别人的施舍，也不是期待别人对自己的发自内心的赞赏和喜欢，更不是靠高估自己在别人心中的分量，来获取和满足自己的面子和虚荣。

千万不要高估自己在别人心中的分量，别人爱的是他自己，根本不会是他人，最终谁都不是谁的谁。我们无法让每一个人都喜欢自己、爱自己，但我们有充分的理由、足够的能力喜欢自己、爱自己，爱自己才是终生浪漫的开始。

一般人会觉得自己不一般，但如果一个人不认为自己不一般，他就会比他自己所认为的要不一般。

第陆章

道德
闪耀人性光芒的标尺

恪守良知底线，怀揣良善之心

“良知”和“良心”，是人们言善和从善中说得最多的两个词。但“良知”和“良心”又是不同概念的两个词。良知是一种判断，是生来就有的知识，更是一种天赋；良心是一种道德。

良知是天赋的道德观念。《孟子·尽心章句上》中说：“人之所不学而能者，其良能也；所不虑而知者，其良知也。”不经过思考就知道善恶、是非、黑白的见识，这才叫良知。

良知就是万物的灵魂，良知就是真我。良知是人的本质，是一个人存在的根本，也是生命的本源，是善恶、是非、黑白的判断基准。

明朝哲学家王阳明先生说：“良知是千古圣贤相传的一点真骨血。”知天理，知人间大道，是一个人内心固有的，无须培养。

良知也是人与兽的一种区别。兽是“饥则食、渴则饮、困则眠”；而人的行为举止，都会控制在一个合理的范围之内，不会越过内心的底线。

做人最基本的良知是懂得区分善恶，善恶是人类最基本的道德范畴，人本性善，善良永远是人性中最璀璨的光芒。

所谓良心，是人类社会约定俗成的一种道德观。良心是个人行为的内在反应。

良知和良心有区别也有联系，良心是对事物判断的本质，良知是对事物判断的方式，是对道德和真理的理解和判断。良知是良心的基础，良心是根据良知做出的反应。

良知和良心在许多情况下是相互依存的。一个人先有良知，后有良心。如果没有良知的判断，就不可能有良心的体现。

相对来说，人们在生活中说得更多的是良心，而不是良知。

良知是一种知识，智慧就是良知的表现。良知使人们能够理解什么是正确的，什么是错误的。

良知，是一种善知识。对底线的把握是良知的基本要求，有良知的人有高于社会的道德标准，有言行一致的品行，这是有良知的人的终极目标。

良知是一个人内在的道德感知能力，是一个人的信仰、人格和品德的基础。因此，良知是一个人不能触碰的道德红线，我们每个人应该懂得像“勿以善小而不为，勿以恶小而为之”这样诸如此类的道理。

如果一个人做了违背良心的事，不但不感到内疚和后悔，反而变本加厉地在有悖于道德的路上越走越远，那这个人根本没有人性，没有良知，他的良心会受到谴责。相反，一个人知错后及时悔改，那说明他的良知在觉醒，人性的光芒被点燃。

有良知的人“知耻”。《汉书·传·贾谊传》曰：“礼义廉耻，国之四维，四维不张，国乃灭亡。”古代人把“知耻”上升到维系关乎社会和国家存亡的高度。现代文明社会的每一个人更应该“知耻”。俗话说：“人无廉耻，无法可治。人若无耻，就会丧失良知，泯灭人性，为所欲为，禽兽不如。”

有良知的人“知愧”。有良知的人知道自己的弱点、知道自己的错误、知道自己的不足。有良知的人有自知之明，知错就改，悔过自新。有良知的人在任何时候、任何情况下，做任何事情都能坦坦荡荡，问心无愧。

有良知的人“知恩”。鸦有反哺之义，羊知跪乳之恩。人的一生中都受到过他人的恩惠，有良知的人懂得“滴水之恩，涌泉相报”的道理，他们会感恩在生命中遇到的每个有恩于他的人。感恩也是一个人最起码的道德和良知，一个连感恩之心都没有的人怎能在人世间立足？

有良知的人“知趣”。有趣有乐的人是高情商，是人皆喜欢的人。有良知的人领悟人情世故，总是把美好和快乐呈现给他人，有着浓浓的人情味。知趣的人能察言观色，把握分寸。知趣的人能在别人需要的时候伸出温暖的手，懂得什么是别人需要的，什么是别人不需要的，使人感到温馨和快乐。

良知的内涵很广，正义、公平、公正、同情、关爱、诚实、正直、真诚等，这些品质，都应该在有良知的人身上体现。

良知也是文明的体现，真正的良知是：是非分明，疾恶如仇、匡扶正义、追求公平、同情弱者。

“枪口抬高一厘米的故事”就是一个良知的事例。在“柏林墙”推倒前的一个晚上，东德一个名叫亨里奇的守墙卫兵，开枪射杀了攀爬柏林墙企图逃向西德的青年克里斯·格夫洛伊。“柏林墙”倒塌后，法庭对亨里奇进行了审判。他的律师辩称，亨里奇仅仅是执行命令的人，基本没有挑选的权利，罪不在己。而法官则指出："作为警察，不执行上级命令是有罪的，但打不准是无罪的。作为一个心智健全的人，此时此刻，你有把枪口抬高一厘米的主权，这是你应主动承担的良心义务。这个世界，在法律之外还有'良知'。当法律和良知冲突之时，良知是最高的行为准则，而不是法律。尊重生命，是一个放之四海而皆准的原则。"

社会纷繁复杂，世界扑朔迷离，人性难测，神奇诡异，不是一个简单的"黑白""善恶""是非"问题，需要我们动脑子作出判断。作为一个有良知的人，既要具有高尚的灵魂、高尚的品德，又要不断提高辨别是非的能力。三国时期政治家曹操说："对待善良之人，有半点欺凌就是造孽，对待歹毒之人，有半点仁慈就是作恶。"过分的善就是恶，我们要善于观察，善于分析，理性思考，提高真、善、美的鉴别能力。

良知不夹杂任何私心，是纯粹的美好，动机至纯、动机至善、动机至美、动机至趣。

生而为人，理应有良知。知恩感恩是一个人具有良知的基本体现，而孝顺父母是知恩感恩的基本体现。因此，孝顺才是一个人基本的良知。

父母是我们生命的起源。我们首先要感恩的是父母，感谢父母的养育之恩，懂得孝顺父母。一个不懂得孝顺父母的人，是一个不懂得真正感恩的人，也是一个没有基本良知的人。一个连基本的良知都没有的人，千万别指望和相信他会有其他的良知。即使有，也是带有目的和私心的，也是十分虚伪和恶心的。

伟大的革命导师马克思说："良心是由人的知识和全部生活方式来决定的。"一个有良知和良心的人就是一个有灵魂的人，就是一个有知识的人。

做人要以良心为根，以人品为本。对于一个官员来说，全心全意为人民服务就是良心；对于一个医生来说，把病人当成自己的亲人就是良心；对于一个老师来说，忠诚于党和人民的教育事业就是良心。有人说，对商人来说，不坑蒙拐骗就是良心；对于医生来说；不草菅人命就是良心；对于老师来说，不误人子弟就是良心。这个标准实在太低了。

一个真正有良心的人，不会因世俗的偏见而改变初心，不会被周围人的邪恶左右，他一定会义无反顾地行良善之举，把爱和温暖撒向他所认为需要关怀的人。

一个人一旦丧失了良心，就毫无任何可取之处；一个人一旦良心泯灭，在任何事情上就是一个不可信任的人。

没有良心的人突出的表现是自私自利。万恶皆由"私"字起，自私是人类万恶之源，一切极端自私的背后都隐藏着人性的罪恶。一个自私自利的人，他的心是黑的，别指望自私的人会有良知，会有良善的心。

“凭良心”，这是人们在日常中说得很多的一句“内心”的短话。但不知道一些人是不是真正凭良心去说，是不是真正凭良心去做。

法国浪漫主义文学的代表作家雨果说：“良心的觉醒就是灵魂的伟大。”生而为人，我们可以不做好人，但一定要保留一颗良善之心。只要我们一直拥有一颗良善的心，一直秉持正义、支持公道、关爱弱者，那我们就是一个不平凡的人，就是一个伟大的人。

在第 13 届世界杯足球赛阿根廷与英格兰四分之一的比赛中，球朝阿根廷主将马拉多纳飞了过来，他跳起来企图顶球，但由于个头矮小，紧急之下，他用手将球砸进了对方的球门。

当时这一细节逃过了多数人的眼睛，这连裁判纳塞尔也宣判进球有效。英格兰门将希尔顿捶胸顿足，但事已成定局，结果，英格兰士气低落，最终阿根廷以 1:2 战胜英格兰队，加冕当届世界杯。马拉多纳也由此成为本次赛事的最佳球员。

不过事后，有人对此提出质疑，但马拉多纳的解释相当狡猾：“这完全是上帝的举动。”但事后，心烦郁闷的他来到教堂参加了一个祷告。“一个人可以骗过全天下的人，但却唯独骗不了自己的心。”当这句话一个字一个字地从马拉多纳嘴里蹦出后，他脑海里立马浮现出了当年的那个手球，并陷入了久久的沉思中，此后的半年里，他因无法忍受内心的煎熬，而近乎崩溃。

马拉多纳终于鼓起勇气，公开向英格兰队道歉，并在英国《太阳报》上刊登了一封致歉书。并留下了这两句话：“你犯下过错，纵使逃过了法律和道义的惩罚，但却永远逃不过良知的拷问。”“在良心的检票口，每个残缺的灵魂都会被卡住，然后等待着忏悔前来救赎。”

做完这一切，马拉多纳对着天空，长长地呼了一口气，无比释然，悬挂在他心中的石头终于落地了。

这一良心觉醒的例子印证了古罗马政治家西塞罗的名言：“对于道德的实践来说，最好的观众就是人们自己的良心。”

良心的觉醒是最重要的觉醒，良心的觉醒没有先后之分，只要能觉醒，就是灵魂的伟大。

人们对社会公平正义的期望值很高，而法官是社会公平正义的最后一道防线，因此，法官是社会的良心。有了良心，才会有公正。法官在行使自由裁量权时，应接受良心的洗礼，使裁判文书成为经过良心过滤之后的法律。

做人一辈子，一辈子做人，到底什么才是最重要的？那就是无愧于自己的良心和为别人着想的善良。

人生在世，重在人品，贵在良心。良心是无须提醒的道德自觉，人丢了良心，就失去了做人的资本，无异于行尸走肉。

教育的目的不仅仅是传授文化知识，更为重要的是在灵魂深处唤起良知，教育人们懂得什么是良知，如何共同守护我们社会的良知。

如果你被这个世界温柔以待，那就请你也出于良心，温柔地对待这个世界。

请相信，只要我们恪守良知底线，以良善之心对待生活中遇到的每一个人，我们的生活一定会充满阳光！

同情是爱他人最便捷的一条路

同情是人类与生俱来的一种天性，是一种普遍存在的原始的道德感情和道德本能，也是人性中最基本的品质。

同情心源于内心的善良和仁慈，同情是一切道德中最高的美德，同情也是一切道德的最高准则。

同情是人性中最璀璨的光芒，是人性中最温暖、最纯粹的一面，是人生路上最温暖的一缕春风，最清澈的一泓清泉，也是道德品质中最美好的一种表达。

同情是对别人的遭遇产生共鸣，对他人的困境感同身受的一种情感体验，并给予精神道义上的支持和物质上帮助的态度和行为。同情之所以被认为是美德，是因为它能够使我们更加靠近和关注他人的需求和感受。

人类的共同价值观就是善良，同情心是善良的前提和根本。没有同情心就没有善良；没有善良，就谈不上人性的美。

同情的本质是感知和共情，是一种情感反应和行为表达的综合体现。爱在左，同情在右。当我们看到别人受苦受难时，我们会心酸，我们会流泪，这就是一种同情、共情和爱的力量。当我们同情和关切别人的痛苦时，我们的内心会变得更加宽容和善良。

我们应该知道，有些人没有那么幸运和幸福，他们在痛苦的生活中挣扎，他们眼睁睁地望着我们，希望我们给予同情的眼光，伸出怜悯的手。

奥地利剧作家茨威格说："通过同情去理解并且经受别人的痛苦，自己也会内心丰富。"同情他人，奉献爱心，点亮自己。

你的一个拥抱、一个眼神、一杯水、一滴泪，你紧握的双手，都足以让痛苦不堪的他泪流满面、幸福满满。

同情心是善良的标签，是一个人的道德素质和人文素养，是一种重要的生活态度和价值观。一个人富有同情心，就会让人感觉有情有义、有滋有味。同情心能加深人与人之间的关系，弥合人与人之间的隔阂，消除人与人之间的误解。人都有落魄和落难的时候，都希望能得到他人的同情和关爱。而这种同情，会让人感觉心里温暖，有安全感，会使他更加热爱社会、热爱人类。

一个单位的领导者如果富有同情心，他就会得到下属发自内心的爱戴，他就会有凝聚力和号召力。下属不一定会信服一个领导者的能力水平，但他一定会信服领导者的同情心和人情味。

一个富有同情心的人，首先要做到学会倾听，能耐心地倾听弱者的倾诉，体会他们的表达，尊重他们的感受，理解他们的遭遇。认真和耐心地倾听，就是拉近了与需要帮助者的距离。要学会站在弱者的角度，为他人考虑，培养同理心。同情心只是对他人的感受，同理心才是与他人的感觉。

中国古代社会倡导的仁义道德，集中地体现了同情他人和关爱弱者的思想。孔子“仁者爱人”的价值理念；孟子“恻隐之心，仁之端也”的仁爱观，都无不体现着仁爱和同情的情感。

比起同情，陷入苦难境地的人更加需要同理心。也许他不会因为别人一句同情的话立马高兴起来，但可能因为被理解和尊重而在很长一段时间里得到慰藉。荷兰有一座纪念慈善家费尔南德的塑像，塑像底下刻着一行字：一手给予帮助，一手给予尊重。它向我们指出，在同情他人时，除了给予物质上必要的帮助以外，更重要的是给予他人的尊重。

从心理学出发，同情也是一种自恋，同情是一种居高临下的安慰，也不排斥一些人有一种“我比你过得好”的暗喜。这是一种人性的弱点，甚至是一种人性的恶。比这种人性更坏的是对别人不幸的幸灾乐祸。德国哲学家叔本华在分析人性时说：“人性中最坏的特点，是对别人的不幸遭遇幸灾乐祸，这是一种非常接近残忍的感情，幸灾乐祸所带来的笑骂，简直是来自地狱的笑声。”对别人不幸的幸灾乐祸，是道德中最坏的东西，是人性的罪恶。

对人类苦难不可遏制的同情心，是一个良善的人内心基本的道德体现，不值得让人大惊小怪，也无须大力宣传。

同情是一种力量，而不是一种负担。同情是一种情感的表达，但不能成为人生活的全部，也不能让同情控制一个人的生活。同情并不意味着要背负他人的困难，负责他人的命运，而是以同情为动力，去帮助他们走出苦难的困境和无助的心态，让他们重新找到希望和力量。

同情的另一面是怜悯，同情和怜悯都体现着人性本善的情感关怀，但同情和怜悯有联系也有区别。同情是情感引起共鸣，怜悯是对苦难的关切，更多的是可怜对方。

怜悯是一种不平等的情感，怜悯心的表达是基于一个人自己的情感，它表明一个人处于一种被动的、无助的状态，怜悯通常会引发被怜悯者自尊心的受损和自卑，怜悯也被视为一种感伤和无助的情绪。

“现代法国小说之父”巴尔扎克曾说：“人类最难忍的是怜悯之情，尤其是在他值得别人怜悯的时候。可是，怜悯却能杀死人，它使我们原来虚弱的身体更为衰弱。”怜悯还可能减少被怜悯者自我奋斗的动力，因为他们可能会更依赖和依靠怜悯者的帮助，而不是自己去解决问题。

有一些人不喜欢被可怜，有些人甚至感觉被人怜悯是被侮辱的感受。苦难的人更看重的是被尊重或者得到实际性的帮助。与怜悯相比，共情是更好的选择。

从道德层面来看，同情和怜悯也有着不同的情感表达。同情是一种积极和肯定的情感，而怜悯则是一种消极和否定的情感。从人际关系层面来看，同情能建立可信可亲的关系，而怜悯可能影响和破坏正常的人际关系。

同情是极具时代性的话题，现实社会里，一些人能为远处的灾难报以同情，却不愿意为近在咫尺的苦难给予帮助，甚至连一点的同情心也没有。有人对遥远的巴黎圣母院被烧毁，内心表现出极度的伤心和同情，有的还出巨资捐款，但是对身边老人院的老人，甚至对自己父母的生活状况漠不关心，熟视无睹。这难道是无处安放的同情吗？这应该是一种扭曲的同情心。

英国作家塞缪尔•约翰逊说：“任何行为都不可能源于纯粹的乐善好施。人类的仁慈是混合着虚荣、利益和其他一些动机。”以显示自身的博爱，过分的同情往往也投射了自我，会夹带着自私和轻蔑的成分，有时比无情还要侮辱人，这不但不能使对方感激，而且还会让对方讨厌和愤恨。

过分的同情心不但得不到回报，而且有可能削弱我们的自我保护意识，很容易忽略对方的潜在危险性。英国思想家王尔德说过：“如果世界上少一些同情，世界上也就会少一些麻烦。”

过分的同情甚至是一种愚昧无知，古老的寓言故事《农夫和蛇》《东郭先生和狼》，不就是因为同情蛇和狼，而差点丧命的吗？

面对他人的苦难，我们需要保持理性的思考，不能盲目地同情，更不能愚昧地同情。

当自己潦倒的时候，也不要指望别人的同情和帮助，一切都得靠自己。这个世界上永远只有强强联合，从来没有强弱合作。对别人的同情也不能要求太高，不然带来的可能是轻蔑和嘲笑。所以当自己落难的时候，不要过多地考虑自己的尊严。受苦受难的人，没有悲观的权利，也不能乞求得到别人的同情，唯一需要做的就是面对现实，负重前行，强大自己，让自己成为有价值的人。千万不要自己卖惨而博得同情，取得施舍；也不要让卖惨的人接近自己，不然会害了自己。

关怀是最有力量的，但当你没有力量去关怀时，同情也是一种力量。在同情弱者的事情上，我们应该向世界著名的天主教慈善工作者、印度修女特蕾莎学习。

特蕾莎修女就是一个富有同情心的良善之人，她一辈子用自己的大爱、怜悯、慈悲和执着，去做好事、做善事。她把一切都献给了穷人、病人、孤儿、孤独者、无家可归者和垂死临终者。

特蕾莎修女在街头，甚至火葬场和坟坑里，寻找那些濒死的人。她为这些人喂饭、包扎、擦洗溃烂的身体，让他们和常人一样具有尊严。

就是这样一个弱女人，把同情的爱洒向苦难的穷人，用伟大的爱拥抱苦难的人。

特蕾莎修女的一生简单而又伟大。就像她所说的："我们常常无法做伟大的事，但我们可以用伟大的爱去做些小事。有时你需要做的只是握住他的手，给他一个微笑，听听他说的话，这就够了。"

同情心是人类最基本的情感之一，它与爱情、亲情、友情、责任等情感一样，都是人类文明社会健康发展的重要基石。

我们应该对人类的不幸和苦难常怀悲悯之心，以悲天悯人的心情彼此关爱，相互慰藉。我们不但要同情同类，而且应该以同情的情感对待动物，保护动物，促进人与动物的和谐相处。

同情是一种爱，它是人心中最纯粹的感情，在所有通往人类爱心的道路上，同情是最便捷的。

"同情是一切道德中最高的美德"，这是英国思想家培根的一句名言，此话千真万确!

善良是道德情感中最美的国色天香

善与恶是人类最基本的道德范畴。人的本性究竟是善还是恶？这是许多人在人生的实践中、在对人性的体会中，发出得最多的提问，这也是人性中最本质的一个哲学问题。而对于这一无法回避、又争论不休的千古哲学问题，历来就是哲学家们和凡夫俗子们共同关心的话题。

孔孟思想是中国传统文化的精髓，儒家的始祖孔子指出："人之初，性本善，性相近，习相远。"孔子将人性划分为先天性和后天性。他认为人天性都差不多，因后天和环境的不同，便形成千差万别的不同。

孟子曰："人性之善也，犹水之就下也。"孟子认为，性本善，好像水自然而然地往下流淌一样。人天生就有恻隐之心、羞耻之心、谦让之心。因此，人性是向善的。

人本性善，友善体现了人的本质，是完善人性的体现。在人类的道德标准中，善良一直被视为最基本的底线。

善良是一种品质。善良也是人性中最宝贵的品质，是一种被广泛认可和崇尚的人格特质。善良是一种美德，善良是一种追求，它包括心地善良、待人友善、关爱他人、关注和维护社会公正和道德伦理。一句话，善良就是发自内心地让别人好。

善是人性中蕴藏的一种最柔软，但也是最有力量的情怀。善良是人性中最美好的一部分，是人类一切精神和道德品质中最伟大的，没有什么比善更受欢迎的情感。法国批判现实主义作家、被誉为用音乐写小说的罗曼·罗兰在阐述人类的善良时说："灵魂最美的音乐是善良。"英国哲学家罗素："在一切道德品质之中，善良的本性在世界上是最需要的。"

善良是一束光芒。善良的人照亮着他人的世界，美国作家马克·吐温说："善良为一种世界通用的语言，它可以使盲人'看到'、聋子'听到'。"善良是生命的基石，是人性中最璀璨的光芒，只有真正善良的人，才能成为一束光。生而为人，就要做一个内心有光的人，心存善良的人。善良之光是耀眼的光芒，闪耀着我们内心最美丽的一面。善良的人，又像春风细雨，滋润和温暖着人的心灵。善良的人到哪里，都会受人喜欢。

善良是一种灵魂。善良体现着人类的思想，善良的行为使人的灵魂变得高尚。德国音乐家贝多芬说："没有一个善良的灵魂，就没有美德可言。"善良是心灵深处最真实的情感，善良与贫贱无关，与富贵无关，与知识无关，与地位无关，与性别无关，与长相无关，它存在于每个心存善念的普通人当中。一个人只有心存善良，内心才会有良心感。

善良是一种信仰。善良的人相信世界是美好的，是正义的。他们懂得，善待他人，无须回报，善待他人，就是善待自己，帮助他人，就是帮助自己。虽然这个道理看似很简单，可在现实社会中，却不是每个人都能认识到，也不是每个人都能做到。

善良是一种文化。古希腊哲学家苏格拉底说："无知的人是没有资格行善的。"这世上不是什么人都配得上你的善良。

善良是一种力量。善良虽然柔软，但富有力量。善良能提升人的精神，催生人的力量，鼓舞人的斗志。

善良是一种无私。善良是发自内心地为他人考虑的一种情怀。善良的人具有同情心和爱心，同情就是人类通往人性道路上的第一步。善良是对他人的痛苦能感同身受。看到陌生人出糗时，装作没看见，就是善良。当自己有好吃的东西，如果不能分给别人，那么你不发出声来，就是一种善良。唯有善良的人，才能彼此温暖，才能真心真诚相处。

有种善良叫不戳人痛处，不责人小过，不念人旧恶，不提及他人内心难堪的、最隐私的世界。

人的善良还体现在对动物的态度上，保护动物就是保护我们的同类。一个对待动物残忍的人，对待人也未必会仁慈。

人的良心要求人去爱护和帮助一切有生之物，并不去伤害任何生命。人性善良的光芒同样应该照耀在动物身上。

善良是人类文明的体现，善良植根于我们的内心，也是无须提醒的一种道德自觉，人类文明的发展离不开各种善良的行为。

善良是一种换位思考，是一种站在别人的角度，为他人考虑和着想的道德行为。换位思考是一种温暖，生命是一种回声，你发出爱的声音，就会收到爱的呼唤。当你把善意传递给别人时，你也能得到别人善良的回馈。

有善念的人，行善积德，心胸开阔，可以降低血压、减轻焦虑和抑郁等负面情绪，有利于增强免疫力。而一个从恶的人，内心愧疚、折磨和痛苦，有着负罪感，会导致免疫力低下，容易得病。求神拜佛，不如行善积德，善良才是一个人最好的护身符。孔子说的“仁者寿”，医学上所说的正气存内，就是这个道理。

善良的人，穷不坑人，富不忘人；善良的人，己所不欲，勿施于人。

善有善报，历史上一件善良的小事，却成就了两位历史伟人，堪称历史奇闻，也被人们广为流传。

100 多年前，英国一位贫困的农民正在劳作，听到不远处有人呼救，他毫不犹豫地冲了过去。原来是一位小孩掉在粪坑里拼命挣扎，老农赶紧伸手把小孩救了上来，并脱下身上的衣服，把他送回了家。

这是一个贵族家庭的孩子，孩子的父亲得知老农救了自己的孩子，感激万分，拿钱示谢，但被老农谢绝。老农说：“孩子落难，我正好遇上，救他是应该的。”孩子的父亲听了他的话，更加感激和感谢，对老农说：“您不需要钱，那我帮助您其他方面。”但老农摇了摇头，表示什么都不需要。正在此时，老农的孩子跑了过来。看到可爱的孩子，贵族父亲立即对老农说：“我资助您的孩子上学，让他成才。”老农一听受宠若惊，在贵族父亲的强烈要求下，老农将信将疑地答应了。

贵族父亲履行诺言，资助这位孩子读书。这个孩子学习也非常刻苦，考入了圣玛丽医学院，成为一名著名的医学家，1945 年获得了诺贝尔医学奖，他所发明的青霉素，拯救了无数人的生命。特别是在第二次世界大战中，青霉素在临床方面迅速推广使用，成为战争中的救命药。而这位医学家就是“青霉素之父”亚历山大 • 弗莱明，而他的父亲所救的那个贵族孩子，就是领导反法西斯战争的英国首相丘吉尔。二战时期，丘吉尔在非洲作战时不幸患上肺炎，亚历山大 • 弗莱明亲自赶到非洲，用自己发明的青霉素再次救了丘吉尔。

说到人性的善，必须提及人性的恶。人性有许多的恶，有些恶简直让人毛骨悚然、胆战心惊。贪婪自私、妒忌虚伪、幸灾乐祸、见钱眼开、见利忘义、仗势欺人、落井下石、恨人有笑人无、狗眼看人低、墙倒众人推，等等，人间最大的恶，就是把善良的人逼到绝境。这些恶劣，丧失人性、丧失天良，使一些人觉得人类社会世态炎凉、世界灰暗无光。这些恶劣，阻碍了人与人之间的和谐相处。

越是内心善良的人，越察觉不出别人的恶行，所以对别人也没有什么防备心理。越是善良的人，越是能感觉世界的美好。

人应当有一颗善心，但善的底线是正义，没有底线就是没有原则，没有原则的善良也是一种恶。

善良本身没有什么错，但善良给错了人，就是一个错误。当善良失去原则时，就必然会助长恶，会纵容邪恶，这是对正义的亵渎，对人的损害。善良必须要有点锋芒，不然就等于零，过分的善良就是残忍。英国诗人塞缪尔•约翰逊说：“通往地狱的路，通常是由善意铺就的。”此话虽然绝对，但也却不无道理。美国作家马里奥•普佐在《教父》中说：“没有边界的心软，只会让对方得寸进尺；毫无原则的仁慈，只会让对方为所欲为。”

对待善良之人，有半点欺凌就是造孽，对待歹毒之人，有半点仁慈就是作恶。毫无原则的善良，换来的往往不是感恩，而是对人一次次的伤害。邪恶盛行的唯一条件是善良者的沉默，作为一个善良的人，必须敢于对恶亮剑。我们既要心怀怜悯，心存善念，又要匡扶正义，打击邪恶。

古人云：“人为善，福虽未至，祸已远离；人为恶，祸虽未至，福已远离。”心存善念，利人利己；心存恶意，害人害己。

“勿以恶小而为之，勿以善小而不为。”人都是凡夫俗人，不可能天天行善，但我们至少心存善心，不做坏事。

善良是一种本能，也是一种选择。我们应该出于人性的本能，为在黑暗中挣扎的人点燃一盏灯，用我们的爱心和温暖去关爱和帮助那些在苦难中需要帮助的人，照亮他们，抱团取暖。

善良永远是不会令人厌恶的高贵品德，善良是人品中排在第一位的品德，善良永远是人性中最璀璨的光芒。我们应该坚守人类善良的底线，行善积德，大道致远。

人们对善良的人敬佩和敬重，也是因为社会太需要善良的人们。雨果说：“善良是历史中稀有的珍珠，善良的人便几乎优于伟大的人。”我们也不要认为这些伟大的人物离自己有多遥远，其实，我们每一个人只要心存善良，都能成为一个伟大的人物。

人与人相处久了，我们会发现，吸引对方的不是你的容貌、你的光环，而是你传递给对方的温暖和善良。虽然我们不能光芒万丈，但一定可以善良有光，世界因我们的善良会生机勃勃！

做道德的捍卫者，不做道德的绑架者

道德绑架和道德捍卫是关于道德建设方面的两个话题，这两个话题，有一定的联系，但更多的是区别。

道德绑架是一种常见的人际交往中的现象，是指站在道德的制高点上，以道德名义、道德筹码、道德标准、道德责任为依据，利用他人的自尊心，操纵他人的道德良心，提出过高的甚至不切实际的标准要求，胁迫或攻击他人，并左右其行为，让他人接受自己的要求或行为的一种行为方式。

道德绑架的特征表现为：用圣人、超人，甚至伟人的标准要求普通人，用美德来要求道德义务。

道德捍卫是指站在道德的高度，以道德的标准，对违反道德行为的人和事敢于制止，勇于批判。

绑架是一种暴力行为，“捍卫”这个词语最早可以追溯到古代的军事用语，这两个词都带有着武力色彩。无论是绑架道德和捍卫道德，都足于说明了道德对于个人和社会的极端重要性。

捍卫是一种精神，来自最原始的动力，它深入人的骨髓和灵魂。虽然并不提倡用生命捍卫道德，但必须提倡要用一种精神去捍卫道德。道德是神圣不可侵犯的，必须坚决捍卫。为了捍卫道德，也必须挺身而出。

道德绑架会让被绑架者受到压迫，失去自由；道德绑架会让被绑架者产生负面情绪。

道德绑架的成因一般有两种：一是道德绑架者出于自身的利益考虑，通过操纵他人的道德良心来达到自己的目的，这是一种自私的行为，是一种极不道德的行为；二是道德绑架者出于自我认同的需要，通过让他人接受自己的道德标准来获得认同和满足感。道德绑架者有着所谓的道德优越感，总认为自己的价值观和灵魂比别人要正确和高尚，希望、要求和强制他人跟团。

道德是用来约束和规范自己的，而不是用来胁迫和要求别人的。真正有道德和良知的人，应该是律己不律人。

强迫道德自律，是一种道德洁癖；强迫道德他律，是一种道德绑架。道德绑架者披着道德的外衣，是道德虚伪者。

以道德的标准要求自己，这是一种自律；以道德的名义绑架他人，则是一种自私，是最大的不道德行为。

道德应该是基于人类共同的价值观和规范，不能以自己的道德标准来衡量他人、要求他人。由于受出身、家庭、环境、岗位、经历等诸多因素的制约，每个人的道德标准和道德认同都不尽相同，如果对此绑架，那不仅是一种自私的不道德行为，而且是一种残酷行为。

在公共管理中，我们提倡尊老敬老，但也并不等于可以用道德去抢占公共资源。

插队、假装残疾乞讨，这类道德低下的行为，会被人们鄙视和唾弃，也会被人们本能地拒绝，但这些道德绑架都会以“事情急”“弱势群体”“行行好”“别人都这样”等理由，反驳和要挟。面对这些道德绑架，许多人也听之任之，也助长了这些绑架者的不道德行为。

现实生活中，一些人常常以半真半假的玩笑，来进行道德绑架，其话中隐藏着绑架者的真实意愿。我们认为，一切精神的东西都是以潜意识存在，而其中有些也以意识存在。奥地利心理学家弗洛伊德也就此说过：“没有所谓玩笑，所有的玩笑都有认真的成分。”有些人总是喜欢以“开个玩笑”来轻松收场，来搪塞自己的险恶用心，这既让人反感又让人厌恶。

经常有人说起所谓的“给个面子”，其实也只是个幌子，其实质就是道德绑架。任何的面子从来都是靠自己挣的，而不是靠别人施舍的。所谓“给个面子”，就是无耻的索取。许多人还喜欢被道德绑架，其实质也是为了面子，为了自己的虚荣。

父母对子女的道德绑架，这是一种十分隐藏的绑架。一些父母不顾子女的立场、观点、爱好和需要，不公正地对待孩子，强加于孩子，甚至将夫妻间闹矛盾的事情，逼着孩子出来评判和协调。

受传统“孝”文化的影响，一些孩子误认为父母也是为了自己好，不听从父母就是不孝。父母一句“爸妈都是为了你好”，加深了孩子的内疚感，操控和干预了孩子的认知。苏联教育家马卡连柯说：“一切都让给孩子，为了他牺牲一切，甚至牺牲自己的幸福。这是父母送给孩子的最可怕的礼物了。”

越是周边的人、越是亲近的人，越会对自己进行道德绑架。社会就是这么残酷，就是这么难于想象。“大衣哥”朱之文成名后，没有忘记家乡人，出资筑路修桥，捐助贫困户。但许多人不领情，视他为一棵摇钱树，试图对他进行道德上的绑架。村里一些人认为，“大衣哥”的走红与这个村庄有着密切的联系，因此赚到的钱应该分享给村里所有人。有些人甚至还说，村里还有一些家庭没有汽车，“大衣哥”应该帮助去购置。

生而为人，每一个人都在进行着一场不可退却的生命奔赴，坎坎坷坷，谁都不容易，没有必要为难别人，也没有必要为了别人而委屈了自己，都不值得。

也不能否认，道德绑架对于不道德的行为，也起到一定的道德推动作用。但这种道德绑架是基于法律和公正的基础之上，而不是基于一些人的个人目的和动机。

道德没有强制执行性，强迫他人做“有道德”的事情，本身就是一种不道德的行为。不管别人以什么样的目的，其道德绑架都是不道德的，必须远离以道德的名义绑架自己的人，不然，受伤害的必定是被道德绑架者。

道德是做人的根本，道德是捍卫社会公平正义的最后一道防线，每个人都必须敬畏道德、恪守道德、践行道德、宣传道德、捍卫道德。

道德是保护弱者的工具，是人类社会的契约。在社会上，每个人都感觉自己很弱小，都需要被保护。道德就是屏障，在屏障内都是同类，这屏障也是我们抱团取暖的有力保障。

对于社会上出现的一些破坏公物、殴打老人、欺负弱小、侮辱妇女等不道德行为，每个人都应该理直气壮地站出来指责和批判。这不是道德绑架，而是在践行道德、捍卫道德。

现实生活中，由于受中庸之道的传统思想影响，一些人不愿意做道德的捍卫者，而是甘愿做一个道德的沉默者。道德沉默者虽然徘徊在道德底线之上，但他们的行为无益于社会的文明与进步。正如黑格尔所说的：“每个人都以自身为目的，其他一切在他看来都是虚无。”道德沉默者内心也是自私自利的，道德沉默者虽然没有道德绑架者那么自私和露骨，但也会导致人际关系的淡化，导致人与集体关系的疏离。

道德是社会秩序的基石。社会秩序的维系离不开人们的行为规范和道德约束。只有通过道德约束，才能做到自律和自省。

道德文明是人类文明进步的标志，也是社会主义的核心价值理念。古人说：“德，国家之基也。”遵守社会公共道德，既是个人的素养，也是社会进步、国家稳定的标志。道德是一种价值观，必须突出人的道德标准，每一个人都不能做道德的绑架者，都要做道德的捍卫者。做道德的捍卫者，就是说明我们有思想、有灵魂。

捍卫道德，也为社会注入了正能量。只有捍卫道德，才能确保全社会的道德方向和道德水准。

法律是道德的基础，没有法律的保障，道德无法行使。我们常常感叹社会物欲横流、世态炎凉、道德沦丧，我们应该以道德的勇气，捍卫道德，而且要用法律捍卫道德，保证全社会的道德方向。

产生道德的根源是良知，而不是理智。必须重拳出击泯灭良知、泯灭人性的触碰道德底线的行为。

一个不捍卫道德的人，也一定是一个不会捍卫正义和公平的人。要教育和引导道德沉默者的行为向道德高尚者、道德捍卫者的行为转化，这是社会道德建设中十分重要的一环。世界不会因那些道德沦丧的人而毁灭，却会因那些冷眼旁观、保持沉默的人而灭亡。对那种见死不救、漠不关心、无动于衷的道德麻木者，对自私自利的道德绑架者要大胆揭露、深刻批判、敢于斗争。

高度的道德自律来自高尚的“道德洁癖”，我们只有强化道德修养、保持道德定力、坚守道德底线，弘扬无须提醒的道德自觉，才能切实担当起捍卫道德的职责。

感恩是道德情感中最为感性的情感

道德情感是人类内心深处的一种情感，包涵许多方面的内容，爱、善良、正义、宽容、感恩、责任……这些情感是个人道德意识的构成因素，是道德行为重要的动力来源，是人类充满爱的基本情感。而在这些道德情感中，唯有感恩才是道德情感中最为感性的情感。这也是被人们一致认同的价值观点，也越来越被人们广泛地认可和践行。

感恩是对生命中别人给予恩惠的感激和珍惜，这是人生的一种处世哲学，也是一个人内心充满爱，有善心、有良心的具体体现。感恩的本质是一种情感，感恩是对一个人是否具备善良品质的基本参考特征。

感恩是敏感性最高、感光度最强的道德情感。感恩是人性的一大美德，感恩是一个人精神上的宝藏；感恩也是一个人灵魂上的高贵和丰盈。

一个人要懂得感恩，一个民族也要懂得感恩，一个不懂得感恩的民族是没有希望的民族。要感恩祖先创造的悠久历史；感恩祖先创造的灿烂文化；感恩祖先留下的物质财富；要感恩祖先千百年来凝聚和传承下来的精神财富。

感恩虽然是一种道德美德，但只是道德美德中最微小的、最不足为奇的美德。而忘恩负义却是令人生厌、令人寒心的一种品行，而且是较为恶劣的一种。

一个懂得感恩的人，首先要“知人情冷暖”“懂人情世故”，也就是要懂得“还情”，这是最浅层次的感恩行为。俗话说得好：可以不识字，但不能不识人。法兰西第一帝国皇帝拿破仑说过：“我以为负恩是人类最大的缺点。”一个忘恩负义的人就是一个最卑鄙的小人。

自古就有“知恩不报非君子”的古训。一个不懂感恩的人就是一个没有良心的人，一个没有良心的人，是一个没有温度的人，是一个不值得深交和信任的人，也是一个容易被人唾弃的人。

儒家文化的“仁义礼智信，温良恭俭让”，就包含着“感恩”的情结。没有感恩就没有真正的美德，“感谢”只是感恩的第一步。一声“感谢”，不费多少口水，说声“感谢”只是对得到帮助后的回馈，没有实质性的付出，也是一件不难做到的事情。但在日常的生活和交往中，我们许多人对于别人的帮助，极不尊重，不擅长说声“谢谢”。

现实生活中，许多人对得到过的帮助不屑一顾，不懂珍惜，不愿付出一点回报。有些人甚至对于曾经的救命之恩，不但不感恩，反而还忘恩负义，甚至发展到背后捅刀的可怕境地。以致人们发出了社会世态炎凉的感叹。

社会上一些子女甚至不懂得感恩父母，子女啃老、嫌老、厌老、弃老、欺老、害老的现象时有发生，影响和损害着我们的社会文明。

一些子女舍得花钱饲养宠物，却不愿意花钱赡养父母；他们有时间玩狗、遛狗，却没时间陪伴年迈的父母；他们愿意为畜生洗身，却对年老体弱、不修边幅的父母动辄指责，甚至谩骂。人性的泯灭令人发指、令人深思。不知感恩的子女真的比毒蛇的利齿更痛噬人心。

感恩父母的养育相传，那是一种生命无偿的情感

感天谢地，最值得我们感谢的是自己的父母。我们所有的一切，都源于父母给予我们的生命。生命的存在本身就是一种恩赐，我们遗传着父母的基因、遗传着父母的长相、遗传着父母的性格、遗传着父母的美德。

孝是中华民族的传统美德，也是感恩的一种体现。父母之恩，水不能溺，火不能灭。父母对子女的养育之情是最无私、最温暖、最厚重的情感。

古代都有“君要臣死，臣不敢不死；父要子亡，子不敢不亡”的说法，那为什么我们连报答父母的养育之恩都不愿意呢？滴水之恩，当涌泉相报。羊有跪乳之恩，鸦有反哺之义。伟大的人类更加要懂得养育之恩，更何况是感恩生养自己的父母。

对待父母的态度，是一个人最真实的人品。要包容父母的不完美，如果一个人连自己的父母都不能包容，那一定是一个十分自私的人。

感恩贵人的鼎力相助，那是一种情愿无悔的情感

人的一生中，总会遇上一些好心人的无私的帮助，这些帮助，使我们渡过难关；这些帮助，使我们成就事业；这些帮助，使我们醒悟人生。

这些帮助，对于帮助者来说，也许是举手之劳，但对于当时贫困潦倒、无助绝望的人来说，是救命的稻草，是生存的希望。

一个有良心的人应当时刻铭记这份情感，珍藏在心，懂得珍惜、懂得感恩。

感恩爱人的厮守相伴，那是一种恩爱无私的情感

在茫茫的人海中相遇，那是一种缘分，要感谢爱人走进自己的生命，使自己的生命完整而充满活力和生机。

百年修得同船渡，千年修得共枕眠。真爱来之不易，感恩爱人对爱情的守护。

感恩爱人的日夜陪伴和守望，感恩回眸一笑的温柔和善良。

感恩爱人给予自己那胸怀广阔的宽容；感恩爱人给予自己那近乎完美的恋情。那宽容，温情暖人；那恋情，深情眷恋。

爱人为爱情所付出的一切，都应该得到感恩。夫妻之间彼此懂得感恩，首先要做到的是多一些包容、多一些理解、多一些关爱、多一些温暖。

感恩老师的倾囊相授，那是一种慷慨无疆的情感

老师是人类灵魂的工程师，是我们人生道路上的指向标；老师是园丁，用心浇灌每一朵祖国之花。

一日为师，终身为父。师如父母，老师是最亲切的、最真挚、最感人的名称。老师就是孩子在校的家长，老师用生命之光，照亮了我们的人生旅途，抚育我们健康成长。我们丰盈的灵魂、丰富的知识、丰满的性格，都是老师教育培养的结果。感恩老师呕心沥血，用知识为我们装上了飞翔的翅膀，遨游在祖国的四面八方。

师恩如山，值得崇敬和感恩。我们感恩老师，就是要懂得诚实做人，踏实做事；我们感恩老师，就是要在人生的道路上写下精彩的一页，无愧于人生、无愧于老师的教诲。用我们的知识和劳动去回馈家人、回馈社会、回馈祖国，这是对教育自己的老师最大的感恩。

感恩朋友的相遇相知，那是一种温暖无比的情感

凡是出现在自己生命中的人，都是注定的，都是美好的。感恩相遇，不负真心。感恩生命中遇到的每一个人，那是自己生命中最美的相遇。

珍惜每一次的遇见，感恩每一次的相遇。我们有时总遗憾相遇太晚，那我们就更应该懂得珍惜相遇，感恩遇见。

相遇易，相守难。我们更要懂得珍惜相处时的美好时光，懂得付出真情、懂得用情用心、懂得涵养友谊。

感恩朋友的相遇，使我们能与有趣的灵魂在一起，充满自己、丰盈自己、成长自己。

有偶尔的相遇，也总会有必然的分别，在流行离开的世界要学会告别，告别一段难忘的感情。告别是为了更美好地相见，学会告别就是懂得感恩。

中国传统文化有“天地君亲师”的牌位，供所有人礼敬与跪拜，就是要求人们感恩天地、先祖、君师这三本，而这三本正是人之为人的根基。

我们要感恩生命中遇到的一切。感恩阳光，滋润万物，普照人间。感恩自然界的万水千山、万紫千红，给我们带来的灵气、灵动和灵魂。古人说：天地生人，天地是所有生命的根本，所谓生之本。感恩大自然给我们带来的一切美好，使我们享受着人间的幸福。

感恩生命中所有的遇见。一切相遇，都是命中注定，都值得拥有、值得珍惜、值得回忆。

感恩曾经伤害过自己的人，因为受到伤害，更磨炼了我们的心态和意志；因为受到伤害，坚定了我们对目标的追求；因为受到伤害，更沉淀了我们的人生阅历。

心中常存感恩的心，路才会越走越宽、越走越畅、越走越远。

感恩可以涤荡世间一切尘埃，感恩可以拓宽心路。懂得感恩，黄土变黄金。

懂得感恩是一个最基本的道理，也是最基本的做人原则。一个不懂得感恩的人，就是一个不懂得基本道理的人。可以想象、可以断言，一个连基本的做人都不会的人，还有什么值得可信、还有什么事业可言、还有什么目标可求。

法国伟大的文学家雨果说：“良心的觉醒就是灵魂的伟大。”感恩不分早晚，懂得感恩就好。懂得感恩，也是一个人觉醒的时候，只要觉醒就好。

感恩是一种力量、感恩是一种责任、感恩是一种义务。感恩是一种再回报，每个人都应该做到以德报德，知恩图报，无愧于心。你懂得感恩一切，一切又在为你施恩，这是一种爱的轮回。

不是快乐让我们感恩，而是感恩让我们快乐。

感恩有时不需要金钱、不需要甜言蜜语，而是需要我们拥有一颗真诚的心；感恩有时不需要付出，只要我们心里想着，嘴上能够表达一下。

有一种情怀叫感恩的心，有一种感恩叫涌泉相报。感恩就是最美的盛放，回放着千回百转的温暖。感恩是一种回报意识，感恩是一种无须提醒的道德自觉，感恩是一种力量、一种责任、一种义务。让我们在洒满爱的路上，去感恩生命中出现的每一个人，做一个有良心、有责任、有道德、有情怀的人！

旁观者，请不要总站在道德的制高点“居高临下”

道德是一种意识形态，是人类社会的基石，是人们相互交往、生活的准则。从社会角度来说，道德制高点是指道德对社会的影响和制约作用。

道德制高点表现为一个人或一个社会在道德观念和行为上达到的最高境界。在道德这个制高点上，人们追求爱国、正直、公正、善良、诚实、宽容和同情等道德品质。

无论是从个体、社会还是政治角度看，道德常常起到至关重要的作用。

当今社会，每个人都会涉及道德问题。有的人恪守道德规范、遵守道德准则、履行道德义务，争作道德的实践者，这些人会受到人们普遍的赞誉。

而有的人道德迷茫、道德沦丧、道德败坏，这些人会受到人们的指责和唾弃。

因此也就出现了许多的道德评价者和批判者，这些人会站在道德制高点上，谴责别人道德上不健康的行为。这种维护道德底线和规范的行为，应该值得称赞和提倡。

我们并不否定有些旁观者确实是出于一种道义感和责任心，站在道德制高点，履行道德义务，维护道德尊严。

但许多旁观者总是喜欢站在道德制高点上，以一种傲慢、自以为是和不容违背的态度，建立自己的道德优越感，而掩饰自己道德不堪的一面，“居高临下”地评价别人、批评别人，甚至谴责别人，以获得快感。

这些旁观者总认为自己的道德标准比他人高尚，总希望通过对他人的道德批判和指责来彰显自己的智慧、见解、威力和道德情怀，由此获得他人的认同和赞许。

这些旁观者俨然是道德楷模、道德形象的化身，个个是智者的出现。

站在道德制高点上指责别人的旁观者也是一个“伪善者”。这些旁观者表面上讲道德，实际上会给他人带来伤害和痛苦。这些道德批判家自以为道德情操高尚，却忽略了自己的行为并不符合道德规范。这些旁观者其实是一种傲慢和偏见。

可以说，这些旁观者中有许多人常常是出于一种内心的自卑感，通过对别人施加道德压力，来减轻内心的不安、焦虑和恐慌。

这些旁观者对别人严厉苛刻，对自己宽容宽待，这是一种自私自利的行为，是极端的精致利己主义。

每当出现灾害时，一些站在道德制高点上的人，特别关心名人的捐款捐物情况。不过，无论捐多捐少都要被他们站在道德制高点扫射，弄得他人狼狈不堪。其实这帮人也没有捐多少钱物，他们是唯恐天下不乱。

道德并不是绝对的，在不同的文化和时空背景下，道德有不同的理解和诠释。

每个人都有自己的成长背景和生活经历，人们的价值观也不尽相同，对道德现象、概念和规范的理解也是各不相同的。有时确实也很难分清是与非、黑与白、真与假、善与恶。

有些事情没有发生在自己的身上，作为一个冷眼旁观的人，以智者的形象出现在道德制高点，很容易用各种道理劝说别人。但是一旦自己深陷其中，变成当事人，也未必能够做到头脑清醒，甚至可能还不如被他们谴责的人。正所谓：当局者迷，旁观者清。

如今的道德制高点，也被一些人用来掩饰自己的狭隘、偏见、嫉妒和自私。

那些人总是把道德当成一种装饰品，却不知道道德是源于自己内心的善良。而每当别人出现道德滑坡时，他们马上会借道德的名义，围观起哄，指责吐槽，指责的声音比任何时候都起劲，比任何人都难听。

这些人一说到爱国主义，他们就会冲在爱国主义的最前线，挥动着爱国主义大旗；这些人一说到孝顺，就俨然是世上最孝顺父母的人，显示出特别的善良。

这些旁观者站在道德制高点上批判他人，却往往忽略了自身的不完美。这些旁观者一只手指指向别人时，另外三只手指却指向自己。这些旁观者不仅自己并不完美，甚至也是男盗女娼。

道德是一面照妖镜，也可以照出那些以道德为名行绑架之实的人的嘴脸。

千万不要以自己的言行作为道德制高点，来批评指责别人。不要把廉价的同情心当作正义的旗帜，到处挥舞着道德的大旗，招摇撞骗。要学会理解、尊重和包容多元的价值观点，尊重他人的价值存在。

站在道德制高点上挥动道德大旗的人其实就是道德绑架者。道德绑架者是采用情感勒索和道德压迫的手段来控制对方的行为，言行十分卑劣。英国思想家王尔德说：“将道德用作绑架的工具，是对人类本性最大的背叛。”真正的道德无须被三维立体式强行灌输，无须被绑架，它是一种自由的选择。道德绑架是无视他人自主自由的权利的行为，是对人尊严和自由的侵犯。旁观者举道德大旗来绑架他人，这并不是真正的道德，而是一种缺德，它仅次于落井下石和幸灾乐祸。

道德是用来规范自身的标尺，而不是用来约束他人的工具。真正道德高尚的人是严以律已，宽以待人。强迫自律，是一种修行；强迫他律，是一种自私。强迫自律，是一种道德洁癖；强迫他律，是一种道德绑架。理解别人是一种涵养，尊重不同是一种境界。

"君子求诸已，小人求诸人。"真正有教养的人、真正有道德的人是不会抬高自已，贬低他人的，总是指责别人，伤人又愚昧，没必要。

道德首先是一种私德，就像有人说："道德是内裤，所有人都要穿上。道德是内裤，所以我们不能在公众面前叫嚷：'我穿了内裤。'道德是内裤，所以我们不能耍流氓，质疑别人有没有穿内裤，并让人脱掉外裤，证明自已穿了内裤。"道德是内裤，也不要总炫耀自已穿了内裤，总是脱下外裤，露出内裤给人家看。总之，不能把道德常挂在嘴上，标榜自已，这样会让人生厌。

任何时候也不要轻易评论和指责别人，因为你根本不知道人家的情况；也不要让人轻易评论，掺和到你的世界里。没有真正的感同身受，设身处地，就不能随意对人指指点点，评头论足，这样既伤害了人家的自尊，又影响了自已的格局和形象。

每一个人的生活都不容易，每个人都有难言之隐和无法说出的苦衷。道德的核心是关注和尊重他人的权利和尊严，对人理解一些、对人宽容一些、对人尊重一些，何尝不是一种善良、一种积德，又何尝不是一种智慧。

公交车上让座的纷争从未停止过，对于主动让座的人，我们应该向他致敬，而对于不愿意让座的人，我们也不应该当众指责他，因为既伤了他的自尊，又不能从内心让他高兴让座，只有靠他的自省和觉悟，而从来不是靠旁观者站在所谓道德制高点上的"道德教育"。

人性有一种恶，就是喜欢把自已的认知当作普世的真理，然后自以为是地对别人指手画脚，说三道四，甚至指责挖苦、嘲笑讥讽。

德国哲学家尼采在《人性的，太人性的》中有这样一句："害虫叮人不是出于恶意，而是因为它们要维持生命；批评家也一样，他们需要我们的血而不是痛苦。"好为人师是人的本性，一些人喜欢在别人面前刷自已的存在感，这相当于踩在人家的肩膀上上升，那是一种极端的自私。

面对站在道德制高点上的旁观者，我们既要自省，改正自已不道德的言行，但也不要畏惧这些旁观者，束缚自己，不要活在别人的评价里，远离那些站在道德制高点上说三道四的旁观者。

闲着没事的旁观者：不要总站在道德的制高点“居高临下”，把道德作为绑架别人的筹码，用道德的绳索绑架别人。

“人无癖不可与交，以其无深情也；人无疵不可与交，以其无真气也。”每个人都不是圣贤，都有一些道德上或多或少的瑕疵。我们不要对任何人有任何道德层面的期望，都有道德洁癖。在这个薄凉的世界上，在这个人性本恶的社会里，任何人都似人似鬼，凑近了都无法细看。

闲着没事的旁观者：不要总站在道德的制高点“居高临下”，不把道德作为绑架别人的筹码，不用道德的绳索绑架别人。懂得谦卑，敬畏道德，温暖有加地对待周围的人，这才是一个真正有道德高度的人。

第柒章

文学

烛照人类心灵的火炬

苏东坡，千古一人的文学天才

在中华民族五千年传统文化的智慧宝库里，文学无疑是一朵最绚丽的花朵；而唐诗与宋词又是中国文学史上的两颗最璀璨的明珠，也是最让人引以为自豪的古代文学史。

说到唐诗宋词，有一位文人无法绕开，不得不提，他就是苏轼，世称苏东坡。

苏东坡是个神奇的文人，他当年参加制科考试，就得了北宋开国百年第一的成绩。

到过杭州西湖的人，一定游玩过以苏东坡命名的美景——“苏堤春晓”，一定记得“欲把西湖比西子，淡妆浓抹总相宜”这一脍炙人口的名句，也一定会想到1000多年前的文人苏东坡。

苏东坡和其父苏洵、其弟苏辙，并称为“三苏”。与韩愈、柳宗元、欧阳修、苏洵、苏辙、王安石、曾巩合称“唐宋八大家”。苏东坡与欧阳修并称“欧苏”。苏东坡善书法，与黄庭坚、米芾、蔡襄合称“宋四家”。

苏东坡的文学作品具有浩瀚的气势，散文堪称一绝。他在诗词、歌赋和书画等方面，都具有卓越非凡的成就。苏东坡在文学方面的成就，代表了北宋时期文学创作的最高水平，是历史上少有的文学和艺术的天才、奇才和全才。

苏东坡才华横溢，令人刮目相看，连当时文坛宗师欧阳修看了他写的文章，都“喜极而泣”，连连夸赞，甚至说，自己在文坛的位置应该让出来了。

北宋诗人黄庭坚这样评价苏东坡：“彼其老于文章，故落笔皆超逸绝尘耳”“文章妙天下，忠义贯日月”。

“中华千古第一完人”立功立德立言三不朽的曾国藩将苏东坡誉为“立言不朽之古人”。

国学大师林语堂评价苏东坡说：“像苏东坡这样的人物，是人间不可无一难能有二的。”

中国现代著名作家、文学研究家钱锺书说："李白以后，古代大约没有人赶得上苏轼这种豪放。"

可以说，在中国古代成千上万的文人墨客中，让后人记得最多、最优美的古代诗词的文人，首推苏东坡、当数苏东坡。

苏东坡豪情万丈的文采，吟颂着千古绝唱的醉人诗篇

"竹外桃花三两枝，春江水暖鸭先知。"

"大江东去，浪淘尽，千古风流人物。"

"人有悲欢离合，月有阴晴圆缺，此事古难全。"

"春宵一刻值千金，花有清香月有阴。"

"粗缯大布裹生涯，腹有诗书气自华。"

当你吟出这些千古绝唱的诗句，你一定知道是苏东坡的名句。而正是这些醉人的古诗词，让我们由衷地对古代的文人敬仰和崇拜。

挥洒自如的行文、精妙的语言艺术，使得苏东坡的文学作品具有丰富的思想内容、浪漫的创作情怀和独特的艺术特征，达到了古文运动以来散文艺术的高峰。

苏轼的诗词豪迈奔放、淋漓酣畅、开朗洒脱，他的诗词以抒发个人情感和歌咏自然景物的篇章居多，气势雄浑、意境深远、想象丰富、清新隽美。

苏东坡诗词中叙述的哲理，都是通过生动、鲜明的艺术想象自然表达出来，而并非通过逻辑推理或议论分析而成，因此，诗歌优美典雅、极富情趣、动情动人。

苏东坡一生写了2700多首诗、300多首词、4800多篇文章，可谓一生笔耕不辍。

苏东坡聪明绝顶的智慧，流传着耐人寻味的传奇故事

历史上许多脍炙人口的成语都出自苏东坡之手。"不合时宜""胸有成竹""出人头地""取之不尽，用之不竭""水落石出""沧海一粟""天涯何处无芳草""逢场作戏"等。

有一个事例，能足以说明苏东坡的睿智。有一次苏东坡到京师去科考，有6个举人打算戏弄苏东坡，备下酒菜请他赴宴，苏东坡欣然前往。有个举人提议行酒令，酒令内容必须要引用历史人物和事件，这样就能独吃一盘菜，其余5人哄然叫好。年纪较大的一位举人先说："姜子牙渭水钓鱼"，说完捧走了一盘鱼。"秦叔宝长安卖马"，第2位端走了马肉。"苏子卿贝湖牧羊"，第3位拿走了羊肉。"张翼德涿县卖肉"，第4位把肉扒了过来。"关云长荆州刮骨"，第5位抢走了骨头。"诸葛亮隆中种菜"，第6位端走了最后一道青菜。菜全部端完了，6位举人嘲笑苏东坡，苏东坡不慌不忙地吟道："秦始皇并吞六国"，说完把6盘菜全部端到自己面前，6位举人顿时呆若木鸡。

苏东坡为官从政的仕途，传颂着怜悯百姓的民众情怀

俗话说，“学而优则仕”，苏东坡就是文人为官的典型。

苏东坡的从政经历概括为八州太守、三部尚书、四个从政前期的岗位、一任皇帝秘书。按现代官场的说法，苏东坡从地方到中央，属于多岗位历练的官员。

苏东坡有着理想抱负和政治见解，性格率真豁达。他以亲民爱民、和蔼可亲、风趣幽默的形象出现在官场和民众之中。

在徐州，苏东坡组织参与抗洪，兴修水利；在杭州，兴建了苏堤，抵抗瘟疫，建立了中国最早的公立医院——“安乐坊”；在儋州，兴办教学，开启了儋州文化之风。苏东坡从政期间为百姓做了许多好事，留下了极好的口碑。

综观苏东坡的官场生涯，他不是一个有心计的政治家，而是一个纯粹的文人墨客，而且太过于书生气，不懂得能屈能伸、圆滑中庸的为官之道。政治家往往从大处着眼，忽略细节，而文人相反，从小处着眼，把握不住主要矛盾。苏东坡不适宜官场这个“沼泽地”，文坛才是苏轼的归宿。

苏东坡从政曲折艰辛，一生被贬 3 次，不是被贬，就是在被贬的路上，一生至少有 12 年的时间被流放。他是第一个被流放到岭南的官员，60 岁时又被贬过海，流放到海南岛任职。

宋朝唯一一次文字狱“乌台诗案”落在了苏东坡头上，致使苏东坡入狱 103 天，辱诟通宵。“乌台诗案”是苏东坡前半生的终结。

苏轼为官一任，始终把治国安邦当作一个文人的人生目标和情怀追求，对国家和社会怀有强烈的责任心和使命感。无论是官场得势还是失意，无论在朝还是在地方，苏东坡都心系国家与百姓，体现出崇高的理想追求、独特的思想见解和独立的人格魅力。

难怪南宋孝宗评价苏东坡时都说：“养其气以刚大，尊所闻而高明。”“忠言谠论，立朝大节，一时廷臣无出其右。”作为南宋最有作为、最注重忠孝的宋孝宗，能这样高度赞赏苏东坡，可见苏东坡的影响力着实不一般。

苏东坡坚忍不拔的意志，折射出一代文人的矢志追求

修身齐家治国平天下，自古文人在为官的道路上，大多数人十分注重品质的锻炼与修养的提升，苏东坡也不例外。苏东坡说：“宁可食无肉，不可居无竹。无肉使人瘦，无竹令人俗。人瘦尚可肥，亡俗不可医。”

苏东坡为官之路曲折艰辛，但是，面对官场接连受挫、仕途坎坷多舛的窘境，苏东坡没有颓废消沉，他以博大的胸怀，宽广的眼光，去拥抱大千世界，与自然

融合，与自己和解。

在苏东坡的眼里，凡物皆有可观，到处都能发现美的存在，必须看淡、看轻、看透一切。他在最苦难和无助的时候，给我们奉献了最潇洒、最愉悦、最美妙的诗词。

苏东坡最高的文化成就，就出现在“乌台诗案”之后，他写下了许多千古名篇，留下了“不识庐山真面目，只缘身在此山中”“明月几时有，把酒问青天”等千古绝唱。

苏东坡在流放期间，写下了“大江东去浪淘尽”“一蓑烟雨任平生”等千古绝唱。苏东坡在被贬黄州后，创作的《前后赤壁赋》《潇湘竹石图卷》《念奴桥·赤壁怀古》，现在都成了中国美术馆镇馆之宝。

苏东坡就是一位一边潦倒，一边含泪奔跑的坚韧不拔（此成语就是出自苏东坡的文章）的倔强的文人。

苏东坡又食烟火的雅趣，记载着文人墨客的雕虫小计

舞文弄墨的一代大诗人苏东坡不仅是一位文学大家，也是一个发明家。

在饕餮美食上，他也是一位美食家。“东坡肉”是一道让你馋得直流口水的江南美味佳肴，许多人还不一定知道，那是宋代著名诗人苏轼创制的。“东坡肉”文火慢炖，入口软而不烂。苏东坡创造的这道流传千年的名菜，至今被人们喜爱。

吃货苏东坡还发明了“东坡鱼”“东坡羹”“龙井虾仁”“东坡肘子”等美食。

1101 年 8 月 24 日，一代文豪苏东坡用尽最后的气力，艰难地说出了他生命中的最后一句话：“着力即差。”一生向佛的东坡居士，用人生的最后一句话，表达了他对人生的终极领悟。

苏东坡的出现，也许我们等待了一千年，甚至是更长的时间，他是中国文化史上的旷世奇才，他是千年后历代文人都无法企及的文学艺术的巅峰。我无法想象中国文学史少了苏东坡会是怎样一番情景，那一定会黯然失色。

站在制高点，运用时空观，从文学的角度、从历史的广度、从作品的厚度、从影响的深度来审视和欣赏苏东坡的文学作品，我们无不惊叹、无不赞叹：苏东坡不愧是千古一人的文学天才。

读完了《百年孤独》，理喻了人生的孤独

“孤独”一词，不难理解，但懂得孤独就不是一件那么容易的事。

文学作品中对孤独的细微描述，应该首推哥伦比亚作家加西亚·马尔克斯的代表作《百年孤独》。

马尔克斯在《百年孤独》中，通过对布恩迪亚家族七代的兴衰、荣辱、爱恨、福祸，和文化与人性中根深蒂固的孤独，以及加勒比海沿岸小镇马孔多的百年兴衰的描写，反映了拉丁美洲一个世纪以来风云变幻的历史。它告诉我们，孤独是一种必然，每个人注定都要面临孤独，而且要多次面临孤独。有的人在孤独中会变得更加孤独，甚至不能自拔，也有的人在孤独中反而会变得更加睿智与成熟。你如何面对和处理孤独，取决于你自己的内心，没有人会理解你的孤独，也没有人会帮你化解孤独，你的孤独属于你一个人，你的成长也属于你一个人，世界上没有第二个你。

《百年孤独》被公认为拉丁美洲文学爆炸时代的代表作品，被誉为“再现拉丁美洲历史社会图景的鸿篇巨著”，在世界文学史上占有极其重要的地位。

《纽约时报》曾经评价：“《百年孤独》是继《创世纪》之后，首部值得全人类阅读的文学巨著。”

有人说，《百年孤独》是一个人一辈子一定至少要读一次的好书；更有人说，如果你的一辈子只能读一本书，那么这本书，必定是加西亚·马尔克斯的《百年孤独》。这些话虽然说得有点玄虚，但也足以说明了《百年孤独》在世界文学史上的历史地位。

《百年孤独》在世界文坛的地位，无须我赘言。带着好奇和求知的欲望，我看完了这一长达 26 万多字的长篇小说，着实让人赞叹。回忆自己的人生历程，回想自己有过的孤独，不禁对孤独又有了新的认识。

孤独和摆脱孤独，是《百年孤独》的主题。其实，人的一生又何尝不是在孤

独和摆脱孤独之中度过。

人生必定处在孤独和摆脱孤独之中，各种各样的孤独会伴随着人的一生。

你一定会记得，当一件使人烦恼，又使人陷入孤独境地的事情结束，又一件使人陷入孤独的事情随之出现。

当你失败失落时、当你落魄落难时，周围的人会幸灾乐祸，原来在你身边的人会渐渐离你而去，会使你孤独无援。

当你处在风光之时，周围一些人会对你产生嫉妒，甚至对你议论纷纷，又会使你陷入孤单。因为优秀，使自己陷入孤单。每一个神采飞扬的笑脸背后，都是寂寞无比的孤独身影。

当人生的道路上遇到困惑和不解时，出于对自身的保护，你又不能向他人诉说，只好默默地藏在心里，又是一种层面上的孤独。

人在清闲时会孤独，但如果忙得连自己都顾不上时，也许会更孤独和痛苦。

凡夫俗子都难以忍受孤独，特别是处在逆境中的人由于对他人的不信任，对这种孤独更加敏感。

孤独是世界上最可怕的痛苦，没有人喜欢孤独，每一个人也都害怕孤独，人生最可怜的痛苦就是孤独。

思想的自由是人类自由最重要的组成部分，也是人类自由的最高阶段。在各种孤独中，人最怕的是思想上的孤独。一个没有思想的人是一个可怕的孤独者；但一个有思想，却找不到合群的人也会孤独。

孤独通向精神有两极，一个是绝望，一个是无边的自由，孤独也是最大的自由。

孤独是一门艺术，真正能欣赏它的人也不多。也只有相当程度的孤独才会有内心的平和。

生活中，有些人喜欢独处，并不是自命清高，而是不想与他人演戏，不想与他人争长论短。因为他们懂得，思想不在一个高度，尊重就好；“三观”不在一个层次，转身就好。

灵魂深处只能孤独。忍得住孤独、耐得住寂寞、挺得住痛苦，那是意志坚定的人、成熟沉稳的人。

有时你之所以感到孤独，并不是没有人关心你，而是你在乎的那个人没有关心你，所以你感到心灰意冷。情感生活中，不是因为寂寞而想一个人，而是因为想一个人而孤独。

一个人能耐得住孤独、守得住孤独，也是区别于他人的一个方面。在这个世界上，并不是每个人都能享受到孤独的，也只有当一个人孤独的时候，他才可以成为完全的自己。德国哲学家尼采说："孤独，你配吗？只有天才和疯子才享受孤独，普通人只是寂寞罢了。孤独和寂寞最大的不同是，孤独者的内心是饱满而丰盈的，而寂寞者的内心是慌张而骚动的。"孤独的人不是因为他想孤独，而是在他的周围，找不到同类，找不到灵魂相通的人，他宁愿选择独处。正所谓：狂欢是一群人的寂寞，孤独是一个人的狂欢。

《百年孤独》中说："别错过机会，生命比你想象的要短。"一个人千万不要陷入孤独而不能自拔，生命短暂，唯有想得通、想得开，才不枉过人生。人生苦短，彼此珍惜，正如《百年孤独》中所说："我们笑着说再见，却深知再见遥遥无期。"

一个人的孤独和痛苦，只有靠自己化解。没有一个人能读懂另一个人，也没有一个人能帮上忙，每一个人都很孤独。有些人因为孤独得了抑郁，其实治愈抑郁也没有什么特效药，解开自己的心结，才是遏制抑郁的最好良药。就像《百年孤独》中说："人生的本质，就是一个人活着不要对别人心存太多期待。我们总是想要找到能为自己分担痛苦和悲伤的人，可大多数时候，我们那些惊天动地的伤痛，在别人眼里，不过是随手拂过的尘埃。"而且你把孤独和痛苦告诉一些人，或许会被这些人对你暴露出的灵魂瞧个没完，甚至作为笑柄，笑得不停。

如果一个人独处时感到十分寂寞，那就说明这个人没有和自己成为好朋友。

一个人真正感到孤独，并不是来自身边无人，而是来自身边有人却无法与这个人交流自己内心深处想说的话。

《百年孤独》中说："比起有人左右情绪的日子，我更喜欢无人问津的时光，一个人最好的状态，就是独处的时候；安静自在，不用周旋于别人情绪，也不必刻意判断他人的心思，自己陪同自己，回归一个真实的自己。"人性中有一个特点就是有控制别人的欲望。所以，许多人喜欢批评别人，指责别人。但追求独立自由，是一个人有思想的根本体现，人最不情愿的就是被别人控制，被别人左右。有独立思想的人会远离这些人群，宁愿孤独一人。也正如《百年孤独》所说的那样："可能在别人看来我很孤独，但是只有我自己知道，我是真的很享受这份属于我一个人的快乐。"

《百年孤独》中说："人生是一条没有回程的单行线，每个人都用自己的所有时光前行。"人生中会出现放弃和坚持的两难选择，放弃很容易，但坚持很难，也很酷。正像《百年孤独》中所说："当全世界都要我放弃的时候，我还是期待有人轻语一声：'再试一次'。"坚持不一定成功，但放弃一定会失败。

《百年孤独》告诉我们，等待是一种痛。忘掉也是一种痛。但不知道该怎么办，是一种更折磨人的痛。长痛不如短痛，面对艰难的选择，我们要当机立断，勇敢地选择，对自己选择的路，即使再坎坷，也要风雨兼程。

《百年孤独》告诉我们，生活常常出人意料，如果你不逼逼自己，根本不知道自己有多棒。任何事情都是逼出来的，有时不倒逼自己一把，还真不知道自己有多能、多牛。

《百年孤独》中说：“生命从来不曾离开过孤独而独立存在。无论是我们出生、我们成长、我们相爱还是我们成功失败，直到最后的最后，孤独犹如影子一样存在于生命一隅。”人生比你想象的要短暂，人生比你想象的要复杂。回忆是一条没有回程的路，过去的一切都不能复原，唯有孤独永恒。

古来圣贤皆寂寞。英格兰作家赫胥黎说：“越伟大，越有独创精神的人越喜欢孤独。”越文明，越孤独；越超前，越孤独；越出众，越孤独。许多人和事表明，一个人睿智沉稳、富有思想的标志是他独自在一处徘徊的能力。人性最本质的价值是人的独立性，而耐得住孤独，独处一隅思考，何常不是一个人的能力。

微笑地面对孤独，仰望星空，背起行囊，独自远行，拿出超乎寻常的坚信，在孤独的道路上寻找灵魂相通的人，与高贵的思想为伍，永远不会孤独。

一位文字有温度和情怀的“女先生”

“先生”这个称呼，我们一定并不陌生，最为熟悉的莫过于称老师为“先生”。

“先生”是旧时代对有学识、有身份、有地位、有修养、有造诣的男士的一种尊称。如称鲁迅为“鲁迅先生”，称胡适为“胡适先生”。

称别人为先生，蕴含着向别人学习的意思，正所谓“达者为先，师者之意”。当今社会，“先生”一词被广泛地称谓。

“女先生”的称谓则诞生于近代，这是对旧时代过来的德高望重的有学识、有文化、有成就的女性的尊称。如政治活动家宋庆龄先生、才女林徽因先生、社会活动家丁玲先生、世纪老人冰心先生。

这是一种尊称和雅称。但现代社会基本上没有这种将女性称呼为“先生”的习惯了。

2016 年 5 月 25 日，中国现代作家、文学翻译家杨绛先生逝世，这是中国最后一位被尊称为“先生”的女性，尊称伟大的女性为“先生”的习惯从此成为历史。

杨绛先生，如同林徽因、张爱玲、冰心一样，一直是我内心崇拜、欣赏和敬仰的知识女性。在我摘录的名人名言中，杨绛先生的名言是最多的，这足于说明杨绛先生的思想和灵魂在我心目中的认可程度。

虽然杨绛的名字早已听说，她的有些作品我也拜读过，但“绛”字读音正确，还真没有几年，一直误读“xi á ng”。这还真有点对不起杨绛先生，但也不要过分责怪我，毕竟误读的人还不在少数。再说，名人就是由千千万万个凡夫俗子的仰望而高大伟岸的。

平静的杨绛先生平静地走了，不平静的我怎能不书写平静的她。

今天，再次走近杨绛先生，我不禁肃然起敬，万千思绪。

纵观杨绛的一生，她是在仰望群星璀璨的星空

能被尊称为“先生”的女性，绝对是个了不起的人物。因此，杨绛先生的一生是极不平凡的，这不仅仅因为她是著名作家钱锺书的夫人，而且她也是中国现代作家、文学翻译家、外国文学研究家、中国社会科学院荣誉学部委员。她通晓英语、法语、西班牙语。杨绛先生 96 岁时出版了哲理散文集《走到人生边上》，102 岁时出版了 250 万字的《杨绛文集》八卷。

作为一位百岁老人，杨绛先生一生笔耕不缀。1934 年，她就发表了短篇小说《璐璐，不用愁！》；1942 年，完成的第一部剧作《称心如意》在上海公演；独立翻译的《堂吉诃德》被公认为最经典的中文译本之一。

1986 年，西班牙王室授予杨绛先生“智慧国王阿方索十世十字勋章”，以表彰她为世界文学翻译作出的杰出贡献。

杨绛坚忍于知识分子的良知与操守，坚贞于伟大女性的关怀与慈爱，固守于中国传统文化的淡泊与坚韧，杨绛的内心是坚硬的又是柔软的。（新华网的评价）

杨绛先生一生淡泊名利，与世无争，她像兰花一样精致而优雅，骨子里又有着梅花一样傲骨不屈的清高，内心有着不可退却的倔强的灵魂。杨绛先生是个平静的人，正如她所说：“人生最重要的不是快乐，而是平静。”

杨绛先生说：“曾经拥有的不要忘记，已经得到的更加珍惜，属于自己的不要放弃，已经失去的留作回忆。累了把心靠岸，选择了就不要后悔，苦了才懂得满足，痛了才享受生活，伤了才明白坚强。总有起风的清晨，总有绚烂的黄昏，总有流星的夜晚。不管昨天、今天、明天，能豁然开朗就是美好的一天。”多么笃定、知足、优雅、淡然的心态。

社会是个万花筒，五味杂陈，争权夺利的丑恶现象更是到处可见，杨绛先生对此说：“名声，活着也许对自己有用，死后只能被人利用了。”

社会浮躁，脚步乱套，一些年轻人更是华而不实，心高气傲，杨绛对此说：“你的问题主要在于，读书不多而想得太多。”她一针见血地指出年轻人的通病，教育、鼓励他们勤奋学习、踏实做事。

作家周国平在赞颂杨绛先生时说：“我分明看见她在细心地为她的灵魂清点行囊，为了让这颗灵魂带着全部、最宝贵的收获平静地上路。”

直抵杨绛的思想，她是在寻找高尚灵魂的伴侣

英国女作家、文学批评家伍尔夫在谈及女性的觉醒之路时说：“不必行色匆匆，不必光芒四射，不必成为别人，只需做自己。”杨绛先生就是这样一个人，她的

人生哲学就是“生亦不喜，死亦不悲”。

杨绛先生符合中国女性最高的境界追求，具有完美的家庭、独立的灵魂、杰出的才情、高尚的品德。

崇高的理想追求、先进的文化理念、广博的文化视野、暖人的创作情怀，使得杨绛先生的文学作品中有着深刻的人性批判、文化批判和历史批判。同时，她的文字敢于触及底层、敢于揭示阴暗、敢于为民发声。

有位作者用“喜智与悲智”来形容杨绛先生的文学思想和精神世界，我觉得恰到好处。

杨绛先生说，我们是文化人，爱祖国的文化，爱祖国的文字，爱祖国的语言。一句话，我们是倔强的中国老百姓，不愿做外国人。

晚年的杨绛“走红”，出乎不愿意出头露面、淡泊宁静的她的意料，但并不出乎广大读者的意料，因为杨绛的文学思想早已深入人心。

杨绛的文学作品和文字语言，不是很难懂得，而是通俗易懂，深入浅出，温柔且有力量，蕴含着人生的智慧和哲理。

“惟有身处卑微的人，最有机缘看到世态人情的真相。”

“爱情多半是不成功的，要么苦于终成眷属的厌倦，要么苦于未能终成眷属的悲哀。”

“走好选择的路，别选择好走的路，你才能拥有真正的自己。”

这些语言哲理深刻，又极易理解，怎能不让人读后心旷神怡、拍手叫绝？

杨绛先生和钱锺书既是生活上的伴侣，又是灵魂上的伴侣。人们对著名小说《围城》里那句幽默诙谐，字里行间充满智慧的“婚姻是一座围城，城外的人想进去，城里的人想出来”这一名言赞叹不已，但我们应该知道，《围城》是钱锺书的智慧，也是杨绛的心血。杨绛在散文集《记钱锺书与〈围城〉》的开头写道：“这本书是他‘锱铢积累’写成的，我是‘锱铢积累’读完的。每天晚上，他把写成的稿子给我看，急切地瞧我怎样反应。”杨绛是《围城》的第一读者，也是第一改稿者，是最懂《围城》的人。

杨绛和钱锺书是文坛一对灵魂高度契合的神仙眷侣和精神伴侣。

仰视杨绛的品德，她是在感化人声沸腾的人们

杨绛先生说：“一个人的品德，才是才干的主人；而才干，只是品德的奴仆。”

杨绛先生是一位既有杰出的才华，又有高尚的品德的人，正因为她具有良好的品德修养，因此，她固守了中国传统文化的淡泊与坚韧，传承了中国文化的厚实与精致。杨绛的内心是坚强的，又是柔软的，是一位可敬可亲可爱的老人。

杨绛的文学作品闪耀着道德的思想光芒，她用作品教育、导引和感化周围的人们。

杨绛先生说："我们曾如此渴望命运的波澜，到最后才发现，人生最曼妙的风景，竟是内心的淡定与从容。"

杨绛先生说："宽容，是对自己涵养的修炼，偶尔计较，是告诉别人自己不傻。前者是格局，后者是底线，我有不伤人的教养，但不是你伤我的理由！"

"人间不会有单纯的快乐，快乐总夹杂着烦恼和忧虑，人间也没有永远。"

"世态人情，比明月清风更饶有滋味，可作书读，可当戏看。"

"岁月静好是片刻，一地鸡毛是日常。即使世界偶尔薄凉，内心也要繁花似锦。浅浅喜，静静爱。深深懂得，淡淡释怀。望远处的是风景，看近处的才是人生。唯愿此生岁月无恙，只言温暖不语悲伤。"

作家黎戈评价她："杨绛先生的品质，就像北极光：明亮、坚韧、耐寒，在人格的高纬度闪闪发光。"

走进杨绛的爱情，她是在告诫甜言蜜语的情侣

"众里寻他千百度，蓦然回首，那人却在，灯火阑珊处。"清华大学古月堂门口，杨绛遇见了钱锺书，共同的文学爱好与理想追求，彼此的心灵默契和人格魅力，使他们一见钟情，一见倾心。

钱锺书曾赠予过杨绛这样一句话："绝无仅有的结合了各不相容的三者：妻子、情人、朋友。"

钱锺书评价自己的夫人："最贤的妻，最才的女。"杨绛对此说道："我进清华，一为读书，二为锺书。"

杨绛和钱锺书两位先生用一生炽热的爱情诠释了"愿有岁月可回首，且以深情共白头"的缠绵的意境。他们的爱情柔情似水，他们的爱情故事被广泛传颂。

1997 年，他们唯一的爱女钱瑗因脊椎癌过世。次年，丈夫钱锺书因病逝世。原本美满幸福的家庭只剩杨绛老先生一个人。但年近 90 岁高龄的杨绛先生忍着悲痛，坚韧地"独自一人想问题"。她拿出丈夫的遗稿，又伏案疾书，充满深情地写出回忆录《我们仨》。我们无从知道老先生是以怎样的心力送走两位最爱。

杨绛先生的爱情观既有着柏拉图式爱情的纯洁与忠诚，又有着现代社会爱情的浪漫。她的许多爱情名言，读了让人心动、心悦、心醉。

"当你真正被爱的时候，其实你根本不用那么漂亮，那么迎合，那么优秀。你要知道，踮起脚尖的喜欢，是站不稳的，真正喜欢你的人，是会弯腰的。"

“千万不要去相信，和谁结婚都一样的鬼话。因为对的人，穿越十八层地狱，他也能将你拉回人间；而错的人，就算你在天堂，他也能将你拽进地狱。”

“一见钟情不过是见色起意，日久生情不过是权衡利弊。爱情这东西，始于颜值，陷于才华，忠于肉体，迷于声音，最后，折于物质，败于现实。”

阅读杨绛的语言，她是在诉说千言万语的衷肠

杨绛先生的文学思想具有女性意识和儒家思想，她的文字笔触含蓄深情、沉郁淡泊，有着本色的绚烂华丽，沉静诙谐中有着清静沉稳、雍容优雅的气派。

杨绛先生在文学方面始终坚守着作家的良知和道德，同时，有着与生俱来的女性的温柔与慈爱、传统文化特有的淡泊名利的美德。

人文关怀是古今一切优秀文学作品的总要求，也是“爱”和“善”的终极价值体现。受西方教育的影响，杨绛的文学创作浸润着深厚的西方文化色彩，写作风格表现出对人性和人文、自然和艺术的深层次的发现，流露着超凡脱俗、含蓄内敛的情感表达。

杨绛的作品彰显出尊重人的生命、自由、尊严、价值和情感，作品中没有歇斯底里的冷嘲热讽的锋芒、声嘶力竭的宣泄，但细细品味会发现，笔触中有着激情和锋芒。

“在这物欲横流的人世间，人生一世实在够苦的。”

“年轻的时候以为不读书不足以了解人生，直到后来才发现如果不了解人生，是读不懂书的。读书的意义大概就是用生活所感去读书，用读书所得去生活吧。”

“当你身居高位时，看到的都是浮华春梦；当你身处卑微，才有机缘看到世态真相。”

中国小说学会副秘书长卢翎评价杨绛说：“杨绛的散文平淡、从容而又意味无穷。可谓‘不着一字，尽得风流’。读她的散文更像是聆听一位哲人讲述些烟尘往事，在平静、平淡、平凡中有一种卓越的人生追求。”

中国左翼电影运动的开拓者、文学家夏衍评价杨绛的文学作品时说：“你们都捧钱锺书，我却要捧杨绛！”

“优雅是女人唯一不会褪色的美”，我曾经写过才女林徽因（《“民国第一才女”林徽因不是一般的优雅》）；写过歌唱家邓丽君（《永不消失的天籁之音，无人比肩的乐坛丰碑》）；写过英国电影演员奥黛丽·赫本（《优雅是女人唯一不会褪色的美》）；写过美国电影演员玛丽莲·梦露（《绝色的颜值，有趣的灵魂》），我都用这句话来赞美她们。今天用这句话再度赞美杨绛，我觉得也一点不为过。

杨绛，优雅了百年；杨绛，在我心目中永远优雅！

一首“一直被模仿、从未被超越”的帝王诗篇

南唐末代君子李煜的名字，许多人不一定熟悉，但他那首千古传诵不衰的帝王词篇《虞美人·春花秋月何时了》，一定让许多人熟悉和敬仰，也一定会让人们对词中那句充满悲愁的千古绝句“恰似一江春水向东流”而触景生情。

李煜是南唐末代皇帝，开宝八年（975），李煜兵败降宋，被俘至东京。李煜在政治上庸懦无能，用在填词上的时间，远远超过用在治国上的时间。但他多才多艺，善绘画，精音律，作诗文均有很高的造诣，尤其以词的成就最大，在晚唐五代词中别树一帜，对后世词坛影响深远。李煜文学方面的才华，在历代皇帝中无人匹敌。

囚禁后的李煜蜗居在汴京的一座深院小楼，面壁思过，思绪万千的他悲情地写下了《虞美人·春花秋月何时了》。978年，李煜在生日（7月7日）之夜（七夕），借东风明月之景，抒故国思乡之情，解亡国囚禁之痛，作乐吟唱。当宋太宗赵光义听到这首词后，对“故国不堪回首月明中”产生了怀疑和猜忌，认定李煜有复国之心，便赐毒酒将他毒死。

《虞美人·春花秋月何时了》是李煜的代表作，也是他的绝命词。这是一曲生命的哀歌，这是一首千古绝唱，这是一声绝望的呐喊。

这首词奠定了李煜“千古词帝”的词坛地位，这首词也是词中天花板。

《虞美人·春花秋月何时了》语言明净、优美清新、情深意切、形象生动。

全词以三问三答的结构形式，以“问起”，以“答结”，由问天、问人到自问，以“春花秋月”起笔，以“春水向东流”落笔，深情地表达了诗人绵绵不绝的悲愁、悲凉与悲伤。同时使用比喻、比拟、对比、设问等多种修辞手法，将美景与悲情、往昔与当今、景物与人物的对比融为一体，构筑凄美的意境，营造伤感的氛围，借此抒发作为帝王的他失落后的心中苦闷。“春花秋月何事了，往事知多少”“小楼昨夜又东风，故国不堪回首月明中”，一切的哀思、悲愤、悔恨、向往，

“恰似一江春水向东流”，沁透出诗人无边无际、无穷无尽的内心情怀。

《虞美人·春花秋月何时了》是李煜感怀故国的怀旧词，可谓字字泣血、句句哀怨、整篇悲凉。诗人的情感从思恋到惆怅、从惆怅到悲切、从悲切到哀愁、从哀愁到悔恨，写尽了亡国之君的哀愁，可谓跌宕起伏，处处唤起阅者共情。

最美丽的诗词是最绝望的诗词，最动人的诗词都是由眼泪灌溉出来的。作为皇帝的李煜，在位时不爱江山爱美人，过着声色犬马的帝王生活，痛失江山后，顿感生命落空的悲哀，强烈的故国情怀，引发了亡国之痛，惊天地、泣鬼神，发出了对国家和社稷热爱的心声，内心隐含着痛苦悔恨的情感矛盾。整篇词句哀婉凄凉、意境深远、震撼人心，让人感受到了亡国之君内心的空荡与悲哀，感受到了这首词是帝王之命、诗人之愁、情种之痴的深情流露。

有一位名人说过这样一句话：对于伟大的摄影作品，重要的是情深，而不是景深。《虞美人·春花秋月何时了》之所以成为千古杰作，不是因为诗人依靠春秋、春风、江水等景色托物，而是因为诗人从纸醉金迷、奢靡荒淫的帝王生活，一下子跌落到失去人生自由、以泪洗面的囚禁生活，内心的惆怅和悲思，谁能感受。无尽的思念、无奈的悔恨、无限的情怀，才使诗人触景生情，才会发出如此悲凉的千古绝唱。

李煜的这首词真切之感、赤诚之爱、肺腑之情、炽热之痛、满腔之恨，凄清婉丽，秀美到了骨子里。

千百年来，李煜的《虞美人·春花秋月何时了》被广为传颂，人们试图用《虞美人》的词格和韵律等进行模仿，但怎能与《春花秋月何时了》相媲美。

南宋词人刘辰翁用《虞美人·春花秋月何时了》的韵律创作了一首《虞美人·用李后主韵》；南宋词人蒋捷的《虞美人·听雨》、清代词人纳兰性德的《虞美人·曲阑深处重相见》，都是直接用“虞美人”这一词牌进行填词的作品。虽然这些模仿的词作在词坛也有相当的分量，但与李煜的《虞美人》相比，无论是韵律的深度、情感的深婉、意境的深切，还是在艺术感染力和影响力上，都是小巫见大巫，无法与之相提并论。

近现代学者王国维评价《虞美人·春花秋月何时了》时曾说：“唐五代之词，有句而无篇。南宋名家之词，有篇而无句。有篇有句，唯李后主降宋后之作，及永叔、子瞻、少游、美成、稼轩数人而已。”在《人间词话》中，王国维更是发出由衷的感慨：“后主之词，真所谓以血书者也。”

我不是一位诗人，我无法从诗词的韵律韵味上来赏析；我也不是一个文人，更无法从文学的底色上来鉴赏。我是一个凡夫俗子，充其量是诗词的搬运工，只是对《虞美人·春花秋月何时了》万分喜欢，因此由衷地发出赞叹，但又激动得、肤浅得说不出什么。

年少的时候看过电影《一江春水向东流》，后来才知道，电影名取自李煜的《虞美人·春花秋月何时了》的点睛之句，也就记得了“问君能有几多愁，恰似一江春水向东流”的这一千古绝句。听了歌后邓丽君演唱的《春花秋月何时了》，更觉得邓丽君演绎的这首歌深情动听，更熟悉了《虞美人·春花秋月何时了》，也更懂得这首千古诗词无可撼动的词坛地位，当然，也自然而然地改变了对李煜这位亡国之君的看法。

历史多么无情而又有情，它不遗忘每一个对历史有贡献的人，也不宽容每一个对历史有阻碍的人。李煜作为一名亡国之君，不爱江山爱美人，一生放荡不羁，不值得后人同情和称赞；但李煜作为一位伟大的南唐诗人，他的不朽诗篇、他的千古绝唱、他的文学情怀，永远让人敬仰和赞叹。

悲凉的文字与悲怆的爱情

民国是一个乱世的年代，民国也是一个人才辈出的时期，乱世的岁月不乏有乱世佳人的出现。巾帼不让须眉，民国时期如雷贯耳的才女，一说就是一大堆，林徽因、陆小曼、冰心……

在民国思想翻滚的历史潮流中，张爱玲无疑是一位民国才女、乱世佳人。她以对文字无比的执着，以冷静和温情的态度，诉说着绝世的风雅。

曾经写过民国才女林徽因（《民国第一才女林徽因不是一般的优雅》），不能不写高傲高冷的张爱玲。不写张爱玲，总觉得好像缺少了什么，总感觉有点遗憾和愧疚。

张爱玲留给世人的都是漂泊悲凉的背影，尽管她家世显赫，但结局寂寥悲凉。

张爱玲的祖父张佩纶是清末名臣，祖母李菊耦是朝廷重臣李鸿章的二女，张爱玲是地地道道的贵族后裔。

张爱玲 7 岁开始写小说，12 岁在杂志上发表作品，14 岁改写《红楼梦》，不到 20 岁时就在《西风》月刊上发表处女作《天才梦》，23 岁时，在《紫罗兰》上发表小说《沉香屑・第一炉香》，使她在上海文坛崭露头角，名震上海滩。

张爱玲一生的创作涉及小说、散文、剧本评论，其中以小说成就最高，张爱玲的小说超越了她所处的时代。

民国时期，张爱玲在海外华语文坛的地位，与鲁迅先生不相上下。在国内大学中，现代文学论文研究对象最多的是鲁迅，其次就是张爱玲。

有一位作家曾经这样说过："对于一个作家来说，风格的卓尔不群的存在是其作品生命力的最有力的说明。而以作者的名字名其风格，更是一种难得的殊荣。张爱玲拥有这样的荣誉，她的作品被人们称为'张爱玲体'。"

作家白先勇说："张爱玲当然是不世出的天才，她的文字风格很有趣，像是绕过了五四时期的文学，直接从《红楼梦》《金瓶梅》那一脉下来的，张爱玲的小说语言更纯粹，是正宗的中文，她的中国传统文化造诣其实很深。”

作家陈克华评价张爱玲时说：“世界上有华人华文的地方，就有人谈论张爱玲。”

文学评论家黄子平也曾说：“张爱玲是一位‘五四’主流文学史无法安放的作家。”

张爱玲曾获得“中国近现代史上的20位杰出女性”的称号。

张爱玲的小说既有古典主义的创作方法，又有西方文学的写作技巧。她的作品具有鲜明的女性主义特征和悲观主义色彩。她的作品笔法含蓄，语言娴熟、精致、典雅、幽默、通透，具有耐人寻味的语言特色。无论是超越雅俗，还是对细节的深刻描写，都是同时代的作家无法比拟的。

张爱玲的小说主要是描写男女之间的爱情，小说弥漫着悲剧主义色彩，这与张爱玲的性格有关。张爱玲笔触悲凉，这也是她从小悲苦的经历所致。

张爱玲是一位高傲高冷的人，但她又是一位感情丰富的女性。一位熟悉她的人说：世人皆说张爱玲高冷，殊不知她的高冷是因为她太重感情。

张爱玲是一位有着思想灵魂的人，她敬仰有灵魂的思想者。她说：“不要认为我是个高傲的人，我从来不是的，至少，在弘一法师寺院的围墙外面，我是如此的谦卑。”

张爱玲的感情生活是坎坷的，她经历了灰蒙蒙的感情生活，终于悟出了将自我价值建立在对自己的认识和欣赏之上。

张爱玲一生都在抒写着爱情，但一生也为爱情所困；一生都在为爱付出，但得到的总是伤害和遗憾，折磨的爱情使她喘不过气来。

24岁时，张爱玲的小说《封锁》吸引了初恋情人胡兰成。胡兰成的出现，也着实让张爱玲为之心动。虽然张爱玲后来得知胡兰成结婚多次，但爱情至上的张爱玲全然不顾这些，依然对爱情深信不疑。

张爱玲原以为两人之间会是一场轰轰烈烈的倾城之恋，但张爱玲在现实的爱情面前十分幼稚，她仅仅是以爱情小说中的角色，浪漫而纯情地出现在恋人面前，根本没有料想到现实中的爱情会如此的无情和残酷。

张爱玲爱胡兰成，爱得卑微到了尘埃里，但换来的却是渣男一次次的辜负与背叛。当时胡兰成是个公开的汉奸，张爱玲却执意要与他结婚。这在世人的眼里，她无疑是一种背叛祖国的行为，张爱玲因此也被扣上了文化汉奸的罪名。她不但感情受到了严重伤害，而且事业和名誉也因此跌入了谷底。

但爱情至上的张爱玲在胡兰成多次背叛后仍没有放弃爱情，内心炽热的爱还在继续燃烧，但一片真心换来的却是渣男的负心和无情。

也正如张爱玲所说："因为爱过，所以慈悲；因为懂得，所以宽容。"

在张爱玲悲痛、苦恼和无助之时，又一位情侣桑弧出现了。桑弧的到来，抚平了张爱玲的创伤，也给了她希望和光明。虽然这段爱情遭到了桑弧家人的反对，但张爱玲知道桑弧是懂她的、爱她的。桑弧的爱，使张爱玲感受到了一生中从未有过的温暖。就在他们即将结出爱情果实的时候，张爱玲被查出了妇科疾病，自卑的张爱玲觉得自己配不上桑弧，她主动选择放弃了依恋不舍的感情。

1955年，张爱玲远走美国。在异国他乡，她又相遇了灵魂相通的美国作家赖雅。虽然赖雅大张爱玲近30年，但他对张爱玲体贴入微，这也让张爱玲倍感温馨。可惜，好景不常在，甜美的爱情生活没多久，赖雅因中风丧失了自理能力。但张爱玲坚守爱情的责任，对赖雅始终不离不弃，她一边写作赚钱养家，一边照顾丈夫11年，直到赖雅去世。

张爱玲说："入了心的人，怎能说忘就忘；动了情的人，怎能说放就放。"张爱玲是一个敢爱的人，又是一个忠诚爱情的人，她是这样说，更是这样做的。

但是，张爱玲原以为爱情可以填满人生的遗憾，然而没想到的是，给她带来更多麻烦和遗憾的却偏偏是爱情。

张爱玲在《留情》中说："生在这世上，没有一样感情不是千疮百孔的。"她悲凉的爱情故事被她的小说言中。

一生写悲凉的情感文字，一生情感悲怆。张爱玲说，我不喜欢壮烈。我是喜欢悲壮，更喜欢苍凉。壮烈只有力，没有美，似乎缺少人性。悲剧则如大红大绿的配色，是一种强烈的对照。但它的刺激性还是大于启发性。苍凉之所以有更深长的回味，就因为它像葱绿配桃红，是一种参差的对照……张爱玲的命运也正如她所说。

中国自古传奇女子会有心比天高，命比纸薄的命运，张爱玲也不例外。

1995年9月8日，在万家团圆的中秋节前一天，张爱玲却黯然离世，被发现时，她已经离世一个星期，让人伤心，让人悲痛。

"生命是一袭华美的袍，爬满了虱子。"一代才女就这样孤独地拉上了人生的帷幕。

人们都为这个才女的孤独离世而感到悲痛和惋惜。正如作家所说的："张爱玲的一生，就是一个苍凉的手势，一声重重的叹息。"

张爱玲生前的高傲高冷、光鲜亮丽，文字的鲜活通透，在成千上万的读者心中的崇高地位，与她逝世后的悲凉相比，可谓悲惨至极。正像她所说的："生命是一袭华美的袍，爬满了虱子。”

综观张爱玲的文学作品，也有许多是描写残酷无情的战争现实。乱世的年代，尽管黑云压城城欲摧，但张爱玲的作品从来没有屈服过任何的邪恶，也没有向任何黑恶势力讨好和低头。

张爱玲曾经不顾个人安危，暗中营救被日军抓捕的革命志士。新中国成立后，张爱玲作为代表，出席了第一届上海文艺代表大会，这也完全说明她的过去得到了国家的认可。

张爱玲是中国现代文学史上一个独具魅力、极具思想的作家，她信奉“文学是人学”的创作理念，作品充满人性的思想。20 世纪 40 年代，张爱玲把笔触投向了“一个充满女性气息的世界”。她的小说与丁玲、冰心等女性作家的作品相比，具有更为鲜明的女性主义特征。她的作品揭示了男权社会制度、传统文化及习俗对女性的摧残，开启了女性批判立场。

张爱玲遵循“真实是一切艺术创造的生命”的原则，注重作品真实可信，创造了写实小说的新高度。

张爱玲小说的语言风格别具一格，既典雅又灵动，既秀丽又通透。她的爱的箴言美得让人窒息。

张爱玲的语言充满哲理，富有思想。

“世界上最遥远的距离，不是爱，不是恨，而是最熟悉的人渐渐变得陌生。”

“每段感情开始的时候都有他存在的理由，结束时也有他结束的必然。”

“你问我爱值不值得，其实你应该知道，爱就是不问值得不值得。”

张爱玲对女人的描写是深刻的。

“眼泪是女人最原始的武器，也是男人唯一无法抵抗的最厉害的武器。”

“如果你不调戏女人，她说你不是一个男人；如果你调戏她，她又说你不是一个上等人。”

“男人彻底懂得一个女人之后，是不会爱她的。”

张爱玲对爱情的描写是入骨的。

“真正爱过的人是做不了朋友的，因为一见面就心软，一拥抱就会沦陷，多看对方一眼就想重新拥有。”

“到女人心里的路通过阴道。”

“要么一生，要么陌生。”

“只要不发生关系，等到有一天再见的时候，那滋味才叫好呢！一有过关系，那就完全不对了。”

“爱一个人很难，放弃自己心爱的人更难。”

张爱玲不朽的文字，连同她那传奇的爱情故事，永远会被有着人性光芒的人们铭记。

张爱玲，以耐人寻味的文字横空出世，可谓一鸣惊人；张爱玲，又以悲怆的爱情诠释她那悲凉的文字，为自己的文字注脚，可谓一往情深。

无论是悲凉的文字，还是悲怆的爱情，张爱玲都足以让我泪流满面。当然，有喜悦的泪花，更有悲悯的泪水。

“你如果认识从前的我，也许你会原谅现在的我。”读不完的张爱玲，您何止只是写言情小说，您是在用灵魂向我们诉说衷肠。

“莫言”莫言的背后之言

莫言，这是让华人世界，特别是让中国文学界引以为自豪的名字。

莫言，当代著名作家，2012年世界诺贝尔文学奖获得者，也是中国第一个获得诺贝尔文学奖的作家。

获得被称为世界上“级别最高”的诺贝尔文学奖，这是千百万作家梦寐以求的追求，是作家职业的天花板。同时，也是获奖者“为国家争光”，这对于我们的国家来说，如同将宇航员送上太空、如同在世界上取得举世瞩目的重大发明一样，是国家崛起的又一重大象征。对此，举国上下应该感到骄傲和自豪！

我们为莫言取得如此崇高的荣誉而欢呼雀跃；我们为中国文学走向世界而欢欣鼓舞。莫言获奖，拉近了中国文学和世界各国读者之间的距离；莫言获奖，让外国读者更加关注中国文学和中国作家；莫言获奖，也使中国文学昂首挺胸走向世界。

我们欣喜地看到，对于莫言的获奖，更多的是赞扬声，更多的是喝彩声。

但是，莫言获奖，也不乏有微词，有的背后之言也十分难听。而且，获奖十多年来从来没有停止过。

莫言获得诺贝尔文学奖后，网络上、文学界出现了对莫言的一些微词。一些人认为诺贝尔文学奖评委带有政治色彩，这是对诺贝尔文学奖的认知误区。一些人甚至认为，莫言能够获得诺贝尔文学奖，是一种文学投机，投西方所好，作品中大量叙述中国的苦难，“露丑”祖国是取悦洋人。甚至有人还说，诺贝尔文学奖18位终身评委之一、瑞典学院院士马悦然在翻译莫言的《红高粱》《丰乳肥臀》《透明的红萝卜》和《白狗秋千架》四部作品时收取了贿赂。事实上，莫言在瑞典只出版了三本书：《红高粱家族》《天堂蒜苔之歌》和《生死疲劳》，而这三本书的译者都是陈安娜，而非马悦然。

流言止于智者。2012年，莫言凭借《红高粱》《酒国》《丰乳肥臀》《生死疲劳》和《蛙》等优秀作品，获得了世界诺贝尔文学奖。

莫言的作品里，确实出现了许多对人性阴暗面的揭露，但正是这样直面人性的逼真的描写，正是对社会阴暗面无情的揭露，才让莫言的作品深刻灵动，拥有了灵魂。莫言作品里那犀利的笔触记录的虽然是文学作品，但更是半个世纪历史风云跌宕起伏下的世间百态。

莫言的作品充满了浓郁的中国文化气息，莫言的作品闪耀着强烈的现实主义精神光芒。他把典雅的古典气息与奇异的现代主义氛围交织在一起，形成了当代文坛上特异的“莫言风格”。莫言的小说在现代汉语写作史上，留下了一道罕见的语言奇观。

文学既要歌颂“艳阳天”，又要揭露“阴暗面”。一个有良知的作家，应该具有反叛性和独立性，而不能专做权力的传声筒，必须代表最底层的弱者，对他们无处诉说的呻吟敢于发声，这正是现实主义文学创作的特点。历史上许多流芳百世的世界名著，几乎都是揭露社会的黑暗和人民苦难的力作（雨果的《巴黎圣母院》、莎士比亚的《哈姆雷特》等四大悲剧小说）。

不要因为有作家揭露了社会的一些阴暗面，就指责他们抹黑自己的祖国。恰恰相反，正是他们内心深爱着自己的祖国，才敢于揭露和批判，敢于推进社会进步。

文学创作，也只有更多地开放和包容，才会让创作者在自由、欢愉的心境下，百家争鸣，百花齐放，才会不断涌现出更多贴近生活、贴近百姓、贴近实际的优秀作品。

对莫言获奖有一些微词，究其还有一个原因。一些人认为，在中国文学史上，出现过许多光彩照人的文学泰斗，像鲁迅、茅盾、巴金等文学家，这些人论才学、论成就、论影响，都远远高于莫言、胜于莫言。所以，莫言获得诺贝尔文学奖，就让一些人心里不悦、不服。这，也可以理解。

但诺贝尔文学奖是对一个时代、一个时期文学水平的检验和发现，而并非对一个国家、一个地区历史上所有的文学家的文学作品进行评比。因此，像鲁迅、茅盾、巴金等才华横溢，才高八斗的文学家也就与诺贝尔文学奖无缘了。

1927 年，中国有两个人可能获得诺贝尔文学奖提名，一个是鲁迅，另一个是梁启超。但是，鲁迅拒绝了，拒绝的理由是：还欠努力。

鲁迅先生拒绝了诺贝尔文学奖的提名,但并没有影响到他在世界文坛上的地位。正像韩国文学评论家金良守说：“鲁迅是二十世纪东亚文化地图上占最大领土的作家。”日本文学评论家竹内好评价鲁迅时说：“鲁迅是现代中国国民文化之母。”

我们应当看到，莫言获得诺贝尔文学奖，国人给予了热烈的掌声和积极的鼓励。当时，外交部发言人洪磊在回答记者的提问时说：“我们对莫言先生获得2012年度诺贝尔文学奖表示祝贺，莫言先生是最近一届茅盾文学奖得主，他的文学造诣有目共睹。中华民族拥有悠久的历史和灿烂的文化，这是全人类的共同财富。我们欢迎世界各国朋友更多地了解中国文化，感受优秀中国文学的魅力。”

中国作家协会第十届小说委员会副主任刘震云评价莫言的作品时说：“《丰乳肥臀》是一部在浅直名下的丰厚性作品，是莫言在文学情感与世界通道上极富总结性和伸展性的并富于大家气派的作品。”

中国当代小说家汪曾祺评价莫言《丰乳肥臀》的作品时说：“这是一部严肃的、诚挚的、具有象征意义的作品，对中国的百年历史具有很大的概括性。这是莫言小说的突破，也是对中国当代文学的一次突破。”

当代著名作家余华在评价莫言的作品时说：“从文学的标准来看，莫言起码可以拿10次茅盾文学奖了。因为90%茅盾文学奖的作品都比不上莫言最差的一部。”

著名作家苏童说：“莫言可以说是当代文学创作的领军人物，获得这个奖应该说是实至名归。他的书完全可以跟那些大师平起平坐。

莫言获奖后，河南《大河报》头版为祝贺莫言获得诺贝尔文学奖，起了一个十分吸引眼球的标题——“莫言空前，莫言绝后”。我当时看到后就觉得：这个题目新颖别致，内涵深刻，让人拍案叫绝。

莫言空前，因为他是第一个获得这一荣誉的中国人，开了第一个获得此奖的先河。莫言绝后，莫言虽然获得了诺贝尔文学奖，前所未有，但莫言获奖“空前但不绝后”。

这个标题运用了双关，既盛赞莫言首获诺贝尔文学奖，又说明中国文学来日可期，也给了中国作家巨大的信心，表达了对中国文学的深刻认识和对未来的自信笃定。莫言获奖开了中国籍作家获得诺贝尔文学奖的先河，是空前的，但不能妄言绝后。因为莫言之外，中国还会有许多优秀作家会问鼎诺贝尔文学奖。

以俗人拙见，出现对莫言获奖后的微词，还存在着一种文人相轻的怪现象，这也是民族劣根性在文人身上的一种反映。社会上就有一种怪现象，见不得别人的好，巴不得别人不如自己。所以，人们对人的本性究竟是善还是恶，始终说不清、说不透。

嫉妒和诋毁是一对罪恶的孪生兄弟，被人嫉妒和诋毁是习以为常的事，不足为奇。越优秀的人越容易被人嫉妒和诋毁。莫言获得诺贝尔文学奖被人嫉妒和诋毁实属正常。嫉妒，本质上是一种被人羡慕；诋毁，本质上是一种被人仰望。像我这种凡夫俗子，还真不具备嫉妒莫言的资格。所以也就有了对莫言背后微词的愤怒。

我觉得，我们可以从文学的角度、从文字的层面，指出莫言作品（可以对任何人的作品）的一些不足和缺陷，但不能对莫言获得诺贝尔文学奖说三道四。因为，诺贝尔文学奖如同其他评比一样，也有一些局限性，必须用辩证唯物主义一分为二的观点看待；因为，中国人获得诺贝尔文学是中国人的骄傲和自豪，我们理应拍手叫好，不应指手画脚。

莫言以独特的写作方式，使文学传统得到回归。将中西的艺术手法融合在一起，根据中国的百年历史与社会现实，继承中国文学传统艺术精神，创造了一部又一部兼具世界性与民族性的小说。莫言的小说成就为中国文坛的发展带来了不可磨灭的影响，揭开了中国文学的新时代，掀开“世界之中国”大时代文学的新篇章。

莫言获得诺贝尔文学奖，这不仅是莫言个人的荣耀，更是整个中国文学的荣耀，必将对中国文坛产生持久而广泛的影响。

莫言获得世界诺贝尔文学奖，他是英雄，作为英雄，我们应该敬仰和珍惜。

作家郁达夫在纪念鲁迅的大会上说：“一个没有英雄的民族是不幸的，一个有英雄却不知敬重爱惜的民族是不可救药的，有了伟大的人物，而不知拥护、爱戴、崇仰的国家，是没有希望的奴隶之邦。”

我觉得，这句话可以同样适用在莫言身上、适用在莫言获得诺贝尔文学奖这件事情上。

第捌章

智慧

驾驭生命之舟的指南

城府是怎样炼成的？

说到城府是怎样炼成的，你可能马上会想到世界名著《钢铁是怎样炼成的》。其实，城府和钢铁都是经过千锤百炼而成的。

城府，原意是指一个城市或一家府院，这里用来比喻一个人待人处事的心机；城府深，是指难于揣测的深远的心思。

城府是一个什么词？一是褒义，是说这个人思想深邃，深藏不露，高深莫测，且不会随意吐露；二是贬义，是说这个人工于心计，老奸巨滑，不坦率，不真诚，让人猜不透心思，不能把他当作朋友对待。

现实社会中，城府深的人出入于各种场合，游离于社会生活，他们得心应手。而一些心无城府、缺少心计、简单肤浅的人，常常被变化万千的现象挤得喘不过气来，甚至被“明刀暗枪”碾压。以至心无城府的人觉得这些人心机重重，深不可测，深不可交，往往会远离这些城府深的人，免得城府深到自己的头上，殃及自己。

仁者见仁，智者见智。“城府”一词，在我的分析、判断和理解中，大多是一个褒义词的出现。一个人城府深是集智商情商于一体的人，城府深也是一个人能力素质的综合体现。

说一个人有城府，总体上是说这个人很厉害，无论是老谋深算还是老奸巨滑，都是有城府的表现。因此，说一个人城府很深，未必是一个贬义。

多阅读善思考，厚积薄发，让人有一种自叹不如的距离感

人其实很矮小，一个人的高度是被书本垫高的。要想成为有城府的人，必须勤奋学习，善于思考。

人只有具有一技之长才能立足于世，而读书则是其中最高贵、最重要、最惯用的技能。

读一本好书，就是和有思想、有才能的聪明人在谈话。读书，能提高一个人认识世界、适应社会的能力；读书，能提高一个人的气度和格局；读书，能聪慧自己、提升自己。

读一本书，不能马上使你成为一个优秀的人，但一定能使你变成一个比以前优秀的人。

多读书不一定为了能超越别人，但一定能超越过去的自己，对自己有一个交代。读书也能丰盈自己的灵魂，当你手不释书的时候，灵魂便不再荒芜。读书和不读书有本质上的区别，过的也是不一样的人生。

读书学习，就要使自己具备两样能力：一是洞察人性；二是把握规律。只有能分析了解人性，把握事物的规律，才能适应社会，壮大自己，发展自己。多读一本书，就少求助一个人。

阅读的目的在于学会思考，更要学会善于思考，这样才能在面对问题时，做到心思缜密。

说一半留一截，张弛有度，让人有一种深思遐想的神秘感

老祖宗早就告诫我们：逢人且说三分话，未可全抛一片心。话到嘴边留半句，说话不可以全说尽，说尽了就没有余地了。

学会察言观色，知道内在，不要说尽，练就内敛而不外露的功力。看透不说透，知人不必言尽，留三分余地与人，留些口德与己。锋芒不必露尽，留三分余地与人，留些深敛与己。说话留三分，也是保护自己的最好的方法。

说一半，让人知道你有分析问题的功力；留一截，让人知道你有留有余地的城府。说一半，只是让人认识了你；留一截，才让人了解你、信服你。

遇到别人讲话，只要不涉及利益关系，一般不需要反驳，听听而已。

说话张弛有度，进退就容易了。与人说话时，有时需要装傻，装傻这事，如果装得好，叫大智若愚；与人交流时，有时需要木讷，木讷这事，如果运用得好，叫深沉。

看人看事，看破不说破。话多不如话少，话少不如话好。对有些人和事，做到心照不宣、含糊其词。对有些捉摸不透、确定不了的事，不要妄加断言、擅自结论，不要轻易表明自己的立场。

当你每一次想说话的时候，先要提醒自己闭嘴，如果这样的次数多了，也表明你成熟了。

少倾诉多倾听，彰显涵养，让人有一种心悦诚服的亲切感

城府的表象是“少言”。言为心声，说话能暴露一个人的内心世界，有城府的人一般都寡言少语，不让他人知道自己的内心思想。

现实生活中，一般人都喜欢倾诉，更喜欢被倾听，这是人性的特点，也是人性的弱点。喜欢倾诉，不喜欢倾听，更是一个人缺乏涵养、让人生厌的弱点。

倾诉是宣泄情绪的一种方式。要做到适度的倾诉，对谁说、什么时候说、说到什么程度、什么话不能说，这是衡量一个人是否具有城府的首要的体现。

俗话说，言多必失，祸从口出。俄国批判现实主义作家托尔斯泰说：“祸从口出，我的嘴巴是我的敌人。”你和别人说的是心里话，别人听到的都是笑话。

特别是在公众场所，一个人过分地宣泄诉说，往往会遭到众人的责问，其结果一定是狼狈不堪，甚至会成为众矢之的。大众场合，应该做一个认真的倾听者，沉稳其中，深藏不显。

即使需要诉说，也要先讲人家想听的，再讲人家听得进的，然后讲自己该讲的，最后讲自己想讲的。诉说时要简明扼要、恰到好处、点到为止。

懂得管好自己的嘴，绝不能轻易对不熟悉的人推心置腹，即使是熟悉的人也要留有余地。

要深知，世界上不是所有的人都可以掏心掏肺诉说衷肠，掏心掏肺对待一个人，要么得到一生的知己，要么换来一生的教训。你掏心掏肺对待一个人，也许他不是你生命中的那个人，而是你生命里的一堂课。

一旦说了不应该说的话，再也收不回来，等待自己的是后悔莫及。

当你毫无保留地将秘密和隐私告诉一个人的时候，也许会有两种结果，他不是你生命中的那个人，而是生命里的一堂课。要明白这样一个道理：你现在说出去的秘密，都是别人将来捅你的刀子。

场合上少说话和不说话是一个不难做到的事，但没城府的人往往不容易做到。

倾听是一种美德，倾听是对别人的一种尊重，也是一种高情商的体现，所以要真诚地倾听别人的诉说。点头，折射出关心和礼貌；示意，显示出理解和同情；沉默，蕴含着千言和万语。认真倾听别人的倾诉，哪怕是细枝末节，都体现了听者谦逊的品德、展现了良好的教养。

先肯定后否定，一分为二，让人有一种内心接受的舒服感

每个人都希望得到价值体现，都希望在别人的眼里得到认可和肯定。因此，评价他人要有认可和赞许的眼光，让人有存在感和成就感。

人最大的修养，是知人不评人。但有时确实需要对他人作出评价，首先要肯定他，肯定他的长处、肯定他的成功。任何情况下，背后不说他人是非；如果一定要你说，那一定是说好话。

对人和事的评价，要用辩证唯物主义一分为二的观点，先对他人作出认可，切不可先指出别人的缺点和不足。即使需要讲缺点和不足时，语速要慢、语声要小、语气要柔，要从关心他人出发，而不是抓住其缺点不放。

人都有想听好话的特点，不注意这个特点，说话容易伤人伤心。一旦伤人伤心，别人就会怀恨在心。

先圆通后方正，内正外圆，让人有一种方圆得体的敬畏感

人一辈子无非是做人和做事，人生感慨做人难，做事难。

哲学辩证法告诉我们：做事要方正，做人要圆通。

没有规矩不成方圆，必须遵循规矩、遵循法则。人处在这个世界上，有时需要对人和事作出是与非的正确和公正的判断，必须立场坚定、旗帜鲜明。只有做事公正，才能体现品质，才能得到别人发自内心的敬佩。

圆通，就是在洞察他人的同时，不要一针见血地指出他人，做到与人为善。同时不要将自己正确的观点和主张强迫人家接受，使人感到压迫和惧怕，要心平气和，语重心长。

圆通是一种厚道和通融，而不是一味的圆滑。圆滑其实质是一种虚伪，虚伪早晚会被人们识破。

做人，必须见人说人话，见鬼说鬼话。如果颠倒了，见人说了鬼话，会让人感觉你是一个不三不四的人；但见了鬼说人话，你反而会被鬼害苦或害死。

显低调抑张扬，深藏不露，让人有一种出手不凡的威力感

越是优秀的人，越是有城府的人越是表现为低调。有城府的人从不显摆和张扬自己，他能让周围的人感到和善而不拘。

人不必太张扬，是花自然香。一个有城府的人，总是和颜悦色。实践证明，真正的高手一定都是隐身的，身安如磐石。

用张扬和炫耀抢来的风头，也许是风险和风暴，要记住：历来就是枪打出头鸟。

《明史·张居正传》里说道：“然沉深有城府，莫能测也。”只有深藏不露，才能高深莫测。真正的力量是不张扬；真正的城府是不显露。只有深藏不露，才能高深莫测。学会隐身，不能将计划、目标和理想告诉别人，事以密成，言以泄败，失败还会被人嘲讽。学会隐身，懂得孤独，倾听自己内心的声音。

吞委屈大格局，忍辱负重，让人有一种气度非凡的高大感

能忍能让真君子，能屈能伸大丈夫。吃亏是福，人生中不可能不遇到委曲，一个有城府的人只有咽得下委屈，忍得住折磨，才能够喂大格局。要懂得，这个社会不是为自己一个人设计的，心胸是由委屈撑大的。心小了，所有的小事就大了；心大了，所有的大事都小了，所有的大事也就是那么一回事。只有收藏委屈、忍辱负重，才能默默沉淀、壮大自己。

与人相处中，不可得罪小人，不可与小人划清界线，只能与小人保持距离，不能有利益上的来往。不能做到让小人喜欢，但也不能得罪小人。

人在屋檐下，有时也要低低头，适度的低头是为了更好地昂首挺胸。

心中有事，装作若无其事，便是阅历；心中有事，还能若无其事，便是格局。

这个社会纷繁复杂，有时我们只能选择装傻。装傻充愣是睿智的伎俩，装傻的人是有城府的人，他知道锋芒毕露会让人生厌，容易遭人暗算，有害无益，因此装傻充愣是他们惯用的手法。

一个有城府的人往往能控制自己的情绪，而且也善于隐藏自己的情绪，喜怒不形于色，不被情绪左右，不在脸上展现出喜怒哀乐的情绪。不被胜利冲昏头脑，不被失败气昏头脑。

有城府的人乐于吃亏，其实吃亏和吃饭一样，吃多了都可以成长。吃一堑，长一智。

有城府的人往往处事淡定，荣辱不惊，得失从容，有着极好的心态，泰山崩于前而色不变。

争论是时常会发生的事，但在争论中获胜的唯一方式，就是避免争论。要尽量避免与人当面发生争执，即使是对讨厌的人，脸上也要露出笑脸，这也是一个有城府的人必须忍受的恶心，这也是有智慧、有格局的体现。

一个人在条件不成熟时，只有善于隐忍，才能积蓄力量，以待时机。

社会五彩缤纷、世界无奇不有。人生是一部经典的书，是一个磨炼和历练的过程。行走社会，闯荡江湖，面对的是人心善变、鱼龙混杂的环境，要想游刃有余，必须深谙游戏规则，深藏隐身善变技能，了解人性、磨炼自己，才能真正成为一个有城府的人。

分寸感，愉悦相处的黄金法则

分寸，是一种距离的概念；分寸感，是一方默认的交际距离。

分寸感就是边界感，就是给自己一种适当的缓冲空间，分寸感也是一种生存智慧。

分寸感，就是说话、做事张弛有度、恰到好处。一个人的分寸感就是懂得用心里的尺子，去悟出他人心底想些什么、需要什么，并不露痕迹地体现出来。

形容有分寸的成语就不少：恰到好处、适可而止、恰如其分、规规矩矩、进退有度、留有余地，等等，无一不诠释着分寸之意。

分寸作为一种文化现象，在历史的长河中从来没有停止过这一话题的出现。譬如："丈夫"，说出了夫妻关系的边际；宋朝官帽"长翅膀"，标定了朝廷上君臣的相处距离；"茶七酒八"，反之，会让人有"茶满欺客""酒满欺人"的感觉。

分寸感是一个人有文化的体现，是一个人成熟的标志，掌握分寸，至关重要。把握分寸，保持合适的距离，才不会在交往中感到压力和不适，才会让人倍感轻松和愉悦。

这个社会追求独立自由；这个世界崇尚个性解放；这个时代不流行亲密无间，而是提倡保持合适的边界。

与人相处，太近，容易伤及感情；太远，不易交流感情。因此，不近不远的距离感和分寸感，最让人有舒适感和安全感。

德国哲学家叔本华说："人，就像寒冬里的刺猬，靠得太近会痛，离得太远会冷。"

保持分寸感，是一个人顶级的一种教养，也是一个人让他人感觉最舒服的方面。

分寸感是人际间愉悦相处的黄金法则，也是促进人际关系融洽的保鲜秘诀。在人与人的相处中，把握好谦虚的度也很重要。一个谦虚的人会让人产生好感，所以，在他人面前应该保持谦虚。但过分地谦虚，又让人有一种虚荣心特别强的感觉，甚至感觉很虚伪。这就要把握一个度的问题，既不要在自己的智慧中夹杂着傲慢，又不要使自己的谦虚缺乏智慧。正如古希腊哲学家赫拉克利特说：“世界是一团永恒的活火，在一定的分寸上燃烧，在一定的分寸上熄灭。”

与家人再亲近，保持分寸，辈分不能乱

家人是血浓于水的最亲近的人。长辈要爱护晚辈，晚辈要尊重长辈，相处时要尊重彼此的个人空间和隐私。作为父母，不能过分干预孩子的生活和工作，让他们有独立成长和自由思考的空间。作为子女，要时刻把孝顺父母、感恩父母放在第一位，尊重父母，做到尊卑有别、父子有亲、长幼有序。

英国思想家毛姆说：“人类之所以进步，主要原因是下一代不听上一代的话。此话虽然有点绝对，但也充分说明了让下一代独立思考的重要性。

孩子成家后，父母尽可能地不要和孩子继续住在一个屋檐下，尊重彼此不同的生活方式。

家庭亲和的概念是“一碗汤的距离”。就是父母（子女）炖了个汤，端到孩子（父母）家时刚好能喝。近了太烫，不能马上喝；远了太凉，还得重新加温。父母与子女之间的最佳居住距离，是煲好一碗汤送过去，汤的温度刚刚好。

两代人观念不同，生活习惯更不同。老人宠爱孩子，年轻人喜欢睡懒觉，这些都是很难调和的事情。而分开居住，恰恰能较好地解决这些问题。让出一定的距离，不让代沟成为影响家庭和睦的导火线，保持不温不火的状态，才是家人之间最好的诠释。

与朋友再熟悉，保持分寸，规矩不能丢

朋友是一生最美的相遇，朋友是人生道路上的灵魂伴侣，朋友是另一个自己。珍惜来之不易的朋友情谊，就要懂得朋友间相处的分寸。

李叔同曾说：“君子之交，其淡如水。执象而求，咫尺千里。”朋友之间只有淡淡的感情才能长久。真正知心的朋友未必天天相见，不会处处相聚，但一定会在繁星满天的时刻、海角天涯的地方想念对方，在各自的心里住着另一个自己。

作家三毛说过这样一句话：“朋友之间再亲密，分寸不可失；自以为熟，结果反易生隔离。”朋友间的相处，并不是越浓越好，而是恰到好处。有时还需要学会适度的冷漠，才能成全浓浓的温暖。

友谊不应该成为情感绑架。世界心理学家卡耐基在《人性的弱点》一书中说过，“人与人之间最好的尺度，就是既不伤害别人，也不委屈自己。”

人人都是独立的个体，都要有独立的空间。朋友是人生中最珍贵的财富，但无论关系如何亲密，都要保有一定的距离。与朋友相处，最大的忌讳就是什么事都刨根问底，而相处太近，遇事会容易因“好奇”而“关注”，更会以“关心帮助”打听一切。要让朋友间的友谊“保鲜”，就要懂得不要靠得太近，走得太勤。

保持一个电话的距离。需要时一个电话，对方就会前来帮忙。懂得分寸，保持界限，尊重对方，保护自己，这是维护友谊最好的方法。

我们有时发现，人与人相处时，关系越近，越觉得对方没什么了不起，这是因为：只有距离才能产生神秘感和崇拜感。

每个人的性格千差万别，对待和处理问题的方式也各不相同。人生如尺，必须有度；感情如面，最忌越界。一个没有分寸感的人，迟早会让对方讨厌和离弃。

待人直爽很需要，但并不等于言语可以毫无顾忌。有时你一时的心直口快，一句不恰当的玩笑，都会让朋友左右为难；有时你的口无遮拦，甚至会让对方感到十分尴尬和狼狈。

而且，你不注意分寸，对人掏心掏肺，毫无保留的时候，也许会有两种结果，他不是你生命中的那个人，而是生命里的一堂课。

做人有度有量，外圆内方。在人格上不能太卑，太卑，让人感觉懦弱无能，太亢，让人感到锋芒毕露，咄咄逼人，不卑不亢最好。做人的最高境界不是一味低调，也不是一味张扬，而是始终如一的不卑不亢，内外协调，中庸得体，不扬不抑。

与领导再友好，保持分寸，关系不能乱

与领导相处，特别要注意分寸，免得伴君如伴虎。同领导相处不把握好分寸，会让领导感到不舒服，会让同事感觉不对劲。相处中，要了解领导，做到心中有数，有的放矢。

把握好分寸，就是要控制好与领导的距离。领导是上级，必须是仰望。尊重领导，倾听领导的讲话，不能在领导面前表现轻率和无礼，尊重领导的权威。

善于向领导汇报和沟通工作，勇于表达自己的观点和建议，把握好沟通的节奏，控制好自我表现。

学会照顾领导的情绪，避免与领导发生冲撞与纷争。

领导也要与每一个员工相处好，也要懂得分寸，保持同下属的等距离的关系，让员工感觉到领导不偏不倚。

懂得分寸，既是人与人之间的相处之道，也是在复杂恶劣的环境中的生存之道，可谓黄金法则。

懂得分寸是一种尊重。与人相处过程中，要微笑待人、礼貌待人、宽以待人、平易近人。

懂得分寸是一种礼貌。生活中，你会遇到一些不开心的事情，你也会向朋友诉说，那是一种天性。但也要懂得认真倾听朋友的倾诉，如果只知道倾诉，不懂得倾听，就是不懂得分寸，不懂得礼貌，也是没有教养的表现。

懂得分寸是一种谦卑。德国哲学家歌德说过："如果一个人不过高地估计自己，他就会比他自己所估计的要高得多。"人与人相处，要懂得谦卑，学会低调。一个人的能力水平有高低之分，高手过招，点到即止，给他人一个台阶，一个面子。锋芒毕露必遭人反感和唾弃。

懂得分寸是一种智慧。病从口入，祸从口出。无论面对什么样的人，说话一定要把握分寸。尽量不说、少说或后说。如果一定要说，那么先说对方喜欢听的话，再说对方听得进的话，然后说自己应该说的话，最后才能说自己想说的话。

过头话不能说，话也不可以说尽，话也不要说死，留有余地；事不可以做绝，留条后路，见好就收。

说话有分寸，不仅能够赢得他人的信任和尊重，也能够提升自己的品位和形象。因此，说话尽量不要把矛头对准"人"，而尽量把核心聚集在事情本身，避免由此而得罪人。

社会现象也是如此，自由过了头，一切就会乱套，遵守社会法规也要有分寸，必须在法规的范围内活动。对私权利来说，法无禁止即可为；对公权利来说，法无授权即禁止。

鱼放三天发臭，客住三天讨嫌。懂得分寸，是一个人最高明的境界。懂得分寸，是一个人成熟的表现，也是一个人有城府的体现。

人生的兴衰，事业的成败，无不体现在对分寸的把握上。做人有分寸，是人生的最高境界；做事有尺度，是人生的最大学问。把握做人的分寸，把住做事的尺度，才能在分寸间获得公认度，才能站在人生的高度，在纷繁复杂的社会矛盾面前游刃有余，得心应手。

"水满则溢，日满则亏。""好雨知时节，当春乃发生。随风潜入夜，润物细无声。"自然界是如此，人类社会更是这样。让我们牢记人世间愉悦相处的黄金法则，真正做一个懂得分寸的人，尊重别人，点亮自己！

世界注定由不一般的人领导和影响着一般的人

领导就是指挥、引领和影响人的人，而接受指挥、引领和影响的人就是被领导者；领导者是少数人，被领导者是多数人；领导者一定是不一般的人，一般的人一定是寻常之人。

纵观世界风云和人类历史，无论是一个单位，还是一个临时组织，都是不一般的人领导着一般的人。

不一般的人和一般的人的区别在于：不一般的人能把一件复杂的事情三言两语说得很清楚，直截了当、简明扼要；而一般人会费尽心思、绞尽脑汁，还要绕上一圈，既搞得自己都晕头转向，又把听者弄得糊里糊涂。

你不得不承认，人与人之间是有差别的，而且差别还很大，不一般的人和一般的人更是有着天壤之别。所以，不一般的人就成了领导者，领导和影响着一般的人，一般的人就成了被领导者。

不一般的人之所以不一般，就在于他有着一般的人无可比拟的综合素质，特别是领导才能。

不一般的人是一位思想的清醒者，有着自己独特的思想和见解，他不会被周围人的思想影响和控制，宁愿在孤独的道路上独处冥思苦想，也不会随波逐流。而一般的人容易走进和卷入围观的人群被左右、被裹挟，人云亦云，跟着起哄。

不一般的人会选择站在常识和良知的一边；而一般的人会选择站在赢的一边。

不一般的人会选择孤独作为自己一个人的狂欢；而一般的人会选择狂欢来发泄他们的寂寞。

不一般的人越是在难熬的时候，越是会保持体面；一般的人越是在难熬的时候，脸上越是会流露出无奈和无助。

在不一般的人身上，我们看不到他们的一点背景，看到的只是背影，看到的是他们的灵魂、思想、胸怀、毅力、责任和担当……

前瞻独特的思想，让一般的人敬仰，使人受到洗礼

人与人之间本质上的不同就是思想上的不同；人与人之间的根本差距就是思想上的差距。

不一般的人是一个有思想的人，有灵魂的人，他们始终怀揣着对世界的好奇，勇于追求新思维，善于学习新知识，乐于接受新事物。

一个有思想的人始终将自己的思想随身携带，善于与周围的人交往，既能主动阐述自己的思想观点，又能认真倾听他人的意见，尊重他人的不同观点。

一个有思想的人能以包容和开放的姿态看待问题，内心十分强大，他们不会在乎旁人的误解、不会在乎背后之言、也不会在乎世俗的偏见。

一个有思想的人虽然身处世俗逆境，但始终保持内心平和。他们具有高度的自律，能在喧闹中保持自己的清醒。有思想的人都有过绝望的经历，能够“独善其身”。

不一般的人不会因为别人的眼光而轻易改变自己，而是会用自己的能力去改变别人的眼光，赢得别人的认同。在奋斗的征程上，没有什么能够阻挡他们对信仰的坚定和对远方的向往。

气度非凡的格局，让一般的人敬爱，使人感到温暖

胸怀就是格局，不一般的人有着宽广的胸怀和非凡的格局，给人以仰视的尊敬和精神的膜拜。

胸怀决定格局，格局决定格调。格局大、格调高的人，有着长远眼光和全局观念；格局大的人登高望远，起点高、目标远、立意新。

有格局的人，宽宏大量，大气大度；格局大的人从不压制人，也不受人压制；格局大的人拿得起、放得下；格局大的人能容得下不同意见，甚至反对过自己的人；格局大的人能容忍别人的过错，懂得宽容他人，不困扰和拘泥于眼前的小事和亏事。有格局的人宽以待人，体现了其博大的胸怀。

格局大的人有魅力和影响力，让人敬爱。也只有让一般的人发自内心地接受领导，才能使他们乐于团结在不一般人的周围。

有格局的人虽然有腔调，但不狂傲，为人低调，内心谦卑，宽严并济，温暖有加，让人容易靠近。领导和被领导者的关系越融洽、越亲近，越合乎人情，领导的效率就越显著。

坚忍不拔的毅力，让一般的人敬佩，使人得到激励

不一般的人是一位强者，强者有着不可征服的精神，有着坚忍不拔的毅力。

面对艰难困苦，不一般的人会咬紧牙关，对前途、对目标充满自信、充满力量。他们有着倔强的灵魂，有着坚忍不拔的意志和毅力。他们会冲破险阻，迎难而上。而一般的人面对困境，会退缩、会败阵、会选择躺平。在顺境的时候，一般的人都能出来当领导；在逆境的时候，只有不一般的人才能胜任领导。

滴水石穿靠的不仅是力量，而且更为重要的是靠韧性。在不一般的人成功的道路上，既有着他们巨大的力量，更有着巨大的韧性。不一般的人也会有落泪的时候，但绝不会落魄。他们能接受失败，但他们绝不会接受放弃。

不一般的人有着“天将降大任于斯人也，必先苦其心志，劳其筋骨，饿其体肤，空乏其身，行拂乱其所为，所以动心忍性，曾益其所不能”的磨难的经历和磨炼的意志。

不一般的人知道前方无绝路，希望在转角，懂得希望在于坚持一下的努力之中。

不一般的人不在乎所谓的面子；一般的人都很在乎面子。

正义公正的禀性，让一般的人敬服，使人得到力量

不一般的人有着正直正义、公平公正的禀性，骨子里有着刚正不阿的性格，凛然不可侵犯。

不一般的人不会畏强凌弱，不会屈服于邪恶和暴力。面对邪恶和欺凌，他们勇于挺身而出，保护弱者和无辜。

不一般的人会有霸气，但不会霸道。他们不会屈服于权势，也不会欺侮弱小。

不一般的人心地善良，坚守着善良的底色，怀揣着良善之心。

一般的人愿意服从领导，一个很重要的原因是他们在不一般的人身上看到了公平、公正和正义，看到了善良和爱心，看到了人性的光芒。

游刃有余的城府，让一般的人敬畏，使人感到信服

不一般的人一定是一个有城府的人，而城府来自他的学习、历练和磨难。

有城府的人善于学习，懂得用书本垫高自己，懂得用知识武装自己，会选择在书本上学习思考。而一般的人无所事事，不懂得学习的极端重要性，只会在牌桌上消遣和打磨时间。

有城府的人是情绪的主人，能控制自己的情绪；一般的人是情绪的奴隶，受自己的情绪控制。而容易被别人激怒的人，往往也是最容易被别人操控的人。

有城府的人有着“泰山崩于前而色不变，麋鹿兴于左而目不瞬”的沉稳和老练，一般的人一旦遇到风吹草动就会惊慌失措。

有城府的人是一个守得住寂寞、耐得住孤独的人，有着极强的自控力和定力；而一般的人经不住孤独，耐不住寂寞，内心成熟度和自我调节能力差。

有城府的人有过跌宕起伏的人生，有着精彩纷呈的传奇故事、丰富的人生阅历。

有城府的人懂得改变自己去适应环境，而一般的人妄想改变环境适应自己。

有城府的人能团结带领一般的人，充分调动他们内在的积极性。有城府的人言而有信，能赢得人的信任。

人之所以能，是相信能。不一般的人就是相信自己的不一般，因此，世界注定由不一般的人领导和影响着。

多一点自知之明，少一点自以为是

自知之明与自以为是在词义上有着截然不同的意义表达，两者也是根本对立的不同观点。

自知之明是褒义词，是指对于一件事情或者某个真理，自己能够清楚地认知和了解，并且不需要他人来证明或者解释。自知之明是对于自己的认知能力和知识的一种自省和清晰的认知。自知之明的人取得成功的可能性较大。

自以为是是贬义词，是指自己认为自己正确，不接受他人的意见，主观不虚心。自以为是的人失败的居多。

自知之明最简单的理解就是了解自己的能力和局限，认识到自己的优点和不足。

自知之明就是认清自己，而认清自己恰恰是一件非常难的事情。没有人一开始就能认清自己，许多人也常常输在“看不清”这件事情上，许多人在实践中才懂得自知之明的道理。

人生来最重要的事情就是认识自己，一个连自己是“几斤几两”都不知道的人，如何立足和生存。人有三贵：人贵自知，而后自省，终而自律。自知之明的人会自惭形秽，知己知彼。

自知之明的人能正确认识自己，对来自别人的赞扬声能认真思考和正确对待，不会偏听偏信、不会盲目乐观、更不会被赞扬冲昏头脑。自知之明的人谦卑好学，积极向上。

一个有自知之明的人，能严于解剖自己，能用一分为二的观点，对待自己，审视自己，不仅能看到自己的优点，更能想到自己的缺点。

汉高祖刘邦就是一位自知之明的开明君主。他在即位的庆功会上说：“我之所以能有今天，主要在用人上，我能知人善任，任人唯贤，其实，我自己的能力是非常有限的，全靠大家的帮助才有今天。”

“比如说，萧何在治国安邦上胜过我，张良在深谋远虑上也胜过我，而韩信在用兵之道上也胜过我。他们能为我效命，其实是我的福气。有了大家的鼎力相助，我才有今天。”刘邦的智慧就体现在这种自知之明上。

这个世界上一般人都觉得自己不一般，这个社会自以为聪明的人太多，人总是拎不清自己在别人心中的位置。因此也出现了许多自以为是的人。这些人自鸣得意、自不量力、自恃其才。

人性最大的愚蠢是自以为是，人最大的无知是自以为是。

法国作家福楼拜说：“大地有其边界，人类的愚蠢却没有尽头。”人这一辈子最大的敌人就是自己，最不能认识的就是自己。

俗话说，骄兵必败。西楚霸王项羽力拔山兮气盖世，号称“千古无二”，但他自以为是，目中无人，轻视天下诸侯。鸿门宴时竟敢释放刘邦，因为在他眼中，刘邦的能力根本不能与之匹敌，因此不足为惧。但最后在四面楚歌的困境下，落得江边自刎的悲惨结局。

东汉文学家杨修自恃学识深厚，自以为是，在曹操面前班门弄斧，耍小聪明，胡乱上谏进言，遭到疑心重重的曹操的猜疑，结果平白丢了性命。

不要在智慧中夹杂着傲慢，不然将随着傲慢走向失败。自以为是的人不知天高地厚，狂妄自大，往往毁于此。

自以为是的人总是以自我为中心，总认为自己就是世界的中心，全然不顾别人的感受，因此让人十分讨厌。

自以为是的人喜欢在别人面前摆弄，故作姿态，喜欢表现自己，让人感到既可笑又可恶。

自以为是的人高估自己的能力，自以为聪明，其实是缺乏智慧。

自以为是的人看问题以偏概全，只看局部，不看整体。固执己见，不愿意接受新事物。

自以为是的人没有耐心，不愿意听取别人的批评、意见和建议，喜欢钻牛角尖。

自以为是的人缺乏修养，心胸狭窄，宽于律己，对人求全责备，不尊重他人。

自以为是的人不愿意面对自己的缺点，甚至掩盖自己的过错，盲目乐观，自我陶醉。

因为自以为是，总认为自己无所不知、无所不晓，却常常犯下令人可笑的低级错误。

自以为是的人很难得到别人的认可、很难与同事合作、很难取得别人的支持，也容易被人抛弃。在现实生活和工作中，自以为是既妨碍个人的成长，又影响团队的合作。

自以为是的人充其量也就是那么一点雕虫小技，没有什么大智慧。

这个世界让人觉得有点诧异：睿智的人谦卑而又充满疑惑，而愚蠢的人傲慢而又充满自信。

自以为是的人应该懂得：山外有山，天外有天，在高手面前，你是透明的，必须老老实实，不能自以为是。许多自以为是的人当被现实的一巴掌打得鼻肿眼青时，才知道自己的“几斤几两”。

华为公司招录了一名北大毕业生，这个毕业生刚入职不久，就公司的经营战略和组织架构等许多问题，自以为是，自信过头，洋洋洒洒地写了一封“万言书”给任正非，他满怀信心地等着回复。没想到任正非看完后气愤地说：“此人若有精神病，建议送医院治疗；如果没有，建议解雇。”

一位刚刚毕业进入世界一流的大公司的大学生，理应脚踏实地、勤于观察、谦卑好学，有自知之明，但却自以为是，自命不凡，高调炫耀，结果摔了个大跟斗。

人可以自信，但别不自知。自信是建立在对自己充分的认识，合理评估自己的基础之上，自以为是的人看似很自信，其实是建立在自恋、自吹和自傲的基础之上，不自知、不量力。

愚蠢者自以为聪明，智慧者有自知之明。自知之明的人懂得谦卑好学，而自以为是的人骄傲自满。自知之明的人懂得善于倾听，而自以为是的人喜欢倾诉。

只有谦卑躬行，不耻下问，才能立足、立身，懂得谦卑，永远是一个人取得成功的法宝。西方哲学的奠基人苏格拉底，可谓才华横溢、才高八斗、但当别人称赞他时，他谦虚地说：“我唯一知道的就是我自己的无知。”

孔子说过：“君子不自大其事，不自尚其功。”即使自己有才能，比别人不一般，即使自己取得了成功，也要谦虚谨慎，而不能夸耀自己，自高自大。

自知之明是一个极为重要的人生哲学道理，只有自知之明的人才能处好人际关系。人心向背决定着一个人事业的成败，良好的人际关系是事业成功的一半。一个谦逊的人，就会容易获得他人的信任、尊重和支持。一个傲慢自大的人，就会失去人心，即使他才能卓著，但没有向心力和号召力，事业也不会成功。

自知之明也是一个人立足五彩缤纷的世界、适应五味杂陈的社会的一个基本要求。在一个一般人都觉得自己不一般的竞争的社会，如果一个人自以为是，一定会被残酷的现实碾得粉碎。

人生最重要的一课是学会如何认识自己，在古希腊一座智慧神庙的石柱上，就刻着这样一句箴言："认识你自己。"它提示我们要从哲学的高度认识自己，了解自己的过去、了解自己的现状。看清自己的不足、看到自己的局限。只有认识自己，才能认识他人，了解他人。

印度诗人泰戈尔说："这个世界上最容易做的事，就是指责别人；最难做的事，就是认清自己。"

不认清自己的人就是一个愚蠢的人，但愚蠢不可怕，可怕的是还不自知。做人，最大的愚蠢，就是无法清楚地认识自我。

自省是自我认识的根本途径，懂得反省自己，就要树立反躬自问的精神，反省自己的一切。

认清自己，既不能把自己看得太高，也不能把自己摆得太低。抬高自己和贬低自己，都是不可取的。看得太高，容易狂妄自大，自以为是；看得太低，缺乏自信，踌躇不前。不要把自己看得过高，因为别人未必会仰视你；也不要把自己摆得过低，因为别人也未必会尊重你。只有自知，才会有完美的自我。

老子在《道德经》中说："知人者智，自知者明。"后人由此总结衍生出来了"人贵有自知之明"这句话。把自知称为贵，可见自知的重要性。

自知之明是一种悟性、一种智慧。做人难的不是聪明，而是自知之明。一个人的成熟就是少一些自以为是，多一些自知之明。如果一个人不过高地认为自己不一般，他就会比他自己所认为的要不一般。

低调从来不是一种无能，而是一种体面；高调也从来不是一种有才，而是一种显露。自知之明就是一种低调，而自以为是就是一种高调。越低调的人，越怕别人高估了自己的能力；越高调的人，越生怕别人低估小看了自己。聪明的人往往不一定希望别人说他聪明，而不聪明的人却生怕人家怀疑他的聪明。

人有三明：一是先见之明是智慧；二是自知之明是修养；三是知人之明是成熟。人人都喜欢有自知之明的人，人人都讨厌自以为是的人，我们应该做一个有修养、有自知之明的人。

但愿我们的人群中多一点自知之明的人，少一点自以为是的人。这既是一种智慧，又是一种修养，更是一种谋生的手段。

适度的悲观也是一种远见

悲观是人们情绪的底色，写进了我们的基因里。悲观是真实人生的底色，当然，这是一种不值得提倡的负面情绪，也是人们不愿意触及的内心深处的隐晦与沼泽。

地球终究将毁灭，一个人从出生开始，也一步步地靠近死亡，终有一天将面临死亡，以至人们无奈地发出了“人类是悲观的”的叹息。

这是自然规律，也是人类社会发展的规律，谁都不能改变。这种极致的、看穿时空尽头的眼光，可以说它是悲观的，也可以说它是具有远见的，至少可以说是符合现实的。我们无法将底色消除，只能回归到现实社会之中。

说到悲观，一定会想到乐观；说到乐观，也一定会想到悲观。乐观的人曾经悲观过；悲观的人也曾经有过乐观。

乐观主义和悲观主义是人生中常见的两种态度和观念，也是根本对立的。乐观主义者看到世界的积极面，认为理想总会变成现实，一切都将变得更美好。悲观主义者看到世界的消极面，对世界和未来持有怀疑的态度。

乐观主义者对未来充满信心，对未来有着积极的态度，对目标有着矢志不渝的追求，勇于挑战、敢于挑战。悲观主义者珍惜自己所拥有的，对未来会持谨慎的态度，同时会对未来可能出现的失败有着积极的应对措施。

当下乐观的人多，悲观的少；谈论乐观的事多，提及悲观的事少。每一个人都喜欢乐观，都希望自己乐观，也愿意和乐观的人在一起。每一个人都不希望自己悲观，也不愿意看到别人的悲观。

但在大谈乐观、讨厌悲观的时候，仿佛都希望乐观是每个人必备的品质、必需的态度，悲观成了大家避而不谈的忌讳，悲观成了避不可及的阴影。

许多人总认为，悲观就是内向、颓废和消极；乐观就是外向、阳光和积极。因此，在教育上要求人们表现得乐观一点，这犹如道德绑架一样，给人增加了心理压力，这是比悲观更有可能带来负面影响的事。

人们往往把悲观与消极、颓废、低沉、抑郁和失落等情绪联系在一起，我们也并不否定悲观者有着这样的情绪，但悲观也并非完全是对生活的绝望。

过度的乐观会隐藏自己的负面情绪，会导致自我欺骗，会高估自己的能力，当面临困难和矛盾时，也会削弱解决问题的办法和能力，更有可能无所作为。俗话说，胜利者往往会被胜利冲昏头脑，反而还会导致失败。

我们认为，对世界、对未来应该保持乐观主义的态度，但是，在乐观的同时，应该看到事物发展的曲折性和艰巨性，用适度的悲观，也就是悲观的乐观主义，对于未来的不确定性和可能的不利因素保持高度敏感，更好地面对和应对困难及矛盾，做好防范和补救措施，并避免由于过度乐观可能带来的被忽视的风险。

乐观需要悲观来做底子、做依托，这样才能真正面对世界、看清世界、把握世界。

西汉思想家刘安在《淮南子·道应训》中说："夫物盛而衰，乐极则悲。"这揭示了事物的发展达到一定的顶点，达到一定的高度，如果没有忧患意识，必然会走向另一个极端。

司马迁在《史记·滑稽列传》中说："酒极则乱，乐极则悲，万事尽然。言不可极，极之而衰。"

老子在《老子》中说："祸兮，福之所倚，福兮，祸之所伏。"祸是造成福的前提，而福又含有祸的因素。也就是说，好事和坏事是可以互相转化的，在一定的条件下，福会变成祸，祸也能变成福。

战国时期秦国丞相吕不韦在《吕氏春秋·博志》中也说："全则必缺，极则必反。"指出事物发展到极端，会向相反方向转化。

古代这些伟大的思想家都不同地在指出，世界遵循着"乐极生悲，物极必反，盛极必衰，循环往复"的模式。

这个世界唯一不变的就是这个世界一切都在变，有乐观就会有悲观。乐观的时候不能太乐观，不能盲目乐观，要懂得"福会变成祸，祸也能变成福"的乐极生悲的哲学道理。悲观的时候也不能太悲观，因为乐观也许会随之出现。

每一个人都经历过乐观和悲观这两种情绪，既不是乐观一生，也不是悲观一世。一个人得意时不要太狂妄，狂则骄，骄之必败。失意时不要太悲伤，悲之则馁，馁则必衰。一个人只有顺其自然、万事随缘、随遇而安，才会在悲喜交加中有个好心情。

乐观主义者更有可能取得成功，因为他们能够看到前景、看到机会并把握机遇；而悲观主义者则可能因丧失信心、害怕失败而失去成功的机会。

人生道路上，悲观和乐观一直存在着，也互相转变着。乐观犹如阳光，悲观犹如雨露，互相交织、互相渗透，共同描绘了人生绚丽多姿的画卷。

乐观让我们的心灵温暖如春，悲观使我们的智慧深邃如海；乐观让我们看见彩虹，悲观让我们预防风险。

适度的悲观是一种智慧，是一种生存的方式，也是一种远见，鼠目寸光的人，不可能悲观。

一个没有悲观意识的人永远活在“自以为是”和“盲目乐观”的世界里，那是很危险的。拥有乐观是人的本能的体现，而拥有悲观却是一种能力的体现。

作家木心说：“现代中国人不懂得悲观。说到底，悲观是一种远见。鼠目寸光的人，不可能悲观。”就像一般人配不上孤独一样，孤独本身就是一种优秀，一般人也谈上悲观，悲观是一种智慧。

真正伟大的作品，一般都是悲剧，人类的存在本身就是一个悲剧，不要害怕悲观。

盲目乐观，容易自大，过度悲观，容易消极。适度的悲观能立足现实，接受现实，能预测风险，居安思危，未雨绸缪。

人性的怜悯和共情，总是裹挟在悲观之中，悲观者因为慈悲，内心有着一种良知，富有大爱。悲观主义者通天彻地，悲天悯人，更能悟透天道、悟透人性、悟透人生。

世界表现主义文学先驱卡夫卡说：“有智慧的人，历来都是悲观主义者，因为悲观，才想着改变一切，乐观的人往往都是肤浅的享乐主义者。”

悲观者有着对现实的清醒认识，认为现实存在着许多值得批判的东西。悲观者在冷静、理性的背后有着深沉思考，并能自我反省。悲观主义者能预测不如意的结果，所以会作出更为谨慎的选择。

悲观者的内心是悲观的，外在是乐观的，容易使自己走向一个乐观的悲观主义者。但过度的悲观者只会怨天尤人，永远看不到成功，永远也不会成功。

悲观者尊重自然规律，更能看到生活的不幸和艰难，更知道自己的渺小和局限，所以更懂得珍惜和满足。

悲观的人低调谦卑，谨慎而有系统地输出自己的思维，更能得到社会的同情、尊重和认可。

这个世界只有一种英雄主义，就是当他看清世界的真相之后，还依然热爱这个世界，这就是一个乐观的悲观主义者。

乐观总比悲观好，但过度的乐观，并不见得比悲观好，一切都要有一个度。

许多人真的很乐观吗？也未必。也许在乐观的背后，隐藏着巨大的悲观，只是硬撑着头皮，为了面子而已。

德国哲学家尼采说：“悲观主义是颓废的表现，乐观主义是肤浅的象征，悲观的乐观主义才是强者的态度。”

在许多文化中，悲观被视为成熟和严肃的象征，而乐观则被视为轻率和不切实际的标志，这虽然有点绝对，但不管对悲观和乐观作出怎样的诠释，有一点不容置疑，那就是：适度的悲观也是一种远见。

唯有勤勉学习，方可超越自己

学习为了增长知识，增长知识为了什么？这个问题的回答不是唯一的。但我们可以这样认为，增长知识是为了超越自己。

从终极的目的上说，学习是为了超越自己，构建一个完全属于自己的美好心灵世界的过程。

学习就是不断地突破自己的极限；学习就是一个不断地自我发现、自我超越、自我突破的过程。

从心理学角度来说，人们不断地学习，内心深处是为了超越别人，体现自己与别人的不一般。

但是，超越别人必须首先超越自己；战胜别人，必须首先战胜自己。在超越昨天的自己的同时，无形之中也缩短了与他人的差距。或许在超越自己的同时，一不小心超越了周围的人。

勤勉学习也好，努力工作也罢，其根本目的不仅是为了超越别人，更是为了超越原来的自己，给自己一个交代。

勤勉学习这条路，能持之以恒地坚持走下去，也是挺难的。但一旦坚持走下去，你就不会浅薄，你就会超越自己，出类拔萃，与众不同。

学习的目的和最大的理由就是为了摆脱平庸，为了超越自我。

学习使人登高望远，放大格局

学习就是读书。我们每翻阅一本书，都是打开通往世界的大门。一学习，世界就在眼前；不学习，眼前就是世界。勤勉地学习，让人厚积知识，厚积薄发。学习使人登高望远，放眼世界，着眼未来，胸怀大志，放大格局。

格局大了，胸怀宽了；格局大了，目光远了；格局大了，起点高了。而这些，都是以厚积的知识来作为支撑。有了格局，就会有格调，而格调高了，能从整体、长远的角度出发，不拘泥于小事和琐事，观察问题和处理问题的能力也增强了。

读书，才会使我们站在生命的高维去思考问题。读书能让我们看清世界、看清自己。

学习使人思想深邃，思维活跃

人与人之间根本性的差距就是思想上的差距。除了思想，几乎没有什么可以证明人与人的不同。有了思想，无须证明。学习就是在别人的思想帮助下，建立和形成起自己的思想。

学习，使人思想上有高度。有思想的人能够透过现象看本质，能用全面、发展和联系的观点观察事物；有思想的人具有丰富的想象力和辨别力；有思想的人善于用批判的思维、质疑的眼光看待事物，不会人云亦云地跟着感觉走，不会走进围观的人群起哄；有思想的人宁愿选择独处冥思苦想，也不会随波逐流。

一个人如果没有思想的高度和深度，再勤奋也是白辛苦。这个社会拼的是思想，是看谁的脑子灵活，而不是看谁“搬砖”的速度。

人一学习，思想就会充实；人一不学习，思想就会空虚。人一学习，思维就会活跃；人一不学习，思维就会呆板。

一个人的思想，应该处于正能量的制高点，如果高尚的东西不去占领，那低下的东西就会趁虚而入。一旦人的思想空虚，灵魂就会缺失，就会丧失信仰、精神委靡。

学习使人灵魂丰盈，灵魂自在

一个人真正的高贵是灵魂的丰盈，而丰盈的灵魂，来自不断的勤勉学习，善于学习也是灵魂丰盈者的宝贵特征。

人生在世，其实就是为了两件事情：一是让身体健康；二是让灵魂自在。而让自己的灵魂自在，就要通过学习，武装自己、丰盈自己、提升自己。在这一点上，没有捷径可走，勤勉学习是唯一的一条可到达的便捷之路。

学习，使人感悟到成功者的艰难、坚毅和不易；学习，使人看到了成功者强大的内心，看到了成功的背后有着坚定不移的意志和倔强的灵魂。

灵魂丰盈的人精神饱满，意志坚定。有灵魂的人能够做到反躬自省，不会怨天尤人，埋怨责备。学习，也使我们会融通、不固执、不偏执。

灵魂丰盈的人既童心未泯，又沉稳老练；灵魂丰盈的人自信笃定，能随时随地感知幸福；灵魂丰盈的人内心丰富，心态积极。

你学习越多，懂的就越多，懂你的人就越少；你学习越多，你了解的就越多，了解你的人就越少。

你也许成为一个孤独者，孤独者也是一个思想者，不是因为你喜欢独处的孤独，而是因为唯有独处时孤独才会懂你。不是每一个人都能成为孤独者，一般的人根本配不上做一个孤独者。

灵魂的一半是学识，另一半是支撑自己风骨的涵养和品位。当你手不释书时，灵魂便不再荒芜。

学习使人聪颖睿智，提升认知

人的聪颖、人的智慧，来自自身的勤勉学习。这一点，不容置疑。

学习，能使我们超越自以为是的一点知识；能使我们看到捉襟见肘的一点知识；能使我们突破思维的局限，提升认知水平。

认知能力是一个人最重要的能力。知识固然重要，但更重要的是认知。认知能力强的人具有判断是非的能力，具有创新和应变能力，具有对事物总结、提炼和提高能力。

学习使人深藏城府，高人一筹

通过学习，人们从历史知识和社会知识中不断地增长自己的知识，使自己成长和成熟，也使自己富有城府，高人一等。

人类的历史，记载着许许多多伟大的历史人物的成功经验，也记录着一些历史人物失败的教训，更是充斥着历史的真相。通过对历史知识的学习，使我们能够吸取经验和教训，避免重蹈历史的覆辙。

社会知识包罗万象，社会科学更是研究社会现象及其发展规律，这是必须学习和学会的知识和学科。

通过学习社会知识，提高认识世界、适应社会的能力。通过学习，能洞察人性，面对千变万化的大千世界，能够把握发展规律；面对五彩缤纷的复杂社会，能够站稳脚跟，不至于使自己在扑朔迷离和眼花缭乱的环境中因肤浅而被碾压。

通过学习，能使自己成为一个张弛有度、深藏不露、内正外圆、方圆得体的人。

不要认为许多成功的人士没有读过几本书，就认为不读书也会成功。一般人根本没有那么幸运，唯有老老实实地学习。学习，也不一定能成功；不学习，一定不会成功。

北宋文学家欧阳修说：“立身以立学为先，立学以读书为本。”学习至关重要，学习十分艰苦。每一本打开的书，都是漫漫长夜。能做到不断地勤勉学习，那是一件难能可贵的事。

你努力的样子，别人不一定看在眼里，但你不努力的样子，别人一定会记在心里。人非生而优秀，所有的逆袭都是有备而来的，所有的幸运，都是努力埋下的伏笔，所有的成功都是逼出来的。

人生最大的捷径、人生最大的收获，就是用时间和生命阅读和拥抱了世上一流的书。

读了许多的书，记得的少，忘记的多，但通过阅读而厚积的知识和形成的气质，永远令人忘不掉。

一个人的知识和气质，深藏着他所勤勉读过的书与走过的路。一个人的阅读量决定着他的能量和力量。

我们没有兴趣、没有必要在乎自己在别人眼中的样子，我们只有在勤勉的学习中，对自己说一声“幸会”，对自己满意。

不断地学习，才能不断地成长，才能实现自我价值。人具有社会属性，我们生活在人群中，既要向别人学习，又要通过不断的学习，超越别人，我们超越自己就是在不断地超越别人。

读书越多，越知道自己知道的不多；读书越少，越不知道自己知道的很少。与别人的差距，只有阅读后才知道。读一本伟大的书，不一定就能成为一个伟大的人，但一定能成为一个超越自己的、更优秀的人！

低调才是做人的大智慧

智慧是对世界本质的洞察，是对社会发展规律的把握，是人类最高层次的认识和理解。智慧是对是非、黑白、善恶的辨别，是应对和化解复杂问题的一种能力。

做人的智慧包括许多内容，而在众多的智慧中，低调无疑是做人的大智慧。

低调是一种谦虚谨慎的态度。低调做人，是指为人要谦逊平和，不张扬、不炫耀、不傲慢，进退有度。

低调是一种文化，一种人生哲学。保持低调姿态，这是一个人内在的高素养。

低调是人生的智慧。三国时期的魏国文学家李康在《运命论》中论述道："故木秀于林，风必摧之；堆出于岸，流必湍之；行高于人，众必非之。前鉴不远，覆车继轨。"自然界是这样，人类社会更是如此。一个人为人张扬高调，必然会遭到众人反对，甚至是唾弃。在一个团体里，一个人如果标新立异，过于表现自己，也必然会引起人们的不满。

低调是一种优雅。优雅是一个人永远不会褪色的美。一个人以谦卑低调的姿态行走在纷繁复杂的路上，就不会遇到太多的干扰和阻力，甚至会受到帮助和保护。

低调者，宽容和善，给人以亲切感

低调的人心存善良，懂得和善待人，和颜悦色，不会盛气凌人，高高在上。他们从来不高看自己，也不低估别人。低调的人懂得尊重别人，会考虑别人的感受。低调的人，让人感觉没有距离感，惹人喜爱，人缘好。而高调的人，会招来别人的反感，人缘差。

低调的人宽容宽厚，对人不苛刻。低调的人待人真诚老实，做事讲究信誉，给人一种可信和安全的感觉。低调的人不说大话、不说空话、不说假话、不说套话，实实在在，让人感觉靠谱。

低调者，深藏不露，给人以神秘感

低调的人沉稳大气，有着韬光养晦的处世智慧。《菜根谭》中有句名言："地低成海，人低成王。"低调的人谦卑守拙，收敛锋芒，不显不露，表面平淡，贵而不显。低调的人最能成就大事。

低调是一种自我表现的方式，在人性复杂的社会，也是自我保护的手段。《孟子》中说："将军不敢骑白马，亡人不敢夜揭烛。"出头露面的人，很容易成为众矢之的，低调的人懂得隐藏在众人中，不引人注目，不会惹麻烦。

低调的人朴实无华，脚踏实地，他们深藏不露，不会得意忘形，不会恃才傲物。

低调的人懂得宁静致远，喜欢孤独静思，不会挤进围观的人群，不愿在杂乱喧嚣声中起哄。

低调的人懂得适当谦让示弱，不会与人斤斤计较，争强好胜，到处树敌。

低调者，谦卑好学，给人以敬畏感

谦虚谨慎是为人低调的首要条件，谦虚也是赢得他人尊重的首要因素。"满招损，谦受益。"谦卑低调是一种智慧，是为人处世的黄金法则。

一般人都认为自己不一般，总习惯于高估自己，总是喜欢把自己的一点知识显现在众人面前。殊不知，招来的是人们的反感和妒恨。

人最大的智慧是知道自己的无知。低调的人知道学习的重要性，知道只有掌握更多的知识，才会离真理更接近；只有不断自省，才能清醒认识到自己的不足；只有谦卑好学，才能弥补自己的不足，厚积薄发，垫高自己。

低调的人善于向他人学习，善于倾听别人的诉说，不会过多地诉说自己。因此，容易被人接受，受人喜欢。

低调者，大智若愚，给人以沉稳感

低调是一种清净孤独的内敛，低调的人善于藏拙，不会故意去炫耀。低调的人沉默、装傻、充愣，这是一种智慧，也是睿智的伎俩。这种低调是应对复杂局面的一种能力；这种低调，会有效地减少和防范潜在的风险，避免因站得高，出头露面而摔倒。

锋芒毕露的人，必然会遭人妒忌。只有大智若愚，抱朴守拙，懂得装糊涂，才是现代社会聪明的活法。

低调的人不会在他人面前炫耀自己的成功，即使当别人夸耀自己时，也不会沾沾自喜，更不会把成功当资本，把取得的成功完全归功于自己。

"人怕出名猪怕壮。""善恶随人作，祸福自己招。"历史上许多有才华的人因为不懂得低调藏锋，而丢掉性命。古代战国名将赵括，自以为熟读兵书，而自诩为打仗天下第一。结果上了战场，兵败如山倒，自己被秦军刺死，被后人取笑为“纸上谈兵”的败将。

被写进小学教科书的《杨修之死》，也是一个活生生的事例。东汉末年文学家杨修在乱世的三国时期，恃才傲物，爱耍小聪明，几次在曹操面前班门弄斧，过度揣摩曹操心思，泄露军机，结果被曹操以“前后漏泄言教，交关诸侯”等罪名处死。

蜀国皇帝刘备是一个谦卑的君主，他曾尝到过由于锋芒毕露带来的麻烦，因此低调为人。智慧过人的诸葛亮年轻有为，为了请他帮助自己打天下，刘备三顾茅庐，打动了他的心。出山后的诸葛亮为刘备鞠躬尽瘁，死而后已。

俗话说，空壳的谷穗昂首向天，饱满的颗粒低头垂地。一个真正有能力、有智慧的人，都是十分低调的，他会对大千世界的宽广、奥秘抱有敬畏心理。而只有高调的人，才会因为自己见到一点点的世面，取得一点点小成绩，而觉得自己了不起。

越是低调的人，越是怕别人高估了自己的能力；越是高调的人，越生怕别人低估小看了自己。

如果你想知道一个人的内心到底缺少什么，不看别的，就看他炫耀什么。

低调的人之所以低调，因为他们知道山外有山，天外有天，藏龙卧虎。低调的人，看似降低了自己，委屈了自己，其实提升了自己在他人心中的形象。

低调并非向人低头，并非低人一等；低调并非暮气沉沉、平庸无为；低调并非低三下四，怕这怕那。低调的人不卑不亢、不怯不懦。低调是做人的一种艺术，是应对复杂社会的一种方式。

低调，从来不是无能，而是体面。越低调，生活越体面。现实生活中，越是低调的人越是过得体面；越是见过世面、有过成就的人，越是活出了低调谦卑的姿态。

低调的人，活得最清醒、最明白，他不会在混浊的世界里迷失方向，也不会在灯红酒绿的生活中失去自我。

我们既提倡低调做人，也鼓励高调做事。高调做事，就是在做事的过程中，高起点定位目标，在实现目标的过程中表现出自己的能力和才华，大气做事，把事情做到极致。秉持低调做人、高调做事的原则，既是有利于自身发展的需要，也有利于社会发展的方式，同时也是现实社会的客观需要。做人低调，体现了人与人之间的相互尊重和谦让；做事高调，体现了对人生追求的一种态度，对事业执着的敬业精神。反之，如果一个人高调做人，低调做事，那这个人将一事无成，一无是处。

才华只是一个人高级的性感，但才华不等于就是智慧，低调才是智慧。

主持人赵哲在《拥抱不完美的自己》中写道："越是肤浅的越得意忘形，自命不凡；越是深厚的越诚信笃行，保持低调。"人总是在忘乎所以的时候，会得意忘形，会马失前蹄，因此必须有一颗持重的心。面对繁华的生活、面对浮躁的社会、面对鲜花和掌声，我们应该谦卑低调。

"夹着尾巴做人"，这是父母对远行的子女说得最啰唆、最中肯、最惯用的一句话。这是一句充满着人生哲理、激励我们行稳致远的座右铭，让我们永远牢记这句话，做一个低调谦卑的人！

人可有执念，但不可执迷不悟

“执念”和“执迷不悟”是含义截然不同的两个词语，但也有着一定的关联度。

《现代汉语词典》中找不到关于执念的解释。网络上关于执念的解释是：因执着而产生的不可动摇的念头。形容因为对某一事物坚持不放，不能超脱，极度执着而产生了过度追求的念头。后来指固执或拘泥，用东北话来说就是“死磕”。也指坚持不懈。

执迷不悟是形容坚持错误而不觉悟。

在不同的语境中，“执念”是一个中性词。而“执迷不悟”是一个贬义词。

人是要有信念的、人是要有目标的、人也是要有精神和毅力的，这都建立在执着的基础上。

有执念的人为着信念，坚信不变。执念是对梦想的不懈追求和持久坚守，不忘初心，不会被外界的干扰影响和动摇，对理想信念执着坚定。

有执念的人向着目标，坚定不移。一心一意地朝着目标前进，有着不到黄河不死心的精神。人与人之间最小的差距是智商，最大的差距是坚持。有执念的人很难放下一件事，即使这件事已经没有多大希望，他还会作最后的努力和拼搏，甚至会孤注一掷。

有执念的人面对困境，坚忍不拔。有执念的人具有坚强的意志力，有着不可动摇、不可退却的灵魂的倔强，面对失败和挫折，永不言败、永不服输。

执念是一种更高层次的追寻，能担当起责任、担当起重托、担当起使命。执念是一种精神、一种动力，也是一种态度，是对待自己、对待他人、对待社会、对待生命的态度。执念是一种精神力量，源自内心对价值和信念的认同。

有执念的人自身要求很严格，喜欢和自己较劲，甚至和自己过不去，经常会陷入反刍性思维。有执念的人热爱事业，对待自己喜欢的事情会舍得投入。

执念就是执着的念头，太固执的念头就是执迷不悟。固执的人容易被情绪驱动，容易采取一些冲动性行为。

有执念的人对那些没有完成的事情会念念不忘，心理学中有一个概念叫“未完成情结”。没有追到的爱人、没有结果的事业、没有实现的目标，都会很难放下。

固执与执着是一对孪生兄弟，但两者在本质上却有所不同。固执的人没有人喜欢，甚至会遭人讨厌，执着的人有人喜欢，也有人学习。

执着的人凡事追求结果，为了实现目标，会认真做好每一个过程中的每一个细节，竭尽全力去克服困难。执着的人做事认真，追求完美，甚至有点“工作洁癖”。

执着，是一种热情，更是一种精神追求。执着是信念信仰的推动，是追求理想的动力。执着使人对生活充满信心；执着使人对梦想坚持不懈；执着使人对心中的信念坚定不移。

固执的人做事一般也很执着，但很难让人接受。固执的人是一个不撞南墙不回头、不见黄河心不死的人。固执的人有着一股犟脾气，不懂变通，难以相处。

固执的人以自我为中心，自以为是，固执己见，很难改变自己的决定。一个人如果不自作聪明，他也许能够成为一个聪明的人；但如果一个人自作聪明，那他一定不能成为一个聪明的人。

一个人应该多一些执着，少一些固执。认清自己的内心，看到自己的不足，寻找自己的平静。

执着固然重要，但执着过头就是执迷不悟，就是错误。

执着，如果方向错了，就会出现大错误。这个时候如果执迷不悟，悲剧就会出现，就会导致失败。

奥地利作家茨威格说：“适度的坚持是执着，执着是良药；过度的执着是执迷，执迷是毒药。”

执着和执迷不悟也只有一字之隔，有时很难把握尺度，执念的背后就是贪嗔痴，固执过头就是执迷不悟。

执迷不悟是一种盲目的固执，过度陶醉和相信自己的理念、观点和行为，无视客观实际和他人的好言相劝，丧失理性思考能力。执迷不悟的人性格执拗，是一意孤行的固执，执着到痴迷的程度，而不能醒悟，一根筋到底。

执迷不悟的人热衷于情绪堆叠发酵，沉溺其中，不能自拔。执迷不悟的人对物欲、情欲、心欲有着乐此不疲的追求。

对于执迷不悟的人来说，自己的世界就像一面畸形的哈哈镜，只会扭曲他本来正常的模样。

人生大部分的痛苦都来自对权力、金钱、情爱的执着，执着于金钱，迷失自我；执着于情感，痛不欲生；执着于权力，权力是一把双刃剑。让我们烦恼和痛苦的不是强大的敌人，而是自己对欲望的执着。

在人生的道路上，执迷不悟会妨碍自身成长，会多走弯路，遭受挫折，甚至失败。

执迷不悟的原因在于：思维定式，认知事物的习惯影响后来认识事物的方式；认知的高度不够，在低维度上思考；心里保护，自我防御；死要面子，主观意识太强。

历史的长河中，有许多的名人都因执迷不悟而导致身败名裂，汉朝将领韩信在权力斗争中过于执着于自己的权力和地位，最终因谋反而被诛灭三族。

许多人沉溺于赌场、股票市场和期货市场，就是执迷不悟的表现，其结果是连本钱都捞不回来。

人最大的弱点和悲哀就是既无法意识到自身的不足，又不愿意承认别人的优秀，更听不进别人的劝说，还错误地认为自己所做的一切都是最好的决断。

“知错能改，善莫大焉。”每个人都会有错，只有傻子和死人才不会改正自己的观点，执迷不悟。犯错不可怕，可怕的是执迷不悟，将错就错，一错再错。

人生如梦，不必执着于一时的得失；人生短暂，不必执着于无意义的纷扰。

心理学家亚科斯：“人生中 90% 的不幸，都是因为不甘心，这是很多人不懂得及时止损的原因。”人生不过是一场肤浅的物质狂欢，不如意事十有八九，无须纠结，懂得释然。

人应该拥有执念，但不能囿于执念、过分执念。人生会遇到许多烦恼，首当其冲，遇到最多的就是执念。执于一念，必将受困于一念。

执则迷，迷则不悟。生命是一场负重前行的奔赴，背上更多的执念，只能让我们走得更累、更慢，甚至会有被压垮的可能。

人这一生最放不下的就是执念，放下执念，就是放过自己；放不下执念，就活不出自我，一切都在枷锁中。如果一个连自己都不放过的人，他肯定不能与他人相处好、相融好。

苦苦执着追求实现不了的目标，苦苦执着追求不属于自己的人，那是在困扰自己、折磨自己。一个太过执着的人，如果是一个领导者和组织者，那不但自己吃苦，而且还会让部下受苦，这种吃力不讨好的做法，就是执着过头了。

愚公移山的故事，告诉我们的是一种精神，而不是让我们真正去移掉那座山。人生的道路上，我们唯一要做的是尽人事、顺其然、听天命。

人生最高级的活法就是接受事与愿违，我们应该顺其自然。人生难得圆满，处处皆藏遗憾，懂得及时止损，才是自我保护的一种智慧。

法国启蒙思想家卢梭说："一个懂得放下的人，是最幸福的人。"放下，是治愈一切的良药，放下，才是对生命的厚养；放下执念，是一种智慧。有时放弃是生活中必须面对的一种选择，成年人最大的清醒就是放过自己。

执着过、努力过，便是问心无愧。想开了，一切都是小事；想不开，小事都是大事。想开了，就是幸福；想不开，就是烦恼、就是痛苦。

悟透自己，自知之明，知道自己的几斤几两，懂得学习。悟透他人，看到别人的不一般，善于向人家学习。悟透人生，懂得觉醒，学会独处。人生就是一局棋，输赢，人们总是无能为力。悟透生活，生活就是生容易，活容易，生活不容易。

人没有执念，就是没有信念、没有目标、没有毅力。执着固然重要，但执着过头就是执迷不悟，就是在错误的道路上狂奔。

智者反省自责，愚者执迷不悟。人都很固执，也都有执念，但不能执迷不悟。

放弃偏见，永远不会为时过晚

人的偏见是一种认知顽固，根深蒂固。偏见的人是一种既不受人欢迎，又让人生厌的人。正如英国小说《傲慢与偏见》有这样一句经典台词：傲慢让别人无法来爱我，偏见让我无法去爱别人。

人人都反对偏见，但人人都有偏见，几乎无人敢保证自己没有偏见。我们有时偏见着别人，有时也被别人偏见着。我们可以发现别人所持有的偏见，却唯独发现不了自己所存在的偏见。

偏见是对某个群体或个人持有的一种不公正、不客观的看法或态度，是人们脱离客观事实而建立起来的对人和事物的消极认识与态度。

人类有许多偏见，常见的就有年龄偏见、性别偏见、相貌偏见、种族偏见、职业偏见、对象偏见、地域偏见，等等。

男女都平等了，竟然还有人对女性有歧视、持有偏见；都说漂亮的脸蛋千篇一律，有趣的灵魂百里挑一，但就是有人对有颜值的人偏爱，对有灵魂的人有偏见；招录人员的时候，对沿海地区和内地的人就是不一样看待，对富裕地区的人和欠发达地区的人又是区别对待。

偏见是一种复杂的心理现象，本质上是对一个群体及其成员负面的预先判断，是一种负面态度。负面评价是偏见的标志，偏见都是消极的指向。

偏见是一种普遍的社会现象，也是人性的一种弱点。别指望一个有偏见的人在短时期内会改变自己的一些偏见，更别指望一个人会彻底改变偏见，呈现真知灼见。在与偏见者的争论中，唯一获胜的办法是避免争论。

《明史·邹无标传》中说："偏生迷，迷生执，执而为我，不复知有人。"

偏见既源于无知，偏见又源于偏见者内心的不满。无知涉及能力的问题，而内心的不满则出自一个人的人格。美国心理学家奥尔波特说："偏见是基于错误和僵化的概括而形成的憎恶感。"早就戴着有色眼镜的人所表现的偏见，就是一种傲慢。偏见的人对一个没有好感的人骨子里就是一种憎恶，他就会看低他人。

偏见比无知更可怕，偏见比无知距离真理更远。无知的人承认自己的无知，不会轻易进入论断，而偏见的人自以为是，自以为知，很容易作出断言。

心存偏见总是弱者，偏见的人是一个可怜的人，也是一个可恶和可恨的人。

偏见的人以绝对化的思维，先入为主的感觉，对待人和事。偏见的人永远无法看透事物真相，偏见就像一个盲点，对周围人的观点和感受视而不见。这是一种极度自私的表现，也是人性的一种恶。许多事都因无知而产生偏见，又因偏见而产生愤怒。

偏见最直接的后果是影响一个人的判断力，偏见还会导致社会的不公平和不公正，偏见会导致决策的失误和失败。

有偏见的人对自己喜欢的人，看来看去就是舒服，对自己不喜欢的人，看来看去就是不顺眼。

偏见是一种可怕的无形的暴力，世界上最可怕的是人，偏见者充满着嫉妒、充满着仇恨。

偏见具有极大的破坏性，人类历史上的种族歧视、种族灭绝，都是因为偏见而引发的。在人性的所有弱点中，没有什么比偏见对人的自尊更伤害，对人的社会关系更破坏。纳粹帝国就是通过法律来固化他们对犹太人的偏见，为他们屠杀犹太人提供法律依据。

偏见会在别人身上留下永远的伤疤，这种偏见，对于陌生人来说，是一种不尊重，而对于熟悉的人来说，会比陌生人带来更大、更可怕的伤害，使两者关系更为紧张。

偏见存在于我们的生活，出现在我们的周围，认知不高，满眼都是问题，满心都是偏见。偏见妨碍了人们正确地客观地认识世界、认识人类、认识事物。

偏见是人际关系的绊脚石，偏见拉远了人与人之间的距离，人们总是会远离有偏见的人，偏见的人也很孤独。

偏见的人是由个人偏好和信念而持有的不客观的观点，主观的人是基于个人感受和情感而持有的看法。人们反对和讨厌主观的人，更反对和讨厌偏见的人。

你对世界是什么样的眼光，世界就是什么样的模样。如果你对世界产生偏见，并把这种偏见奉为真理，视为绝对，那么你注定会被别人唾弃，也注定活在痛苦中。

你对世界有偏见，世界只会把你晾在一边，还可能把你扔在沙滩上。

偏爱难免，偏见难受，偏见永远让人错失爱的缘分。

所有的偏见都来自眼界和认知的局限性，一个人的认知存在多少偏见，他的人生就会有多少局限。放弃认知偏见，懂得在高维度上思考问题，格局也就大了。

放下无知的偏见、放下自私的偏见、放下主观的偏见、放下刻板的偏见，放弃固有的观念、放弃惯性的思维、放弃自以为是的感觉、放弃先入为主的概念，坚持用辩证唯物主义和历史唯物主义全面、联系和发展的观点看待问题，坚持自我反思、坚持科学头脑，接受多样性和开放性，尊重不同的文化、历史和社会背景，你的人生才会因世界的多彩而精彩。

认知的觉醒没有先后之分，只要能觉醒就行。放弃偏见也没有先后之分，只要放弃偏见，或者少些偏见就行，永远不会为时过晚。

学会尊重人的差异性和多样性，推崇平等和包容的价值观，这是一个人有素养的体现，也是人类文明与进步的标志。放弃偏见，既是对他人的尊重，更是对自己的释然。

佛家有云："去我执，除偏见，万物通达于心，无量无边。"明白自我的无知，深知世界的无限，放下偏见，共情共融，面朝大海，你会看见前方超乎异常的春暖花开的美丽景色。

远见比见识更为重要

见识和远见，都是人的一种智慧，都是对一个人认知和视野的描述。对事物认识的清晰程度和掌握事物本质的深浅程度，就是一个人的认知能力。

见识是指明智和正确地作出判断及认识的能力。见识就是一个人的见解和知识，就是指一个人的视野和格局，见识能够引领知识的运用和方向。

远见就是远大的眼光、高明的见识。是指一个人对事物的认识和看法，它包括知识、见闻、思考能力和综合素质。

见识是一个人基于知识和经验形成的对当前和未来事物的理解和判断；而远见则是更高层次的认知，它强调的是对未来长远规划和发展的能力。

见识产生于人的才智，也产生于天性与心地。见识越广，判断力越强；见识越广，越能作出最准确的选择。

知识仅仅是一个人的底层基础，而见识才是一个人的眼界的宽度。

学知识，长见识。见识来自勤奋学习。有见识的人善于学习，懂得学习的重要性，懂得书本能够垫高自己。有见识的人知道自己知道得不多，知道自己的局限和无知，知道通过学习能够提升自己。

学知识并不难，关键在于运用知识。一个人无论拥有多少知识，都要去见世面，长见识。

见识来自观察世界，眼界宽广。有见识的人是一个见过世面的人，他们见识了人性和世事后，懂得了生活的深浅，懂得了社会的复杂，但依然热爱这个世界。

有见识的人懂得低调谦卑，不炫耀、不张扬，懂得接受。有见识的人尊重别人，懂得谦让，不会为一点小事而斤斤计较、怀恨在心，也不会为别人的背后之言而耿耿于怀，更不会活在别人的成见里。

有见识的人有着独立的思想和坚守的灵魂，不会被外在的东西裹挟、不会被别人的不同意见而轻易改变自己的决定、不会走进围观的人群，人云亦云，跟团起哄、不会丧失立场和观点。有思想的人宁愿选择独处冥思苦想，也不会随波逐流，有见识的人也不会说出偏见的话来。

见识的重点在于“识”，见到了很多，重要的是识别和转化。

人与人之间的差距在于见识和格局，见识和格局，也决定着一个人能走多远。

见识决定格局。见识多、见识广，才会格局大。见识来自知识的沉淀，来自对世界的了解，来自对社会阅历的历练。

见识和眼界在内容、范围和深度上有很大区别，理解上有所不同。虽然都是对个人认知和理解能力的描述，但它们侧重点不同。眼界是指认识客观事物的宽度或广度；而见识是指一种比知识更深层次的理解，它涉及对事物的深入认识和独到见解。

远见是一种比见识具有更高层面的智慧。远见建立在见识的基础之上，见识越多越广，就越富有远见。我们常说的远见卓识就是这个意思。

一切伟大的见识，只不过是一个微不足道的开始，只有落实思想才会有结果。远见需要与勇气相结合，并付诸实践，才能创造出真正的价值。不然，停留在思想和理论层面，那只是纸上谈兵。远见必须通过实践，才能真正体现一个人的见识。

远见是一种智慧，更是一种能力。有远见的人即使知道明天是晴空万里，也会懂得未雨绸缪。

见识源自知识，但高于知识；远见源于见识，也高于见识。

一个人的远见决定了他的人生高度。人与人之间远见卓识的高低差距甚大。有的人在山峰俯瞰，一览众山小；有的人是井底之蛙，见识短浅。有的人能观察到未来几十年的发展态势，而有的人对眼前出现的事情都看不清，把握不准。

许多人之所以输在看不见、看不清、看不懂、看不透、看不深、看不远上，其根本原因就是认知能力差，见识少，更是缺乏远见。

人的见识和远见来源于人的内在智慧，有远见的人懂得丰盈自己、提升自己。

一个人的远见需要有厚实的知识储备，需要对世界和社会的广泛了解，才能够形成多维度和高维度的思考，才能够更好地预见未来的发展方向。

勤于学习，增长见识，无疑是提高远见卓识的关键。书中自黄金屋，只有善于向书本学习，才能提升自己的认知深度。努力学习，不仅仅是为了超越别人，更是为了超越原来的自己，塑造不一样的自己，给自己一个交代，使自己更富有远见卓识。

在这个世界上，唯一不变的就是一切都在变，一个有见识、有远见的人必须适应这个不断变化的世界。好奇心是远见的基石，有远见的人就应该始终保持对世界充满好奇心。

有远见的人紧跟时代潮流，培养创新思维，不断提高反思和质疑能力，探索新情况、研究新问题、总结新经验。

有远见的人自信笃定，听从自己内心坚定的声音，能逼自己一把，有着倔强的灵魂，勇于追求自己坚定的梦想。

有远见的人勇于探索、勇于实践、敢于挑战、敢于冒险。有远见的人有自知之明，善于向智者学习，学习他们成功的经验。

远见是一种坚定不移的信念；远见是一种卓越的洞察力；远见是一种深刻思考的能力；远见是一种坚韧不拔的精神。

一个人有目标追求，有远见卓识，才不至于让人认为目光短浅。

“人无远虑，必有近忧。”“凡事预则立，不预则废。”“智术之士，必远见而明察。”“不谋万世者，不足谋一时；不谋全局者，不足谋一域。”古人的这些远见卓识，我们应该细细体会，付诸实践。

“明者防祸于未萌，智者图患于将来。”远见，就是具有居安思危、未雨绸缪的底线思维。

明朝开国元勋刘伯温就是一个富有远见卓识的智者，他以广博的知识和出色的政治远见，辅佐朱元璋开创了朱明王朝，立下了赫赫战功。但他深知伴君如伴虎，随时可能有灭顶之灾。在察觉与他地位相同或比他地位高的徐达、李善长和胡惟庸等人也没有得到善终，在危险即将来临的时候，他多次以各种理由开始上书朱元璋，得以归养乡里，落叶归根。

远见，就是要具有思接千载、视通万里的历史思维，以史为鉴、面向未来。历史上一些开明的远见者，值得后人学习。

有远见的人能比别人看到更多的问题和困难，比别人看到更多的有利条件，比别人看到更多的希望，能洞见未来的方向。

厚积知识，拓宽视野；放大格局，登高望远。

放过自己，才是真正的放下

这个世界最好的放生就是放过自己，而不放过自己的人总是放不下一些人和事。

放过自己、豁免自己是人类本能的表现，也是一个智者的聪明选择。

我们习惯性地说别人放不下一些事情、不放过自己，而当自己陷入无奈无法，不得不能的困境时，总是无法放过自己。

人生，就是一场变幻莫测的旅程，人生不如意十有八九，充满着许多的无奈、惆怅、痛苦，我们总会遇到遗失、遗憾、后悔等坐立不安的事情，我们总会遇到亲人的离去、朋友的背叛、小人的作祟等心里不悦的事情。

人生，充满了许多不确定性，而唯一确定的是自己必须适应这个不确定的世界。如果内心不能释然，如果学不会放下，受折磨的是自己。

放下过去，着眼未来

昨天犹如一颗陨落的流星，划过天际，永远消失在宇宙中。不管是美好的，还是遗憾的，都已成为过去。要学会清零往事，放下过去的不快，轻装上阵。放下过去，才能向前看。老是停留在过去时，就会迈不开面向未来的脚步。

对过去有怨恨。总觉得自己受到不公平和不公正的对待，自己没有受到应有的尊重和重视，内心不悦，耿耿于怀。

对过去有悔恨。对失去的、失落的、失败的，总有一种内心的自责和悔恨，有着一种悔不当初的心态。

对过去有留恋。总觉得现在不如过去，总想再回到从前。

世界文豪莎士比亚说：“凡是过往，皆为序章。”再美好的记忆、再不堪的痛苦，都已成为历史，纠结于过去，无疑是束缚自己。

要懂得，太执着于过去，放不下过去，会让自己活得疲惫不堪，更无心、无力面向未来。

放下纠结，超脱释然

我们总是为一件没有经过努力而导致失败的事情纠结，总是为一件擦肩而过的好事而后悔，让自己茶饭不思，坐立不安，甚至让自己陷入百思不得其解的困惑。无须悔恨，上苍不成全你，也许是一件好事。

人生中有些伤痛，永远会抹不去。但老是回忆，是自己诱发痛苦。坚强地告诉自己：想开一些、看开一些、淡化一些。也没有哪种痛苦，为自己预留。没有谁的人生完全岁月静好，也许别人比自己还有着更痛不欲生的事，只是你无法从别人的脸上观察到。

北宋政治家苏轼一生坎坷，不是被贬，就是在被贬的路上，近乎丧命。但苏轼却放下官场的失意，吟诗作赋，笑对人生。“竹杖芒鞋轻胜马，谁怕？一蓑烟雨任平生。”体现出苏轼这位正直文人在坎坷人生中释然超脱，诠释着作者的人生信念，展现着作者的精神追求。

放下怨恨，彰显格局

生活中我们总会遇上一些不友好的人和事，有些可能让自己耿耿于怀，难以忘却，难以入眠。

放下过往的纠结，放下眼前的苟且，放下未来的执念，你会活得自在。

一个人成长的路上也都有着背后之言，可能还会遇上背后捅刀的人，甚至被折磨得千疮百孔，这就是人生。一个人的成熟成长就是这样历练出来的，吃得了苦中苦，尽是平常人；受得了屈中屈，才算得上是人上人。忍辱才能负重，忍不了辱这一关，其实就是放不下自己、不放过自己。

韩信之所以成为西汉初年诸侯王，是因为他受得了胯下之辱。如果韩信当时宰杀了让他受胯下之辱的屠夫，他就要抵命，他就不能实现他的鸿鹄之志。他选择放过这位屠夫，也就是选择放过了自己。韩信当了淮阴侯之后，他没听从下属宰杀屠夫的建议。如果韩信宰杀了屠夫，表面上是宰了屠夫，其实是宰杀了自己，因为这么多年，自己还背着这个沉重的包袱，其实根本就没有放下。

放下恋人，无须纠缠

人世间最煎熬的莫过于感情。我们曾经为一个恋人而心碎 、而挣扎、而痛不欲生，爱情是缘分，一段感情开始的时候都有它存在的理由，结束时也有它结束的必然。

不爱，也许是一生的遗憾；爱，也许是一生的痛苦。爱是一种双向奔赴，无须望着他远去的背影而伤感，我们应该在平静的释然中悄然转身，无须回头留恋，无须为一段不属于自己的感情，作践自己。一段缘分的结束，前调是苦涩，中调是释怀，后调是自由。

当你真正放下一个恋人时，你就不会为他的一个眼神而激荡充盈，也不会为他的冷漠无情而肝肠寸断，一切显得那么的平静和淡然。

一味抱怨自己，反复咀嚼痛苦，过度敏感，思虑过重，这些会让自己背上沉重的包袱，甚至会让人喘不过气来，这些都是不放过自己、折磨自己的表现。

有时候困住我们的，不是来自外界的压力和困扰。我们并不是放不下别人，而是自己不肯放过自己。不放过自己，严重的会出现抑郁和焦虑症。

真正的放下，是原谅自己，释怀自己，接纳自己，不再跟自己过不去，不再跟自己较劲和认真，懂得和自己握手言和。

人生没有什么不可放下的，弹指一挥间，不要太计较，不要太较真，顺其自然，随遇而安，别为难自己。

学会放弃，除了生死，其余都只是擦伤罢了，都是小事。去医院看看，在健康面前，金钱算什么？去殡仪馆看看，在生命面前，你那点破事算什么？别放不下自己，别不放过自己，别为难自己，活着才是胜利、快乐才是真谛、健康才是目的。

学会放下，人生在世，还不是有时笑笑人家，有时被人家笑笑。

学会放下，是一种智慧。放过自己，接受现实，是一生最大的解脱，是宁静致远的淡定和从容。放过自己，就是放弃自己的执念、放弃自己的执迷不悟，就是给自己重新开始的机会。

学会放过自己，不是软弱，而是让自己在解脱中重获自由。放下自己，也是对生命的尊重，活在当下，享受生命的每一天。当懂得学会放过自己的时候，你就会拥有更加广阔的天地。

放过自己，不是让自己一味地退让，而是给自己留出更多的余地，让自己可以重新选择。放过自己，不是放弃原则，不是放弃尊严，更不是突破底线，而是看清一切，看淡一切。

放过自己是成年人最大的清醒，在世事难料的社会，我们唯一能做的就是想开，想开就是放过自己。只有放过自己，才能让心归零、释然。

放过自己，学会独处。你放下一些人和事，你就是选择了宁静，选择了独处。不是因为你喜欢独处的孤独，而是因为唯有独处时孤独才会懂你。独处，会让你内心充实；独处，会让你更加坚强无比。

法国思想家罗曼·罗兰说过这样一句话："世界上只有一种英雄主义，就是看清生活的真相之后依然热爱生活。"

放下，并不意味着我们放弃目标追求，放弃初心，而是珍惜当下，去做我们可以改变的事情，去追求未来可期的东西。

英国思想家王尔德说："爱自己是终身浪漫的开始。"放过自己，放过别人，我们才能更好地爱别人，才能更好地得到别人对自己的爱。

放过自己，放下自己，就是爱自己。爱自己就是人生最好的展现，爱自己就是忠于自己的内心。只有爱自己，才能活出真正的自我。

在这个浮躁不安的世界里，唯有放过自己，才是对自己的救赎！

痛而不言是历练，笑而不语是成熟

人生充满着欢笑和悲痛，人的一生就是喜剧和悲剧的轮回上演，有的人生可能是喜剧多一点，有的人生可能是悲剧多一点。但世界没有悲剧和喜剧之分，如果一个人能从悲剧中走出来，那就是喜剧；如果一个人沉溺于喜剧之中，那他可能就是悲剧。

没有谁的人生是一路欢歌笑语，喜悦万分；也没有谁的人生是痛苦一个接着一个，从未停止过。

无论是喜还是悲，当出现在人生旅途的时候，都要理性面对，智慧对待。我们需要的是痛而不言，而不是愁眉苦脸，甚至是痛不欲生；我们需要的是笑而不语，而不是喜形于色，得意忘形。

人生坎坎坷坷，跌宕起伏，充满着许多的不确定性，所确定的就是有悲有喜，悲喜交加。人生的经历就是缝缝补补，活在世上，谁的心里没破几个洞呢？夜深人静的孤独时刻，将破碎的心事修补一下，整理心情，重拾美好。它提醒我们：活着就会有痛苦，带伤的才叫人生。经历痛苦，咬紧牙关，痛而不言，这是一种磨炼，也是一种历练；遇到喜悦，笑而不语，不露声色，这是一种灵魂深处的乐观，也是一种成熟和成长。无论是痛而不言还是笑而不语，都是一种城府，都是一种智慧。

“打掉牙齿和血吞”，本意是牙齿被人打落了，却能忍住巨大的疼痛和心中的怒火，把它和血一起吞到肚里。在自身力量不足于对抗、时机尚未成熟的情况下，这是一种无可奈何的选择，也是常人难以忍受的屈辱。这句俗语出自《曾国藩家书》，是曾国藩对忍辱负重、委曲求全、痛而不言、后发制人的智慧阐述。

太平天国将领石达开受凌迟不吭声，四肢被一寸一寸地砍断，肉被一块块地割掉，面对可怕至极的折磨，石达开的眼中没有畏惧，内心充满了坚强的意志和勇气。石达开的精神激励着太平天国将士坚贞不屈，血战到底。

痛而不言，一定是由一种崇高的信念和坚强的意志在支撑，真正的强大都是不动声色的。痛而不言的人的眼神会让人感觉深远而坚定，在他的脸上，看不到痛苦、看不到绝望，看到的是不可退却的倔强的灵魂、看到的是永不言败的自信。

我们既要看到成功者谈笑风生的光鲜，更要看到他们在奋斗的路上爬坡过坎的痛苦，成功者只是对痛苦不言而已，而并非是他们没有经历过痛苦。痛而不言的人在艰难的道路上，会累而不停、难而不退、险而不惊、伤而不泪、败而不泣，他们会风雨兼程，含泪奔跑，就算是跪着都会把选择的道路走完。

“天将降大任于斯人也，必先苦其心志，劳其筋骨，饿其体肤，空乏其身，行拂乱其所为。”成大事者，必定要经过磨难关。

每一个痛而不言的人物都历尽艰辛，受尽磨难，深藏着咬紧牙关的灵魂，脸上的一份从容、一份坚毅，其背后都有着充满希望的挣扎。这也是内心强大的表现，而一个内心强大的人是无法被击退和击垮的。

对待人生的一切，不必遗憾，若是美好，叫作精彩；若是糟糕，叫作磨炼。许多成功者都是从痛苦中一路走来的，并非一帆风顺，成功者不是从不失败，而是从不放弃。

明朝思想家王阳明说：“世间磨难，皆是砥砺，人间是道场，淤泥生莲花，是一种境界。”这个世界上没有不带伤的人，成功的人身上总是伤痕累累，甚至是千疮百孔。无论什么时候、无论什么情况，你都要明白，只有痛定思痛，痛而不言，才能真正治愈自己的伤痛。

纵然遍体鳞伤，也不要打扰和影响任何人，把痛藏好，把嘴闭上。只有不懂事的孩子才会眼泪汪汪，到处诉苦言痛，成年人的世界里就得学会自己扛。永远记住：没有哪个人能真正帮助你，更没有哪个人能治愈你。我们那些难以忍受的伤痛，在别人的眼里只不过是随手拂云的尘埃，不值得一提，没有人可以真正对你的痛苦感同身受。或许别人听到你痛苦的呻吟声，说不定还会嘲笑和窃喜。现实生活中幸灾乐祸的人还真不少，你的痛苦声一旦传到这些人的耳中，就会成为他们的话柄，这些人一定会奔走相告，唯恐天下人没有听到你的痛苦声，千万不要轻易低估人性的恶。

痛苦只能靠自己忍受，痛苦也只能由自己来消化，别无他法。人生中有些伤痛，永远抹不去，但老是回忆，是自己诱发痛苦。

不可否认，人生中会遇到许多苦不堪言的事情，如果痛不欲生，那就来到一个荒芜人烟的地方，宣泄心中的痛苦，痛哭一场，释放积沉在心中的无助和无奈，把内心承受的压力一扫而光。虽然会哭得绝望，但此时的眼泪能为你疗伤。擦干眼泪，振作精神，呼唤心中的梦想，憧憬美好的未来，这，或许是泪流满面后的轻装上阵；这，也许会给你带来未来的喜悦。

人生的经历告诉我们：一个人遭到的痛苦越重，随之而来的喜悦也就越大。无须为一些痛苦而困扰，痛苦过后就是喜悦。

痛苦就像黑暗一样，漫长煎熬，只有勇敢坚定的人，才能熬过黑暗，迎来曙光。

人生是美好的，人生中总有许多美好的瞬间，让人喜悦万分，让人心生怀念。人生就像一幅色彩斑斓的画卷，充满了无穷无尽的美丽和精彩，充满着激动人心的惊喜和美好。

我们有历尽艰难后的成功的喜悦，我们有未来可期这一幸福的高光时刻。

最能暴露一个人内心的首先是语言，最能体现一个人品德的也是语言，要学会在说话中体现自己的修养、品位和智慧。

笑而不语是一种高情商，是一种风雅、是一种宽容、是一种善良、是一种智慧、是一种格局。

美国作家海明威说："人一辈子用两年时间学会说话，却要用一辈子学会闭嘴。"闭嘴，不仅仅是不说不应该说的话；闭嘴，也要抑制由于内心喜悦而在他人面前发出的笑声。因为这种笑声，是对别人的一种不尊重，同时也是对别人的一种蔑视，会让人反感。就像你在饥饿的人面前大吃大喝，还发出一种"好吃"的咀嚼声。

清代教育家李毓秀在《弟子规》中写道："人有短，切莫揭。人有私，切莫说。"我们面对有过错的人和事，不能过分地指责、取笑、嘲笑，甚至打击，而应该以包容的态度，理解他人、宽容他人和尊重他人。

说话是一门千修百炼的技术活，说到老，学到老；学得好，说得好。

说话有分寸是不可或缺的高情商，是顶级的高情商，也是排名第一的高情商。有时当只有自己能看清事情的真相，当面对只有自己能解答的问题时，应该做到笑而不语，学会糊涂一点。即使非说不可，也要给对方留有空间和台阶。即使自己比别人不一般，也不能表现为心高气傲，而应该表现为有节制、有分寸，体现有涵养、有品位，不能为了显示自己的那一点聪明而忽视了对方的感受，不然会适得其反。

笑而不语，也是一种装傻充愣，而装傻充愣是睿智的伎俩。有些人和事，不要弄得太明白；有些理，不要争得太清楚。大智若愚，难得糊涂，才有宁静致远。

笑而不语，无须依赖言语来证明自己的价值，我们应该有足够的信心和底气，不被别人左右和控制。

笑而不语，就是要做到"会说话""说好话""好说话"。对人说话首先要充分考虑对方的情绪和感受，不要挑战对方的信仰、怀疑对方的价值、指责对方的缺点、泄露对方的隐私。

“故言必虑其所终，而行必稽其所敝。”一个成熟的人、一个有城府的人，说话一定会注意场合和情景。心里痛苦的时候，不说负能量的话，让人不快；心里喜悦的时候，不要得意忘形，口无遮拦，让人生厌。懂得学会赞美别人，这也是一件不难做到的事，就是这么一件简单的事，如果做好了，也会让对方心悦诚服。

看破不说破，给对方留有面子。无论是看清一个人，还是看透一件事，都要做到点到为止，心照不宣，恰到好处。而不是揭穿对方，使人尴尬。不要图一时嘴快，留下难以挽回的不良影响，留下遗憾。

人有时会以开玩笑的形式与他人说话和交流，玩笑既要有趣，更要有度。所有的玩笑都有其真实的成分，开玩笑过分就是抬高自己，取笑他人，就是对他人的不礼貌、不尊重。

笑而不语，还要做到“逢人只说三分话，未可全抛一片心”。对人敞开心扉，无话不说，到头来，要么就是得到一生的知己，要么就是换来一生的教训，这是古训，没有例外。

对讨厌的人脸露微笑，是一个成熟的人必须忍受的恶心，学会的招术。不要在自己的脸上夹杂着对讨厌之人的蔑视，应该学会忍耐，学会略带微笑地对待讨厌之人，不要使你的愤恨缺乏智慧。

如果你控制不了自己的愤恨，对讨厌的人，脸上露出哪怕一丝的憎恨，你讨厌的人也会讨厌你，对你恨之入骨，甚至会报复你，会给你带来伤害。

笑而不语，一定是心知肚明。用微笑代替言语，不轻易外露自己的情感和想法，这是一种沉淀、一种城府，更是一种成熟。笑而不语是一种微笑的沉默，这也是一种中庸之道，更是一种生存方式。

赞美是世界上最美的语言，笑是最廉价的礼貌和语言。笑是人与人之间最近的距离，笑可以传递爱，给这个世界带来阳光和美好的是人们的笑容，我们无须吝啬笑容。

不要轻易掉眼泪，谁都不喜欢看你愁眉苦脸。你笑的时候，全世界会跟着你笑；但你哭的时候，全世界只有你一个人在哭，周围的人还会取笑你。

做人最高的境界、最成熟的态度不是一味低调，也不是一味张扬，而是始终如一的不卑不亢。

人生中无论是痛还是喜，有时不语不言最深最好。一切尽在不言中，一切尽在笑容里。即使你遭遇接踵而至、成群结队的悲痛，也不要难过、不要绝望，让你难过的事情，总有一天，你一定会笑着说出来。

历史

第玖章

尘封扑朔迷离的秘境

特立特傲特色的李敖

说起台湾学者李敖，我们并不陌生，他以特立独行、狂傲不羁、风情万种的性格特征，“以玩世而醒世，用骂世而救世”的风格，一个人顽强地对抗了整个时代。

如果想排出 20 世纪以来中国文人中第一狂人，那一定非李敖莫属。

李敖的狂傲，狂得惊人，傲得出奇。李敖自诩为“中国白话文第一人”。他曾狂言道:“五十年来和五百年内，中国人写白话文的前三名是李敖、李敖、李敖。”这狂言，根本没有把新文化运动中被推崇为白话文第一人、李敖也称其为尊师的胡适放在眼里。

说到中国白话文，我们首先想到的肯定是胡适和鲁迅，李敖能有如此的狂妄，必有他的自信和自傲之处。

李敖凭借长篇小说《北京法源寺》，获得了诺贝尔文学奖的提名，也足以体现了李敖在中国当代文学的地位。

李敖从 26 岁发表《老年人与棒子》开始，在 50 多年文学生涯里，先后出版了 100 多本著作、3000 多万字，这样高产量的文学作品，在世界文学史上也是独无仅有。

李敖先生是不是“中国白话文第一人”，没有哪个权威部门说过，也不是由他说了算，更不是你我说了算。但究其一生的创作成果，我们可以肯定地说，他的文学水平应该是当代文学家队伍中的高水平，他的创作数量在世界文学史上是唯一，没有之一。

李敖是中国文学界的一位奇才怪才，除了他的才情以外，他落拓不羁，性情豪放。他的风流韵事，更是被人们津津乐道。

2018 年 3 月 18 日，李敖走完了他 83 年的人生历程。我们失去了一位有思想高度、敢于发声的思想家和文学家。但李敖的传奇故事，依然在传说。

李敖是个哲人，特立独行，彰显出思想狂人独到的睿智

李敖天智聪颖，勤奋好学，功底深厚，记忆超强，是一位博学多才的百科全书式的学者。特立独行的李敖是一位怪杰，其文章谈古论今，以思想的敏锐性直面社会矛盾、尖锐而不留情面而著称，其文风表现出一种不受规矩约束、充满个性张扬和自由主义精神。

李敖精通文史，学贯中西，其创作的文学作品基于信念和性情，源于文化底蕴，出于才情才智。

李敖的文学作品有着深刻的哲学思想和现实主义意义，文字尖锐、风趣、幽默、调侃，通俗易懂。

李敖一生喜爱读书，他的藏书就有 10 多万册。仅出狱时，他看过的书，写过的文章，足足有 3 卡车之多。李敖 40 多岁时，香港有一家报纸评论他说："李敖很可能是一个 50 岁以下，当代中国人之中读书最多和最有文采的人。"

李敖是一位有思想的文化人，他的文字充满着哲学思想。他说："长大与成熟：所谓长大，就是你知道那是什么事；所谓成熟，就是你知道后故意说不知道。"

李敖在分析人性时说："看人背后与背后看人的区别在于：知道看人背后的，是智者和唯美主义者；知道背后看人的，是奸雄。"李敖看透了社会的炎凉世态，一针见血地指出："人是活着的鬼，鬼是死了的人。"

李敖是一位顽童性格的作家，三联书店原总编辑李昕与同事去台北拜访李敖，李敖问他们是否已经去过了台北故宫博物院，李昕回答说昨天去过了，李敖调侃说，那你们明天可以打道回府了，因为台湾一共只有两件国宝，一件是台北故宫博物院，另一件就是我。

作家胡因梦认识李敖后，曾在报刊上发表了一篇文章《特立独行的李敖》。胡因梦对李敖的总结分析很到位：李敖就是一位特立独行的人。

李敖是个斗士，狂傲不羁，显示出一代才子倔强的灵魂

在台湾岛内一片乌烟瘴气中，李敖独自清醒，针砭时弊，犀利锋芒，他的声音无疑是振聋发聩，警醒民众。

李敖也许不是一位受尊敬的道德楷模，但他绝对是一位受人喜欢的民主斗士。他是一位对台湾社会现象具有强烈批判精神的学者，可以说是活到老批判到老的"斗士"。

为了生存，为了信念，出于性格，李敖和专制斗、和奴才文人斗、和愚昧人士斗、和丧尽天良的人斗、和台独分裂分子斗。他桀骜不驯，睥睨众生。他能言善辩，尖锐深刻，语不惊人死不休。李敖书写浑身刀片的文章，虽然屡屡被当局

打压（他书写的100多本著作中，有96本曾经被禁封过），但他却一次次绝地反击，直到胜利为止。

五四运动的先驱者陈独秀指出：“世界文明发源地有二，一是科学研究室，一是监狱。”李敖几次因“文字狱”而坐牢，但从没有使他低头屈服。他把监狱作为独处思考的好地方，潜心学习，深入思考。他在接受徒刑时，一个人拎着行李，从不要人相送。监牢，对于闪耀着思想光芒的李敖而言，高墙阻断不了他灵魂的存在，铁窗阻止不了他思想的放飞。

李敖的骨子里有着自信的基因，也有着自恋和自傲的成分。

李敖说：“我生平有两大遗憾：一是，我无法找到像李敖这样精彩的人做我的朋友；二是，我无法坐在台下听李敖精彩的演说。”“当我要找我崇拜的人的时候，我就照镜子。”

李敖甚至说：“嘴巴上骂我吹牛的人，心里早就立好了我的牌位。”

这些言论，足于说明李敖的自信与自傲，自恋自傲自大的程度也可见一斑。

李敖的自傲，给千百年来一向以谦卑为荣的国人为之震惊，为之耳目一新。

李敖是个情种，本性特色，隐含着文人骚客少见的风流

自古才子多风流，多情的李敖自然也不例外。才子李敖多情，情有可原。

说李敖多情不为过，许多文人骚客对于自己的隐情，都是“羞答答的玫瑰静悄悄地开”，而李敖则敢于将自己的情色分布于众，毫不遮挡。

说起李敖对待爱情的态度，有一个人不得不提，那就是胡因梦。胡因梦是闻名于世的美女和才女，被誉为“20世纪70年代台湾第一美女”。

对待爱情，李敖是一个理想主义者和完美主义者。当李敖遇到一代美女胡因梦时，可谓一见钟情，一往情深。

当胡因梦知道李敖有女友时，她问李敖：“你的另一位女友该怎么办？”李敖坦然地回答胡因梦：“我会告诉她：我爱你是百分之一百，但现在来了个千分之一千的，所以你得暂避一下。”

一代才子，一代美女又是才女，本来他们应该是天长地久的绝配一对，婚姻应该是绵延流长的。但事与愿违，好景不长在，他们美好的婚姻只存在了100多天，昙花一现，便草草收场。

当记者问李敖：“胡因梦那么美，对你又那么痴心，你为什么舍得离弃她？”李敖表示，自己是一个完美主义者，他难于忍受胡因梦因为便秘蹲在马桶上憋得通红的脸的样子。李敖还竟然在书里写了这么一句：“美人便秘，与常人无异。”

李敖曾经评价胡因梦说：“如果有一个新女性，又漂亮又漂泊，又迷人又迷

茫，又优游又优秀，又伤感又性感，又不可理解又不可理喻的，一定不是别人，是胡因梦。”

李敖对于婚姻是这样理解的：因为不了解而结婚，因为了解而离婚。

1985 年 3 月 11 日，李敖看到一位候车的年轻女子正投入地看他编发的《李敖千秋评论》丛书第三期。李敖喜出望外，情不自禁地走近了这位女子，主动搭讪。这位女子就是他后来的妻子，当时 19 岁的高中学生王小屯。

李敖对待爱情有点随心所欲，说他好色也不为过。他曾毫不避讳地直言过：找女友的标准是“瘦高白秀幼”。

李敖一生放荡不羁，对待男女感情是个很放得开的人，他曾说：“自己一生，一抱不平，二抱女人。”李敖风流的一生，唯有女人和书籍使他幸福快乐。

1948 年，年仅 13 岁的李敖就与同班同学有了朦胧的恋情，实在令人瞠目结舌。1953 年，18 岁的李敖在学校图书馆里结识了令他神魂颠倒、情乱意迷的罗君若。为了追求她，李敖甚至为她 3 次服安眠药，为爱寻死。

有一次李敖做客《康熙来了》，对坐在自己膝盖上的小 S 开玩笑说：“如果你红杏出墙，那我就在墙外等你。”

李敖一生身边美女无数，风流倜傥。年近 60 迎娶小自己 30 岁的美女为妻。

他生前在接受主持人陈文茜采访时调侃说：“有些人很可悲，只记得我好色。”

李敖露骨的情爱言论有许多，囿于文章的篇幅，囿于世俗的眼光，囿于一个良善的作者对李敖先生和读者的尊重，不一一例举。总之，李敖在这方面有些口无遮拦，有点过。

李敖是个勇士，爱憎分明，折射出仗义大侠正义的立场

李敖具有强烈的批判意识，被西方传媒追捧为“中国近代最杰出的批评家”。他是一位勇士，有着绅士的品质，他疾恶如仇，主张公平正义，具有爱憎分明的立场观点。

李敖是一位骂人的高手。如果说思想家鲁迅是一位骂遍天下无敌手的毒舌的话，而李敖则是一位见不顺眼的人就骂的人。李敖高兴骂谁就骂谁、就能骂谁、就敢骂谁。有人统计，李敖骂过的人达 3000 之多。

当年鲁迅骂人还有所顾忌，采取“迂回”战术，他没有公开点名骂过袁世凯和蒋介石。而李敖骂人直呼其名，为计后果，特别骂政客，他更是杀气腾腾，刀刀见血。他曾骂老蒋是“王八”，骂李登辉：“李登辉，老乌龟，被人打死也不亏；伪君子，老狗贼，李敖喝酒你吃灰。”点名批评马英九在女人面前是小白脸，在政客面前是大野狼。

李敖善于骂人，他还津津有味地说："别人都骂人是王八蛋，可我有一个本领，我能证明你是王八蛋。"李敖甚至还狂言说："任何人都不配与我一战，任何人都必须向我道歉。没有人能战胜我，因为我不可战胜。不要与我辩论，你多说一句就多暴露一分愚蠢。"

李敖以证据骂人，以口舌开心为目的，不留情面，敢于藐视世界，挑战世界。

李敖还自认为骂人的高手，他说："我骂人的方法就是别人都骂人是王八蛋，可我有一个本领，我能证明你是王八蛋。"

李敖虽然以骂人出名，但也是一个知恩图报、爱憎分明、充满正义感的人。

李敖从小痴迷和崇拜思想家和文学家胡适，把他视为心中偶像。李敖年轻时穷困得快要当裤子了，胡适对他伸出援助之手，送给他 1000 元，李敖感激万分。2005 年，李敖在北京大学演讲期间，捐款 35 万元，请北大给胡适先生立铜像。

但李敖并不因为胡适曾经帮过他，就终生为胡适高唱赞歌，他有时对胡适的言辞也不留情面。他曾批评胡适晚年的不作为时说："胡适到了台湾以后就是鬼混。"

李敖 18 岁那年初次拜访钱穆，因李敖的好学，引起钱穆的关注，此后他们书信往来多年。钱穆有一次在信中对年仅 18 岁的李敖说："当知学问与德性实为一事，学问之造诣，必以德性之修养为根基，亦以德性之修养为限度，苟忽于德性，则学问终难深入。"

李敖没有忘记钱穆的谆谆教导，一直铭记于心。但是，李敖就是这样一个人，对事不对人，对指导、指点过他的恩师钱穆也丝毫不留情面。钱穆为蒋介石 80 岁生日写了一篇祝寿文——《总统蒋公八秩华诞祝寿文》。文中钱穆将蒋氏歌颂为："诚吾国历史人物中最具贞德之一人。禀贞德而蹈贞运，斯以见天心之所属，而吾国家民族此一时代贞下起元之大任，所以必由公胜之也。"

当李敖看到这篇祝寿文时，他对钱穆的态度突然改变，李敖气愤地抨击钱穆的祝寿文："肉麻兮兮，已是全然无耻，知识分子反动到这步田地，真太令人失望矣！回想钱穆当年给我写信，标榜'学问'与'德性'的关系，如今'学问'竟不能阻止'德性'的沦落，我真忍不住为他悲哀！"

即便李敖如此猛烈抨击钱穆，但他心底还是对钱穆的殷殷教诲念念不忘。

李敖就是一个"吃人家的也不嘴软，拿人家的也不手短"的"另类"。正如他所说："对我李敖来说，我没有永远的朋友，也没有永远的敌人，只有永远的正义。"

李敖内心有着深深的爱国情怀，他坚决反对台独。他曾说："全地球都忌惮大陆军武，唯独有个小岛敢牛皮哄哄，我跟一群神经病住在同一个岛上。”

李敖浑身闪耀着正义的光芒，为救助台湾“慰安妇”，使她们不至于被日本人收买。李敖拍卖自己收藏的珍爱的字画古董，包括胡适送给他的书法作品等，以一己之力，捐出 100 万美元（合 3300 多万新台币），此举轰动岛内外。

李敖的反蒋、反专制、反台独、反分裂、反美，李敖的大陆情怀、北京情怀，李敖一生追求的自由民主、祖国统一，这些都充分表明：他的骨子里无不渗透出中国人的民族复兴梦。

李敖是一个孤傲者，虽然十分傲慢，但傲中也有着孤独。暮年的李敖也十分清楚自己，他曾说，“我是一个正确的人，活在了一个错误的地方，本来是要去西天取经，结果却沦落为东海布道，并且惹得天怨人怒。”

台湾主持人蔡康永评价李敖时说：“他一个人身上有东邪西毒南帝北丐中神通与中顽童；他不在，那个江湖就不在了。”

人都有背后之言，这是人性的特点，何况名人。有人说，如果你没有被李敖骂过，说明你还不是名人。有鉴于此，李敖如果不被人们非议，他也就不是一位出众的名人。

李敖走了，盖棺论定，李敖是一位历尽沧桑、历尽磨难的故国健将。在苦难中，他目睹了台湾社会的乱象，他懂得了国民的劣根性，他看到了国人的丑陋、迷茫、自私、漂泊和纷争，他书写了百年巨变中的中国故事。李敖是一位民主自由的追求者和捍卫者、专制主义的反叛者、中西文化的通融者、中华文化的传播者和贡献者。

在这个普遍沉默无言的社会，有李敖这样的一位敢于站起来发声，蔑视专制权威，追求民主自由，应该是难能可贵的。对李敖的微词，充其量是一个风流的才子，而非网络上极少数人认为的渣男。

仁者见仁，智者见智。许多人对李敖有看法，特别是对他玩世不恭、蛮野骂人、多情好色，有许多微词，这些都可以理解，也不足不奇，它无碍李敖是一位有着爱国情怀的国学大师的高大形象。

李敖的一生，狂傲不羁，笑傲江湖，傲视群雄，李敖应该改名为“李傲”，才符合李敖“傲”的性格特征。

李敖的“傲”是真傲，前无文人能及，后无文人敢及。李敖“傲”中有自信，也有自大，总之，傲出了腔调。

李敖演的既不是喜剧，也不是悲剧，而是闹剧，闹中有喜有悲，值得一看。

李敖的话是真话，真情诉说、真相揭露、真知灼见，值得深思。

一生自信自傲自诩的李敖，成千上万的人以您为傲！

从“李叔同”到“弘一法师”

“当你什么都不想要的时候，天地都是你的。”

“不要害怕失去，你所失去的，本来就不属于你，有时候失去反而是好事。”

这是清末民初文化名人李叔同的名言。从这一名言中，我们可以悟出李叔同对待名利和得失的鲜明态度。

熟悉李叔同的人都知道，李叔同就是弘一法师。之所以选用这样的题目来抒写李叔同，就是因为李叔同是一位非同寻常的人物，李叔同有着耐人寻味的传奇故事。而这一传奇故事的背后，折射出李叔同有着超凡脱俗的个性、狂傲独处的灵魂。

“长亭外，古道边，芳草碧连天……”这首由李叔同作词的《送别》，被誉为“20世纪最优美的歌词”。歌曲已经传唱了100多年，经久不衰。歌曲的传播面、影响力、艺术性，都是前所未有的。就凭这一点，李叔同就足于让我们刮目相看。

李叔同是著名的美术教育家、戏剧活动家、文学家、艺术家，是中国新文化运动的先驱。李叔同集诗、词、书、画、篆刻、音乐、戏剧、文学于一身，是旷世奇才、艺坛先驱，在多个领域，开中华灿烂文化艺术之先河。

李叔同是中国话剧的开拓者之一，他创作的话剧《茶花女》，是中国人自己编演的第一部话剧。

李叔同是西方乐理传入中国的第一人。他是中国第一个用五线谱作曲，最早在国内推广钢琴。他出版发行了中国近代史上第一本音乐刊物《音乐小杂志》。他一生写下90多首歌曲，《南京大学校歌》也出自他的手。音乐教育家吴梦非、音乐家刘质平都是他的学生。

李叔同是中国油画的鼻祖，也是一位书法家，他的书法亦谓国之至宝，华夏之光（为保护起见，国家规定其作品一律不准出境）。

一向高傲的鲁迅也以得到他的一幅字为荣耀：“朴拙圆满，浑若天成。得李师手书，幸甚！”

漫画家丰子恺、国画大师潘天寿、国画家徐悲鸿都是他的学生。

李叔同也是一位文学家，他的诗词在近代史上占有一席之地。文学家夏丏尊与他是同事。

在中国百年文化发展史中，李叔同也是学术界公认的通才和奇才。但就是这样一位具有杰出才华的传奇人物，在他39岁时，却远离红尘，剃度出家，遁入佛门，号弘一法师，使亲人与世人不解与质疑。

李叔同的妻子带着他的孩子在庙门外痛哭了三天三夜，李叔同宁可一个人留在寺院里孤独地流泪，就是不肯见妻儿。

李叔同为何在功成名就的时候，甘愿抛弃荣华富贵而离家出走。其深层的原因，一直被人打听追问，一直被人猜测和费解。

不管当时人们如何讶异疑惑，如何议论纷纷，李叔同义无反顾到杭州虎跑寺举行了剃度仪式，正式落发出家。

青灯古佛前，他不再是李叔同，而是弘一法师；他不再是俗人，而是僧人。一代风华才子摇身一变成为云水高僧，真是人生如戏，戏如人生。

就像当年许多人对李叔同疑惑和不解一样，我也曾一度陷入谜团。在反复了解、熟悉李叔同后，我才读懂了弘一法师。

李叔同出家，不为名利、不为情困、不是厌世、不求延寿，只为内心的精神追求，只为对佛教的向往，只为在独处寻找灵魂的安放，追求更高的灵魂生活。

李叔同的学生丰子恺在谈到李叔同出家的原因时，曾经提出了“三层楼”的观点：“人的生活可以分成三层：第一层是物质生活，第二层是精神生活，第三层是灵魂生活。”他又说，弘一法师的人生欲很强，他要爬上第三层，探求人生的究竟，当和尚，修净土研戒律。站在红尘的角度，李叔同的薄情让人百思不解；但站在普度众生的角度，他的断舍离，帮助了无数追逐远法的行者。

我们与其评价李叔同残酷无情，不如说弘一法师至情至性至纯至真。

李叔同的出家修行，并不是一时的冲动和无奈，也并非他看破红尘，而是他长期以来在内心深处，对佛学的渴望和对灵魂生活的追求。年轻时李叔同就写下“人生犹似西山日，富贵终如草上霜”等诗句，他对世俗生活并不留恋，对自己的功成名就并不陶醉。他看到了人世间的无常和无我，他看清了人世间的虚伪、纷争和苦难。他渴望寻找到超凡脱俗的世外桃源。佛门，正是他的好去处。

离开红尘世界后，李叔同潜心钻研佛家教义。上海《佛学半月刊》和澳门《觉音月刊》均出版《弘一法师六秩纪念专刊》，他致力于传播佛教文化。

李叔同将自己的音乐、美术、书法等艺术与佛法结合，创作了许多具有佛教特色和意境的文艺作品。

他的音乐作品《梵呗》《观音赞》，以佛经为歌词，以佛乐为旋律，深情地表达了对佛的赞美和信仰。

他的美术作品《弥勒像》《释迦牟尼像》，以佛像为主题，以西洋油画为技法，艺术化地展现了佛的慈悲和智慧。

他的书法作品《心经》《金刚经》，以佛经为内容，以行草书为风格，体现了佛法的精深和奥妙。

李叔同花了整整四年时间，写成了《四分律比丘戒相表记》《南山律在家备览略篇》。

弘一法师出家后，并没有远离这个需要救赎的社会和时代，他倡导“人间佛教”理念，关心民间苦难，服务众生福祉；他积极参与佛教运动和社会事务，关注抗日战争和民族危机，呼吁团结抗敌，他的身上有着浓浓的民族情怀。

弘一法师对佛教文化情有独钟。他说：“佛教并不是一种孤立的宗教，而是一种开放的宗教。出家并不是一种逃避责任，而是一种选择和追求。佛法并不是一种远离世俗的修行，而是一种与世俗相结合的修行。”

弘一法师临终绝笔：“悲欣交集”。悲，不是悲痛，而是悲悯之情。欣，是欣然，是对解脱的概括。“悲欣交集”，是李叔同出家修行半生的一句交代，也是对自己生命的总结。悲悯，是一种情怀，欣然是一种释然，这也是李叔同的人生信念，也是他对后人的教导。人生苦短，唯有大慈大悲，释然超脱。

“悲欣交集”，这也是李叔同为什么出家的最好的诠释和印证，也表达了他对生死的超然态度。

李叔同落发为僧，没有落魄失魂。李叔同把出家当回家，把“半世红尘半世僧”的人生，演绎得如此出彩，恐怕世上难寻第二位像他这样的奇人。

李叔同是一位怜悯之人，他去世前叮嘱弟子说：“给我装龛时，一定要在四个角各放一只碗，里面要盛满清水。”这也充分体现了他热爱动物，尊重生命的情怀。

李叔同是一位富有思想情怀和不朽灵魂的人，文学功底很深，他的文学语言通俗易懂、富有哲理、充满诗意、耐人寻味，点醒了无数人的灵魂。

“缘起，我在人群中看见你；缘灭，我看见你在人群中。”

“凡是你想控制的，其实都控制了你。”

“相逢的意义在于照亮彼此，不然的话，一个人喝茶也很浪漫，一个人吹风也很清醒。”

“别贪心，你不可能什么都拥有，也别灰心，你不可能什么都没有，所愿，所不愿，不如心甘情愿，所得，所不得，不如心安理得。”

李叔同说：“命运有三次转折点，原生家庭，夫妻伴侣、觉醒的自己。”李叔同就是在觉醒的时候，走向自己的精神世界，无怨无悔，执着追求。

弘一法师说:“万千繁华，不过三种风景，见天地，见自己，见众生。见天地，知敬畏，所以谦卑。见众生，懂怜悯，所以宽容。见自己，明归途，所以豁达。”

舍利子是一种修行成就的标志，代表着高僧的修行境界和成就。李叔同的遗体火化后，留下了1800多颗各种颜色的舍利子，这着实是一种神迹，在佛门中极其罕见。

由于弘一法师在佛学上的杰出造诣，他被尊为律宗十一世祖，与虚云、太虚、印光大师并称为“民国四大高僧”。

弘一法师杰出的才能、崇高的品德，令民国的文人墨客高山仰止。就连高傲高冷的张爱玲也不得不说：“不要认为我是个高傲的人，我从来不是的。至少，在弘一法师寺院围墙外面，我是如此的谦卑。”

国学大师林语堂先生评价李叔同：“李叔同是我们时代里最有才华的几位天才之一，也是最奇特的一个人，最遗世而独立的一个人。”

中国现代社会活动家赵朴初先生评价弘一法师的一生为：“无尽奇珍供世眼，一轮圆月耀天心。”

“原谅是最慈悲的救赎”，再读弘一法师这一谦卑而又充满人性的名言，难道我们还不理解、不懂得和不原谅李叔同从红尘世界的不辞而别吗？

一代乱世枭雄，何止只懂兵法

中华文明上下五千年，历史长河跌宕起伏，每个朝代都有着精彩纷呈的时期。如果要评出最精彩的一段历史，那一定非三国莫属。

三国是中国历史上一个承前启后的年代，也是一段充满传奇色彩、精彩绝伦的历史时期。

三国时期也是一个群雄辈出的年代，“文能安邦定天下，武能上马草狂胡”。说的就是三国时期。这个时期英雄豪杰一说就是一大堆，刘备、孙权、袁绍、诸葛亮、周瑜等名字个个如雷贯耳。罗贯中的《三国演义》更是让后来人对这个时期的奇人异事，充满好奇。

中国不缺乏群雄割据的时代，但三国对峙的壮观局面一直令世人惊叹不已，拍案叫绝。在这个时代画卷中，烽烟四起、群雄逐鹿、战乱割据，魏蜀吴三足鼎立。曹操是魏国的奠基者，魏国也是三国势力中实力最强的。曹操对内消灭“二袁”、吕布、刘表、韩遂等割据势力，对外降服南匈奴、乌桓、鲜卑等。著名的官渡之战以少胜多战胜袁绍，统一北方，为晋统一全国奠定了基础。曹操无疑是一个对民族有功的人，他也被世人誉为：“治世之能臣，乱世之奸雄。”

曹操是中国古代杰出的政治家、军事家、文学家、书法家。曹操文韬武略，虽说文无第一，武无第二，但曹操无疑是一个文武双全的人物。曹操在中国历史上留下了浓墨重彩的一笔，是一个不得不提、也无法绕开的一个人；曹操对中国文学史也有着深远的影响，不可忽视，不容置疑。

历代以来，对曹操都有着褒贬不一的说法，有人说他是智谋卓越的政治家，有人说他是权谋多端的人，甚至凭借着个人的野心和计谋，采取“挟天子以令诸侯”的不择手段，是一个政治野心家。

过去许多人熟知曹操，都认为他是一个阴险狡诈、诡计多端的奸雄，还把曹操归类为反面人物。早年读书时的教科书就是这样描述的。

历史总是让人看不透。中国历史学家范文澜说："历史多么无情而又有情，不遗忘每一个对历史的贡献，也不宽容每一个对历史的障碍。"

随着考古的不断发现、随着对历史的不断发掘、随着历史事件的解封，随着人们以辩证唯物主义和历史唯物主义的观点看待曹操，历史上的曹操远远没有人们想象的那么黑，远远不是我们所想象的那种形象。

《三国演义》将曹操描绘为阴谋诡计的形象，其实是对曹操不公正的评价，我们应该还曹操一个清白。

总结和分析历代对曹操的评价，基本是一片点赞声，浓缩为两个字："枭雄"。

一代乱世枭雄曹操，一生可谓波澜壮阔，承载着无数个时代的烙印。无论在军事上还是政治上，他是三国时期扮演着举足轻重的角色，是一个决定性的人物。

曹操用兵如神，在军事上提出了"欲攻敌，必先谋"的军事思想，曹操也是最早系统提出以法治军的军事家。曹操苦读兵法，有着高深的军事理论，他熟读孙武、吴起等人的军事著作，在诸家兵法的基础上，写成了《兵书接要》《兵法》《兵书要略》《军令》等兵书。

值得后人更为敬仰的是，曹操不但政治军事上卓越伟大，他在文学上也独树一帜，独领风骚。在中国文学史上，特别是建安文学史上，曹操有着不可磨灭的成就。

没有曹操，就没有中国诗歌的大繁荣，建安文学掀起了我国诗歌史上文人创作的第一个高潮。李白的"蓬莱文章建安骨"的评述，高度概括了建安文学的历史地位，建安文学对中国文学的深远影响可见一斑，"建安风骨"也是后代文人对文学追求的理想境界。

曹操是建安文学的主将和开创者。曹操在建设霸业的同时，冲破了"独尊儒术"的桎梏，形成了自己的统治思想，并铸就了建安文学思想。同时代许多优秀的文学家，如曹丕、曹植、孔融、陈琳、王粲、徐幹、阮瑀等，都汇聚在建安文学思想的洪流下，并掀起了中国文学史上第一次文人诗的创作高潮。

曹操无疑是建安文学的集大成者，三国时期论曹操的文学成就，如果曹操说他是第二，没人敢说自己是第一。即使写出家喻户晓的惊世文章《隆中对》《出师表》、写出让世代相传的"宁静致远，淡泊明志""勿以恶小而为之，勿以善小而不为"等流传千古的名言的蜀国宰相诸葛亮，比起曹操的文学水平，也是差距甚远。

读曹操的诗词，我们可以说，曹操是那个时代少有的有理想、有态度、有情怀的人。他的理想和态度就是要建设一个国泰民安的社会，让老百姓安居乐业。

南朝文学批评家钟嵘在《诗品》中说："曹公古直，甚有悲凉之句。"

南宋诗人敖陶孙在《诗评》中说："魏武帝如幽燕老将，气韵沉雄。"

开国领袖毛泽东评价道："曹操是了不起的政治家、军事家，也是个了不起的诗人。"我还是喜欢曹操的诗，气魄雄伟，慷慨悲凉，是真男子，大手笔。

中国文化革命的主将鲁迅先生曾评价说："曹操是一个很有本事的人，至少是一个英雄。我虽不是曹操一党，但无论如何，总是非常佩服他。"同时鲁迅先生又评价道："他是改造文章的祖师。"

曹操突破汉代文体风格，倡导并开创的建安文学。这不仅是文学史上的黄金时期，而且建安文学所建立的优秀传统，也成为文学批评史上的重要标准。

曹操的文学成就，主要表现在诗歌上。曹操现存20多首诗词，诗风古直悲凉，诗篇以简练扼要的语言，高度概括地写出了这一段历史过程，因此也被誉为"汉末实录，真诗史也"。曹操最为出色的是四言诗，他把我国古代四言诗推向了一个全新的高峰。

《短歌行》是曹操的代表作之一，这首四言诗歌以独特的抒情方式，通过自己的内心表白，既抒发了曹操求贤若渴，广纳人才，成就其大业的心情，又充分展示了他豪气盖世、高亢激昂、气势磅礴的文字才华。

《短歌行》也是对诗经的继承和发展，开创了一代诗歌新风。陶渊明、嵇康等一些与曹操同时代的诗人，或多或少从曹操的四言诗中受到影响；即使是白居易的诗词，也无不受到曹操诗词的启发。

"对酒当歌，人生几何！""山不厌高，海不厌深，周公吐哺，天下归心"等脍炙人口的诗句，历来被世人诵吟，成为千古绝唱。

曹操的散文也很有成就。他的散文作品豪放洒脱、通透亮丽、自由尽情。《观沧海》《七步诗》《龟虽寿》《破幽梦》等，都是不朽的经典之作。

《龟虽寿》一文笔触遒劲，蕴含着一股自强不息、永不言败、勇往直前的豪迈气概，熔哲学思想、人生情怀和艺术形象于一炉，作者既为有限的生命而感慨而无可奈何，内心却又激荡着老当益壮、驰骋千里的豪情壮志，表现出生命不息、奋斗不止的人生态度。

《龟虽寿》被《人民日报》评为中国历史上最高水平的40首诗词之一。"盈缩之期，不但在天；养怡之福，可得永年。"这也是常被人挂在嘴边运用的名言。

曹操是一位治世英明，具有识人之才。《求贤令》是曹操的一篇散文，文章以开国中兴的历史经验，用史实和典故，说出了人才的重要性，也亮出了曹操用人的标准："唯才是举。"曹操三次颁布"求贤令"，招揽天下人才，为己所用。

像荀彧、郭嘉、贾诩、张范等风云人物都汇聚在曹操的旗帜下。即使像陈琳这样痛骂过曹操的人，他都能笑纳，体现了曹操的格局和胸怀，也形成了不拘一格降人才的局面。

曹操是他人眼中的一代乱世枭雄，但曹操的诗词中充满着诗人悲悯的情怀，诗词中真实而全面地反映了当时社会的动荡和百姓悲惨而不得安宁的生活状况，“白骨露于野，千里无鸡鸣。生民百遗一，念之断人肠”。“天地间，人为贵。”足于说明曹操是一个有血有肉、怜悯百姓的帝王，是一位充满民众情怀的诗人，立体而丰满。

曹操在书法上的造诣也颇高，他能于隶书、楷书，精于章草，其书法风格雄峻浑健。唐朝书法家张怀瓘评价曹操的书法作品为“妙品”。由于曹操对书法的重视，也促进和推动了曹魏书坛的繁荣与发展。

曹操重视国家的文化建设，注重对图书的保护和收藏，建立了魏国的国家藏书。

曹操是一个风趣幽默的人。一次曹操带兵出征，途中找不到有水的地方，士兵们都很口渴。于是曹操传话给士兵们说：“前面就有一大片梅林，结了很多又甜又酸的梅子，可以解渴。”士兵们听后，嘴里都流着口水。他们凭借着这个期待，终于到达前方有水源的地方。“望梅止渴”也成为著名的典故。

曹操是一位善长权术，能治国、有情怀的帝王，面对“民人相食，州里萧条”的凄凉景象，他注重经济发展和民生事业，施行屯田，兴修水利，改革户籍，安抚民心，改善了百姓生活，为巩固政权提供了强有力的经济支撑。

曹操虽然身居高位，但一生勤劳简朴，从不奢华。即使在临死前，还留下遗言：“收殓时仍穿平常穿的衣服，不要用金玉珍宝陪葬。”

历史上的曹操生性多疑，为人自大，这两个致命的不足同时出现在曹操身上，这也是一大遗憾。曹操杀错人后竟然还叫嚷：“宁教我负天下人，休教天下人负我。”“知错，改错，不认错。”这也是曹操的一种奇特的性格。

“老骥伏枥，志在千里；烈士暮年，壮心不已。”一代乱世枭雄，一代文学丰碑，曹操悲壮的帝王之言，留给我们更多的是一个伟大的背影。

一位席卷民国风云的巾帼枭雄

“上帝让我活着，我不敢轻易去死，上帝让我去死，我绝不苟且地活着。”

这是民国风云人物宋美龄的一句体现她人生价值和个性特点的名言。

这名言，隐含着宋美龄倔强的性格和不可退却的灵魂；这名言，折射出宋美龄作为一位女性与众不同的强悍的风格。

宋美龄是民国时期的一位美女，也是民国时期的一位才女，更是一位十分看中权力的巾帼枭雄。在民国风云变幻、跌宕起伏的历史舞台上，宋美龄无疑是一位出色的女中豪杰。即使在现代中国的历史舞台上，宋美龄也无疑是个传奇式的历史人物。

这不仅仅因为宋美龄是“中华民国第一夫人”，跨越三个世纪的政治女强人，而且更令人信服的是宋美龄有着与生俱来与众不同的不一般的风雅、睿智和坚毅。

即便是才华横溢、狂傲出名的英国首相丘吉尔也都感觉：“这个中国女人可不是弱者！”甚至还曾不止一次地公开吐露：宋美龄是他在世上，最欣赏的少数女性之一，她的骄矜和妩媚都让人极为心动。

宋美龄是中国现代史上杰出的女政治家和外交家，在美国及西方国家有着极高的知名度。

著名爱国将领张学良先生在评价宋美龄时说：“宋美龄绝顶聪明，是近现代中国找不出第二个来的人物。”

美国前国务卿基辛格说：“一位乱世美人，以女性的非凡情感，影响了大千世界。”

连宋美龄的丈夫蒋介石也不得不承认：“夫人的能力，抵得上20个陆军师。”

英国诗人雪莱说：“历史，是刻在时间记忆上的一首回旋诗。”人都有其正反两方面，宋美龄也不例外。

在历史上，宋美龄曾经协助蒋介石和国民党长期反共，发动内战，时刻准备武装反攻大陆。

宋美龄亲自出面，在各个时期协调和联合美国，围剿中国共产党和中国共产党缔造的中华人民共和国。她的骨子里有着反共反社会主义的反动一面。

这些，都是无法抹掉的历史事实。

对待历史上曾经出现过的反动和反面人物，我们应该在批判的同时，也要实事求是地记得他们在历史上曾经有过的可圈点。

宋美龄身上也有一些可圈点。她在西安事变中促成国共合作，和平解决西安事变，防止国内进一步动乱。特别是在抗日战争中积极抗战的一面，也是值得我们肯定的方面，也是不争的事实。

中国历史学家范文澜说："历史多么无情而又有情，不遗忘每一个对历史的贡献，也不宽容每一个对历史的障碍。"

宋美龄的气质告诉我们：优雅是女人唯一不会褪色的美

民国时期是一个乱世出英雄的时期，也是一个风情万种的年代。这年代涌现出许许多多倾国倾城的才女、美女，而宋美龄无疑是这些才女、美女中的佼佼者。

宋美龄是民国时期国内外公认的美女。她不但具有东方女性的典雅，而且拥有西方女性的优雅。

用优雅来形容一个女人的迷人的美，这是对一个女人极高的赞赏。

宋美龄就是一个优雅的女人，她举止端庄、高贵典雅，有着出众的风情和迷人的美。

宋美龄是大上海的大家闺秀，她内外兼修。婚后不久，她就提出要求工作。但蒋介石只让她去管理北伐军的遗族学校。她没有嫌这个事情小，把一个小小的遗族学校管理得井井有条。美国人来参观，说它是"东方第一新兴学校"。

此后，无论是参与政务，还是参与妇女界活动，她都用心、用情去做，而且做得有声有色。

宋美龄虽然自幼接受西方的文化教育，但她在穿着上喜欢代表中国传统文化的旗袍。宋美龄一生与旗袍结伴，号称"旗袍夫人"。

她用一生诠释对旗袍的挚爱。穿着旗袍，彰显出宋美龄娴静、优雅、淡然的静态美，也彰显出宋美龄热情、妩媚、风情万种的动态美。

宋美龄信仰基督教，内心虔诚，心境平和，从不大喜大悲。她的名门出身、学识远见、情趣爱好和文化背景决定着她有很高的自律和自控能力。

宋美龄是一个生活有规律的人，有着对健康的正确理解。她把自己的形象塑造当成每天的必修课，从未倦怠和马虎，科学的养生之道是她长寿的秘诀。

宋美龄活了 106 岁，跨越了三个世纪，她的一生是精彩的。

1949 年，美国艺术家协会宣布宋美龄被当选为“全世界十大美女之一”，且名列榜首。

宋美龄影响了两代美国人。美国人多年来一直把她列为世界上最受欢迎、最受尊敬的十位妇女之一。她先后三次登上《时代周刊》。这是全世界绝无仅有的一位女性取得的这一荣誉。

宋美龄的才情告诉我们：只有才华能经得起岁月的摧残

宋美龄何止只有颜值，她的才华才情也是出类拔萃的，也是举世公认的。

她 10 岁去美国留学。在大学，她主修英国文学，兼修哲学，选修法文、音乐、天文、历史、圣经历史、辩论等，还修过教育学。

她除了拥有扎实的英语功底外，还会使用六国语言，是个名副其实的语言学家。

1943 年，为了推动以美国为首的西方国家对正在进行艰苦抗战的中国人民以战略物资的支援，宋美龄以私人身份出访美国。

为了取得以美国为首的西方国家对中国抗战的支援，她多次去美国各地演说。她在美国国会的精彩演讲，以美国南方口音的英语，把中国人民英勇抗战的精神，介绍给美国政府和人民。

美国朝野都被宋美龄高雅的风姿、卓越的才华、迷人的气质吸引，会场上多次爆发出雷鸣般的掌声。当宋美龄说出“经过五年半的抗战，中国人民相信，与其忍辱接受失败，不如光荣地冒失败之险，去争取胜利”的豪言壮语时，掌声长达 5 分钟之久。

从此，美国上下掀起了一场“宋美龄旋风”，美国民众自发捐款，声援中国。从而促进和推动了美国政府支持中国的抗日战争。

宋美龄对中国古典文学特别精通，她的钢琴演奏水平也很高。宋美龄在国画方面也很有造诣，并且她还写得一手好字。可以说，宋美龄是一位琴、棋、书、画样样精通的不一般的才女。

美国前总统尼克松在《改变亚洲历史的人物》中说：“我相信蒋夫人的智慧、说服力和道德力量，已使她自己成为一位重要的领袖。蒋夫人是一位文明、美丽、整洁、女性化及坚强的女性。”

现代作家冰心说：“宋美龄并不是一个政治的符号，一个令人生厌的达官贵妇，而是一个有血有肉的女人，是一个极有中国传统美德又受西方现代文明熏陶、善于交际的夫人。”

宋美龄的智慧告诉我们：政治家必须有沉着冷静的头脑

宋美龄是一位智慧型的女性，她善于动脑，善于思考，善于处理复杂问题。

西安事变是震惊中外的大事，当时国民党内部要求杀掉张学良，轰炸西安城，但宋美龄沉着应对，冷静地处理了这一突发事件。

1931 年，宋美龄陪蒋介石视察黄埔军校南京校本部，其间突然一个名叫韩诚烈的士兵在众目睽睽之下，居然拉住了宋美龄的手。这一举动让在场的人都大吃一惊。

当时宋美龄吓得不知所措。蒋介石愣了一下，然后摆摆手，让人放开这个士兵。视察结束后，蒋介石让宋美龄全权处理此事。

宋美龄愤怒地对韩诚烈说："你为何羞辱于我？轻渎校长尊严？不忠不义，应当何罪？"韩诚烈回答说："夫人太美了……我……"

宋美龄怒气顿消，于是像姐姐一样与他谈心，留他在自己的府邸吃晚饭，并亲自为他下厨。同时，宋美龄亲自打电话给黄埔军校南京本部的长官，责令其不得为难于他。晚餐后，宋美龄还用钢琴为他演奏了一首小夜曲，并赠送他一块英产镀金全钢手表，还用自己的雪弗莱轿车送他回校。

抗日战争期间，韩诚烈升任中将师长。在对日作战中，他英勇杀敌，率部重创日军。宋美龄打算将他调到自己的身边。可是，当韩诚烈知道这一消息后却脱下将服，去了美国经商，而且终身未娶。

蒋介石是个好色分子，其好色的本性在婚后慢慢地暴露出来。有一次，蒋介石到陈立夫家做客，看上其侄女陈颖。戴笠投其所好，陈立夫更是出于个人的目的，熟视无睹。于是，陈颖来到蒋介石身边做秘书。

这事很快让宋蔼龄和宋美龄知道了。宋美龄虽然怒火万丈，但她知道此事处理不好的后果。为了顾及丈夫的颜面，也为了自身考虑，宋美龄没有因此大吵大闹。

趁蒋介石不注意的时候，宋美龄突然出现在陈颖的面前，陈颖惊慌失措。宋美龄没有对陈颖过多地责问，拿出 50 万美元、一本护照和一张机票给陈颖，陈颖明白宋美龄的意思，无可奈何地去了美国。

后来当蒋介石知道陈颖被宋美龄送到了美国时，只是苦笑了一下。这件事就这样风平浪静地过去了，也足于说明了宋美龄处理问题的冷静和睿智。

宋美龄的个性告诉我们：尊严是不可退却的最后的倔强

旗袍的婉约和含蓄，没有改变宋美龄强势的个人风格，她的骨子里有着一种倔强的性格。

抗日战争时期，宋美龄是一个坚定的民族主义者，勇敢地捍卫着民族的尊严，为取得抗日战争的胜利做过很多有益的贡献。可以说，抗日战争时期也是宋美龄一生最光辉的政治亮点。

和平解决西安事件，体现了宋美龄的果断和睿智。是她缓解了国民党各个方面的紧张关系，是她说服了蒋介石，促成了抗日民族统一战线的形成。

她多次亲临抗日前线，几次差点送命，脊椎受伤，肋骨折断。

1937 年 8 月上旬，淞沪会战爆发，宋美龄积极投身劳军工作，亲临淞沪前线的中国守军阵地慰问。

10 月 22 日，宋美龄从南京驱车到上海前线慰劳抗战官兵，在路上为躲避日军飞机扫射，汽车翻车，宋美龄折断数根肋骨，昏厥了很久。

在武汉会战时期，宋美龄除了组织和领导全国妇女抗日以外，她还带了几车的枪支弹药，去死守河南富金山的宋希濂的七十一师阵地，慰问前线抗日将士，鼓舞士气。前线的士兵们看到宋美龄亲临，个个激动万分，精神振奋。

她对前线的将士说：“这是中华民族的生死存亡之战，我正该上火线。”

宋美龄凭着自己出色的外交魅力和国民党第一夫人的地位，为抗战作出了积极的贡献。

1943 年，宋美龄在美国国会的精彩演讲，以及她在美国一系列的外交活动，引起了西方对中国抗战的关注，打破了国际对华禁运，使中国在抗战期间获得了 8 亿美元的经济和军事援助。

抗日战争初期，宋美龄亲自组建了中国空军，在极短的时间内就掌握了空军内部的领导权，并且成为名义上的中国空军总司令。同时，她还积极发展中国的民航事业。20 世纪三四十年代中国民航业的发展离不开宋美龄的杰出贡献。

宋美龄是抗战期间全国妇女界的领袖，她还出任战时儿童保育会会长。在十四年抗战中，儿童保育会拯救了 3 万多名难童，宋美龄发挥了巨大的作用。

宋美龄多次与姐妹前往抗战前线慰问抗日军民，体现了她作为一位爱国主义和民族主义者的精神风貌，这也是宋美龄的可圈点，更是她人生中最为辉煌的一页。

宋美龄始终反对国家分裂，坚决反对台独，维护国家统一。

第十一届全国政协主席贾庆林在电唁宋美龄女士时说，宋美龄女士是中国近现代史上有影响的知名人士，她曾致力于中国人民抗日战争，反对国家分裂，期盼海峡两岸和平统一、中华民族兴盛。

《中国时报》曾经报道，飞虎航空队队长陈纳德将军的遗孀陈香梅在纽约指出：“宋美龄不但才貌双全，而且一生充满传奇，全世界没有一位女性可与之相比。”“如果没有蒋夫人，蒋介石可能就没有后来的成就。”

丘吉尔曾经说过：“一个政治家是否伟大，不取决于他的能力，而取决于他是否长寿。”

历史的长河里从来不缺美女，也不缺才女。但是，像宋美龄这样既妩媚又睿智的才貌双全的女性，能跨越三个世纪、又美了一辈子，这是难于寻找的，也是望尘莫及的。

未按孔子之意流传的“三思而后行”

中华文化博大精深，源远流长，一些典故和成语更是脍炙人口，代代相传，成为中华文化的精髓。

以孔子的思想和语言形成的成语，流传下来的也很多，如“因人施教”“学而不厌”“任重道远”等等。但有一个成语没有按孔子的思想观点流传下来，那就是我们耳熟能详的“三思而后行”。

许多世人误认为这是孔子的名言，而恰恰相反，孔子反对三思而后行。

“三思而后行”出自先秦《论语·公冶长》“季文子三思而后行。子闻之，曰：‘再，斯可矣。’”意思是：季文子办事，要反复考虑多次才行动，孔子听了说：考虑两次就可以了。

孔子和季文子不是一个时代的人，“季文子三思而后行。子闻之，曰：‘再，斯可矣。’”这不是他们俩的对话，而是孔子听说季文子考虑问题常三思而后行后的观点。后人没有听从孔子“再，斯可矣”的观点，仍然把“三思”作为行动前必需的思考环节。

但孔子并非简单地反对“三思而后行”，而是在强调行事的时机和原则。他主张首先进行直觉的反应，即一思，这是基于人的本能和对事物基本价值的判断。孔子指出，过度的思考会使人犹豫不决，患得患失，不敢行动。同时孔子认为，在行动之前进行深思熟虑是必要的，但这并不意味着拖延或过分谨慎。

季文子在中国历史上是一位有名的贤相，他为人处世十分谨慎，遇事总是三思而后行。正是因为他的三思而后行，才使他在鲁国执政 33 年，辅佐鲁宣公、鲁成公、鲁襄公三代君主。

孔子反对季文子的三思而后行，是基于季文子是一个“乡愿”式的人物，极世故，精于算计，总是为自己考虑得失。孔子不喜欢这样，他认为，反复思考，容易错失时机，多思容易转多私，容易变成私心杂念。特别注重权衡利弊，就会缺少情义、情谊和气节。过于谨慎、过多顾虑，不足取。

不得不说，“三思而后行”蕴含着几千年中国文化的智慧和结晶。

历史上许多朝代的圣贤们都把“三思”作为考虑周全的用词。汉代科学家张衡在《东京赋》中说：“宪先灵而齐轨，必三思以顾愆。”明朝小说家罗贯中在《诸葛亮舌战群儒，鲁子敬》中写道：“肃曰：‘主公若迟疑，必为众人误矣。’权曰：‘卿且暂退，容我三思。’”《红楼梦》中：“依老爷这话，不但不能报效朝廷，亦且自身不保，还要三思为妥。”

关于“三思”的内容，有许多说法，一种说法是，“三思”是指“思危”“思退”“思变”。“思危”：在做事之前要考虑可能存在的危险和风险，并思考如何避免这些危险；“思退”：指在面对可能出现的困难或危险时，要能够适时退让、忍耐或等待，以确保安全；“思变”：指在安全或退让之后，要能够抓住机会，积极地改变当前的处境或状况。

另一种说法是，“三思”分别是“思前”“思中”“思后”。即在做出决策之前、决策、行动过程中决策及行动之后进行思考。

古人认为，道生一，一生二，二生三，三生万物，三是万物的起源，代表众多的意思。意思是做事之前要多思考，考虑周全。“三思”的“三”代表多，而不是数字，并没有规定多少次，只是应该做到思考周全。《增广贤文》中也说：“三思而行，再思可矣。”

无论“三思”是哪一种说法，总之，“三思”就是强调深思熟虑，“三思”的重要性就是防止轻率和冲动而造成错误。

三思而后行，是一个流传千古的成语，也是当今指导人们行为举止的重要原则。做到三思而后行，就会提升我们的思考能力，提高我们的行动能力，也会提高我们的成功率。

三思而后行，是一种做事风格，体现的是一种智慧、一种态度。三思而后行可以避免少犯决策性的错误，增强决定的准确性和可操作性。

强调“三思”，强调多思考，也不能犹豫不决，磨磨唧唧，婆婆妈妈。现代社会是一个信息社会，情况复杂，瞬息多变，必须在正确思考后快刀斩乱麻，迅速行动，不能因过度琢磨而错失良机。人生最懊悔的过错是错过，不能因为考虑太多，而失去机会，成为遗憾。

“非大胆不足以任大事，非小心不足以处天下事。”我们常说的胆大心细，为什么“胆大”要排在“心细”的前面呢？就是强调不要考虑过多，胆子大一点、步子快一点，在胆大的基础上心细一点，考虑周到一点。

“三思”就是谨慎，但过分谨慎就变成了小器，考虑太细致，考虑太过细节，就会开始犹豫，甚至会考虑个人的得失，最后的结果是患得患失，甚至会放弃原先所有的思考。

许多“三思”的结果，往往不是后行，而是暂行和不行。例如，一个人看到大庭广众有人抢劫，他基于本能和正义的思考，会马上做出追赶上去制止抢劫者的反应，但如果他瞻前顾后，想到抢劫者手中有凶器会伤害到自己，想到自己一个人能不能制服他，想到周围的人会不会帮忙，他马上会考虑自己的得失，甚至会想到这件事不关自己什么事，多一事不如少一事。

三思而后行，并不是胆小怕事、瞻前顾后，而是成熟稳重、认真负责的体现。三思而后行，绝不是遇事畏首畏尾，踌躇不前。倘若那样，就会错失良机，一事无成。

一切伟大的思想，只不过是一个微不足道的开始，只有落实思想才会有结果。三思后要行，深思熟虑就是为了得到正确的决策，就是为了更好地去行动。行动之前要充分酝酿，酝酿之后要果断行动。

有些考虑周全的决策如果得不到及时和快速的行动，就是浪费宝贵的思考时间。再多的思考、再好的思考，如果不去及时、认真和正确地落实，那一切都是零。努力思考的结果，往往因为各种原因而放弃，原因是没有了当初的勇气。思考代替不了行动，行动才是最好的思考。

思，还要讲究方法，若思不得其道，虽百思也无益，百思也不得其解。

做一个思考者，唯有思想才是体现人与人之间的不同；做一个行动者，再正确的思想，只有落实到行动，才能检验出思想的正确性。

三思而后行，三思，不是多思；后行，不是不行。

唯有我知道：您还“在水一方”为我们诉说心中的“千言万语”

在中华民族有史以来的歌唱史上，有一个名字无法绕开，不能不提。她就是邓丽君。

有一种声音，我们愿意用一生去倾听，这就是邓丽君的歌声。

邓丽君是中国流行音乐的启蒙人，是华语乐坛永恒的文化符号，在中国流行音乐史上毋庸置疑是承前启后、开宗立派的一代大师。

邓丽君演唱的歌曲已经成为世界文化遗产的一部分。1986 年，邓丽君获选美国《时代周刊》“世界七大女歌星”和“世界十大最受欢迎女歌星”，成为唯一一位同时获得 2 项殊荣的亚洲歌手。

邓丽君被美国有线电视新闻网评选为“过去50年里全球最知名的20位音乐家”之一。

邓丽君在搜狐等多家知名华文媒体组织评选的“新中国最有影响力文化人物”活动中，以绝对优势力的850多万张票，力压群芳（比第二名的王菲多120万张票）。

邓丽君的歌声《但愿人长久》随着“神舟七号”载人飞船升入太空，响彻全球。

世界上有华语歌声的地方，就会有人谈论邓丽君。

中国著名文化学者余秋雨说：“邓丽君是中国文化的密码。”

号称词坛三杰的台湾著名词作家庄奴说：“有句老话，叫前无古人，后无来者，在邓丽君之前，没有邓丽君，在邓丽君之后，也绝不会再出现一个邓丽君。”

中国著名评论员黄健翔说：“苦难沉重的中华民族，有邓丽君的歌声，是神赐的福祉。”

可以说，在中华歌坛，邓丽君称第二，无人敢称第一。

我不是文人，无法从语言的层面，深情地表达我对邓丽君歌唱文化现象的心声；我也不是音乐人，更无法从专业的角度，透彻邓丽君的音乐水准和演唱技巧。作为崇拜和敬仰邓丽君的一名歌迷，我总结归纳了国内外名人对邓丽君歌唱文化的评价，深切感受了亿万歌迷对邓丽君歌声的那种狂热的喜爱，也深知邓丽君歌唱文化的巨大魅力，我可以自豪地说：“邓丽君是中华民族有史以来最伟大的歌唱家。前无古人，后无来者。”

邓丽君的天籁之音，沁人心脾，永不消失

邓丽君的歌曲是一个年代的缩影，也是几代人的整体记忆。

在那个物质匮乏、精神枯燥的年代，唱歌听歌都是比较奢侈的东西。长久以来被禁锢的思想、扭曲的情感，使得当时的文化生活单一枯燥，而富有人性化和人情味的邓丽君歌曲迎合了人们的精神需求和情感慰藉。邓丽君的歌声正是在人性灰暗的情况下漂洋过海，踏浪而来。

在寂静的夜晚、在小憩的午后、在寂寞的雨天、在无眠的灯下、在醉人的时光、在无助的时候，邓丽君的歌声是悠扬的、醉人的、难忘的。

邓丽君用绝伦的嗓音、完美的唱腔、醉人的情怀，把关于人的情感融进了音乐、渗透到歌声，让人忘掉烦恼和不安，给人愉悦和甜美的感觉。

中央电视台著名主持人白岩松说：“如果有一个声音能让全世界的华人安静下来，那就是邓丽君的歌声。”

邓丽君与生俱来的完美音色、委婉自如的气息控制、清晰明了的字正腔圆，给人以耳边呢喃的感觉，演绎了令歌迷陶醉的余音绕梁的天籁之音，她的唱腔和演唱技巧是空前绝后的。

华语流行音乐歌手那英说：“我认为如果确立国语演唱标准的话，邓丽君是一个，苏芮是另一个。”

邓丽君气息控制精妙独到，像潺潺流水，永流不止。每次换气时听不到换气声，给人的感觉好像是一口气把一首歌唱完。

美声演唱最为推崇和称道的是不留痕迹的气息处理，民族演唱最为讲究的是唱腔和民歌韵味，流行演唱最为重视的是广为流传的优美旋律，邓丽君以自然、圆润、清澈、柔和和甜美的嗓音，以声传情、以情带声，令歌迷为之叫绝、为之倾倒。

中国音乐制作人汪峰说：“像我们分析邓丽君，她几乎完美到，她几乎歌曲的每一个音符你挑不出毛病来，这一点太可怕了。”

曲艺界把“唱”分三个境界，一是“喊”、二是“唱”、三是“说”，邓丽君的歌声已经达到了一种娓娓道来的“说”的境界。

邓丽君除了完美的气息控制外，她的唱法、咬字、吐词、滑音、颤音、转音和换气，都令人折服。

泣声唱法也是邓丽君演唱的一大技巧，她演唱的歌曲中大多数是情歌，使用抽泣和哽咽的演唱方法，煽情的效果更好，使听者情感上产生共鸣。有些泣声和哽咽声出现在歌曲的高潮部分和尾声，更达到了音乐共鸣的效果。

唱歌技巧的发挥是以情感为驱动力的，邓丽君的演唱发自内心，富有极强的情感色彩。她会用真情去诠释每一首动人的歌，对情歌中所表达的深情、眷恋、羞涩等，演绎得淋漓尽致。

国内音乐教育家刘诗昆说："从专业的角度来说，邓丽君的歌声，无与伦比、无人媲美。"台湾音乐制作人李宗盛说："在演艺圈很多人是'奇迹'，但唯有邓丽君可以称为'传奇'。"

邓丽君的舞台魅力，迷人心醉，拍案叫绝

舞台艺术是极具影响力的艺术，舞台表演艺术也是衡量一个歌唱家艺术魅力的重要方面。

邓丽君的舞台形象是撩人的，台风是迷人的。她的音色、她的容貌、她的服饰、她的柔情、她的甜美，都无不彰显了她舞台形象的无限魅力。

在舞台风格上，邓丽君的演唱自信、自然、自如，她没有忸怩作态的媚俗、没有哗众取宠的掩饰，也没有故作姿态的装腔，更没有声嘶力竭的抽筋式的演唱。她的歌曲虽然以情歌为主，但演绎中没有嗲气，留给听众更多的是情怀和韵味。听邓丽君的歌，就知道她在甜美地微笑。

在演出服饰上，邓丽君大多以旗袍的形象出现，优雅大气，衬托了她窈窕的身材，给人以东方女性秀美阴柔、典雅别致的感觉。

在乐队组合上，乐队设计充分考虑了邓丽君柔和婉转的演唱特点，由日本电声乐队和港台民族乐队组成，增加了古筝、二胡、扬琴等中国传统乐器，增强了音乐的旋律和立体效果。

邓丽君在演唱许多歌曲时，有时配有和音伴唱，达到了主唱和伴唱围绕一个旋律同频共振，更给人共鸣的感觉。

在演出过程中，邓丽君谦逊礼貌，演出结束时彬彬有礼地致谢，使人感觉到一个歌唱家来自听众、不忘听众的情怀。

邓丽君舞台艺术的感染力超越了时间、空间和文化的隔膜，彰显了音乐和人性的美。

邓丽君的勤奋好学，让人心服，叹为观止

邓丽君 14 岁出道，只有小学文凭，但她勤奋好学，刻苦学习语言，不断提高口语水平。她会用国语、英语、日语、法语、马来西亚语、粤语和闽南语等多种语言演唱歌曲。邓丽君是一位地地道道的语言学家。

为了使中国流行音乐走向世界，邓丽君向世界的音乐高峰挺进。日本是亚洲的音乐中心，要走向世界音乐的高峰，必须挺进日本音乐世界。

为了能在日本发展，邓丽君刻苦学习日语，掌握日语的听和说能力。1974 年，邓丽君凭借一首日文歌曲《空港》，获得日本唱片大赏“新人奖”，从而奠定了在日本演艺事业的基础。

为了能在香港发展，邓丽君刻苦学习粤语。香港四大天王刘德华说：“邓丽君一辈子都非常传奇，她是我的偶像，当她出现广东歌的时候，我觉得我们的距离拉近了很多。”

邓丽君是中国摇滚乐的第一人，是中国摇滚音乐的先驱。她最早演唱欧美摇滚音乐，在她影响下，才有了崔健的《一无所有》。崔健在评价邓丽君音乐地位时说：“邓丽君摇滚了全中国。”

邓丽君一生共演唱歌曲 2000 多首，平均一个星期左右演唱一首新歌，这是惊人的。她出版唱片专集 150 多张，发行唱片超过 4800 万张。这些在演艺界都是天文数字，至今没人能突破这个数字。

为了提高自己的舞台形象，邓丽君在美国参加了布鲁斯・海斯领导的彩虹舞蹈团，练习舞蹈，提升舞蹈水平。

为了厚积气力，运用丹田拓宽音域，邓丽君拜美国声乐家卡尔・舒尔达为师，进行改变音域的艰苦训练。

为了提升自己的音乐水准，邓丽君还学习钢琴等西方乐器，增强乐感。

一个出名的歌手原唱歌曲一般也只有三五首，但邓丽君的原唱歌曲多达三百多首，这是前所未有的。有些歌曲不是邓丽君的原唱，但经她演唱后，听者都认为是邓丽君的原唱歌曲。如《何日君再来》《恰似你的温柔》等歌曲都不是邓丽君的原唱歌曲。

庄奴在邓丽君诞辰 60 周年全球巡回演唱会上说：“有人说我偏爱邓丽君，给她写了好多歌。其实我们连面都没有见过，她家境不富裕，但一直很努力，对父母孝顺，对兄弟团结，并没有因为一首歌红了就变成另一个人。去中国香港和日本发展，她就努力地学习粤语和日语，这些美德都是年轻人应该学习的，她是我的老师。”他以“宝剑锋从磨砺出，梅花香自苦寒来”作为对邓丽君一生的写照。

邓丽君的人品艺德，令人折服，无可挑剔

人品决定艺德，艺德是人品的反映。在长期的演艺事业中，邓丽君始终以知书达理、典雅秀丽、温和恬静、敬业乐群、勤勉自持、洁身自好的形象出现在演艺界和歌迷面前。

邓丽君从台湾夜总会卖唱到成为日本舞台戏子，她卑微，但却从不卑贱；邓丽君从亚洲巡演歌手成为红遍世界的国际歌星，她自信，但却从不自傲。

在贬抑艺人的传统观念中，邓丽君在几十年的演艺生涯里，没有受到演艺界大染缸的沾染，从没有出现过绯闻，她也不因为自己唱红一首歌而变成另外一个人。

邓丽君待人谦逊。与人同台演出时发现对方个子比自己矮，细心的她会不动声色地换低跟鞋，以突出对方。

邓丽君对歌迷有着深深的情怀。面对如潮般的掌声，她总是在经久不息的掌声中重新回到舞台，继续为歌迷演唱。每次演唱会结束，邓丽君下拜致谢到舞台大幕完全落下，才转身向舞台演奏人员握手致谢。

台湾著名艺人高凌风评价邓丽君是“女人中的女人”；中国流行音乐女歌手王菲感慨地说：“一听到她的声音，我就知道这个人非常非常的善良。”

有人说，没有邓丽君就没有庄奴，而邓丽君则谦逊地说：“没有庄奴就没有我邓丽君。”

慈善义演是邓丽君演艺事业中的重要组成部分，从艺近 30 年来，邓丽君一直致力于义演和慈善性演出，赢得了海内外的一致好评。20 世纪 90 年代，她因身体的原因，基本上退出了演艺圈，但她还坚持参加各种慈善义演。

1995 年 5 月 8 日，一个让无数歌迷悲痛和惋惜的时间坐标，邓丽君在泰国清迈因支气管哮喘病猝发，遽然去世，香消玉殒。这位伟大的歌唱家歌声悠扬的一生，永远定格在生命的 42 个年轮。

邓丽君的人品艺德和歌唱地位得到了台湾当局的高度认可。邓丽君逝世后，台湾当局为她举行了隆重的葬礼。她的遗体上覆盖着“中国国民党党旗”“中华民国国旗”，台湾陆军乐仪队担任灵堂和葬礼的仪仗队。葬礼规格除蒋家父子外，无人能与之相比。

国民党还授予邓丽君最高荣誉——华夏一等奖章，以表彰她的爱国情操和为歌唱艺术所作出的杰出贡献。这是国民党为艺人颁发的最高勋章。

邓丽君在台湾民众的心里也留下了不可磨灭的印象。她逝世后，20 多万人在殡仪馆外彻夜排队，等待着向这位伟大的歌手，向他们心中的偶像做最后的告别。

以至出殡那天，台北的交通陷入瘫痪。

邓丽君最成功的不仅是她演唱了无数首脍炙人口的歌曲，而且彰显了她无限的人格魅力。

在这个歌声飞扬的年代，在这个人心浮躁的社会，有多少歌星显赫一时却又昙花一现；又有多少艺人一度风光无限却又黯然消逝，而影响几代人的邓丽君是多么的优雅和优秀、多么的光彩夺目。

邓丽君的历史地位，无人比肩，高高耸立

邓丽君的故事，是一个时代的印记。

邓丽君是名扬海内外的一代歌后，是殿堂级的歌唱家。她的演唱技巧和演唱水平达到了登峰造极的地步，在中华歌唱史上是个传奇，是个里程碑。

邓丽君的歌唱文化是对中国民族音乐的一种全新的诠释，她的演唱将民族性与流行性相融合，形成了属于自己的演唱风格。邓丽君的演唱风格也一直影响着许许多多的歌手。

人们说有华人的地方，就有邓丽君的歌声。邓丽君歌曲前所未有的知名度和经久不衰的传唱度，为她赢得了“十亿个掌声”的美誉。

邓丽君是海峡两岸交流的第一人。20 世纪七八十年代，海峡两岸处于敌对状态，双方禁止“三通”。漂洋过海的邓丽君歌曲，使大陆了解了港台歌曲，了解了流行音乐。

为了与大陆争夺中华文化的话语权，台湾当局掀起了“中华文化复兴运动”，利用邓丽君歌曲在大陆前所未有的影响力，用空飘邓丽君磁带的方式，向大陆渗透文化，邓丽君的歌声在一定程度上架起了两岸交流和沟通的桥梁。

站在时间的高点，以历史的眼光、从艺术的角度审视邓丽君的艺术人生，论唱功、论才情、论艺品、论影响，试问神州大地，谁能与她争锋？邓丽君当之无愧地站在了华语乐坛的巅峰。

我无法估计世界上有多少邓丽君的拥趸，我更无法知道邓丽君有多少个粉丝，但我知道邓丽君的歌声影响了几代华人，并且还将会永远影响下去。

一人千古，千古一人。邓丽君的形象“看似一幅画”；邓丽君的故事“听像一首歌”。

今天，我们怀念邓丽君，不仅因为她为我们留下了百听不厌的令人难忘的经典歌曲，而且还因为她为我们留下了弥足珍贵的精神财富。

今天，我们怀念邓丽君，不仅要感谢她对华语乐坛所作出的杰出贡献，更要感谢她为中华民族文化事业书写的不朽篇章。

深刻分析邓丽君演唱歌曲的艺术特点、深刻了解邓丽君歌曲的艺术魅力、深刻挖掘邓丽君的音乐思想，留给我们的是深深的思考，那就是：我们要永远铭记邓丽君的歌唱地位；我们要永远传承邓丽君的歌唱文化。

我深信不疑：邓丽君永远是我们“漫步人生路”上“难忘的初恋情人”。

我深信不疑：邓丽君的歌声永远“爱在我们心中”。

我深信不疑：邓丽君永远“在水一方”为我们诉说她心中的“千言万语”。

丽人已离去，何日君再来！

民国犹如德国“盛产”思想家

在人类思想史上，涌现出群星璀璨、光芒四射的哲学家，他们以卓越的思想、高度的认知、深刻的思考，为推动社会的变革与进步、为促进人类的全面而自由的发展，提供了思想和理论基础。这些哲学家也深刻地影响着人类的思维方式和行为准则，指引着人类文明与进步的前进方向。

如果要问，在人类思想史上，哪个国家涌现的哲学家最多、对人类的哲学思想宝库贡献最多、对人类的思想文化影响最深，人们一定会毫不犹豫地回答：德国。

有人曾说过，如果说英国拥有的是广阔的海洋，法国拥有的是广阔的土地，而德国拥有的是广阔的思想天空。

在人类思想发展史上，德国没有出现过思想的断层。德国的哲学家们紧跟时代潮流，站在人类思想的最前沿的制高点，每一个时代都有伟大的哲学家诞生，都有伟大的思想光芒。

德国作为历史悠久、文化底蕴深厚的哲学王国，在哲学史上有着体系完整、结构严谨、条理清晰、理论深刻的思想贡献。从 18 世纪末开始，西方哲学就进入了一个以德国古典哲学为代表的繁盛期。德国哲学几乎涉及人类哲学思想的所有重要方面，无论是存在论、知识论，还是历史哲学、宗教哲学，如果离开德国哲学家的贡献，那么西方哲学就会黯然失色，无法想象。

德国大地为何能孕育出如此众多的哲学家？因为德国是一个一丝不苟、思维缜密、严谨踏实的民族，有着孕育哲学家的土壤。因为德国自由开放，在自由的国度里，容易产生思想者。

德国长期处在一个封建割据时代，社会各方都希望有一种先进的思想来支撑和促进国家的强大，所以也就催生了哲学家。

德国教育发达，大学众多，18 世纪末，德国就拥有 60 多所大学。柏林大学形成了学习自由、教学自由、学术自由三大原则，形成和保障了教师科学研究和追求真理的自由氛围。德国实行教授治校，限制政府干预高等教育，突出高校办学的自主性，大学成了百花齐放的思想阵地。

大学也是德国哲学家的摇篮，许多大学都拥有自己的哲学家。洪堡大学是“现代大学之母”，素有“没有洪堡大学就没有光辉灿烂的德意志文明”之称，是欧洲最具影响力的大学之一。作为德国大学的领头羊，洪堡大学以教学合一的办学理念，一度成为世界学术中心。爱因斯坦、黑格尔、叔本华等哲学家都曾毕业于洪堡大学。

近代欧洲大多数优秀的哲学家都是德国人，德国的哲学家誉满全球，如雷贯耳，受人爱戴。

黑格尔是德国最负盛名的哲学家，黑格尔哲学是 19 世纪德国哲学的顶峰。费尔巴哈和马克思等伟大的哲学家都受其哲学思想的影响。

尼采是西方现代哲学的开拓者，对于后代哲学，尤其是对存在主义与后现代主义的发展影响极其深远。

马克思和恩格斯是“千年思想家”，他们共同创立了马克思主义，是历史唯物主义的奠基人，马克思也创立了剩余价值学说。马克思主义对于人类社会历史的发展产生了持久的影响力，马克思主义对人类大地的影响，犹如母亲对孩子的影响，深远而细致入微。

康德、歌德、叔本华、莱布尼茨和海德格尔等哲学家，都是世界顶级的哲学家，他们深邃的思想，照亮了人类思想的天空。

德国盛产哲学家，这是普鲁士大地上德意志民族的骄傲。

德国的哲学思想也深深地震撼和影响了远在东方的古老的神州大地，德国的哲学思想也始终是近现代中国的思想家了解和研究西方哲学的方向。

中华民国是一个“三千年未有之变局”的大时代，民国也是一个风云变幻的乱世时代。民国的历史离我们并不遥远，在跌宕起伏的民国时代，虽然战火不断、民不聊生，但呈现出灿烂辉煌的文化思想的盛宴。

如果说春秋战国时期是中国第一次思想文化的高潮的话，那么，中国第二次思想文化的高峰，毫无疑问是民国时期。

离我们不远的民国时期，涌现了一大批至今都为人津津乐道、振聋发聩、刮目相看的思想大师：辜鸿铭、蔡元培、刘文典、傅斯年、鲁迅、胡适、陈独秀、梁实秋、陈寅恪、沈从文……他们群星璀璨、熠熠生辉，把中国动荡的历史时期，演绎得生龙活虎。

民国的思想家有着坚实的中国文化基础，有着传统的道德观和价值观，民国更有着像德国那样催生哲学家的土壤。

新旧社会的更迭，激励着激流奔腾的时代勇士

民国时期，中国面临着前所未有的民族危机和社会变革。

中国 2000 多年的封建统治，使得人们的思想受到了严重禁锢。民国时期，国人终于摆脱了这一精神束缚。

社会的转型，带来了思想的碰撞，这是催生思想家的重要因素，动荡的时代为思想的发展提供了最宽松的环境。

民国时期是一个社会转型的时代，许多有识人士在黑暗中艰难摸索，积极寻找救国救民的道路。

民国时期的思想家以横空出世的思想，冲击着腐朽没落的半封建半殖民地社会，给反动、落后和愚昧的思想以措手不及的沉重打击。

民国大师云集，但风格迥异，有些思想家狂傲不羁，傲视一切，具有独特的个性特征。

辜鸿铭是民国思想家中最出奇的一个。辜鸿铭学贯中西，才华横溢，先后获得文、哲、理、神等 13 个博士学位，同时精通英、法、德等 9 种语言。辜鸿铭是一个撑天撑地的民国大师，思想上有着东西方文化交融的奇特符号。辜鸿铭在《中国人的精神》一文中，提出了"如果说中华民族之精神是一种青春永葆的精神，是不朽的民族魂，那么，民族精神不朽的秘密就是中国人心灵与理智的完美和谐"的著名论述，他是一个不可忽视的历史符号。

刘文典是著名的庄子研究大师，其代表作《庄子补正》被陈寅恪称为是能够"一匡当世之学风，而示人以准则"的庄子研究开山之作。刘文典恃才傲物，傲视一切，曾自矜道："古今以来，真懂《庄子》者，两个半人而已。第一个是刘文典，第二个是庄周，另外半个还不晓得。"刘文典为蒋介石抓捕他的学生一事，敢于向蒋介石拍案对骂，当蒋介石怒打他 2 个耳光时，刘文典一脚踹向蒋介石的肚子，把老蒋踹得晕头转向，狼狈不堪，可见其思想和行为的狂野到了何等的地步。

西方文化的涌入，闪耀着先进文化的思想光芒

辛亥革命和五四运动之后，西方思想文化漂洋过海，西方的政治思潮、哲学思潮、教育思潮、艺术思潮，如潮水般地涌入封闭的华夏大地，国人的思想得到了空前的解放。前所未有的思想振荡，加速了社会变革的步伐。

西方思想的核心是民主和科学，这也是西方文明的显著标志。受西方民主、自由、科学的影响，一大批爱国人士高举科学与民主的旗帜，提倡新文学和新道德，形成了社会开放、思想活跃、言论自由的崭新时期。一些先进的知识分子把

西方先进的思想、文化、科学技术与中国传统的文化融会贯通。东西方文化的交融与碰撞，形成了民国思想家们独立的思想体系。

胡适是民国时期最有影响力的思想家和学者之一，毕生倡导民主、自由思想和理性主义。胡适说："怕什么真理无穷，进一寸有一寸的欢喜。"胡适也是提倡白话文的第一人。

陈独秀是20世纪中国第一次思想解放运动的倡导者，他以独立独特独秀的思想，敢于向旧制度、旧思想、旧文化发起进攻，又勇于提出新思想和新文化，显示出一位思想先驱者的先见之明，陈独秀5次坐牢，但从不向反动势力低头，充分展示了其狂傲不羁的不屈精神。

梁启超是近现代杰出的思想家，中国历史上一位少有的百科全书式人物，胡适称他为"中国近代思想界的开山祖师"，文体的改革是梁启超最伟大的功绩之一，他还首次提出了"中华民族"这个词。他的一生，达到了古代读书人"进则谋划天下，退则著书立说"的最高境界。

动荡不安的政局，助推着思想潮流的随波逐浪

民国时期，政局动荡、政坛不稳、军阀林立、战乱不已，短短的时间，先后更换7位大总统，社会之乱可见一斑。

由于统治者忙于争权夺利，圈地霸占，无暇顾及思想和文化领域的管理，出现了一个最为宽松、最为自由、最为平等的思想文化学术环境。许多知识分子、精英大师以救国图存为己任，积极投身于社会变革和文化思想启蒙的事业中。

在这个思想翻滚的时代里，思想家的智慧和勇气得以充分展现。

民国政府出台了鼓励学术研究的一系列政策，为学者们提供了良好的工作环境。民国时期教师的薪资比一个县长的薪水还高，大学教授的薪水与政府的部长薪水持平，可见民国时期教师的待遇有多高。

熊十力是民国著名的哲学家和思想家，他最大的贡献是以佛教唯识学重建儒家形而上的道德本体，形成了独具一格的"新儒家"体系，影响深远。

章太炎是民国时期当之无愧的国学第一人、国学大师之首。薛慧山称其为"权威性的国学大师"。

忧国忧民的使命，孕育着不可退却的高贵灵魂

风雨如晦的民国时期，许多知识分子把个人前途与国家命运紧紧相连，投身于伟大的爱国救亡运动。

一些莘莘学子走出国门，接受西方先进文化和思想教育，他们开阔了眼界，

增长了见识，回国后报效国家。

许多思想家以救国图存为己任，积极投身社会变革和文化启蒙事业。他们通过著书立说、演讲传授、创办报刊、组织学会等各种方式，宣传新思想、新观念、新文化，推动社会的文明、进步和发展。

钱穆是中国现代著名的思想家和历史学家，他以毕生的精力，传承和捍卫中国传统文化，高举“新儒家”的旗帜，他与吕思勉、陈垣、陈寅恪并称为“史学四大家”，又被誉为“中国最后一位士大夫”。

陈寅恪是近代中国公认的史学大师，被著名史学家傅斯年称为“近三百年来一人而已”，与梁启超、赵元任、王国维并称为清华国学四大导师。陈寅恪崇尚自由，他写下了“唯此独立之精神，自由之思想，历千万祀，与天壤而同久，共三光而永光”这充满自由思想的不朽名言。

在民国思想发展史上，鲁迅是一个绕不开的、不得不提的名字，这不仅因为鲁迅有着文学的影响力，而且更重要的是有着巨大的精神影响力。鲁迅对近现代中国深远的影响，不仅是以一个伟大的文学家身份出现，而且还以一个伟大的思想家的身份出现。鲁迅的灵魂深处有着不可退却的倔强，鲁迅从不在乎他人的眼光，更不在乎会得罪谁，被称为骂遍民国无敌手。面对麻木不仁的社会，他发出了“不在沉默中爆发，就在沉默中灭亡”的吼声。他以深邃而伟大的思想，影响中国乃至世界，堪称中国现代民族之魂。

思想擂台的交锋，呈现着百家争鸣的思想火花

相比民国军阀割据和军阀开战的枪与炮的激烈交战，在思想文化领域，也爆发了一场“火光冲天”的“百家争鸣”大论战。

这场论战的背后，是对新思想、新文化的思考，更是为国家谋求出路的思索，而不是一种简单的嫉妒与不服的文人相轻。

鸦片战争以来，一次又一次的革命失败，一些人对中国的道路产生了怀疑。许多知识分子痛定思痛；中国的病，不在肉体而在精神，中国急需一剂解放思想的良药。

正是在这种忧国忧民的情况下，各种团体、思潮应运而生。文学研究会、创造社、新月社、语丝社、中国诗歌会、左联、七月诗派等许多团体组织，都有着各自的思想观点。

百家争鸣的本质是思想解放运动，在这场思想解放运动中，兼容并包与宽容开放、学术平等与自由、思想探索与现实实践并重，得到了充分的实现。

这个时期，胡适提出了“多研究些问题，少谈些主义”的思想观点；鲁迅提

出了“拿来主义”的思想观点；孙中山提出了“三民主义”的思想观点；共产党人提出了“马克思主义”的思想观点。总之，百花齐放，百家争鸣。

民国的历史弹指一挥间，在这风起云涌的峥嵘岁月，民国的思想家们没有随波逐流，而是永立时代潮流，他们用深刻的思想、深邃的眼光、深情的文字，发出了时代的吼声，这吼声，是民族的心声，是对国民的敲打和警醒。

后记

与您相遇于灵魂深处

《灵魂的旋律》一书得以顺利付梓，甚感欣慰。虽然这不是我的第一本著作，但手捧散发着油墨清香的新书，内心依然涌动着抑制不住的激动。因为，没有人比我更知道，为之付出了多少心血。

非常感谢出版社，为我提供了一个展示自己的平台，将我的思考与感悟所形成的文字编辑成书，并公开出版。也非常感谢编辑老师的辛勤付出，让这本新书能以如此精美的样式与读者见面，自己内心的成就感油然而生。

但凡喜爱阅读和写作的人，总会对“灵魂”有着深刻的感悟和特别的敏感。文字的背后，作者那一颗独一无二的灵魂总是在作品文字的背后若隐若现地呈现。就这样，不经意间，我与读者相遇在文字，共鸣于灵魂，或惺惺相惜，或感同身受，这正是我所满心期待的。

阅读、写作和出书，这是一件既辛苦又愉悦的事情。不知道是文字的魅力，还是阅读的诱惑，多年来，我一直与书为友，徜徉书海，潜心阅读；以写作为伴，激扬文字，乐此不疲。

人生的阅历与感悟、灵魂的觉醒与救赎，激发了我写作的激情，这也是我人生中最为陶醉和最有幸福感的事情。在寂静的夜晚，借着柔和的灯光，我从未感觉孤独。打开电脑，触碰键盘，放飞思想，那里是知识的海洋，那里有一群灵魂的伴侣。思想的火花、写作的灵感袭上心头，又变成了一串一串承载着思想的文字。此刻，我的神情是痴迷的，我的灵魂是欢愉的。正如钢琴家海顿说：“当我坐在那架破旧古钢琴旁边的时候，我对最幸福的国王也不羡慕。”可以说，当我与文字为伴的时候，人世间的所有诱惑，我都可以不屑一顾。

文字是思想的外衣，笔是思想的舌头。古人云：文如其人，言为心声。思想的顿悟是写作的开始，写作的核心就是思想。我虽不敢以此为由，炫耀自己，但在我的灵魂深处，确实有一片属于自己的静谧之地。我觉得，那里无须面对世俗的喧嚣，只需聆听自己内心的真实声音，享受灵魂深处的唯美旋律。

深情的文字是作者的真心流露。我也是饱含深情，情至笔尖，字字皆心血，句句显真情。把冰冷的文字排列成优美的句子，犹如一个个醉人的音符，组合成生动的乐章，承载着笔者的思想，那是一件多么美妙、有趣而有意义的事情。既感动了自己，又馈赠于读者。触摸文字，真是其乐无穷。

一位作家说过：“写作之难，在于把网状的思考，用树状结构，体现在线性展开的语句里。”此话一语中的。写作是一个既快乐又艰辛的过程，写作有迸发灵感的喜悦，有抒写灵魂的酣畅，有缓解苦闷的释放。当然也有词不达意时的困惑，也有文思不济时的思虑，更有“无米之炊”时的纠结。每一天与写作共度的光阴，让我轮番体会着快乐与艰辛，个中滋味，唯有自知。

过去官场上的一官半职都已成为历史，终于有了一份清闲，做我喜欢的事情。从人生的某种意义上，我总感觉做官是一种大俗，而读书和写作才是一种大雅。大雅是对大俗的一种拯救。做官是一时的，读书做学问才是终生的，只有文字能弥补岁月的遗憾，填补光阴的空虚，舞动灵魂的旋律。借助文字的魅力，抒发内心的感怀，彰显与众不同的灵魂，这是比做官更为自由幸福的事。

活了大半辈子，终于悟出了人生最需要什么，阅读和写作才是我受益终身的享受。我对文字有一种偏执的膜拜和酷爱，也渴望在自己的作品中，用文字见天见地见人见世界。我喜欢以文会友，常常与喜好相同、灵魂相通的人谈古说今，咬文嚼字。在无眠的灯下、在小憩的午后，有时甚至席地而坐，谈论哲学、激辩思想，感悟人生、透析人性，畅聊人生之美好、生活之幸福、灵魂之欢愉。

人生短暂，唯有缤纷。写作，是一种自我救赎，是用文字感悟人生，安抚心灵，愉悦情感。笔耕，是我付诸文字的一种精神劳作。本书的每一篇文章都是直抒胸臆，有感而发。诚然，我无法做到让自己的文字无懈可击，但至少我在努力地让自己的文字，具有生命的温度和向上的力量。

凭借出版书籍的契机来完整地认识自己、肯定自己、推介自己，这何尝不是人生一段难以忘怀的历程。写作出书也是对人生“三不朽”有个交代，至少可以证明，我也曾经涉足过这个浩瀚的文字世界，并为之做出过绵薄的努力。诚然，无论立言出书的出发点有多么的纯粹和高雅，总还裹挟着一点虚荣的成分，怀有小有成功的窃喜。我承认，我也是一个俗人，我包容自己的这一份俗念。

尽管出书亦有近百万字，但与浩如烟海的文字海洋相比，这仅仅是沧海一粟，愧疚难言。书中大部分的文章，曾推送于个人公众号，十分感谢网上成千上万的读者的阅读、评论、建议和批评，使我的文章不断地得到修正和完善。

作品得到读者的认可，那是作者最为欢欣鼓舞的事。首部散文集《星空下的仰望》出版后，网上出现多处盗版，虽然内心不悦，但也暗暗窃喜，“谢谢”盗版者的认可，也使我和我的书籍在更多的读者中得以“扬名”。也十分期待《灵魂的旋律》能再次得到广大读者的喜爱，果真如此，也是我的荣幸。

诚然，在和而不同的精神世界，思想亦不尽一致，不能苛求雷同。何况，孤独的灵魂习惯于独自远行，也相信在孤独狂奔的道路上，总会与灵魂相通的人相遇。即使一人独行，也会独享清欢。

《灵魂的旋律》一书的顺利出版，凝聚着许多笔友的关心，没有他们的指点迷津，本书也许会漏洞百出、残缺不全。我要向给予本书出版提供帮助和指导的编辑老师和知心朋友致以衷心的感谢，尽管我没有提及名字，但他们一直感恩于我的心中。

您的阅读是我写作力量的来源。如果能让未曾谋面的您，把我的这些由心发出的文字读完、读懂，动心、动容，这当然是我最大的收获和喜悦。您在阅读中给予的诸多包容也让我心存感激。

感谢您阅读到此书的最后一页，并且能读到最后一句，我深感欣慰，但愿“与您相遇在灵魂深处”不是短暂的偶遇，而是长长久久的陪伴。

陈 平

2024 年 4 月 6 日于江苏